Sabine Fisch

Die Ärztin

atb aufbau taschenbuch

Sabine Fisch, geboren 1970, arbeitet seit fast 30 Jahren als Journalistin mit dem Spezialgebiet Medizin. Sie liebt spannende Geschichten, egal ob Biografien, historische Romane oder blutrünstige Thriller. Fisch ist verheiratet, sie lebt und arbeitet in Wien. »Die Ärztin – Eine unerhörte Frau« ist ihr erster Roman.

Amelie ist eine der ersten Frauen, die in Berlin Medizin studieren dürfen. Doch um Leben retten zu können, muss sie um ihre Freiheit kämpfen und sich in einer Welt durchsetzen, in der Frauen keine Rechte haben. Der einzige Lichtblick ist ihre beste Freundin Felicitas, die sich ebenfalls an der medizinischen Fakultät der Friedrich-Wilhelms-Universität unter den Linden zu Berlin eingeschrieben hat. Mit ihr zusammen kann sie es schaffen, dessen ist sich Amelie sicher. Doch dann macht ein tragischer Schicksalsschlag all ihre Hoffnungen zunichte. Hat sie die Kraft, alleine weiterzumachen?

Sabine Fisch

Die Ärztin

Eine unerhörte Frau

Roman

Für meine erste Leserin (& alles andere) DANKE!

Wien, 22. Januar 2020

atb aufbau taschenbuch

MIX
Papier aus verantwortungsvollen Quellen
FSC® C083411
www.fsc.org

ISBN 978-3-7466-3573-6

Aufbau Taschenbuch ist eine Marke
der Aufbau Verlag GmbH & Co. KG

1. Auflage 2020

Umschlaggestaltung www.buerosued.de, München
unter Verwendung von Motiven von
Arcangel Images / Malgorzata Maj
Gesetzt aus der Minion Pro durch Greiner & Reichel, Köln
Druck und Binden CPI books GmbH, Leck, Germany
Printed in Germany

www.aufbau-verlag.de

Für Walter, immer

In memoriam:
Emil, best Beagle Buddy in the world
(23. Januar 2006–19. Mai 2018)

Amelie von Liebwitz ist eine erfundene Figur. Allerdings wurden Frauen, die ab 1908 in Berlin Medizin studierten, eine Menge Steine in den Weg gelegt. Viele der von mir geschilderten Geschehnisse haben sich auch in Wirklichkeit wie berichtet abgespielt. Dazu zählen etwa der erste Hörsaalbesuch Amelies sowie die Ansichten vieler damaliger Professoren zum Frauenstudium dieser Zeit. Das Klima in der Ärzteschaft und an der Universität Anfang des 20. Jahrhunderts war massiv frauenfeindlich. Die Diskussion rund um das Medizinstudium von Frauen wurde sehr intensiv – und meist in ablehnender Haltung geführt. Wer mehr darüber wissen möchte, findet einige zusätzliche Infos über diese Zeit am Ende des Buches.

PROLOG

WIEN, 1950

Dr. Amelie von Liebwitz stieg mit raschen Schritten die wenigen Stufen zum Haupteingang des Unterrichtsministeriums in Wien hinauf. Gekleidet in ein schlichtes schwarzweißes Tweedkostüm, die silbergrauen Haare zu einem eleganten Knoten aufgesteckt, betrat sie das ehrwürdige Bauwerk am Wiener Minoritenplatz, das – obwohl das Ende des Zweiten Weltkriegs erst fünf Jahre zurücklag – keinerlei Bombenschäden mehr erkennen ließ. Ein rundlicher Portier, der links vom Eingang in einem Glaskabuff saß, grüßte freundlich. »Guten Morgen, gnädige Frau, kann ich Ihnen helfen?« Amelie, die den Mann in seiner dunklen Ecke nicht gesehen hatte, drehte sich um. »Guten Morgen«, grüßte sie ebenfalls. »Ich bin für neun Uhr zum Herrn Unterrichtsminister bestellt.«

»Deutsche, was?«, brummelte der Portier nun deutlich weniger devot. »Wie bitte?« Amelie überwand die kurze Distanz zum Pförtnerhäuschen mit wenigen Schritten. Ledig lich mittelgroß, dafür überschlank, stand sie mit geradem Rücken vor dem älteren Herrn in seiner Portiersuniform.

»Was haben Sie gesagt?«

»Ach gar nichts, gnädige Frau«, der Portier griff nach dem großen schwarzen Telefonhörer. »Ich melde Sie gleich an.« Er drehte die Wählscheibe. »Ja, guten Morgen, Gusti«, sagte er. »Da ist eine …« Er hob den Blick. »Dr. Amelie von Liebwitz«, sagte Amelie. »… eine Frau Dr. Amelie von Liebwitz, die zum Herrn Minister möchte.« Der Portier lauschte kurz, nickte dann und legte auf. »Die Treppe hier gleich hoch, im ersten Stock, Zimmer 325«, schnarrte er.

»Danke«, erwiderte Amelie immer noch unerschütterlich höflich, wandte sich von der Portiersloge ab und der Treppe in den ersten Stock und dem Ministerbüro zu.

Nur wenige Wochen war es her, dass Amelie, aus den USA zurückkommend, ein Schreiben in ihrem Haus am Berliner Alexanderplatz vorgefunden hatte. Darin hatte es geheißen, man wolle sie als Ordinaria für das Fach chirurgische Frauenheilkunde an die Wiener Universität berufen. Amelie, noch erschöpft von der langen Reise, hatte sich in einen Sessel in ihrem Wohnzimmer gesetzt und sich erst einmal eine Zigarette angezündet. »Erstaunlich«, dachte sie, »die wollen wirklich eine Frau, noch dazu eine Deutsche auf den Lehrstuhl berufen.«

Eigentlich hatte sie ihrer Heimatstadt lediglich einen Besuch abstatten wollen, um danach nach Boston zurückzukehren. Berlin, ihre geliebte Heimatstadt, lag nach dem Krieg immer noch in Trümmern, wenn auch die ungebrochene Lebenslust der Berliner schon wieder zu spüren gewesen war, kaum, dass sie den Flughafen Tempelhof verlassen hatte.

Amelies Elternhaus am Alexanderplatz, gleich neben der Georgskirche gelegen, hatte den Krieg erstaunlicherweise unbeschadet überstanden. Aus der Ferne hatte sie dafür gesorgt, dass ein Hausmeister regelmäßig nach dem Rechten sah und kleinere Schäden reparierte. Das Haus war – viele Jahre zuvor – auf gotischen Mauern erbaut worden. Am Alexanderplatz gelegen, hatte es für Amelie eine geborgene Kindheit und immer ihre Heimat bedeutet. Sie lehnte sich in ihrem Sessel zurück und betrachtete den Raum, in dem sie sich eben niedergelassen hatte. Es war das Wohnzimmer ihrer Mutter gewesen. Nun, mit geschlossenen Samtportieren, die Möbel mit weißen Tüchern verhüllt, wirkte der Raum verlassen. Amelie erhob sich, ging zum Fenster und öffnete die schweren roten Vorhänge. Sonnenlicht flutete herein. Es war ein schöner Tag, dieser 23. April 1950 in Berlin. Es klopfte an der Tür. »Herein«, rief Amelie. Der Hausmeister, Egon Schalke, stand in der Tür und drehte seinen Hut zwischen den Händen. »Guten Morgen, gnädige Frau«, sagte er. »Willkommen in Berlin.«

»Vielen Dank, Herr Schalke, schön, dass Sie noch immer so gut auf mein Elternhaus aufpassen«, erwiderte Amelie. »Was gibt es denn?«

»Na ja«, begann Schalke, »ich habe mich gefragt, wie lange Sie wohl bleiben wollen?«

»Das weiß ich selbst noch nicht«, antwortete Amelie. »Aber ein paar Wochen werden es wohl werden.«

»Dann sage ich meiner Frau Bescheid. Die richtet alles wieder wohnlich her und kocht für Sie, wenn es Ihnen recht ist.«

»Das ist eine ausgezeichnete Idee«, freute sich Amelie. »Ich werde den Tag in der Stadt verbummeln und erst abends wiederkommen.«

»Bis dahin ist bestimmt alles fertig«, versprach Schalke, »möchten Sie hier zu Abend essen?«

»Ja, gerne, und machen Sie bitte am Abend hier im Salon Feuer im Kamin.« Zwar lachte seit einigen Tagen eine wärmende Frühlingssonne über Berlin, die Abende dagegen waren noch kühl.

Amelie nahm Hut, Mantel und Handschuhe und verließ das Haus. Zuerst einmal wollte sie frühstücken. Das Essen im Flugzeug war ungenießbar gewesen, sie starb vor Hunger. Eine üppige Mahlzeit würde ihre Lebensgeister wieder wecken. Und sie wusste auch schon, wo sie hingehen wollte.

Das berühmte Café Kranzler war ihr Ziel, das schon kurze Zeit nach dem Krieg im Jahr 1946 wiedereröffnet hatte.

Dr. Amelie von Liebwitz war 60 Jahre alt und blickte auf eine erfolgreiche Karriere als Frauenärztin und Chirurgin zurück. Im Bostoner Brigham-Frauenkrankenhaus hatte sie in den vergangenen zehn Jahren die neuesten Eingriffe und Therapien zur Behandlung der unterschiedlichsten Frauenkrankheiten erlernt und umgesetzt. Auf dem Weg ins Café überlegte sie nun, dass ein Lehrstuhl, noch dazu an der renommierten Wiener Universität, die Krönung ihrer erfolgreichen Karriere sein könnte.

Amelie hatte das Kaffeehaus erreicht, hier hatte sich – trotz des erst fünf Jahre zurückliegenden Kriegsendes – scheinbar gar nichts verändert. Als sie es betrat, umwehte ein herrlicher Duft von Kaffee und frischem Gebäck ihre Nase. Sie suchte sich einen Platz am Fenster, bestellte ein großes Frühstück und lehnte sich zurück. Der Kellner stellte eine Tasse heißen Kaffees vor sie hin, verneigte sich leicht und enteilte wieder. »Ah«, murmelte Amelie vor sich hin. »Wie ich echten Bohnenkaffee vermisst habe.« In Boston war sie auf Tee umgestiegen, mit der amerikanischen Kaffeevariante hatte sie nichts anfangen können. Sie nahm die Tasse in beide Hände, sog das Aroma des Kaffees ein und lehnte sich entspannt in ihren Stuhl zurück. Sie schloss kurz die Augen und erinnerte sich an lange zurückliegende Zeiten hier in ihrer geliebten Heimatstadt. Bis 1909 wanderten ihre Gedanken zurück, in die Zeit, als sie im ersten Jahr ihres Medizinstudiums gewesen war. Es war ein Frühstück mit ihrer Mutter gewesen, an das sie sich erinnerte, am Tag ihrer Anatomieprüfung. Amelie lachte leise in sich hinein. Damals war sie unvorstellbar jung und so voller Tatendrang gewesen.

Kapitel 1

BERLIN, 15. OKTOBER 1909

Amelie von Liebwitz saß gähnend und zusammengekauert in ihrem Stuhl am Frühstückstisch. Ihre langen Haare waren zerrauft, in ihrem blassen Gesicht zeichneten sich dunkle Ringe unter den Augen ab. Sie griff nach der Kaffeekanne und füllte ihre Tasse bis zum Rand. Eigentlich war der schwarze Zaubertrank noch zu heiß, aber sie nahm trotzdem einen Schluck, verbrannte sich die Zunge, fuhr sich erschrocken mit der Hand an den Mund – und gähnte erneut. »Mein liebes Kind«, sagte ihre Mutter, Luise von Liebwitz, besorgt, »du siehst furchtbar aus. Bist du wieder die ganze Nacht über deinen Büchern gesessen?«

Amelie stellte ihre Kaffeetasse ab, richtete sich ein wenig weiter in ihrem Stuhl auf und blickte ihre Mutter an. »Ich habe die ganze Nacht gelernt«, sagte sie leise. »Und trotzdem habe ich schreckliche Angst vor der Anatomieprüfung.«

Amelie von Liebwitz gehörte zu den ersten weiblichen Studenten an der Berliner Friedrich-Wilhelms-Universität. Seit knapp einem Jahr besuchten sie und ihre beste Freundin Felicitas die ehrwürdige Lehrstätte – und dieses Jahr hatte es in sich gehabt. Nicht nur die Herren Studiosi machten ihnen das Leben schwer, sondern auch viele Professoren. Einer davon war Professor Anton Wronski, ein berühmter Anatom und ausgewiesener Feind des Frauenstudiums.

»Ich weiß nicht, wovor ich mehr Angst habe«, gestand Amelie, griff nach dem Brotkorb und fischte eine frische

Schrippe heraus, die sie dick mit Butter bestrich und mehrere Scheiben Schinken darauflegte. »Vor Wronski und seinen Prüfungsmethoden oder vor der Möglichkeit, dass er sich weigert, mir und Felicitas die Prüfung überhaupt abzunehmen.« Tatsächlich hatte Wronski damit gedroht, Felicitas und sie gar nicht zur Prüfung antreten zu lassen.

Ihrem Appetit tat allerdings die Angst vor der Prüfung keinen Abbruch. Sie biss herzhaft in ihr Brötchen und vertilgte es innerhalb kürzester Zeit. Dann führte sie die Tasse mit dem nun abgekühlten Kaffee zum Mund. »Ohne Frau Hallers Kaffee hätte ich die vergangenen Tage wohl nicht durchgestanden«, sagte sie und fuhr sich mit den Händen über die Haare, im vergeblichen Versuch, die rötliche Flut zu bändigen.

»Ich weiß wirklich nicht, wo du das hin isst, mein Kind«, Luise lächelte. Amelie war dünn wie ein Spargel, verdrückte bei jeder Mahlzeit allerdings Portionen, die einem Schwerarbeiter zur Ehre gereicht hätten.

»Lernen macht hungrig«, lachte Amelie und gähnte wieder. Sie hielt sich die Hand vor den Mund. »Außerdem dauert die Prüfung fast den ganzen Tag. Ich habe keine Ahnung, ob ich dazwischen zum Essen kommen werde.« Ihr Lachen erstarb. »Oder ob ich heute überhaupt zur Universität gehen soll.« Ihre Miene verdüsterte sich.

»Amelie«, hob ihre Mutter an. »Ich weiß, dass du Angst hast, und ich meine, du hast auch allen Grund dazu.«

»Danke, Mutter für deine aufmunternden Worte«, Amelie funkelte ihre Mutter an.

»Aber es hat inzwischen eine Reihe von Situationen gegeben, vor denen du Angst hattest, seit du an der Uni bist – du wirst auch diese meistern, davon bin ich überzeugt.« Lächelnd lehnte Luise sich zurück und nahm ebenfalls einen Schluck von ihrem Morgenkaffee.

Amelie war versöhnt. »Danke, Mama«, sagte sie. »Du hast ja recht, es wäre dämlich, aus Angst jetzt die Waffen zu strecken.«

»Gut so, mein Kind«, sagte Luise zufrieden. »Und heute Abend erwartet dich ein feines Essen und sehr netter Besuch, Eberhard hat sich angesagt.«

»Onkel Eberhard kommt? Wie schön!«

»Ja«, antwortete ihre Mutter. »Er ist ebenso neugierig auf den Ausgang wie der Rest der Familie.«

»Na danke, Mama, es ist schön, dass du so gar keinen Druck auf mich ausübst.« Aber Amelie lächelte ihre Mutter dabei an. »Ich werde pünktlich hier sein, darauf kannst du dich verlassen.«

Als Amelie sich eben vom Frühstückstisch erheben wollte, klopfte es an der Tür. »Herein!«, rief Luise, die breite Flügeltür wurde geöffnet und die Haushälterin, Isabella Haller, trat ein. Ein Sonnenstrahl aus dem Fenster fiel auf ihren silbernen Haarknoten und ließ ihn aufglänzen.

»Guten Morgen, Fräulein Amelie«, sagte sie nun mit ihrer leisen, ein wenig rauen Stimme.

»Guten Morgen«, erwiderte Amelie den freundlichen Gruß. Erst dann erblickte sie die kleine Torte mit der einzelnen Kerze, die Frau Haller in Händen hielt. »Haben wir etwas zu feiern?« fragte Amelie.

»Noch nicht«, antwortete Frau Haller. »Aber ich dachte, die Torte könnte Sie auf Ihre heutige Prüfung einstimmen. Es ist Ihre Lieblingstorte, Amelie, Schokolade mit Sahne.«

Amelie lächelte: »Das ist wunderbar, Frau Haller. Ich nehme das mal als gutes Zeichen für die Prüfung heute.«

»Bitte, setzen Sie sich doch und essen Sie ein Stück Torte mit uns«, forderte Luise Frau Haller auf, die sich nicht lange bitten ließ, die Torte auf dem Frühstückstisch abstellte, Platz nahm und die Tortenstücke verteilte.

Amelie verschlang auch ihr Tortenstück mit drei schnellen Bissen. Luise und Frau Haller blickten sich an und brachen in Gelächter aus. »Das wird sich wohl nie ändern«, prustete Luise. »Niemand vernichtet Schokoladentorte so schnell wie du.« Auch Frau Haller lächelte, nahm einen sehr sittsamen Bissen von ihrer Torte und sagte dann: »Franz lässt Sie auch schön grüßen und wünscht Ihnen viel Glück für die Prüfung heute.«

Franz, das war Isabella Hallers siebzehnjähriger Sohn und der Grund für die Tätigkeit von Frau Haller als Haushälterin im Haushalt derer von Liebwitz. Luise hatte die blutjunge, schwangere Frau eines Abends in einer Hausecke entdeckt, als sie von ihren Hausbesuchen im Scheunenviertel zurückgekommen war. Hochschwanger und halb verhungert hatte Isabella Haller in der Hausecke gekauert und versucht, ein paar Pfennige zu erbetteln. Luise hatte sich ihrer erbarmt und sie mit nach Hause genommen. Isabellas Eltern hatten das siebzehnjährige Mädchen vor die Tür gesetzt, als sie festgestellt hatten, dass ihre Tochter ein uneheliches Kind erwartete. Der Vater des Kindes, ein Soldat der Leibgarde Kaiser Wilhelms, hatte sich aus dem Staub gemacht, als er von seinen bevorstehenden Vaterfreuden erfahren hatte. Isabella stand mittellos in der Welt. Luise hatte das junge Mädchen aufgepäppelt, ihren Sohn auf die Welt geholt und ihr Arbeit und ein neues Zuhause gegeben, etwas, für das Isabella Haller ihrer Ersatzfamilie auf ewig dankbar war. Isabellas Sohn, Franz, der mittlerweile siebzehn Jahre alt war und bei einem Schuster in die Lehre ging, war wie ein zweites Kind im Hause aufgewachsen. Für Amelie, die drei gewesen war, als Isabella Haller ins Haus gekommen war, war Franzi zuerst ein lebendes Spielzeug und dann der geliebte kleine Bruder geworden. Und Franz vergötterte seine große Schwester.

»Wisst ihr noch?«, fragte Luise in die plötzliche Stille hinein, »als wir dachten, jemand wolle Franz ermorden, weil er wie am Spieß geschrien hat?« Die drei Frauen blickten einander an und brachen in lautes Gelächter aus. Die Geschichte hatte sich zugetragen, als Amelie fünf Jahre alt gewesen war. Frau Haller hatte in der Küche das Abendessen vorbereitet, Luise von Liebwitz war eben von ihrer Abendrunde im Scheunenviertel zurückgekommen, als plötzlich markerschütterndes Geschrei das Haus erbeben ließ. Luise hatte Mantel und Hut in die Ecke geworfen, Frau Haller war aufgeschreckt aus der Küche gestürzt. Die beiden Frauen liefen die Treppe in den ersten Stock des Hauses hinauf. »Das Geschrei kommt aus Amelies Zimmer«, sagte Frau Haller, während Luise gleichzeitig sagte: »Das ist doch Franz, der da so brüllt.« Frau Haller stieß die Zimmertür auf und erstarrte bei dem Bild, das sich ihr bot. Luise schob ihre Haushälterin vorsichtig zur Seite und betrat Amelies Zimmer. Mitten auf dem Fußboden saß der dreijährige Franz mit tränenverschmiertem Gesicht und brüllte aus vollem Hals. Frau Haller trat nun ebenfalls ins Zimmer, eilte auf ihren Sohn zu und nahm ihn in ihre Arme. »Aber Franz, was ist denn nur?«, fragte sie besorgt.

»Die Amelie will mich mit der Nadel piksen«, heulte der Kleine. »Sie will mich stechen!« Franzi barg sein tränenverheertes Gesichtchen am Busen seiner Mutter und schluchzte erbarmungswürdig.

»Was soll das heißen – du wolltest ihn mit der Nadel stechen?«, erkundigte sich Luise, an ihre fünfjährige Tochter gewandt, die sich eine riesige weiße Schürze umgebunden hatte und tatsächlich eine Injektionsspritze in der Hand hielt. »Kind, wo hast du denn die Spritze her?« Luise war entsetzt.

»Na, aus Papas Zimmer«, antwortete die Kleine. »Ich wollte Franzi doch nur heile machen, er hat sich das Knie aufgeschlagen.« Amelies Zöpfe hatten sich halb aus ihren Zopfbändern gelöst, die Schürze schleifte über den Fußboden, aber das Kind richtete sich so hoch wie möglich auf und deutete auf den noch immer schluchzenden Franz. »Der Papa gibt immer Spritzen, und dann werden die Leute gesund«, krähte sie. »Und ich will doch ein Arzt werden wie Papa und den Franz heile machen.« Luise musste sich ein Lachen verbeißen. Jetzt galt es, erzieherisch tätig zu sein und sich nicht etwa über die Kapriolen ihrer kleinen Tochter zu amüsieren.

Sie trat zu ihrer Tochter, kniete sich neben sie auf den Fußboden und zog sie in ihre Arme. »Aber Amelie«, sagte sie und strich dem erhitzten Kind ein paar Locken aus dem Gesicht. »Wenn sich jemand das Knie aufgeschlagen hat, gibt Papa ihm keine Spritze, sondern wäscht die Wunde aus und verbindet sie.« Amelie hatte sich ihrer Mutter zugewandt und lauschte aufmerksam. »Außerdem hat Papa dir doch ausdrücklich verboten, in sein Sprechzimmer zu gehen, wenn er nicht da ist, oder?«

Amelie nickte. »Ja, das stimmt«, gab sie leise zu. Luise entwand ihrer Tochter vorsichtig die überdimensionierte Spritze, die eigentlich zur Schmerzmittelinjektion verwendet wurde, und reichte sie Frau Haller. »Tragen Sie die Spritze bitte zurück«, bat sie ihre Haushälterin. Diese eilte, ihren kleinen Sohn noch immer im Arm, aus dem Raum. Luise wandte sich wieder ihrer Tochter zu. »Du hast Franz sehr erschreckt«, meinte sie dann, »du musst dich bei ihm entschuldigen.«

»Ich wollte doch nur sein Knie gesund machen«, begehrte Amelie auf. »Das ist doch kein Grund, gleich ein solches Geschrei anzustimmen.« Offen blickte sie ihrer Mutter ins Gesicht. »Ich muss doch üben, wenn ich eines Tages ein Arzt so wie Papa werden will.«

Luise musste sich schon wieder ein Lachen verkneifen.

»Also gut, du hattest gute Gründe für dein Tun«, sagte sie dann leise. »Aber, du hast dem Kleinen Angst gemacht und das ist nicht gut. Schau, ein Arzt soll kranke Menschen beruhigen und sanft zu ihnen sein, damit sie Vertrauen zu ihm fassen. Du hast Franz mit deiner Spritze so erschreckt, dass er dir vorläufig sicher nicht mehr vertraut.«

Amelie dachte eine Weile mit gesenktem Kopf nach. »Das stimmt«, sagte sie dann. »Die Patienten von Papa fürchten sich nicht vor ihm.«

»Nein, das tun sie nicht«, schmunzelte Luise. »Und wenn du einmal eine Ärztin werden willst, dann darfst du deine Patienten nicht erschrecken.«

Amelie war schon als sehr kleines Kind fasziniert von der Tätigkeit ihres Vaters gewesen. Wann immer sie konnte, hatte sie sich in sein Sprechzimmer geschlichen, sich unter dem Schreibtisch versteckt und den Gesprächen zwischen Arzt und Patient gelauscht. Für sie stand fest: Sie wollte Arzt werden, genau wie ihr Papa.

Isabella Haller wischte sich die Augen, die vor Lachen tränten. »Schon erstaunlich, oder?«, meinte sie dann. »Damals haben wir Sie gar nicht ernst genommen – und jetzt sind Sie auf dem besten Weg, tatsächlich eine Ärztin zu werden.« Die Haushälterin erhob sich. »Ich muss wieder an die Arbeit – viel Glück für Ihre Prüfung heute«, sagte sie noch und verschwand durch die Tür in Richtung Küche.

Luise beugte sich vor und schenkte sich noch eine Tasse Kaffee ein. »Ich muss mich anziehen«, hatte Amelie gesagt und sie am Frühstückstisch allein gelassen. Das kleine Speisezimmer im Haus der Familie von Liebwitz am Berliner Alexanderplatz war ostseitig gelegen, so dass die Morgensonne den ganzen Raum erhellte. Der Mittelpunkt des Raumes war der runde Esstisch, der auch heute, wie jeden Tag, liebevoll zum Frühstück eingedeckt war. Ein weißes Leinentuch war über den Tisch gebreitet worden. Der Kaffee wurde in einer verschnörkelten Silberkanne serviert. Im Körbchen warteten frische Brötchen, dazu gab es gekochte Eier, Schinken und frische Butter. »Das Frühstück ist die wichtigste Mahlzeit des Tages!«, pflegte Dr. Michael von Liebwitz, der städtische Armenarzt des neben dem Alexanderplatz gelegenen Scheunenviertels, zu sagen – jetzt allerdings war von dem viel beschäftigten Arzt nichts zu sehen. Vor Tau und Tag war er aufgestanden, hatte nur schnell eine Tasse Kaffee getrunken – und seine Aussage damit Lügen gestraft – und war zu den ersten Krankenbesuchen im ärmsten Armenviertel von Berlin, eben dem Scheunenviertel, aufgebrochen. Michael war zwar in einem adeligen Haus aufgewachsen, hatte als junger Mann allerdings mit den Traditionen seiner Familie gebrochen und war zum Medizinstudium nach Berlin gegangen. Nach der Promotion zum doctor medicinae universae, zum Arzt der gesamten Heilkunde also, hatte er sich zum einen einen sehr ungewöhnlichen Wohnort gesucht und zum anderen begonnen, als Armenarzt für das Scheunenviertel zu arbeiten.

Am berühmten Berliner Platz fanden sich nur wenige Wohnhäuser. Michael allerdings hatte ein sehr hübsches, noch aus dem Mittelalter stammendes Häuschen neben der Georgskirche erworben und ebendort mit Luise eine Familie gegründet. »Ich will dort sein, wo auch meine Patienten sind«, hatte er damals gesagt. Und da er sich für seine Tätigkeit das ärmste Berliner Viertel ausgesucht hatte, das Scheunenviertel nämlich, das direkt neben dem Alexanderplatz gelegen war, hatte sich dieser Hauskauf als sinnvolle Investition erwiesen. Im Scheunenviertel lebte eine Unzahl unterschiedlicher Menschen, die es aus den verschiedensten Gründen nach Berlin, in die aufstrebende Hauptstadt Preußens, gezogen hatte. Sie alle waren bitterarm und versuchten, im Scheunenviertel ihr Dasein zu fristen. Eine Mietskaserne reihte sich hier an die nächste, fast jedes Haus wies drei bis vier Hinterhöfe auf. War es im Vorderhaus wenigstens meistens noch hell, so wurden die Wohnungen, je weiter sie im Hinterhof lagen – und von denen gab es bis zu sieben je Mietshaus – immer düsterer. Fließendes Wasser gab es in diesen Wohnungen nicht. Die Aborte befanden sich jeweils im Halbstock, wurden von sehr vielen Menschen benützt und verströmten außerordentlich widerwärtige Gerüche. Die engen Höfe dienten kleinen Geschäften als Domizil, sogar in den Kellern lebten Menschen. Es waren jene, die wirklich am Ende waren und ihr – oft nur kurzes – Leben in feuchten, dunklen Kellern fristen mussten. Nicht selten hatten die Mieter der Zimmer-Küche-Wohnungen die eigenen Betten noch an sogenannte »Bettgeher« vermietet, die sich nicht einmal eine eigene Behausung leisten konnten und – um wenigstens eine Schlafstatt zu haben – Betten in den beengten Wohnungen mieteten. Zwischen den Häusern des Viertels verliefen enge Gässchen, die Straßen waren nicht gepflastert, jeglicher Abfall wurde einfach auf die Straße geworfen, was im Konzert mit den wenigen Toiletten und den Abfällen der kleinen Lädchen rundherum zu einer unbeschreiblichen Geruchsmischung führte.

Michael von Liebwitz schreckten aber weder Enge noch Dreck oder Gestank. Tag für Tag und nicht selten bis in die Nacht hinein suchte er seine Patienten im Armenviertel auf. Zusätzlich hielt er noch Ordinationsstunden in der Praxis, die sich im Erdgeschoss seines Hauses am Alexanderplatz befand. Und Michael hatte viel zu tun. Die schlechten Licht- und Luftverhältnisse, die geteilten Betten und die unzureichende Kost der Bewohner führte zu einer ganzen Reihe von Erkrankungen, von denen die Schwindsucht und andere Atemwegserkrankungen die häufigsten waren. Aber auch Geschlechtskrankheiten, wie etwa die Syphilis, kamen sehr oft vor. Und nicht zuletzt war die Kindersterblichkeit im Viertel extrem hoch. Luise, Amelies Mutter, tat als Hebamme im Scheunenviertel, was sie konnte. Dennoch war auch sie gegen die Umstände in diesem ärmlichen Stadtgebiet Berlins nicht selten machtlos. Heute aber konnte sie dem Tag einigermaßen entspannt entgegensehen.

Luise lehnte sich gemütlich in ihren Stuhl zurück. Ausnahmsweise war heute keine Geburt im Scheunenviertel angesagt, sie hatte ein wenig kostbare Freizeit. Sie hatte wie ihr Ehemann Michael den Konventionen ihrer adeligen Landjunkersfamilie getrotzt und sich zur Hebamme ausbilden lassen. Ebenso wie er tat sie im Scheunenviertel Dienst, half Kindern auf die Welt und stand den vielen Frauen, die dort in Armut lebten, mit Trost, Medizin und – wenn nötig – auch tatkräftiger Hilfe zur Seite. Nicht selten wurde sie natürlich in der Nacht im Scheunenviertel gebraucht. Kinder – so hatte die Erfahrung sie gelehrt – kamen ausgesprochen gerne nachts, besonders gern bei üblem Wetter und am liebsten bei Vollmond auf die Welt. Aber nicht nur Geburten führten Luise in das Viertel. So manches Mal hatten auch andere hilflose Geschöpfe ihre Hilfe als Heilerin benötigt. Luise erinnerte sich an eine Nacht vor vier Jahren, in der sie gegen zwei Uhr morgens aus dem Bett geholt worden war.

Alles begann mit einem lauten, lang anhaltenden Läuten an der Haustür. Robert, der Kutscher, der seine Kammer neben dem Vestibül hatte, stand verschlafen aus seinem Bett auf, zog sich den Bademantel an und ging öffnen. Es läutete durchaus nicht selten nachts an der Tür des Hauses. Meist handelte es sich um einen medizinischen Notfall, der dringend die Hilfe von Dr. von Liebwitz erforderte, oder ein

Baby wollte schneller als geplant auf die Welt kommen – was dann Luises Eingreifen erforderlich machte.

Doch die Gestalt, die nun vor der Tür stand, gab sogar dem sturmerprobten Robert Rätsel auf. Klein, verhutzelt und von Kopf bis Fuß in einen dunklen Mantel gehüllt, stand die alte Frau vor der Tür. »Was wollen Sie denn von uns zu dieser unchristlichen Zeit?«, brummte Robert die Alte an. »Sie muss kommen, die Hebamme!«, verlangte eine dünne, heisere Stimme. »Das Kind stirbt sonst.«

»Welches Kind?«, fragte Robert. »Und wer stirbt?«

Aber der Alten war nicht mehr zu entlocken. Den Kopf hatte sie tief gesenkt, eine kleine Laterne beleuchtete nur unzureichend ihr zerfurchtes Gesicht und den schneeweißen Haaransatz. Robert seufzte, drehte sich um und stieg die Treppe zum Schlafzimmer des Armenarztes und seiner Frau hinauf. Leise pochte er an die Tür. »Ja«, erklang es sogleich von drinnen. Das Ehepaar von Liebwitz hatte schon berufsbedingt einen leichten Schlaf und war daran gewöhnt, auch zu ungewöhnlichen Stunden aus dem Schlaf geholt zu werden. »Da ist jemand an der Tür, Herr Doktor«, sagte Robert leise. »Eine alte Frau, die nach Ihrer Gemahlin verlangt.« Nur wenige Minuten später öffnete sich die Schlafzimmertür, und das Ehepaar von Liebwitz trat, vollständig bekleidet, auf den Treppenabsatz. »Ich gehe mal nachschauen«, sagte Luise und begab sich zur Haustür. Die alte, verhüllte Frau lächelte erleichtert, als sie Luise sah. »Aber Bergerin, was machen Sie denn hier mitten in der Nacht?«, wollte sie wissen, als sie die Alte erkannt hatte.

»Sie haben ein Kind gebracht, ganz zerschlagen und vergewaltigt«, berichtete die alte Frau. »Sie wurde ums Eck gefunden, bei der Mulackritze. Sie wissen ja, das ist die Stammkneipe vom Ringverein.« Luise erschrak, fasste sich aber rasch wieder. Der sogenannte Ringverein war eine Verbrecherorganisation, die im Scheunenviertel ihr Unwesen trieb. Die Polizei war machtlos gegen die Bande, die nicht nur alles schmuggelte, was sich zu Geld machen ließ, sondern auch Mädchenhandel und Zuhälterei betrieb. »Wo hat man das Mädchen hingebracht?«, fragte Luise.

»Sie ist bei mir«, flüsterte die Alte. »Ich wohn ja gleich gegenüber.«

»Ist gut, Bergerin. Ich komme sofort.« Luise wandte sich wieder um und schritt in die Praxis ihres Mannes, in der sie ihren Hebammenkoffer aufbewahrte. »Michael«, rief sie, als sie mit dem Koffer in der Hand wieder ins Vestibül trat, »komm bitte mal.«

Michael von Liebwitz trat zu seiner Frau und blickte sie an. Rasch berichtete Luise ihm, was sie erfahren hatte. »Da ist es wohl besser, wir gehen gemeinsam«, sagte er dann. »Das wollte ich dir auch gerade vorschlagen«, antwortete Luise, als plötzlich Amelie die Treppe herunterrannte, die erstaunlicherweise ebenfalls vollständig bekleidet war.

»Was ist denn hier los, mitten in der Nacht?«, forderte das Mädchen zu wissen.

»Ein Notfall«, beschied sie ihr Vater kurz. »Deine Mutter und ich müssen sofort los.«

»Ich möchte mitkommen und helfen«, verlangte Amelie, deren langer Zopf über ihre rechte Schulter hing.

»Das kommt überhaupt nicht infrage«, sagte ihr Vater. »Um diese Stunde ist das viel zu gefährlich.«

Amelie bockte. »Aber vielleicht kann ich euch helfen, worum geht es denn?«, verlangte sie zu wissen.

»Das erzählen wir dir, wenn wir zurück sind«, sagte nun Luise. »Bitte halte uns nicht auf, wir haben es wirklich eilig.« Mit diesen Worten durchschritt das Elternpaar von Liebwitz die Haustür.

»Jetzt wartet doch mal«, rief Amelie von drinnen.

»Bleib hier und warte auf uns, das ist mein letztes Wort.« Streng blickte Michael seine Tochter an. Und weil er das nur selten tat, tat dieser Blick auch seine Wirkung. Amelie nickte, drehte sich um und verschwand wieder in ihrem Zimmer.

Das Scheunenviertel war nachts keineswegs ein stiller Ort. An jeder Straßenecke befand sich eine Kneipe, aus der auch um drei Uhr morgens die Zecher lärmten, Huren boten in Hauseingängen ihre Dienste an, und sogar in Lumpen gehüllte Kinder konnte man sehen, die jedem unvorsichtigen Passanten nachliefen und anbettelten und, wenn möglich, auch bestahlen. Luise und Michael folgten raschen Schrittes der alten Frau, die sie zu ihrer Behausung führte.

Wohnung war ein zu hochtrabender Begriff für das Gelass gegenüber der verrufenen Mulackritze. Ein feuchtes Kämmerchen im Erdgeschoss eines windschiefen Holzhauses war es, in das die alte Bergerin das Ehepaar führte. Auf dem gestampften Lehmboden standen ein Bett, ein winziger Holzofen und ein einziger Stuhl. In dem schmalen Bett, dessen gräulich verfärbte Bettwäsche wenig einladend wirkte, lag eine schmale Gestalt, die vom Kopf bis zu den Füßen in ein angeschmutztes Laken gewickelt war. Nur ein weißblonder Haarschopf war zu sehen.

Luise und Michael näherten sich der Gestalt im Bett, die zu schlafen schien. Als Luise das Bettlaken, in das das Mädchen eingewickelt war, vorsichtig wegzog, wurde das ganze Ausmaß der Tragödie sichtbar. Das Mädchen war unbekleidet und vom Hals bis zu den Knöcheln mit Schrammen und blauen Flecken übersät. Beide Augen in dem ausgehungerten Gesichtchen waren blau geschlagen worden. Das Schlimmste aber war die Blutlache, in der die Kleine, sie konnte kaum älter als dreizehn sein, lag. Luise wurde blass, ließ sich ansonsten aber nichts anmerken. Sie öffnete ihre Tasche und entnahm ihr ein Spekulum. »Glücklicherweise ist die Kleine ohnmächtig«, flüsterte sie. »Ich werde sie jetzt untersuchen, halte bitte ihre Hand«, bat sie ihren Ehemann. Michael von Liebwitz ging neben der niedrigen Bettstatt in die Hocke und umfasste die schmale, kleine Hand des Mädchens.

Luise untersuchte die Kleine vorsichtig. Es gelang ihr, die Vaginalblutung zu stillen, das Mädchen zu waschen und es in ein abgetragenes Nachthemd zu hüllen, das die Bergerin ihr reichte. Luise lächelte die alte Frau an. »Danke, Bergerin, vielen Dank, dass du sie aufgenommen hast. Das hat ihr mit Sicherheit das Leben gerettet. Aber sag doch mal, wer ist die Kleine überhaupt? Und wo sind ihre Eltern?« Die Bergerin war im ganzen Scheunenviertel bekannt. Sie galt als weise Frau, die jeden kannte, alles wusste, was im Viertel passierte, und ein Auge auf die vielen Kinder hatte, die sich Tag und Nacht auf den Straßen des Viertels herumtrieben.

»Dit Mädchen is ne Waise«, erklärte die alte Bergerin. »Lebt mit ihrm Bruder in so nem Verschlach neben die Mulackritze. Und der beese Kerl hat heute die Jungfernschaft von dit Kind versteijert. Dit Deern is doch kaum dreizehn.«

Luise kannte das Problem. Der Ringverein, der das Scheunenviertel fest im Griff hatte, ging immer wieder in Waisenhäuser, versprach hübschen Mädchen Stellungen als Hausmädchen oder Wäscherin in der großen Stadt, nur um sie dann an den Meistbietenden zu versteigern. Der Verkauf einer Jungfernschaft war dabei ein besonders beliebtes, weil ausgesprochen einträgliches Geschäft.

Das verletzte Mädchen begann sich leise zu regen, als Michael begann, Wundpuder auf die vielen Schrammen aufzutragen und die schlimmsten Verletzungen zu verbinden. Plötzlich riss sie die Augen auf, sah Michael, der sich gerade über sie beugte, zuckte zusammen, kauerte sich in Windeseile in die hinterste Ecke der Bettstatt und begann erbarmungswürdig zu wimmern.

»Bleib nur ganz ruhig«, Luise war ans Kopfende des Lagers getreten und begann vorsichtig, den Rücken des Mädchens zu streicheln. »Du bist in Sicherheit, hier kann dir niemand etwas tun.« Doch das Mädchen war in seinem Schock gefangen. Es wimmerte, kauerte sich so eng wie möglich zusammen und versuchte, den streichelnden Händen Luises zu entfliehen. »Am besten nehmen wir sie zu uns nach Hause mit«, schlug Luise schließlich vor. »Da kann sie sich in einer ruhigen Umgebung erholen.«

Michael nickte zustimmend. »Dann werden wir sie aber sedieren müssen«, sagte er und suchte in seiner Arzttasche nach dem Injektionsbesteck. Er zog das Beruhigungsmittel Veronal auf und bat Luise, das Mädchen festzuhalten. Diese setzte sich auf das Bett und zog das sich sträubende Mädchen an sich. Michael ergriff den mageren Arm der Kleinen, die sich in den Armen Luises wand.

»Psst«, machte diese. »Bleib ganz ruhig, gleich wirst du tief und fest schlafen.« Es schien, als ob die Stimme Luises schließlich doch zu der Kleinen durchdrang, sie wurde schlaff in ihren Armen, und Michael konnte die Spritze mit dem Schlafmittel injizieren. Rasch schlief das Mädchen ein.

Am nächsten Morgen erwachte die unbekannte Kleine zum ersten Mal in ihrem Leben in einem sauber bezogenen, weichen Bett. Sie schlug die Augen auf und blickte neugierig um sich. Luise, die neben dem Bett gewacht hatte, nahm vorsichtig ihre Hand. »Guten Morgen«, sagte sie leise und reichte dem Mädchen ein Glas Wasser. »Trink einen Schluck, du musst durstig sein.«

Mit großen Augen nahm das Mädchen das Glas und trank es durstig aus. »Wo bin ick?«, fragte sie dann mit heiserer Stimme.

»Du bist im Haus von Dr. Michael von Liebwitz.«, antwortete Luise freundlich und neigte sich dem Kind zu. »Mein Mann und ich haben dich gestern Nacht hierhergebracht.«

»Aber wat soll dit denn … Wieso bin ick … Ick …«, stotterte die Kleine und begann zu zittern.

Rasch erklärte Luise ihr die Situation. »Die Bergerin war es, die uns alarmiert hat«, sagte sie. »Kannst du mir sagen, wie du heißt?«

Das Mädchen blickte Luise aus verschwollenen Augen an. »Klara hees ick«, sagte sie dann. »Klara Werder.«

»Und weißt du noch, was dir passiert ist?«, fragte Luise. »Woher deine Verletzungen stammen?«

Klara verzog das Gesicht. »Det hat sich meen Bruder ausklamüsert«, begann sie zu erzählen. »Der hat dit janze Jeld versoffen. Da hat der mich inne Stampe jeschleift, wo der mich versteijern hat lassen.« Klara stiegen wieder Tränen in die Augen. Sie schniefte und wischte sich die Nase mit dem Ärmel ihres Nachthemdes ab. »Meen Bruder hat den Männern dort jesacht, se könnten mir habn, wenn se Jeld uff den Tisch lejen. Eena hat dann jenug bezahlt.« Sie schluchzte auf. »Dit Schwein hat mir dann so weh jetan.« Klara hatte die letzten Worte nur geflüstert. Luise nahm sie tröstend in die Arme.

»Schon gut«, murmelte Luise, »hier kann dir nichts geschehen, und du wirst auch wieder ganz gesund. Mein Mann und ich haben dich gestern verarztet.« Klara nickte, während weiter Tränen über ihre Wangen rollten. Sie schniefte. Luise reichte ihr ein Taschentuch. »Leg dich wieder hin«, sagte sie dann. »Ruh dich aus, und später kommst du hinunter, dann frühstücken wir zusammen und besprechen, wie es mit dir weitergehen soll, in Ordnung?«

»Ja«, sagte Klara, sich die Tränen und den Schnodder mit

dem Taschentuch aus dem Gesicht wischend. »Aba, ick hab nix zum Anziehn.«

»Das ist kein Problem«, Luise war bereits an der Tür. »Ich habe eine Tochter in deinem Alter, die wird dir etwas bringen.«

Luise klopfte an Amelies Zimmertür. »Guten Morgen«, sagte sie und trat ein, als sie das »Herein« ihrer Tochter hörte. »Wie geht es dem Mädchen?«, fragte Amelie als Erstes.

»Viel besser, aber sie hat natürlich nichts anzuziehen. Ich habe mir gedacht, vielleicht suchst du etwas von dir heraus und schenkst es ihr, was meinst du?«, fragte Luise.

»Aber natürlich.« Amelie, die bereits angekleidet war und gefrühstückt hatte, öffnete ihren Kleiderschrank und suchte Unterwäsche, Bluse, Rock und Strümpfe heraus, um sie dem Mädchen zu bringen.

Als sie Klaras Zimmer betrat, lag die Kleine immer noch im Bett, die Decke bis an die Nasenspitze gezogen und mit geschlossenen Augen. Amelie trat zu ihr und sagte leise: »Aufwachen, du Schlafmütze, ich hab dir etwas zum Anziehen mitgebracht.« Klara riskierte ein Auge, sah das junge, freundlich lächelnde Mädchen neben dem Bett stehen und setzte sich auf. »Dit is aber lieb«, sagte sie. »Dit Se mir von Ihrem Gewand abgeben.« Flink sprang Klara aus dem Bett. Amelie zeigte ihr die Waschschüssel und nach einer Katzenwäsche schlüpfte Klara in die geborgte Kleidung. »So scheen is det«, staunte sie, als sie sich vor dem deckenhohen Spiegel bewunderte. »Komm, ich frisiere dir die Haare«, bot Amelie an. Klara nahm fast ehrfürchtig auf dem Hocker vor dem Spiegel Platz. Klaras Haar war ungewaschen und verfilzt. Amelie nahm eine Bürste in die Hand und begann vorsichtig, die einzelnen Haarzotteln auszukämmen. »Aua, det ziept«, quietschte Klara. »Entschuldigung«, Amelie dachte kurz nach, dann läutete sie nach Else. Das Hausmädchen klopfte. »Else, bitte sei so nett und bring mir eine große Kanne Wasser und Seife für Klaras Haare«, bat Amelie sie. Else nickte, lief die Treppe hinunter und war wenige Minuten später mit einer großen Kanne heißen Wassers und einer Zinkwanne zurück. »So«, meinte Amelie. »Dann wollen wir mal. Beug dich bitte mit dem Kopf über die Waschschüssel.« Klara zögerte erst, tat dann allerdings wie geheißen. Ihre Haare waren lang und stark verschmutzt. Es dauerte eine Weile, bis der Waschprozess erledigt war. Amelie reichte der Kleinen, die ihr viel jünger schien als sie, obwohl sie doch ungefähr gleichaltrig sein mussten, ein Handtuch. Anschließend ging sie ans Werk, noch vorsichtiger diesmal. Endlich hatte sie den weißblonden Haarschopf halbwegs entwirrt und zu einem langen Zopf geflochten. Klara strahlte sich im Spiegel an. »Schön is dit«, meinte sie. »Na dann komm«, Amelie schritt zur Tür. »Wir wollen hinuntergehen und besprechen, wie es mit dir weitergehen soll.« Klara folgte gehorsam. Gemeinsam stiegen sie die Treppe ins erste Stockwerk hinunter, wo sich Ess- und Wohnzimmer sowie Luises Salon befanden.

Am Nachmittag dieses Tages schließlich versammelten sich das Ehepaar von Liebwitz, Amelie und Klara in Luises Salon, um das weitere Schicksal der kleinen Klara zu besprechen. Das Mädchen sah in Amelies Sachen sehr nett aus, und nach einer kurzen Untersuchung durch Amelies Eltern und einem ausgiebigen Mittagessen sah sie schon viel fröhlicher in die Welt, wenn auch die verschwollenen Augen und die Schrammen im Gesicht deutlich davon kündeten, dass ihr Gewalt angetan worden war. Blass und zart kauerte sie auf einer Sesselkante und blickte Luise an. »Nun«, begann diese. »Am besten wird es wohl sein, wir gehen zur Polizei und zeigen den Mann an, der dir das angetan hat. Weißt du, wie er heißt?« Klara erbleichte bis an die Haarspitzen, auf ihren Wangen erschienen hochrote Kreise. »Nee, nee, bitte, dit dürfen Sie nicht«, Klara begann zu weinen. »Wenn de Plempe mir hochnimmt, muss ick in dit Waisenhaus. Und dort isset furchtbar.« Luise blickte Michael an. »Aber«, sagte sie dann, »wir können das doch nicht einfach auf sich beruhen lassen?« »Das werden wir aber müssen«, gab Michael zurück. »Klara hat recht, wenn die Behörden mitbekommen, dass das Mädchen erst dreizehn Jahre alt ist, wird sie wieder ins Waisenhaus gebracht.«

Amelie mischte sich ins Gespräch ein. »Was ist, wenn wir Felicitas fragen, ob sie nicht ein Dienstmädchen im Haus Wallersdorf gebrauchen können?«, fragte sie. »Vielleicht nimmt Frau von Wallersdorf sie sogar als Zofe auf?«

Klara merkte auf. »Eine Zofe?«, fragte sie dann. »Die Haare machen darf und schöne Kleider herauslegen?«, fragte sie neugierig. Vor lauter Aufregung verfiel sie ins Hochdeutsche.

»Das ist gar keine schlechte Idee«, sagte Luise. »Ich rufe Elaine gleich einmal an.« Elaine von Wallersdorf, eine Irin, die von ihrem deutschen Mann nach Berlin verpflanzt worden war, war für ihre Exzentrik bekannt. Nur wenige Minuten später kam Luise in den Salon zurück. »Elaine hat zugestimmt, sich Klara einmal anzuschauen«, erklärte sie. »Ich habe ihr aber gesagt, dass du«, sie wandte sich an Klara, »dich noch ein paar Tage bei uns ausruhen musst, bis deine Blessuren abgeklungen sind.« Klara lächelte Luise dankbar an. »Kümmere dich ein bisschen um sie, ja?«, bat Luise ihre Tochter. »Aber klar«, antwortete diese, fasste Klaras Hand und zog sie mit sich in ihr Zimmer.

Kapitel 2

BERLIN, 1908

Ich gratuliere Ihnen, Fräulein von Liebwitz, Sie haben die Maturitätsprüfung mit ausgezeichnetem Erfolg bestanden.« Professor Udo Heimersdorf, Rektor des Schillergymnasiums in Charlottenburg, reichte einer überglücklichen Amelie die Hand und schüttelte sie kräftig. »Sie haben so manchen Abiturienten hier an dieser Knabenschule hinter sich gelassen«, fuhr Heimersdorf fort. »Ich wünsche Ihnen für Ihren weiteren Lebensweg alles Gute.« Amelie dankte und verließ das Schulgebäude. Am Vorplatz wartete ihre ganze Familie, nebst Dienstboten und ihrer Freundin Felicitas, die ihr nun abwechselnd um den Hals fielen und sie zu ihrem Erfolg beglückwünschten.

Am gleichen Abend fand in ihrem Elternhaus eine kleine Feier statt. Die Tafel im Esszimmer prunkte mit glänzendem Porzellan, Silberbesteck und mehreren großen Blumensträußen, mit denen das Mädchen zu seinem Erfolg beschenkt worden war.

»Aber wisst ihr«, sagte Amelie schließlich, als der Nachtisch abgetragen und die kleinen Gläser mit Portwein gefüllt waren, »jetzt habe ich Abitur, aber studieren darf ich in Berlin noch immer nicht.«

»Geh nach Zürich«, schlug ihr Vater vor. In der Schweiz waren Frauen schon seit den 1860er Jahren regulär zum Medizinstudium zugelassen. Auch Amelies Mutter war dieser Idee durchaus nicht abgeneigt. Amelie allerdings wehrte sich dagegen. Sie liebte Berlin, den Lärm, die Farben und die vielen unterschiedlichen Menschen. Das Reisen hingegen liebte sie nicht.

Schon als Kind hatte sie es verabscheut, wenn die ganze Familie zu Familienfesten aufs pommersche Landgut reiste. In der Kutsche wurde ihr prinzipiell sofort schlecht, ebenso wie im ruckelnden Eisenbahnwaggon. Außerdem dauerten die Fahrten immer ewig, man saß eng, es war entweder zu kalt oder zu heiß und ganz bestimmt hatte man jedes Mal etwas Wichtiges vergessen. Nein, sie war mit Leib und Seele Berlinerin – woanders hinzugehen, kam nicht infrage. Nicht einmal für ihren Herzenswunsch.

Außerdem ärgerte sie der Gedanke, nicht in ihrer Heimatstadt das tun zu dürfen, was jedem Mann, der ein Abitur vorweisen konnte, erlaubt war.

»Versteht ihr denn nicht«, sagte sie nun zu ihren Eltern, »es macht mich wahnsinnig, nicht hier in Berlin studieren zu dürfen, nur weil ein paar gelehrte Köpfe«, sie zeichnete sarkastische Anführungszeichen in die Luft, »meinen, Frauen wären zu dämlich für den Arztberuf.«

Sie schüttelte verärgert den Kopf, zündete sich eine Zigarette an und nahm einen tiefen Zug. »Ich glaub aber«, sagte sie dann an ihre Eltern gewandt, »ich glaube, es wird nicht mehr lange dauern, bis Kaiser Wilhelm die Frauen in Preußen endlich zum Medizinstudium zulassen wird.«

»Dein Optimismus in allen Ehren, mein Kind, aber was verleitet dich zu dieser optimistischen Annahme?«, hatte Michael von Liebwitz gefragt. Amelies Vater saß, zufrieden nach dem gelungenen Abendessen, mit der Pfeife in der Hand am Esstisch. »Du warst es doch, der mir berichtet hat, immer mehr im Ausland ausgebildete Ärztinnen ließen sich in Berlin nieder. Und du«, sie wandte sich ihrer Mutter zu, die – ebenfalls rauchend – bequem in ihrem Sessel lehnte.

»Ich?« Luise gab sich erstaunt. »Und wie habe ich das angestellt?«

»Du hast mir doch erst vor ein paar Tagen erzählt, dass eine ganze Reihe von Berliner Ärztinnen beim Kaiser eine Petition eingereicht haben, die fordert, Frauen zum Medizinstudium zuzulassen, oder?«

»Das stimmt«, antwortete Luise nachdenklich. »Ich glaube, ich habe darüber etwas im ›Centralblatt des Bundes deutscher Frauenvereine‹ gelesen.«

Erstaunlicherweise sollte Amelie recht behalten. Am 18. August 1908 war im Berliner Tagblatt folgender Erlass zu lesen: »Mit allerhöchster Ermächtigung habe ich am heutigen Tage die anliegenden Bestimmungen betreffend die Zulassung der Frauen zum Universitätsstudium erlassen.« Unterzeichnet war der Erlass vom Minister der geistlichen, Unterrichts- und Medizinalangelegenheiten, Ludwig Holle. Es war Amelies Vater, der die gute Nachricht nach Hause brachte. Er hatte das Berliner Tagblatt abonniert, um auf dem Laufenden zu bleiben und präsentierte es nun mit Stolz seiner Tochter, die an diesem Abend müde in Luises Salon hockte, weil sie ihrer Mutter in der Nacht zuvor und an diesem Tag bei gleich drei Geburten geholfen hatte. »Schau Amelie, du hattest tatsächlich recht. Kaiser Wilhelm hat endlich Frauen zum Medizinstudium zugelassen.« Er reichte die Zeitung seiner Tochter, die aller Müdigkeit zum Trotz aufgesprungen war und ihm das Blatt aus der Hand nahm. Als sie gelesen hatte, was von Minister Holle dekretiert worden war, legte sie die Zeitung weg, fiel ihrem Vater um den Hals und jubelte: »Ich kann Ärztin werden!«

Nach einer durchschlafenen Nacht, einem üppigen Frühstück und einem Anruf bei Felicitas hatte sich Amelie am nächsten Tag sogleich zu ihrem Wahlonkel Eberhard aufgemacht. Eberhard von Clausenberg war Direktor des Curias-Krankenhauses in Berlin und schon seit langer Zeit ein Unterstützer ihres Plans, Ärztin zu werden.

Amelie klopfte leise an die Tür des Direktionsbüros am Curias-Krankenhaus in Berlin-Schöneberg. »Herein«, ertönte es von drinnen. Sie öffnete die schwere, geschnitzte Holztür und trat in das Büro Clausenbergs, das den eleganten Geschmack des Krankenhausdirektors widerspiegelte: Das große Zimmer mit den sechs Meter hohen Wänden wurde von einem großen, schwarz glänzendem Schreibtisch mit grüner Filzplatte dominiert, hinter dem ein hochlehniger Holzstuhl auf Rädern stand. In einer Ecke befand sich eine bequeme Sofagarnitur nebst Tisch, die links und rechts von zwei Topfpalmen flankiert wurde. Eine Wand zierte eine Reihe von Gemälden vorangegangener Direktoren des Curias-Hospitals. Zwei weitere Wände waren vom Boden bis zur Decke mit Bücherregalen verbaut. An der vierten Wand boten mehrere bodentiefe Fenster Ausblick auf den Krankenhauspark mit seinem üppigen alten Baumbestand.

»Hast du einen Augenblick Zeit für mich, Onkel Eberhard?«, fragte Amelie, als sie eintrat.

»Natürlich, für dich nehme ich mir doch immer gerne Zeit.« Lächelnd trat Clausenberg auf Amelie zu, nahm ihr Hut und Mantel ab und geleitete sie zu einem bequemen Sessel, während er auf dem gegenüberstehenden Sofa Platz nahm. Er betätigte eine Klingel. »Katharina, bitte bringen Sie Kaffee«, befahl er dem herbeieilenden Dienstmädchen, und, nach einem Blick auf Amelie, »und Kuchen, bitte.«

»Ja, Herr Direktor, wird gemacht.« Der dienstbare Geist verschwand, um wenige Minuten später, schwankend unter einem schweren Tablett, wiederaufzutauchen, Kaffee, Milch, Zucker und eine große Kuchenplatte auf den Tisch zwischen den beiden abladend.

»Danke, Katharina, Sie können gehen.«

»Nun Kind, was kann ich für dich tun?«, fragte Clausenberg, nachdem Kaffee und Kuchen verteilt waren.

»Ich möchte mich an der Friedrich-Wilhelms-Universität für Medizin einschreiben.« Amelie biss hungrig in ein Stück Kuchen. »Du hast doch sicherlich auch den Erlass von Holle gelesen, oder? Endlich, endlich darf ich hier in Berlin Medizin studieren.« Sie hatte den Mund voller Kuchen, als sie das sagte. Aber Eberhard von Clausenberg sah großzügig darüber hinweg.

»Ja«, erwiderte Clausenberg, »ich habe dafür im Komitee meinen ganzen Einfluss in die Waagschale geworfen.« Eberhard von Clausenberg war ein Studienfreund von Amelies Vater und der Tochter seines Freundes seit Kindertagen herzlich zugetan. Schon lange wusste er vom brennenden Wunsch des Mädchens, Ärztin zu werden. Er stand dem Ansinnen durchaus positiv gegenüber, war er doch ein weltoffener, gebildeter Mann, der die Begeisterung, die seine Wahlnichte für sein Fach hegte, mit ebensolcher erwiderte. »Leicht wird das nicht«, sagte Clausenberg, »das weißt du, oder?« Der Zulassung zum Frauenstudium waren nicht nur in Preußen erbitterte Diskussionen vorangegangen. Das Mädchen seufzte tief, nahm dann ein zweites Stück Kuchen in die Hand und biss herzhaft hinein.

»Ja«, sagte sie dann, »das ist mir klar. Möglicherweise werde ich sogar die einzige Frau im ganzen Jahrgang sein.«

»Na, wenn das so ist – du kannst während des Studiums immer auf mich zählen, und ich garantiere dir, wenn du deinen Abschluss hast, eine Assistentenstelle hier am Curias. Ich will schließlich dazu beitragen, die Medizin für Frauen zu öffnen.«

»Danke, Onkel Eberhard, ich habe nichts anderes von dir erwartet«, grinste Amelie.

»Du bist ganz schön frech!«, schalt Clausenberg, aber man merkte ihm an, es war ihm nicht ernst damit. »So, jetzt aber fort mit dir – ich habe noch viel zu tun.« Er reichte Amelie Hut und Mantel und öffnete die Tür seines Büros. »Auf Wiedersehen und grüß mir deine lieben Eltern.«

Kapitel 3

Am 1. September 1908 war es dann endlich so weit gewesen. Sie und Felicitas, beste Freundinnen seit Kindertagen, hatten sich ehrfurchtsvoll den ehrwürdigen Mauern der Friedrich-Wilhelms-Universität genähert. Amelie hatte sich die Begleitung der Freundin ausbedungen, um nicht im letzten Moment noch in Panik zu geraten und Reißaus zu nehmen. Auf dem Weg hatte Felicitas Amelie damit überrascht, sich ebenfalls für Medizin inskribieren zu wollen. Amelie reagierte konsterniert. »Aber, warum hast du mir denn nichts gesagt?«, hatte sie ihre Freundin gefragt.

»Ich habe sehr lange nachgedacht, ob ich das schaffen kann«, hatte die Freundin geantwortet. »Letzte Nacht habe ich mich dann dazu durchgerungen.«

»Und Deine Eltern?«, fragte Amelie erstaunt, galten die von Wallersdorf, seit mehr als 100 Jahren in Berlin ansässig, doch als eher konservativ. Felicitas' Vater allerdings hatte früh die Intelligenz und Wissbegierde seiner Tochter erkannt und ihr Hausunterricht erteilen lassen. Extern hatte sie sogar die Maturitätsprüfung ablegen dürfen.

»Mama war natürlich zuerst dagegen«, erzählte Felicitas. »Wobei, ›dagegen‹ ist eigentlich ein zu schwaches Wort. Sie meinte, ich hätte schon genug studiert und solle mich endlich daranmachen, eine standesgemäße Partie einzugehen und ihr Enkelkinder zu schenken. Danach schloss sie sich drei Tage lang mit Migräne in ihrem Schlafzimmer ein. Aber Papa, der hat es irgendwie geschafft, sie letztlich doch noch zu überreden, du weißt ja, er kann ungeheuer überzeugend sein.«

»Und wieso hast du mir das nicht gleich erzählt – das ist doch sicherlich nicht erst gestern passiert?« Amelie war ein wenig verstimmt.

»Als Papa mir mitteilte, ich dürfte Medizin studieren, bekam ich ein wenig Angst vor meiner eigenen Courage.« Felicitas' breiter Mund verzog sich zu einem schelmischen Lächeln, ihre schwarzen Locken umtanzten ihr schmales Gesicht. »Ich war mir eigentlich sicher gewesen, dass Mama nicht umzustimmen sein wird, und als sie plötzlich nachgab, bekam ich Angst.« Sie blieb stehen, wandte sich Amelie zu und sagte: »Ganz sicher bin ich immer noch nicht, aber du bist ja auch noch da – und hilfst mir, wenn es brenzlig wird, ja?

»Na klar«, gab Amelie zurück. »Aber ich finde trotzdem, du hättest es mir früher sagen müssen.«

»Jetzt sei nicht böse«, Felicitas fasste nach Amelies Arm. »Du weißt ja, wie ich bin. Wenn große Entscheidungen anstehen, mache ich das meist zuerst mit mir selbst aus.«

Der Himmel über Berlin war an diesem Tag strahlend blau, die Bäume, die die Adresse »Unter den Linden«, an der sich die Universität erhob, berühmt gemacht hatten, glühten in sämtlichen Herbstfarben, und die beiden jungen Frauen selbst boten einen ungeheuer lebensfrohen Anblick. »Ich bin so froh, dass du dabei bist«, sagte Amelie. »Du glaubst gar nicht, wie sehr es mich erleichtert, heute nicht die einzige Frau an dieser Fakultät zu sein.«

Zwar hatte der Pedell typisch berlinerisch gebrummt, als sie nach dem Weg zum Fakultätsbüro gefragt hatten, die Einschreibung selbst war dann allerdings erstaunlich rasch erledigt gewesen. Lediglich ihr Abiturzeugnis, einen Ausweis und drei Mark Studiengebühr hatten sie vorlegen müssen, um ihr Studienbuch zu erhalten und damit offiziell eingeschriebene Medizinstudentinnen zu sein.

»Fast ein Jahr studiert sie nun schon«, dachte Luise am Frühstückstisch und blickte Amelie, die das Speisezimmer fertig gekleidet für die Universität soeben wieder betreten hatte, sinnend an. »Ach, Amelie – warum musstest du dir auch unbedingt in den Kopf setzen, ausgerechnet Ärztin werden zu wollen? Warum nicht Hebamme, da hättest du erheblich weniger Schwierigkeiten mit deiner Ausbildung – und du weißt ja, wie beglückend dieser Beruf sein kann.«

»Ja, Mama – du bist dafür auch ein großartiges Vorbild.« Amelie nahm einen letzten Schluck aus ihrer Kaffeetasse. »Aber ich will nun einmal unbedingt Ärztin werden.«

Amelie stand auf. »Und seitdem unsere Kommilitonen endlich aufgehört haben, jedes Mal in ein Pfeif- und Schimpfkonzert auszubrechen, wenn Felicitas und ich den Hörsaal betreten, ist es ja auch nicht mehr ganz so schlimm.« Das entsprach nicht ganz der Wahrheit. Abgesehen von lästigen Streichen, wie lebenden Fröschen in ihrem Pult oder in Formalin getränkten Körperteilen auf ihren Stühlen im Hörsaal, hatten die Kommilitonen keineswegs aufgehört, Amelie und Felicitas das Universitätsleben weiterhin so schwer wie möglich zu machen. Da landete gern mal eine Hand auf Felicitas' oder Amelies Hinterteil. Gestern erst hatten drei besonders verabscheuungswürdige Kommilitonen Felicitas in einer Hörsaalecke bedrängt, sie angetatscht und beschimpft. Erst als Amelie die drei jungen Männer angeherrscht hatte, mit der Belästigung aufzuhören, hatten diese von Felicitas abgelassen.

Aber von alldem erzählte Amelie ihrer Mutter lieber nichts. Die machte sich schon genug Sorgen um ihre Tochter. Und Felicitas hatte zwar gestern im Hörsaal einwandfrei Haltung bewiesen, am Nachmittag danach aber, in Amelies

Zimmer, völlig die Beherrschung verloren. Sie hatte sich auf Amelies Bett eingerollt, war in Tränen ausgebrochen und hatte sich kaum beruhigen lassen. Amelie hatte sie getröstet: »Nimm dir doch so etwas nicht so zu Herzen, du weißt doch, wie unsere reizenden Herren Studienkollegen sind.«

»Ja, aber ich frage mich inzwischen wirklich, wie lange ich das noch ertragen kann?« Felicitas seufzte tief, setzte sich auf und putzte sich die Nase mit einem Spitzentuch, das sie im Ärmel trug.

»Jetzt hör aber auf, Feli«, Amelie begann sich über die Freundin zu ärgern. »Schau, du hast doch von Anfang an gewusst, es wird nicht einfach werden.« Der aufgebrachte Tonfall Amelies führte bei ihrer Freundin zu einem erneuten Tränenausbruch. »Mensch, Felicitas, jetzt lass aber mal die Kirche im Dorf. Du darfst dich nicht wegen jedem dieser dämlichen Streiche so runterziehen lassen, dann kannst du das Studium auch gleich bleiben lassen.« Erregt schritt Amelie in ihrem Zimmer hin und her.

Felicitas, die sich erneut unter Tränen auf dem Bett zusammengerollt hatte, begehrte auf: »Das ist so gemein von dir!«

»Ich bin nicht gemein«, erwiderte Amelie ungeduldig. »Ich verstehe eben einfach nicht, warum dich das dämliche Verhalten unserer Kommilitonen gleich so aus der Bahn wirft.«

Felicitas setzte sich ruckartig auf. »Hast du dich etwa von diesen ekelhaften …«, sie suchte nach Worten, »Kreaturen«, fuhr sie dann fort, »betatschen lassen müssen? Ihre Schmähungen anhören müssen? Soweit ich weiß nicht, oder? Aber du bist ja das Fräulein Abgeklärt, die Wunderstudentin, die alles an sich abperlen lässt, nicht wahr? Du würdest wahrscheinlich nicht mal mit der Wimper zucken, sondern die Herren einfach mit deiner Autorität in die Schranken weisen. Aber, weißt du«, immer noch rannen Tränen über ihr schmales Gesicht. »Ich bin eben nicht so dickhäutig wie du.« Felicitas sprang vom Bett. »Aber wenn ich dir zu zartbesaitet bin, kann ich ja auch gehen.«

»Ach, Feli«, Amelie benutzte den Kosenamen aus Kindertagen für ihre Freundin und trat auf diese zu. »Schon gut, es tut mir leid. Aber ich weiß nie, was ich tun soll, wenn du dir diese blöden Streiche so sehr zu Herzen nimmst.«

»Gut«, nahm Felicitas, deren Tränen inzwischen getrocknet waren, die Entschuldigung an.

»Versuch mich doch auch zu verstehen, ich bin eben nicht so robust wie du.«

Von wegen robust, dachte Amelie, wenn du wüsstest, wie groß manchmal mein Widerwillen dagegen ist, in die Vorlesung zu gehen, mich den blöden Streichen der Kollegen auszusetzen und dabei auch noch dir beizustehen. Nichts davon sagte sie allerdings laut. »Komm schon, Felicitas«, meinte sie stattdessen. »Wir lassen uns nicht unterkriegen, nicht wahr?«

Felicitas nickte matt. »Ja, natürlich. Aber jetzt werde ich erst mal nach Hause gehen und mich auf die Bücher werfen. Vielleicht ist es ja morgen besser.«

Amelie spielte ihren Eltern gegenüber stark herunter, wie sehr ihre Studienkollegen sie ablehnten. Sie wollte nicht, dass diese ihr aus Sorge das Studium wieder ausredeten. »Jetzt muss ich aber los, Mama«, sagte sie schließlich und verließ das Esszimmer, um zur Universität zu gehen.

Kapitel 4

BERLIN, 1908

Am ersten Vorlesungstag, im Oktober 1908, hatte Felicitas Amelie von zu Hause abgeholt. Die beiden Frauen waren praktisch gekleidet: dunkle Röcke, weiße Blusen, feste Schuhe, die Haare zu strengen Knoten aufgesteckt. Keine der beiden trug Schmuck, die Herbstmäntel waren hellgrau, die Hüte schwarz. Als die beiden vor der Tür des Hörsaals, in dem sie nun erstmals Anatomie hören sollten, angekommen waren, hatten sie einander angeblickt. »Und?«, hatte Felicitas gefragt, »bist du bereit?«

»So bereit, wie man nur sein kann«, hatte Amelie tapfer gelächelt und die schwere kassettierte Holztür, die in den Hörsaal führte, aufgezogen.

Die Vorlesung sollte in wenigen Minuten anfangen. Doch kaum hatten die beiden den großen, düsteren Hörsaal betreten, schlug ihnen ein Pfeifkonzert entgegen. Die Herren Studiosi trommelten auf die Bänke, stampften mit den Füßen und pfiffen sie erbarmungslos aus.

Amelie hatte gewusst, was sie erwartete. Sie hatte den erbitterten Streit, der in Deutschland um die Zulassung von Frauen zum Medizinstudium geführt worden war, mitbekommen. Seit die ersten im Ausland ausgebildeten Ärztinnen sich in Deutschland niedergelassen hatten, fürchtete man in der männlichen Ärzteschaft den Verlust von Prestige, Ansehen und Macht. Sie konnte sich noch gut daran erinnern, wie sehr ihre Mutter sich über Paul Julius Moebius' Werk »Über den physiologischen Schwachsinn des Weibes«

aufgeregt hatte, mit dem dieser mithilfe angeblicher geistiger und körperlicher Schwächen von Frauen denselben die Fähigkeit absprach, das Medizinstudium absolvieren und den Arztberuf ausüben zu können. Und Moebius war keineswegs der einzige Mediziner, der heftig gegen Frauen in der Medizin polemisierte.

Erst kürzlich hatte Michael von Liebwitz mit Eberhard von Clausenberg über den Münchner Anatom Theodor von Bischoff diskutiert, der durch das Frauenstudium an der medizinischen Fakultät gar das »sittliche Wohl der männlichen Teilnehmer« gefährdet sah.

Auch Eberhard von Clausenberg hatte Amelie gewarnt: »Es wird nicht einfach sein, meine Liebe. Die jungen Herren Kollegen haben Angst vor euch und euren Fähigkeiten.«

»Angst?« Amelie war verblüfft gewesen. »Wir tun ihnen doch nichts.«

»Ihr nehmt ihnen Studien- und Arbeitsplätze weg und das damit verbundene Prestige. Du wirst dich auf so manches unangenehme Erlebnis gefasst machen müssen«, hatte sie ihr Wahlonkel am Tag, als sie sich zum Medizinstudium eingeschrieben hatte, gewarnt.

All das schoss Amelie jetzt noch einmal durch den Kopf, als sie sich mit Felicitas den Weg durch den gut gefüllten Hörsaal bahnte, um sich einen Platz zu suchen.

Ganz am Rand, in der dritten Reihe der fächerförmig ansteigenden Stuhlreihen, fanden sich noch zwei Plätze, auf denen allerdings, als Amelie und Felicitas sich näherten, sofort zwei Ranzen abgelegt wurden. Die beiden Frauen blickten sich nur kurz an, verstanden hätten sie sich in dem Höllenlärm ohnehin nicht, nahmen die beiden Taschen und legten sie neben sich auf den Gang. »Weiber raus!«, begann einer der Studenten plötzlich zu skandieren, und nur zu bereitwillig folgte die Meute. »Weiber raus! Weiber raus! Weiber raus!« Der Lärm war ohrenbetäubend, so laut, dass der Eintritt von Professor Wronski in den Hörsaal unbemerkt blieb. Erst ein lautes: »Guten Morgen, meine Herren«, brachte die Menge abrupt zum Schweigen, seine sonore Stimme übertönte sogar den Chor der Studenten.

»Ah!« Wronski hatte seine Tasche auf dem Katheder abgelegt und beugte sich nun interessiert vor. »Was haben wir denn da – zwei Mädchen, ja, gibt es denn so etwas?« Sofort begann das Getrommel erneut. »Ruhe!«, rief Prof. Wronski. »Sofort Ruhe, meine Herren!« Gehorsam verstummten die Studenten, Wronski war als Anatom eine Kapazität von Rang und als gestrenger Universitätslehrer bekannt.

»Schauen Sie«, begann er mit jovialer Stimme. »Mir gefällt es ebenfalls ganz und gar nicht, Weibsvolk in der Vorlesung sitzen zu haben.« Einzelne Beifallsäußerungen kamen aus dem Auditorium. »Aber …«, Wronski klopfte fest auf sein Katheder. »Wir müssen es leider, leider akzeptieren.« Enttäuschtes Seufzen brandete auf. »Ich selbst hatte mich entschieden gegen die Zulassung von Frauen zur medizinischen Fakultät zur Wehr gesetzt, aber selbst ich habe meinem Kaiser zu gehorchen.« Wronski öffnete seine Aktentasche und entnahm ihr einige Papiere. Dann wandte er sich Amelie und Felicitas zu. »Aber, meine Damen«, dies mit sarkastischer Betonung, »Sie sollen wissen, dass ich Sie hier nicht haben will. Ich werde also so tun, als wären Sie nicht da. Sie dürfen zuhören, dagegen kann ich leider nichts machen. Aber ich will weder Wortmeldungen noch sonstige Äußerungen von Ihnen hören, ist das klar?«

Amelie und Felicitas blieben stumm auf ihren Plätzen sitzen. Sie wussten über Wronskis Ablehnung des Frauenstudiums Bescheid und hatten beschlossen, sich nicht provozieren zu lassen. »Ob das klar ist?«, fragte Wronski erneut.

Noch immer schwiegen die beiden. Langsam schwoll Wronski der Kamm. »Sagen Sie mal, sind Sie taub?«, herrschte er die beiden an. Endlich stand Amelie langsam auf und sagte: »Nein, Herr Professor, aber Sie haben doch gerade gesagt, wir dürften uns nicht zu Wort melden.« Ausgesucht höflich äußerte sie diese Worte. Dann nahm sie wieder Platz. »Also, da soll wirklich …«, Wronskis Gesicht wurde dunkelrot. Er atmete einige Male tief durch und sagte dann: »Also gut, für dieses eine Mal will ich Ihnen eine Antwort gewähren. Haben Sie die Bedingungen für die Teilnahme an meinen Vorlesungen verstanden, Fräuleins?«

Diesmal erhob sich Felicitas: »Das haben wir, Herr Professor.«

»Na, dann ist es ja gut«, meinte Wronski ungehalten und begann damit, das menschliche Skelettsystem zu erläutern. Amelie und Felicitas nickten sich zu, schlugen ihre Notizbücher auf und begannen, mitzuschreiben, was Professor Wronski las.

»Noch mal gut gegangen«, dachte Amelie, die sich in den Jahren, in denen sie ihrem Vater in dessen Praxis und bei Hausbesuchen zur Hand gegangen war, ein dickes Fell zugelegt hatte. Felicitas' Augen dagegen glänzten verdächtig. Ganz kurz legte Amelie ihre Hand sanft auf die linke ihrer Freundin und blickte sie aufmunternd an. »Das schaffen wir schon«, wisperte sie ihr zu und beugte sich wieder über ihr Heft.

Und das taten sie tatsächlich. Sie nahmen an sämtlichen Vorlesungen teil – in den ersten beiden Semestern wurden neben Anatomie Physik, Chemie, Botanik und Zoologie gelesen –, ignorierten die Pfeifkonzerte, die Schimpfworte und Spottverse, die ihnen von ihren Kommilitonen in jedem

Hörsaal aufs Neue entgegenschlugen. Und sie lernten meist gemeinsam und hörten einander ab.

Von der überwiegenden Anzahl ihrer Professoren wurden sie zuerst schweigend zur Kenntnis genommen. Nicht wenige von ihnen allerdings erkannten rasch, wie begabt die beiden Frauen waren, vor allem aber, wie fleißig sie lernten, und bezogen sie zunehmend in ihre Vorlesungen ein.

Im Dezember 1908 hatten Amelie und Felicitas ihre erste naturwissenschaftliche Prüfung, in der Chemie, Botanik, Zoologie und Physik abgefragt wurden, bestanden. Besonders Felicitas hatte sich dabei hervorgetan, während Amelie – obwohl sie Tag und Nacht gebüffelt hatte – eher durchschnittlich abgeschnitten hatte. »Dieses theoretische Zeug liegt mir eben einfach nicht«, hatte sie sich bei ihrer Freundin beklagt, als sie nach bestandener Prüfung im Hof der Universität eine Zigarette rauchten. »Ich will in die Praxis!«

»Ich weiß«, Felicitas, die über ihren Erfolg bei dieser ersten wichtigen Prüfung im Medizinstudium überglücklich war, zog an ihrer Zigarette: »Aber, geschafft ist geschafft – wer fragt nach Noten?«

»Na ja«, brummelte Amelie. »Ich hätte schon gerne besser abgeschnitten.«

»Du hast getan, was du musstest, nächstes Jahr steht die Anatomieprüfung an – da kannst du dann glänzen. Du gehörst ja jetzt schon zu den Besten im Fach.«

»Sehr zum Ärger von Wronski«, Amelie lächelte zufrieden. Doch dann flog ein Schatten über ihr Gesicht. »Ich und dieser unsägliche Alexander von Stein.« Der Korpsstudent Alexander von Stein, der im gleichen Jahrgang wie die beiden Freundinnen studierte, war ein besonders frauenfeindliches Exemplar und machte Amelie und Felicitas an der Universität, wo er nur konnte, Schwierigkeiten. Er war der Rädelsführer all der Streiche und Anfeindungen, denen sich Amelie und Felicitas an der Universität ausgesetzt sahen. Amelie hasste ihn inzwischen mit einer Inbrunst, die sie selbst erschreckte.

»Bitte, Amelie, zieh nicht schon wieder so ein böses Gesicht, da kann man ja Angst kriegen.« Felicitas legte kurz den Arm um Amelies Schultern. »Schau, meine Eltern haben für heute ein festliches Abendessen geplant, um unseren Prüfungserfolg zu feiern.«

»Woher wissen die denn schon davon?« Amelie war erstaunt.

»Ich habe, gleich nachdem wir bestanden hatten, einen Boten zu deinen und meinen Eltern gesandt.«

»Kluges Mädchen«, Amelie klopfte Felicitas anerkennend auf die Schulter.«

»Ach, ich weiß, es ist eine Bürde«, Felicitas grinste. »Also, Collega, Sie finden sich mit Ihren reizenden Eltern bitte heute Abend im Palais derer von Wallersdorf zum Essen ein – in Abendkleidung.«

Amelie pfiff undamenhaft durch die Zähne, »da muss ich Else bitten, mein Abendkleid aus der Mottenkiste zu holen.« Else war das Hausmädchen derer von Liebwitz und ihrem »gnädigen Fräulein«, wie sie Amelie nannte, herzlich zugetan.

»Dass du nur ein Abendkleid hast, das passt zu dir.« Felicitas lächelte, warf ihre Zigarette auf den gekiesten Boden und trat mit ihrem Stiefelchen darauf. Sie war eine zierliche Person, mit schwarzen Locken, die sie für die Universität in einen strengen Knoten fasste. Allerdings stahlen sich immer wieder unbotmäßige Löckchen aus der Frisur und umspielten ihr Gesicht. Vor allem die großen blauen Augen waren es, die andere in ihren Bann zogen. Felicitas' Mutter war Irin und hatte ihre Haare und Augenfarbe an die Tochter vererbt.

Amelie dagegen war mit ihren ein Meter siebzig für eine Frau recht groß geraten. Ihr dunkles glattes Haar schimmerte, wenn das Licht richtig fiel, leicht rötlich. Die ebenmäßigen Gesichtszüge verdankte sie ebenfalls ihrer Mutter. Die leicht gekrümmte Nase und den vollen Mund, der sich nur zu gern zu einem ausgesprochen ansteckenden Lächeln verzog, hatte sie dagegen von ihrem Vater geerbt. Gertenschlank wie Amelie war, überraschte sie ihre Mitmenschen immer wieder mit den Mengen, die sie bei den Mahlzeiten vertilgen konnte, ohne ein Gramm zuzunehmen. Kleidung, Schmuck und Schuhe waren Amelie herzlich gleichgültig. Sie zog sich morgens an, band die Haare zum Knoten und vergaß für den Rest des Tages, wie sie aussah.

Felicitas dagegen legte großen Wert auf ihre Garderobe. Ihr Vater beklagte sich regelmäßig über die Kosten, mit denen Kleidung, Schmuck und Schuhe für Mutter und Tochter zu Buche schlugen. Allerdings war er sowohl seiner Frau Elaine als auch Felicitas von Herzen zugetan und tat sich daher schwer, ihre Wünsche abzulehnen.

An der Universität war Felicitas, ebenso wie Amelie, immer sehr zurückhaltend gekleidet. Privat allerdings liebte die junge Frau prächtige Stoffe, schöne Schuhe und glitzernden Schmuck. Natürlich verfügte sie, im Gegensatz zu Amelie, auch über eine große Anzahl edelster Abendroben, nebst passenden Schuhen, Handschuhen und Schmuck. »Ich werde heute das himmelblaue Taftkleid anziehen«, schwärmte sie der Freundin auf dem Heimweg von der Universität vor. »Es ist ganz neu, soeben aus Paris von Worth geliefert.«

»Worth?« Amelie war nicht überrascht. »Da wird der Herr Papa wohl wieder gezetert haben.« Der Pariser Modeschöpfer war gerade *de rigueur* – und sehr, sehr teuer.

»Ach, du kennst ja Papa«, Felicitas kicherte. »Zuerst regt er sich auf, dann umschmeichle ich ihn ein bisschen und dann ist er begeistert, wenn er mit mir und Mama in unseren neuen Roben vor seinen Freunden angeben kann.« Die beiden jungen Frauen lachten und setzten ihren Weg fort.

Rasch waren sie vor Amelies Elternhaus angelangt, das auf Felicitas Weg zum Palais ihrer Eltern lag. Die Freundinnen verabschiedeten sich mit einem Kuss auf die Wange und Amelie öffnete die Haustür. »Else!«, rief sie. Das Hausmädchen tauchte aus der Küche auf und wischte sich die Hände an der Schürze ab. »Ach, gnädiges Fräulein, ich möchte Ihnen von Herzen gratulieren! Der erste große Schritt ist geschafft.«

»Danke, Else.« Sie reichte ihr Hut und Mantel. »Else, du musst mein Abendkleid aus dem Schrank holen und schauen, ob damit alles in Ordnung ist. Wir sind heute bei den Wallersdorfs zu einer Abendgesellschaft eingeladen.«

»Der alte Fetzen?« Else murrte. »Den haben Sie nun doch schon bei so vielen Anlässen getragen.«

»Ich weiß, aber ich habe nichts anderes und so auf die Schnelle werden wir wohl auch nichts bekommen.«

»Unsinn!« Luise von Liebwitz war in den Flur getreten. »Ich gratuliere dir herzlich zur bestandenen Prüfung«, sagte sie und küsste ihre Tochter die Wange. »Ein solcher Anlass schreit förmlich nach einem neuen Kleid. Wir werden heute ins Kaufhaus Tietz direkt hier am Platz gehen und eines für dich kaufen.«

»Und auch eines für dich.« Auch Michael von Liebwitz war inzwischen durch die Haustür getreten und reichte Else Mantel, Hut und Stock. Schön langsam herrschte drangvolle Enge in der Diele.

»Guten Tag, Michael, schön, dass du schon zu Hause bist.« Luise trat zu ihrem Mann und küsste ihn. »Das ist doch nicht nötig. Ich habe ja noch das nachtblaue Kleid, das geht noch.«

»Nichts da«, sagte Michael von Liebwitz. »Das ist ein schöner Anlass, Amelie hat den ersten Schritt auf ihrem Weg zur Ärztin getan, das wollen wir feiern. Geht doch rüber ins Tietz und sucht euch etwas Schönes aus. Und danach könntet ihr essen gehen, was meint ihr?«

Der Ausflug der beiden Frauen hatte sich gelohnt. Als sie abends fertig angekleidet und frisiert in den Salon traten, konnte Michael von Liebwitz sein Entzücken nicht verhehlen. »Großartig seht ihr aus«, sagte er und reichte seinen beiden Damen jeweils ein gut gefülltes Sektglas. »Lasst uns auf Amelies bestandene Prüfung anstoßen – und auf ihren unbeugsamen Willen.« Zart klangen die Gläser aneinander.

Amelie hatte sich für ein tiefrotes Samtkleid im Empirestil entschieden. Unter der Brust war es mit einem gleichfarbigen Satinband abgesetzt. Der viereckige Ausschnitt betonte Schulter und Dekolleté. Die Mutter hatte ihr dazu eine filigrane Silberkette geliehen, an der ein einzelner, schön gefasster Rubin befestigt war. Ellbogenlange Satinhandschuhe im gleichen Farbton wie das Kleid und schmale rote Schuhe vervollständigten das Ensemble. Amelies Haare fielen ihr glatt und lang über den Rücken. Ein silberner, schmaler Reif hielt das Haar aus der Stirn.

Aber auch Luise von Liebwitz konnte sich sehen lassen. Das weiche blonde Haar war aus dem Gesicht gestrichen und zu einem eleganten Chignon hochgesteckt. Das wasserblaue ärmellose Kleid im Empirestil war schmal geschnitten und betonte die schlanke Figur Luises. Um den dezenten runden Ausschnitt waren glitzernde blaue Steinchen in den Stoff gewebt. Dazu trug auch sie ellenbogenlange Satinhandschuhe und passend eingefärbte Schuhe. Ihr Haar zierte ein elegantes, zierliches Diadem, das mit den gleichen blauen Steinen besetzt war wie ihr Kleid.

»Nun, dann wollen wir uns auf den Weg machen«, sagte Michael, als die Sektgläser geleert waren. »Meine Damen, es ist mir eine besondere Freude, diesen Abend mit euch beiden verbringen zu dürfen.« Mit einer charmanten Verbeugung öffnete Michael von Liebwitz Frau und Tochter die Salontür. In der Diele wartete bereits Else mit den Mänteln ihrer Herrschaft. »Ich wünsche Ihnen einen schönen Abend«, sagte das Hausmädchen und knickste. »Danke, Else«, gab Luise zurück. »Das wünschen wir euch auch.« Das Hauspersonal, bestehend aus Else, dem Hausmädchen, und Isabella Haller, Köchin und Haushälterin, wollte den heutigen Abend ebenfalls feierlich begehen – Michael von Liebwitz hatte den beiden eine Flasche Sekt spendiert.

Das Palais derer von Wallersdorf erstrahlte im Glanz unzähliger Kerzen. Alle Fenster des barocken Schlosses waren hell erleuchtet. Laternen an den Seiten der Auffahrt warfen ein warmes Licht auf den Weg der illustren Gästeschar bis zum Portal.

Robert öffnete den Schlag der Kutsche und half Luise und Amelie hinaus. Michael von Liebwitz verließ die Kutsche als Letzter. Am mächtigen Portal wurden sie von einem Lakaien in Empfang genommen, der ihnen die Mäntel abnahm und sie an den Butler übergab: »Frau von Liebwitz, Herr von Liebwitz, Fräulein von Liebwitz. Herzlich willkommen im Palais Wallersdorf«, begrüßte er die Familie. »Wenn Sie mir bitte folgen wollen.« Er geleitete sie zum Ballsaal im ersten Stock, in dessen breiter Doppeltür die Familie Wallersdorf ihre Gäste begrüßte. Michael von Liebwitz küsste die Hand Elaine von Wallersdorfs und schüttelte Ferdinand von Wallersdorf, mit dem er eng befreundet war, die Hand. Auch die Hand von Felicitas küsste er ritterlich. »Wunderschön siehst du aus, Kind«, sagte Michael und betrat den Ballsaal, gefolgt von seiner Frau.

»Felicitas, du siehst hinreißend aus«, meinte auch Amelie, nachdem die Begrüßungsformalitäten erledigt waren und Felicitas die Erlaubnis erhalten hatte, Amelie in den Ballsaal zu begleiten. Die zierliche junge Frau trug ein himmelblaues Taftkleid, das bis zur Taille spitz zulief, um sich dann in einem mit Spitzen gesäumten Rock zu weiten. Im Rücken war das Kleid mit unzähligen kleinen Knöpfen verschlossen. Im Ausschnitt trug sie eine einzelne, perfekte weiße Rose. Das schwarze, lockige Haar wurde, ebenso wie bei Amelie, von einem schmalen Reif aus dem Gesicht gehalten und fiel ihr bis weit in den Rücken.

»Du aber auch.« Felicitas sah Amelie bewundernd an. »Die Farbe steht dir hervorragend, du bist einfach wunderschön.«

»Ach, Felicitas«, wehrte Amelie ab. »Neben dir sehe ich aus wie eine Riesin.«

»Das ist nicht wahr«, Felicitas blickte Amelie erneut bewundernd an. »Du wirkst richtig majestätisch.«

»Wie ein königliches Schlachtschiff, oder?« Die beiden Frauen lachten.

»Ihr sitzt da drüben«, Felicitas deutete auf einen der runden Tische, die auf einer Seite des riesigen Ballsaales angeordnet waren. Der Saal bot einen prachtvollen Anblick. Auf drei Seiten waren die Wände mit lindgrüner Seide bespannt. Die vierte Seite wurde beinahe zur Gänze von breiten Fenstertüren eingenommen, die auf eine wuchtige Steinterrasse hinausführten. An den Wänden waren unzählige goldene Kandelaber mit weißen Kerzen besteckt. Und von der stuckverzierten hohen Decke hing ein riesiger Kronleuchter, dessen Prismen im Licht der vielen Kerzen funkelten. Elektrizität war im Haus derer von Wallersdorf als »Narretei«

abgetan worden. Das Licht der Kerzen verliehen dem Raum einen märchenhaften Glanz. Es spiegelte sich auch auf dem glänzenden Parkett, von dem die Teppiche entfernt worden waren, um Platz für eine Tanzfläche zu schaffen. Am anderen Ende des Ballsaals hatte man ein Podest errichtet, auf dem eine Gruppe von Musikern leise Melodien von Mozart spielte.

Der Saal war bereits gut gefüllt. Die Damen glänzten in aufwendigen Roben, die Herren waren in Frack oder Galauniform erschienen. Es bot sich ein farbenprächtiges Bild. Lakaien in schwarzen Uniformen mit goldenen Knöpfen glitten mit Tabletts durch die Menge und reichten Champagner.

Schließlich gab der Butler mit einem silbernen Glöckchen das Zeichen für die Gäste, ihre Plätze aufzusuchen. Die vielen runden Tische waren mit weißen Damasttischdecken verhüllt. In der Mitte jedes dieser Tische stand ein prachtvoller Tafelaufsatz, aus dem in verschwenderischer Fülle cremefarbene und blutrote Rosen quollen. An jedem Platz wies ein sorgsam kalligrafiertes Kärtchen aus ebenfalls cremefarbenem Pergament mit rotem Rand den Gästen ihren Platz zu.

Luise, Amelie und Michael hatte man an den Familientisch derer von Wallersdorf platziert. Amelie und Felicitas saßen natürlich nebeneinander. Das war so nicht vorgesehen gewesen, beiden jungen Frauen war ein standesgemäßer Tischherr zugeordnet worden, aber Felicitas hatte in einem unbeobachteten Moment rasch die Kärtchen ausgetauscht. Als die Gäste Platz genommen hatten, erntete sie dafür einen strafenden Blick von ihrer Mutter. Elaine von Wallersdorf war eine umwerfende Schönheit und für ihr Temperament in ganz Berlin bekannt und berüchtigt. Geriet die Gräfin in Wallung, war schon so manches edle Porzellanstück zu Bruch gegangen. Ferdinand von Wallersdorf hatte die schöne Irin kennengelernt, als er einen alten Schulfreund in Drogheda zur Jagd besucht hatte. Die Schwester des Freundes war mitgeritten und hatte den jungen Berliner Grafen mit ihrer Schönheit und ihrem Wagemut zu Pferde buchstäblich im Sturm erobert. Nach einer unstandesgemäß kurzen Verlobungszeit – wie Elaines Mutter den Rest ihres Lebens nicht müde wurde, zu betonen – hatten die beiden geheiratet, und Elaine war Ferdinand nach Berlin gefolgt. Da Ferdinand des Englischen einigermaßen mächtig war, hatte sie, trotz mehrerer Hauslehrer, die sie in Berlin verschlissen hatte, das Deutsche nie völlig zu beherrschen gelernt, und so war Felicitas zweisprachig aufgewachsen.

Das Essen wurde serviert und von den etwa 120 anwesenden Gästen in vollen Zügen genossen. Ferdinand von Wallersdorf beschäftigte eine französische Köchin, die sich auf die schmackhaftesten Gaumenfreuden verstand. Und der Weinkeller des Hausherrn ließ ebenfalls keine Wünsche offen. Als auch der Nachtisch, eine luftige Komposition aus Biskuit, Früchten und Eischaum, vertilgt worden war, klopfte Ferdinand von Wallersdorf an sein Champagnerglas und bat um Ruhe. Dann erhob er sich.

»Liebe Gäste«, hob er an. »Wir haben Sie heute eingeladen, um den Erfolg von Felicitas und Amelie zu feiern, die beide, wie die meisten von Ihnen wissen, sich zu einem ungewöhnlichen Weg entschlossen haben. Sie studieren nun – als die ersten beiden weiblichen Wesen – schon im zweiten Semester Medizin hier in Berlin. Unser Kaiser Wilhelm II. hat es möglich gemacht. Und wir haben uns dazu entschlossen, unsere Mädchen diesen schwierigen Weg gehen zu lassen. Heute nun haben die beiden eine erste schwere Hürde auf ihrem Weg in die Welt der Medizin genommen, sie haben die naturwissenschaftliche Prüfung bestanden.« Er hob sein

Glas. »Wie Sie ja wissen, bin ich selbst naturwissenschaftlich nicht uninteressiert und verfolge den Weg unserer beiden Vorreiterinnen mit großem Interesse. Mögen Sie auch in Zukunft erfolgreich sein und ihren Weg gehen, um schließlich eine segensreiche Tätigkeit als Medizinerinnen aufnehmen zu können. Felicitas und Amelie, ihr möget hochleben!« Ferdinand von Wallersdorf hob sein Glas, die Gäste folgten ihm, und es erklangen Hochrufe. Als diese verklungen waren und Ferdinand sich wieder gesetzt hatte, erhob sich zu aller Erstaunen Elaine von Wallersdorf. Ganz still war es im Raum. Mit ihrem reizenden englischen Akzent sagte sie: »Ich war anfangs ganz abgelehnt, meiner Tochter zu erlauben, das Universität zu besuchen.« Leises Gelächter ertönte. »Ich habe sogar meinen Kopfweh bekommen und mir drei Tage lang in meine Gemacher zurückgezogen.« Sie blickte ihren Ehemann liebevoll an. »Ganz genau ich weiß nicht, wie Ferdinand mich hat überzeugt, aber er hat geschafft es – und jetzt ich bin so stolz auf mein kleine Felicitas, mein kleines Girl.« Auch sie erhob ihr Glas zu einem Toast. Dann sagte sie: »Und nun, mein lieben Gaste, wollen wir den Tanzbein schwingen. Musik bitte!«

Elaine und Ferdinand machten den Anfang und begaben sich zu einem schwungvollen Strauß-Walzer auf die Tanzfläche. Andere Paare folgten ihnen, und bald war die spiegelnde Fläche mit tanzenden Paaren gefüllt.

»Ist sie nicht umwerfend, meine Frau Mama?«, fragte Felicitas lächelnd.

»Das ist sie«, erwiderte Amelie. »Eine wirklich beeindruckende Frau.«

»Übrigens, ganz so reibungslos, wie sie das jetzt geschildert hat, ging das Ganze natürlich nicht über die Bühne. Als ich ihr das erste Mal davon erzählte, Medizin studieren zu wollen, wurde sie zornig und hat mich auf Deutsch und

Englisch angeschrien. Außerdem hat sie einen ihrer Lieblingsporzellanhunde am Kamin zerschmettert und damit das neue Dienstmädchen, das gerade Tee servieren wollte, völlig verstört.«

Amelie lachte. »Das kann ich mir vorstellen.«

»Aber nachdem sie drei Tage lang in ihrem Boudoir geschmollt hatte, hat Papa es irgendwie geschafft, ihr doch noch die Erlaubnis abzuringen.«

»Wie hat er das angestellt?«, fragte Amelie und beugte sich neugierig vor. »Das weiß ich nicht. Er hat es mir nicht verraten. Allerdings haben sie in den Tagen danach geschnäbelt wie die Turteltauben. Ein Schelm, wer Schlechtes dabei denkt.« Felicitas klimperte mit den Wimpern.

Ein Räuspern war neben den beiden ins Gespräch vertieften jungen Frauen zu hören. »Gnädiges Fräulein«, der junge Leutnant von Passheim verbeugte sich tief vor Felicitas. »Darf ich um diesen Tanz bitten?« Felicitas blickte zu Amelie, die nickte. »Sehr gerne, Leutnant«, sagte Felicitas und stand auf, um am Arm ihres Kavaliers in der tanzenden Menge zu verschwinden. Auch Amelie wurde alsbald von einem Bekannten zum Tanz aufgefordert. Sie nahm den Arm ihres Kavaliers und folgte ihm auf die Tanzfläche. Erst da erkannte sie ihren Tanzpartner. Es handelte sich um Johannes Ditfurth, einen ihrer Kommilitonen. Erstaunt blickte Amelie zu ihm hoch. »Sie?«, fragte sie leise, während das Orchester den Frühlingsstimmen-Walzer intonierte.

»Ja, ich weiß, gnädiges Fräulein sind sicher überrascht«, gab dieser, ein hübscher Bursche von durchschnittlicher Größe und schlanker Gestalt, zurück. »Aber Sie müssen wissen, ich beteilige mich nicht an den kindischen Streichen meiner Kommilitonen.« Johannes Ditfurth war Amelie tatsächlich bislang nur durch besonderen Fleiß und große Aufmerksamkeit in den Vorlesungen aufgefallen.

Sie lächelte ihn frech an: »Aber zum ritterlichen Verteidiger haben Sie sich bislang auch nicht gerade aufgeschwungen!«

»Ich weiß«, antwortete Johannes. »Wissen Sie, ich wusste zuerst auch nicht, was ich von weiblichen Kommilitonen halten sollte«, gab er ehrlich zu. »Aber eigentlich waren Sie mir von Anfang an sehr sympathisch.«

Amelie erwiderte nichts und ließ sich von Johannes über die Tanzfläche führen. »In letzter Zeit allerdings fingen diese ›Streiche‹«, Ditfurth betonte das Wort ironisch, »an, mir gehörig auf die Nerven zu gehen.«

»Ach?«, fragend blickte Amelie in die braunen Augen ihres Tanzpartners.

»Ja, ich sehe doch, wie Sie beide sich anstrengen, sehe Ihre ausgezeichneten Leistungen und verstehe immer weniger, warum ich anfangs eher gegen weibliche Studenten eingestellt war.« Johannes Ditfurth machte einige geschickte Linkswalzerschritte und – der Tanz war zu Ende – verbeugte sich tief vor Amelie.

»Nun«, meinte diese. »Dann wollen wir mal sehen, ob wir nicht gemeinsam gegen die versammelte Meute unserer im Corps vereinigten Kommilitonen etwas ausrichten können?«, meinte sie, nickte Johannes noch einmal freundlich zu und begab sich zurück auf ihren Platz, wo sie sofort von einem weiteren Kavalier zum nächsten Tanz aufgefordert wurde.

Erst ungefähr eine Stunde später konnten Felicitas und Amelie sich wieder von ihren Tanzpartnern loseisen und trafen sich auf der Terrasse vor dem Ballsaal, um ein wenig zu verschnaufen.

»Sag, ich würde furchtbar gerne eine Zigarette rauchen«, gestand Amelie der Freundin. »Können wir nicht kurz auf dein Zimmer gehen?«

»Das ist eine hervorragende Idee«, freute sich Felicitas. »Warte kurz hier, dann verlass den Ballsaal unauffällig und geh hinauf. Ich folge dir, so schnell ich kann.«

Kurze Zeit später hatten die beiden es sich auf der breiten Fensterbank in Felicitas' Zimmer gemütlich gemacht. Nur eine einzelne Kerze brannte auf dem Frisiertisch. Genüsslich zog Amelie an ihrer Zigarette. »Weißt du, meine Eltern haben nichts dagegen, dass ich rauche«, begann Amelie. »Aber ich weiß ja, wie dein Vater dazu steht.«

Felicitas nahm Amelie die Zigarette aus der Hand und zog daran. »Oh ja – als er mich einmal beim Rauchen erwischt hat, hat er drei Tage lang kein Wort mehr mit mir geredet. ›Eine Frau von Stand raucht nicht‹, hat er mir fortwährend in den Ohren gelegen. Dabei könnte er ohne seine abendliche Zigarre gar nicht auskommen.«

»Sag mal«, begann Amelie, die in den Sternenhimmel hinaussah. »Ist er nett, der Leutnant von Passheim?«

»Ja, es geht so, ein bisschen langweilig vielleicht. Er redete die ganze Zeit von dem Manöver, an dem er vor Kurzem teilgenommen hat und wie großartig die neuen Schiffe werden, die der Kaiser gerade bauen lässt.«

»Wie interessant«, Amelie gähnte ostentativ.

»Nicht wahr? Aber ich habe ihn reden lassen und mich aufs Tanzen konzentriert.«

»Gefällt er dir denn gar nicht?«, bohrte Amelie noch weiter.

»Gefallen? Nein, er ist mir im Ganzen wohl zu groß und breit und irgendwie zu …« Felicitas rang nach Worten. »Zu männlich«, sagte sie dann mit Nachdruck.

»Aber was soll denn das heißen, zu männlich?«, spottete Amelie.

»Ach, ich weiß doch auch nicht«, gab Felicitas zurück. »All diese Männer mit ihren Uniformen und küss die Hand hier und küss die Hand dort, ich habe noch keinen getroffen, der mich fasziniert hat.«

»Geht mir ähnlich«, gestand auch Amelie. »Die meisten Männer sind doch langweilige Kerle.« Sie nahm einen weiteren Zug aus ihrer Zigarette und blickte aus dem Fenster. »Heute Abend allerdings habe ich tatsächlich einen unserer Kommilitonen kennengelernt«, berichtete sie Felicitas.

»Ach ja, der junge Ditfurth, nicht?«, gab Felicitas zurück. »Meine Eltern sind mit seinen befreundet und wollten ihn unbedingt einladen. Wie ist er denn so?«

»Sehr nett«, Amelie blies einen perfekten Rauchring aus. »Er hat mir gesagt, er sei ganz und gar nicht einverstanden damit, wie unsere sogenannten Kommilitonen uns behandeln. Vielleicht finden wir in ihm ja einen Verbündeten, wer weiß?« Versonnen blickte Amelie aus dem Fenster.

»Du siehst so schön aus heute Abend«, wechselte Felicitas unvermittelt das Thema. »Danke, meine Liebe, du aber auch«, Amelie blickte Felicitas in die Augen. Die nahm die Hand ihrer Freundin, führte sie an den Mund und drückte einen Kuss auf die Handfläche. Amelie kicherte verlegen. »Was machst du denn da?«, fragte sie.

»Ich? Ach nichts – komm, lass uns wieder zu den anderen gehen, bevor wir vermisst werden.« Felicitas sprang vom Fensterbrett und trat zur Tür ihres Zimmers. Amelie folgte ihr, tief in Gedanken versunken. Als Felicitas ihr eben diesen Kuss auf die Handfläche gegeben hatte, war etwas Seltsames mit ihr passiert, etwas, das sie noch nie gefühlt hatte, wenn ein Mann ihr die Hand geküsst hatte. Ihre Haut hatte an der Stelle angefangen zu prickeln, und sie hatte ein süßes, ziehendes Gefühl in ihrem Bauch gespürt. »Seltsam«, dachte sie. Felicitas hatte irgendetwas in ihr angerührt. Was das allerdings war, konnte sie, so sehr sie auch darüber nachsann, nicht in Worte fassen.

Erst weit nach Mitternacht verabschiedeten sich die Gäste der glanzvollen Soiree, Familie von Liebwitz war unter den letzten und bestieg lachend und plaudernd die Kutsche, die sie wieder nach Hause bringen sollte. Amelie und Luise hatten einen kleinen Schwips, auch Michael war nach all dem Champagner, dem schweren Rotwein und dem Cognac, der nach dem Essen im Herrenzimmer serviert worden war, nicht mehr ganz sicher auf den Beinen. »Zum Glück wacht Dr. Klausner heute Nacht, falls im Scheunenviertel ärztliche Hilfe benötigt wird«, sagte er, als die ganze Familie sicher in der Kutsche auf dem Heimweg war. »Ich glaube, ich könnte heute keinen Hausbesuch mehr machen.« Michael lehnte den Kopf an die Seitenwand der Kutsche, schlief prompt ein und begann leise zu schnarchen. Luise weckte ihn liebevoll, als sie vor ihrem Haus angekommen waren. »Ich bringe deinen Vater zu Bett«, sagte sie, »du kommst doch allein zurecht?«

»Ja, natürlich, Mama«, sagte Amelie und zog sich rasch in ihr eigenes Zimmer zurück, wo sie sich bettfertig machte und mit einem tiefen Seufzer die Bettdecke über den Kopf zog. Ein eigenartiger Abend war das gewesen, dachte sie noch im Einschlafen, was hatte sich Felicitas denn bloß mit ihrer merkwürdigen Geste gedacht? Doch zu einer Lösung fand sie in dieser Nacht nicht mehr, mitten im Nachgrübeln schlief sie ein und als sie am Morgen erwachte, hatte sie die kleine Episode beinahe schon ganz vergessen.

Kapitel 5

BERLIN, FEBRUAR 1909

An einem Vormittag Mitte Februar 1909 war die erste Leichenöffnung angesetzt, an der die jungen Studierenden erstmals praktisch erproben sollten, was sie im ersten Semester theoretisch gelernt hatten.

Felicitas hatte Angst vor der ersten Leichenöffnung gehabt, wohingegen Amelie dem Tag förmlich entgegengefiebert hatte. Endlich würde sie ins Innere eines Menschen blicken, vielleicht sogar ein Operationsmesser zur Hand nehmen können. »Du musst doch keine Angst haben, Felicitas«, hatte sie die Freundin am Tag vor der ersten Veranstaltung zu beruhigen versucht, während die beiden jungen Frauen im großen Esszimmer im Haus der von Liebwitz ihre Anatomiebücher gewälzt hatten, um sich möglichst gut auf die erste Leichenöffnung vorzubereiten.

Die Lampe über dem Esstisch verbreitete helles Licht, man hatte elektrischen Strom im Haus. Michael von Liebwitz war ein fortschrittlicher Mann, der Neuerungen, vor allem dann, wenn sie auch seiner Arbeit zugutekamen, gerne bei sich zu Hause einführte. Vor den Fenstern waren die schweren roten Samtportieren zugezogen, die Großvateruhr in der Ecke tickte leise vor sich hin und vor den Fenstern ging ein heftiger Winterregen nieder.

Im Haus allerdings war es warm und gemütlich. Denn nicht nur Stromleitungen und elektrisches Licht waren bereits vor einigen Jahren im Haus installiert worden, auch eine moderne Zentralheizung hatte Michael von Liebwitz einbauen lassen. Die unschönen Metallradiatoren mit den breiten Rippen versteckten sich hinter durchbrochenen Holzverkleidungen, die eine angenehme Wärme verströmten.

»Meine Patienten profitieren davon, wenn es in der Ordination im Herbst und Winter schön warm ist«, hatte Michael von Liebwitz zu seiner Luise gesagt, als diese gegen die hohe Investition, die die Installation von Strom und Heizung kosten würde, protestiert hatte. »Und wenn meine Patienten davon profitieren, warum sollten wir dann im Winter mühsam die Öfen heizen?« Von dieser Argumentation ließ sich Luise von Liebwitz schlussendlich überzeugen, nicht zuletzt deshalb, weil sie in den kalten Berliner Wintern zuvor oft unablässig gefroren hatte.

Das helle Licht und die Wärme der Zentralheizung waren auch der Grund, warum Felicitas und Amelie viel häufiger in Amelies Zuhause lernten als im Palais derer von Wallersdorf. Felicitas Eltern hielten nichts von derlei »Frivolitäten«, wie sie es selbst nannten, was dazu führte, dass es in dem Riesenkasten im Winter immer kalt war, egal, wie viel geheizt wurde.

»Meinst du wirklich, wir sehen auch die – hm, du weißt schon – die …« Felicitas' Gesicht verfärbte sich tiefrot, »Ge-Geschlechtsteile der Leiche?« Erst in ihren Anatomievorlesungen hatte sie die Geschlechtsmerkmale von Männern erstmals zu sehen bekommen und ausführlich darüber gehört. Denn Professor Wronski verbreitete sich gern und ausführlich über Penis und Skrotum und machte keinen Hehl daraus, wie sehr er die Verlegenheit von Felicitas genoss, wenn diese Themen im Anatomieunterricht zur Sprache kamen.

Amelie lachte laut auf.

»Felicitas, du Schaf«, prustete sie. »Solange diese Körperteile nicht untersucht und präpariert werden, bleiben sie von einem Tuch bedeckt. Du brauchst dir also keine Sorgen zu machen, den Schock deines Lebens zu erleiden, wenn du das erste Mal einen konservierten Leichnam siehst.«

»Puh«, atmete Felicitas aus. »Das ist gut, mir reicht es schon, morgen überhaupt mein erstes Leichenpräparat zu sehen.«

»Also manchmal frage ich mich schon, warum du eigentlich unbedingt Medizin studieren wolltest?«

»Schau«, antwortete Felicitas, »es interessiert mich ja auch alles sehr, aber eben«, sie wand sich, »eben mehr in der Theorie. Ich finde es spannend, wie der menschliche Körper aufgebaut ist, wie er funktioniert und was passiert, wenn er erkrankt. Aber so direkten Kontakt mit Leichen, na, ich weiß nicht, ob ich das unbedingt haben will.«

»Ich sehe schon, du wirst eines Tages in die Forschung gehen und ein Heilmittel gegen irgendeine schwere Erkrankung finden, berühmt werden und den Nobelpreis erhalten so wie Paul Ehrlich im Vorjahr.« Amelie lächelte ihre Freundin über den Tisch hinweg freundlich an.

»Ja, aber dazu muss ich erst einmal die morgige Leichenöffnung überstehen«, seufzte Felicitas und neigte den Kopf wieder über ihre Bücher.

»Das wirst du schon«, zeigte Amelie sich überzeugt. »Der Krussmann hat nichts gegen Frauen in der Medizin. Im Vergleich zu einem normalen Tag im Hörsaal sind das doch richtig schöne Aussichten!« Auch Amelie wandte sich wieder ihrer Lektüre zu. Bis spät abends lernten die beiden und fragten einander gegenseitig ab, bis Luise von Liebwitz energisch ins Zimmer trat und sagte: »So, Mädchen, genug gelernt. Wir trinken jetzt noch einen Sherry und dann geht es ab ins Bett. Felicitas, Robert wird dich dann später in der Kutsche nach Hause bringen.«

»Ach, Mama – das ist eine hervorragende Idee.« Amelie stand auf, streckte sich ausgiebig und begleitete ihre Mutter in deren kleinen Salon, in dem diese gerne die Abendstunden verbrachte. Felicitas folgte den beiden.

Luises Salon war in warmen Rottönen gehalten. An den beiden großen Flügelfenstern hingen rotsamtene Portieren, die tagsüber mit silbernen Kordeln zurückgehalten wurden, jetzt aber zugezogen waren. Den Holzboden bedeckte ein blau-rot-grüner Perserteppich, dessen Farben im Licht des kleinen Kronleuchters, der von der Decke hing, wie Edelsteine funkelten. Ein rotes Samtsofa bildete den Mittelpunkt des Raumes, das mit seinen vielen kleinen Kissen einen behaglichen Anblick bot. Ein niedriger mit Schellack überzogener Nussbaumtisch, der davorstand, trug bereits Sherrykaraffe, Gläser und Aschenbecher. Dem Sofa gegenüber waren zwei ebenfalls mit rotem Samt bezogene, gemütliche Armsessel angeordnet. In der Ecke, auf einer niedrigen Nussbaumkommode befand sich ein Grammophon mit einem großen Trichter. Und auf der gegenüberliegenden Seite des Raumes vertickte auf einem Vertiko eine zierliche Barockuhr die Minuten.

Amelie ließ sich aufatmend auf das Sofa fallen und legte die Beine hoch. Ihrer Mutter und Felicitas blieben mithin nur die Armsessel. Luise von Liebwitz ließ sich mit einem Seufzer in den linken Sessel sinken.

»Also wirklich, Amelie«, schimpfte sie – nur halb im Spaß. »Du könntest deiner alten Mutter wirklich den Platz auf dem Sofa überlassen.«

»Alte Mutter«, lachte Amelie. »Von wegen, du bist nicht alt – wie lange warst du heute wieder auf den Beinen, um deine unzähligen werdenden Mütter zu besuchen?«

»Na eben«, gab Luise mit funkelnden Augen zurück. »Da habe ich mir doch wohl einen Platz auf dem Sofa verdient.

Aber lass nur, ich sitze hier auch ganz bequem. Aber sei wenigstens so lieb und schenk uns einen Sherry ein.«

»Zu Befehl, Mutter.« Amelie salutierte scherzhaft, erhob sich vom Sofa und füllte die Gläser.

»Können wir uns das Buch anschauen?«, fragte Felicitas, nachdem sie einen Schluck von ihrem Sherry genommen hatte. »Das Buch« war eine liebenswerte Schrulle Luises. Nicht weniger an neuen technischen Errungenschaften interessiert als ihr Gemahl, hatte sie schon vor einigen Jahren damit begonnen, sich für die Kunst der Fotografie zu interessieren. Und als die Firma Rodenstock 1904 mit der Spazierstockkamera einen Apparat auf den Markt brachte, der klein genug für ihre Arbeitstasche war, hatte sie begonnen, die Neugeborenen abzulichten, denen sie half, das Licht der Welt zu erblicken. Die Bilder klebte sie in »das Buch«, um Erinnerungen an ihre Tätigkeit zu haben.

Felicitas liebte das Album und schaute es sich so oft wie möglich gemeinsam mit Luise an. Amelie fand das Ganze ein wenig zu sentimental und war deutlich weniger begeistert als Felicitas.

Luise meinte: »Aber ja, Kind, hol es dir, vielleicht finden wir ja ein Foto, dessen Geschichte ich dir noch nicht erzählt habe.«

Und tatsächlich fand sich ein solches Bild, es zeigte ein kleines Mädchen, das in einen Spitzenschal gewickelt, im Arm seiner zwar erschöpft, aber sehr glücklich aussehenden Mutter lag. »Alicia von Seboldstein mit ihrem ersten Kind«, berichtete Luise. »Die junge Frau hatte schreckliche Angst vor der Geburt, weil ihre älteren Freundinnen ihr zuvor unzählige Schauergeschichten über ihre eigenen Entbindungen erzählt hatten.« Luise rollte mit den Augen. »Und dann dauerte es keine fünf Stunden, bis das Mädchen auf der Welt war – gesund, munter und hat gebrüllt wie am Spieß, bis ihre

Mutter sie angelegt hatte.« Luise lächelte versonnen, als sie an den Geburtstag des Mädchens dachte. »Das war gar nicht schlimm«, Frau von Liebwitz«, hat sie mir nachher gesagt. »Da bekomme ich gleich noch ein Kind.« Felicitas lächelte und blätterte weiter in dem Buch. Amelie gähnte und renkte sich dabei fast den Kiefer aus. »Oh je!«, rief Felicitas aus, »ich glaube, es wird Zeit für meine Heimfahrt.« Sie sprang aus dem Sessel auf, reichte Luise die Hand und zog Amelie in eine herzliche Umarmung. »Schlaf gut, Amelie und bis morgen zur Leichenschau im Anatomischen Theater.«

Kapitel 6

Früh am nächsten Morgen hatten Amelie und Felicitas, die beiden »Unzertrennlichen«, sich auf den Weg zum Anatomischen Theater des Curias-Krankenhauses gemacht, wo Professor Hannes Krussmann die Vorlesung leiten würde. Krussmann war – ebenso wie sein die theoretische Anatomie lehrender Kollege Wronski – ein Meister in seinem Fach. Im Gegensatz zu Wronski allerdings war er kein ausgewiesener Feind des Frauenstudiums, vielmehr hatte er die Teilnahme von Amelie und Felicitas erfreut zur Kenntnis genommen, als diese sich bei ihm angemeldet hatten.

Die Autopsie war im Anatomischen Theater angesetzt, das dem Curias angegliedert war und sich in einem Nebengebäude des großen Krankenhauses befand. Ein weiß gekalkter ebenerdiger Bau mit einem spitzen Dach, das von einem kleinen Türmchen gekrönt wurde, stand das kleine Gebäude, ganz abgeschieden, in einer Ecke des weitläufigen Spitalsgeländes, von hohen Ulmen umstanden und von einer Steinmauer begrenzt, die von Efeu überwuchert war. Über der schmalen, hölzernen Eingangstür war zu lesen: Hic gaudet mors succurrere vitae! »Hier freut sich der Tod, dem Leben zu helfen.« Die Tür, über der diese Inschrift prangte, führte direkt in den Hörsaal, in dem die Stuhlreihen, die im Halbkreis angeordnet waren, fächerförmig anstiegen, so dass auch jene, die in den hinteren Reihen ihren Platz fanden, einen guten Blick auf den vorderen Abschnitt des Raumes hatten. Einzig ein leerer Steintisch war dort zu sehen, daneben lag auf einem Tischchen ein Tablett mit chirurgischen Instrumenten. An der vorderen Wand des Anatomischen Theaters war eine Schiefertafel angebracht. Ansonsten war der weiß gestrichene Raum mit den kleinen Fenstern unmöbliert. Neben der Schiefertafel öffnete sich eine kleine Tür zu einer Treppe, die in den Keller führte. In diesem lagerten die Leichen in mit Formalin gefüllten Wannen und warteten darauf, ihrem Zweck zugeführt zu werden – nämlich den Studierenden als Anschauungs- und Übungsobjekte zu dienen.

Die praktischen Übungen an Leichen sollten den jungen Studierenden Körperbau, Organsysteme, Sinnesorgane, Nerven, Muskeln, Knochen und Sehnen plastisch, am Demonstrationsobjekt Leiche, nahebringen.

»Die Zeichnungen in den Büchern zeigen die Organe immer exakt am gleichen Ort und sind in Form und Aufbau einfach zu erkennen.« Mit diesen Worten hatte Professor Krussmann die Demonstration eingeleitet. »Nun, lassen Sie es sich gesagt sein, meine lieben jungen Herren – und Damen …« Er verneigte sich kurz vor Amelie und Felicitas. »In der Praxis kann die Sache vollkommen anders aussehen.« Er trat auf die Leiche zu, die von einem Hörsaaldiener ins Anatomische Theater gebracht worden war, und schlug mit großer Geste das Tuch zurück, mit dem diese abgedeckt gewesen war.

Ein Schaudern ging durch die dichtbesetzten Reihen der wie im Amphitheater angeordneten Sitzreihen. »Dieser Herr hier hat freundlicherweise seinen Leib der Wissenschaft vermacht – er starb an einem Insult, der ihn mit 75 Jahren plötzlich dahinraffte.«

Die Leiche bot tatsächlich einen schauderhaften Anblick. Sie hatte wochenlang in einer mit Formalin gefüllten Wanne gelegen, was sie zwar ausgesprochen haltbar gemacht, sie allerdings auch jeder Menschlichkeit, die der frische Leichnam einmal gehabt haben mochte, beraubt hatte.

Die Haut war bräunlich-rosa und schrumpelig, der Leib wie zusammengesunken, die Augen waren geschlossen und insgesamt wirkte der Leichnam geschrumpft. Und es ging ein stechender Formalingestank von dem Übungsobjekt aus. Felicitas hielt sich unwillkürlich die Nase zu.

»Fräulein Collega«, hob Krussmann an, der das bemerkte, »wenn Sie sich nicht an den Geruch konservierter Leichen gewöhnen können, würde ich mir meinen Berufswunsch noch einmal überlegen. Denn, glauben Sie mir, es kommen noch ganz andere und wesentlich schlimmere Gerüche auf Sie zu, wenn Sie erst am Krankenbett oder im Operationssaal tätig sind.«

Felicitas nahm die Hand von der Nase: »Ja, Herr Professor, entschuldigen Sie bitte.«

Felicitas war dabei durchaus nicht die einzige Person im Raum, die den Anblick der formalingetränkten Leiche wenig erbaulich fand. Paul Alt, ein stets farbentragender Korpsstudent, verfärbte sich im Gesicht plötzlich erstaunlich grün, stürzte zur Hörsaaltür hinaus und erbrach sich heftig und lautstark, was im Anatomischen Theater deutlich zu hören war. »Na, da ist er nicht der Erste und wird nicht der Letzte sein«, konstatierte Krussmann lakonisch und wandte sich wieder dem Leichenpräparat vor ihm zu. »Es ist schön, wenn einmal nicht wir die Zielscheibe von Spott und Hohn sind«, wisperte Amelie Felicitas ins Ohr. Die beiden hatten ein leises Lachen über das Missgeschick ihres Kommilitonen ebenfalls nicht unterdrücken können.

Als Professor Krussmann am Tag darauf im Anatomischen Theater fortfuhr, den vor ihm liegenden Leichnam äußerlich zu beschreiben, hing Amelie förmlich an seinen Lippen.

Auch Felicitas hatte sich scheinbar an den Geruch gewöhnt und lauschte aufmerksam. Plötzlich hörte Amelie, wie hinter ihr ein Student zum anderen sagte: »Na, da werden unsere Weiber schön schauen, wenn es an die edelsten männlichen Teile geht, was denkst du?« Leises, aber doch deutlich hörbares meckerndes Gelächter ertönte.

»Sie, von Stein, was haben Sie hier zu reden und zu lachen?« Messerscharf fuhr die Stimme von Professor Krussmann in die Reihen der Studierenden.

»Äh, nichts, Herr Professor, entschuldigen Sie bitte.«

»Nun, wenn Sie nichts zu reden und zu lachen haben, es aber trotzdem tun, sollten Sie sich vielleicht einmal bei Professor von Ellersheim einfinden, damit dieser gründlich Ihren Geisteszustand untersucht.« Dezentes Gelächter ertönte. Professor von Ellersheim hatte den Lehrstuhl für Psychiatrie der medizinischen Fakultät inne und leitete die psychiatrische Abteilung am Curias.

Alexander von Stein, Korpsstudent und besonders eifriger Gegner des Frauenstudiums, errötete leicht. »Ich entschuldige mich, Herr Professor«, sagte er mit gequältem Gesicht, wobei sich der tiefe Schmiss auf seiner Wange in Richtung seines Mundwinkels verzog.

Ohne ein weiteres Wort wandte Krussmann sich ab und dozierte weiter. Die Stunde endete enttäuschend für Amelie. Zwar hatte Professor Krussmann die Leiche mit dem Skalpell geöffnet und die inneren Organe und ihren Sitz erläutert. Selbst durfte sie allerdings noch nicht das Operationsmesser in die Hand nehmen. »Nächstes Mal werde ich Ihnen zeigen, wie man ein Herz fachgerecht präpariert. Sie sollten sich also dieses Organ in Ihren Lehrbüchern besonders gut anschauen.« Mit diesen Worten entließ Krussmann die Studenten sowie Amelie und Felicitas, die sich eilends aus dem intensiv nach Formalin »duftenden« Raum entfernten.

»Puh, ich stinke nach diesem Zeug«, ärgerte sich Felicitas.« Amelie spannte ihren großen Regenschirm auf und hakte sich bei Felicitas unter. Der kleine Schauer, der die Freundin dabei überlief, entging ihr nicht. »Ist dir kalt?«, fragte Amelie besorgt. »Nein«, Felicitas wehrte ab. »Es ist alles in Ordnung, ich muss nur erst die vergangene Stunde verdauen.« Sie gingen eiligen Schrittes zum nächstgelegenen Café und traten ein. Drinnen wurden sie von stickiger Wärme, Rauchschwaden, aber auch dem Duft nach frisch gebrühtem Kaffee empfangen. »Komm, wir trinken einen Mokka, der wärmt uns auf.« Amelie legte Hut und Mantel in die Hände des sofort herbeigeeilten Kellners, Felicitas tat es ihr nach.

»Wenn die beiden Damen hier Platz nehmen wollen?« Der Kellner, stilvoll im Frack, wies auf eine grün samtene gepolsterte Nische.

»Zwei Mokka bitte«, bestellte Amelie. »Und zwei Gläser Sekt!«

Felicitas blickte die Freundin erstaunt an. »Sekt?«, fragte sie. »Jetzt, mitten am Nachmittag, ist das nicht ein bisschen frivol?«

»Ist es«, bestätigte Amelie. »Aber wir haben uns diese kleine Frivolität verdient. Immerhin hast du die erste Stunde praktische Anatomie überstanden, ohne dass dir schlecht wurde oder du rausrennen musstest.«

»Stimmt!«, lachte Felicitas. Und ich musste mich auch nicht zum Gaudium der anderen vor dem Hörsaal übergeben.« Paul Alt hatte sich, nachdem er sein Frühstück auf so unwürdige Art und Weise wieder von sich gegeben hatte, nicht mehr im Anatomischen Theater blicken lassen. »Darauf sollten wir anstoßen.« Als der Kellner die Sektkelche brachte, prosteten Amelie und Felicitas einander zu. »Auf den Sezierkurs – möge er uns viel Erkenntnis und immer frische Leichen bringen.« Amelie stieß ihren Kelch an den von Felicitas. Diese kicherte. »Du bist wirklich unmöglich, Amelie von Liebwitz«, prustete sie und trank vorsichtig. Sie plauderten über dies und das, steckten die Köpfe zusammen, kicherten und tranken in aller Ruhe Sekt und Kaffee aus.

»Ah, da sind sie ja, unsere gelehrten Weiber«, war plötzlich eine schneidende Stimme zu hören. »Die glauben, sie haben die Weisheit mit dem Löffel gefressen. Aber wir werden es ihnen schon zeigen, nicht wahr, Collegae?« Zustimmendes Gelächter war zu hören. Felicitas lugte aus der Nische und stöhnte: »Oh nein, dieser unsägliche Alexander von Stein ist soeben hereingekommen, gemeinsam mit seinen noch unsäglicheren Korpskollegen.«

»Ach«, meinte Amelie gedehnt. »Was meinst du, sollen wir ihm mal eine Lektion erteilen?«

»Was willst du denn machen, Amelie?«, fragte Felicitas entgeistert. Sie hatte ein wenig Angst vor Alexander von Stein, der sich nie anders als verletzend und beleidigend zu ihr und Amelie äußerte.

»Na ja«, dachte Amelie laut nach. »Ich habe da schon eine Idee …« Sie legte ihren Kopf schief. »Was ist für Alexander von Stein das Wichtigste auf der Welt, was meinst du?«

Felicitas dachte eine Weile nach und sagte dann: »Hmmmm, sein Vater ist ein bekannter Arzt und Alter Herr bei der gleichen Verbindung wie sein Sohn. Ich denke mal, was ihn in seiner Ehre kränkt, wird ihn am meisten treffen, was meinst du?«

»Ich wusste ja schon immer, dass du ein kluger Kopf bist.« Amelie lächelte. »Und genau das werden wir tun – ihn bloßstellen, und dabei wird er nicht wissen, dass wir beide hinter diesem Komplott stecken.«

»Aber denkst du denn nicht, er wird etwas ahnen?«

»Das glaube ich nicht«, gab Amelie zurück und nahm den

letzten Schluck aus ihrem Sektglas. »So einen Streich traut uns der doch nie im Leben zu.« Sie rief den Zahlkellner herbei und beglich die Rechnung. »Komm, Feli, lass uns zu mir nach Hause gehen und uns Elses Mitarbeit bei unserem kleinen Streich sichern.«

»Wieso Else?«, fragte Felicitas.

»Weil wir sie brauchen«, erwiderte Amelie ungeduldig. »Ich erkläre dir alles auf dem Weg.«

In Amelies Elternhaus fanden sich Amelie, Felicitas und das Hausmädchen Else in der Küche zusammen. Else, die für jeden Spaß zu haben war, war gleich mit Feuer und Flamme bei der Sache.

Kapitel 7

Drei Tage später öffnete eine hübsche junge Frau, die sichtbar hochschwanger war, die Tür zu einer Bierkneipe, in der sich die Mitglieder des Corps Borussia, einer der bekanntesten schlagenden Verbindungen Berlins, gerne am frühen Abend aufhielten. Es war halb sechs Uhr nachmittags, die Kneipe war gut gefüllt. Else, denn um das Hausmädchen der von Liebwitz handelte es sich, betrat den Bier-Karli mit leisem Schritt. Kopf und Schulter waren von einem Wolltuch bedeckt, darunter trug sie einen langen braunen Mantel, der sich über dem hochschwangeren Bauch nur schwer hatte schließen lassen.

Lautes Stimmengewirr schlug ihr entgegen, in der Luft hing der Rauch vieler Zigarren und Zigaretten, und es roch stark nach Bier. Die bekannte Berliner Bierkneipe wurde durch Gaslaternen schummrig erleuchtet. Auf dem abgewetzten Steinboden standen schmucklose Holztische und Stühle eng nebeneinander. Fast alle Tische waren besetzt. Am Tresen zapfte der Bier-Karli, wie der Wirt genannt wurde, einen Krug nach dem anderen.

Else blickte sich vorsichtig um. An einem Tisch mitten im Schankraum der düsteren Kneipe fand sie, was sie suchte, oder besser gesagt, wen sie suchte. Alexander von Stein, dessen Vater und einige seiner Mitbrüder des Corps Borussia sprachen, trotz der frühen Abendstunde, bereits eifrig dem Bier zu und unterhielten sich angeregt. »Heute hat mich wieder einmal diese lästige Armenärztin, diese ›Doktor‹

Wygodzinski, aufgesucht«, dröhnte Dr. von Stein, ein eher dürres Männchen mit schütterem weißem Haupthaar und einem Vollbart, der sein fliehendes Kinn nur unzureichend bedeckte, der dafür aber mit einer ausgesprochen sonoren Stimme gesegnet war. »Diese Weibsperson wollte mich doch tatsächlich dazu überreden, einmal im Monat in ihrer Armenpraxis im Wedding ihre ungewaschenen Patienten zu operieren.«

»Ungeheuerlich«, sprang Alexander von Stein seinem Vater bei. »Was bildet sich diese ›Ärztin‹ eigentlich ein?«

»Eines muss man ihr ja lassen«, hielt ihr der Alte zugute. »Beharrlich ist sie.«

»Und, Papa, was hast du getan?«

»Na, hinausgeschmissen habe ich sie und angewiesen, bloß nicht noch einmal in meinen Praxisräumlichkeiten zu erscheinen. Was sollen denn meine Patienten sagen?«

Dr. Alexander von Stein der Ältere war der Frauenarzt der höheren Stände in Berlin und hatte seine Praxis-Räumlichkeiten in einem mondänen Gebäude auf dem Kurfürstendamm. Seine Patientinnen waren Damen des Adels und des gehobenen Bürgertums. Die Honorare, die er berechnete, sicherten ihm und seiner Familie ein stattliches Einkommen.

»Das habe ich auch nicht anders von Ihnen erwartet, Herr Doktor von Stein«, Paul Alt, Studienkollege Alexander von Steins, hob seinen Bierkrug und prostete dem Senior zu. Dieses Signal ließen sich die anderen Herren am Tisch nicht entgehen, und sie hoben ebenfalls ihre Krüge.

In diesem Moment hatte Else den Tisch von Steins erreicht und sagte: »Ich möchte vielmals um Entschuldigung bitten, die Herren, aber ich habe etwas mit Herrn von Stein zu bereden.«

Stille trat ein. »Und mit welchem Herrn von Stein dürfen

wir dienen?« Paul Alt kicherte albern vor sich hin. »Mit ihm hier.« Else deutete auf Alexander von Stein junior.

»Und was hätten wir miteinander zu schaffen?«, fragte der junge von Stein herablassend.

»Na, eine ganze Menge«, gab Else schlagfertig zurück und öffnete ihren Mantel, so dass ihr hochschwangerer Leib noch besser zu sehen war.

»Was …, was …, was soll das heißen?« Alexander von Stein war aufgesprungen.

»Na, was soll das wohl heißen?«, spottete Else, die schwer daran zu arbeiten hatte, sich das Lachen zu verbeißen. »Du studierst doch Medizin, Alexander – dann solltest du wissen, was das zu bedeuten hat.« Sie deutete auf ihren Bauch.

Von Stein errötete heftig. »Was bilden Sie sich ein, Sie Göre?«, seine Stimme wurde mit jedem Wort lauter, sein Gesicht rötete sich, der Schmiss zeichnete sich deutlich auf seiner rechten Wange ab. »Was wollen Sie hier, und warum duzen Sie mich?«

Von Steins Vaters Blick wanderte von seinem Sohn zu Else und wieder zurück. »Du hast diese junge Frau doch hoffentlich nicht in Schwierigkeiten gebracht, mein Sohn?«, fragte er mit unterschwelliger Drohung in der Stimme.

»Nein«, der junge von Stein blickte seinen Vater wie vom Donner gerührt an.

»Das ist ja interessant«, schaltete sich nun wieder Else ins Gespräch ein. »Vor acht Monaten hast du aber noch ganz anders mit mir geredet.«

In der Kneipe war es still geworden. Alle Blicke ruhten auf dem Tisch, an dem die beiden von Stein und ihre Freunde saßen.

»Ich kenne Sie doch überhaupt nicht«, donnerte von Stein der Jüngere Else an. Diese zog den Kopf ein und schniefte.

»Aber Alexander«, nun weinte sie ganz offen. »Als du

mich verführt hast, sagtest du doch, du würdest mich lieben und sogar heiraten wollen.« Sie schniefte erneut.

Alexander von Steins Vater hatte sich nun ebenso erhoben wie sein Sohn. »Alexander, ist das wahr?« Nun war auch seine Stimme lauter geworden. »Hast du deine Familie etwa wirklich in dieser Weise entehrt? Hast du diese ..., diese ...«, er rang um Worte. »Diese Person etwa tatsächlich verführt und geschwängert?«

Else, deren Tränen erstaunlich schnell wieder versiegt waren, wandte sich mit einem koketten Hüftschwung Alexander von Steins Vater zu. »Mein Herr, ich bin keine ›Person‹, sondern die Grete Kurz, und es stimmt, Ihr sauberer Herr Sohn hat mir Hoffnungen gemacht. Und jetzt sitze ich in der Tinte mit meinem ledigen Kind, das nächsten Monat geboren werden soll.« Treuherzig blickte sie von Stein senior an. Dieser stand wie vom Donner gerührt.

»Ich habe diese Weibsperson noch nie in meinem Leben gesehen«, Alexander von Stein junior war außer sich. »So glaube mir doch, Vater, das ist ein Komplott gegen mich.«

»Und wer sollte ein solch infames Komplott gegen dich geschmiedet haben?« Von Stein senior brüllte seinen Sohn an. »Ich weiß es doch auch nicht«, der Jüngere war sichtlich verzweifelt.

Vom Tresen, an dem ein großer schlanker junger Mann im eleganten Anzug lehnte und eine Zigarre rauchte, kam plötzlich: »Ach je, da hat der ehrenwerte Herr von Stein wohl ein Problem.« Der Tonfall des Mannes war zutiefst sarkastisch. Die Herren von Stein waren wegen ihrer Überheblichkeit und des sich Zugutehaltens der eigenen Ehre stadtbekannt und nicht bei allen gleichermaßen beliebt. Gelächter brandete auf.

»Ich bin nicht der Vater deines Bastards, du Hure«, heulte Alexander von Stein der Jüngere plötzlich auf. »Und wenn du glaubst, du kannst mir das Balg irgendeines Straßenkehrers anhängen, dann hast du dich getäuscht.« Völlig außer sich verlangte er nach Mantel, Hut und Stock und verließ fluchtartig die Bierkneipe. Sein Vater tat es ihm nach. Zurück blieben Paul Alt und die anderen Freunde am Tisch und der schlanke junge Mann am Tresen, der Else warm anlächelte und sagte: »Lassen Sie sich nur nicht abhängen, junge Frau. Wenn der junge von Stein tatsächlich der Vater Ihres Kindes ist …«

»Aber ja, das ist er, ich schwör's!« Else sah dem Mann treuherzig ins Gesicht.

»Dann verrate ich Ihnen jetzt, wo der junge Herr lebt, damit Sie ihm noch einmal ins Gewissen reden können.«

»Danke, gnädiger Herr«, lächelte Else. Der Unbekannte notierte die Adresse auf einen Bierdeckel, den er Else überreichte. »Nun, liebe junge Frau, dann wünsche ich Ihnen viel Glück.«

»Danke, gnädiger Herr«, antwortete Else, verließ Tresen und Lokal und machte sich auf den Weg zurück zu Amelie und Felicitas.

Die beiden jungen Frauen saßen schon seit Stunden wie auf glühenden Kohlen. Gemeinsam mit Else hatten sie den Streich tags zuvor ausgeheckt. Else, die einen ausgeprägten und ziemlich derben Sinn für Humor besaß, war sofort Feuer und Flamme gewesen. »Ach ja, da mache ich mit – ich bekomme doch mit, wie der grässliche Kerl Ihnen das Leben schwer macht.« Nachdem ein Student, der ebenfalls die Farben seiner Verbindung trug, der blutjungen Else Jahre zuvor einmal das Herz gebrochen hatte, was zum Glück ohne Folgen geblieben war, brachte das Hausmädchen Korpsstudenten keine große Sympathie mehr entgegen.

Gemeinsam hatten sie den großen alten Schrankkoffer

im Abstellraum nach Mantel und Umschlagtuch durchstöbert und dann aus einem alten Ball und langen Stoffbahnen einen möglichst echt aussehenden schwangeren Bauch improvisiert. Else war – mit in den Rücken gestützten Händen – vor Amelie und Felicitas herumstolziert und hatte mit ihnen die Worte eingeübt, mit denen sie Alexander von Stein über seine unmittelbar bevorstehende Vaterschaft informieren sollte. »Du bist eine hervorragende Schauspielerin, Else«, hatte Felicitas am Ende gesagt. »Von Stein wird nicht wissen, wie ihm geschieht!«

Nun öffnete sich endlich die Haustür, und Else trat ein. Amelie und Felicitas, die in der offenen Salontüre gewartet hatten, stürzten auf das Hausmädchen zu. »Und, wie war es?«, »Wie hat er reagiert?«, »Und was hat sein Vater gesagt?« Die beiden jungen Frauen bestürmten Else. »Jetzt lassen Sie mich doch mal den Mantel ausziehen und mein ›Kind‹ loswerden«, wehrte Else lachend ab. »Dann erzähle ich Ihnen alles – aber eines kann ich jetzt schon sagen – es war göttlich!«

Als sie fertig erzählt hatte, liefen allen dreien die Lachtränen über die Wangen. »Ach, ich wäre so gerne dabei gewesen, wie dieser arrogante Mensch einmal selbst im Mittelpunkt eines bösen Streichs gestanden hat«, seufzte Amelie.

»Aber wenn wir anonym bleiben wollen – und das wollen wir –, wäre das natürlich undenkbar gewesen«, mahnte Felicitas.

»Ich weiß ja, aber trotzdem.« Amelie stand auf. »Dafür hast du dir ein Glas Sherry verdient, Else.« Sie trat zum Barwagen und schenkte ein großzügig dimensioniertes Glas ein. Auch für sich selbst und Felicitas sparte sie nicht an der bernsteinfarbenen Flüssigkeit. Schließlich stießen die drei jungen Frauen fröhlich lachend auf ihren gelungenen Streich an und tranken.

»Ach so, eines habe ich noch vergessen«, fing Else noch einmal an. »Am Tresen stand ein junger, sehr gut gekleideter Herr, der mich am Ende dazu aufgefordert hat, Alexander von Stein nicht mehr aus den Fängen zu lassen.« Sie kramte in ihrer Tasche und reichte Amelie den Bierdeckel.

»Alexander von Steins Adresse«, murmelte diese und stutzte. »Und noch ein anderer Name.« Laut las sie vor: »Dr. med. Friedrich Wilhelm Görtz. Wer das wohl sein mag?«, fragte sie sich laut.

»Görtz«, wiederholte Felicitas. »Der Name kommt mir vage bekommt vor.«

»Ach ja, richtig – ist das nicht einer der Assistenten von Professor Hauptmann, der vergangenen Monat bei eurem Dinner zu Gast gewesen ist, zu dem ich auch geladen war?«

»Richtig!« Amelie schlug die Hand vor die Stirn. »Papa kennt ihn, weil er immer mal wieder kleinere chirurgische Eingriffe an seinen Patienten vornimmt.«

Else knickste vor Amelie und Felicitas: »So, liebe junge Fräuleins, ich muss jetzt wirklich wieder an die Arbeit, Frau Haller schilt mich sonst.«

»Natürlich Else«, Amelie reichte dem Hausmädchen die Hand. »Und vergiss nicht, was wir vereinbart haben: Zu niemandem ein Wort!«

Else grinste und verschloss ihren Mund mit einem symbolischen Schlüssel. Dann verließ sie den Salon, um wieder ihre Hausmädchentracht anzulegen und Frau Haller in der Küche zu helfen.

»Der ist wirklich ein sehr gut aussehender Mann, der Dr. Görtz«, sinnierte Felicitas, als die beiden jungen Frauen wieder allein im Salon waren.

»Stimmt«, pflichtete Amelie ihr bei. »Und ich weiß auch ganz genau, warum Papa ihn zum Essen eingeladen hat.« Sie runzelte die Stirn.

»Wie? Meinst du, er möchte ihn dir als Ehegespons schmackhaft machen?« Felicitas grinste.

»Ich weiß es nicht genau, aber ich glaube, es würde ihm wohl gefallen.« Amelie sah plötzlich gar nicht mehr fröhlich aus. Sie ließ sich in einen der beiden rotsamtenen Armstühle fallen. »Dabei ist Heiraten das Letzte, was ich will.« Sie trank noch einen Schluck aus ihrem Sherry-Glas und nahm sich eine Zigarette aus der Tabatière, die auf dem kleinen Tischchen vor ihr stand. »Vorläufig will ich zu Ende studieren und meinen Traum verwirklichen. Da hat ein Mann wirklich keinen Platz.« Felicitas kniete sich vor Amelie auf den Boden und nahm die Hände ihrer Freundin. »Und warum willst du nicht heiraten? Ist es nicht das, was von uns erwartet wird?«

»Ich weiß«, Amelie stöhnte. »Aber weißt du, im Moment liegt das für mich noch in ganz ferner Zukunft. Wenn ich verheiratet bin, muss ich meinen Ehemann fragen, ob ich arbeiten darf. Als ob ich das tun würde«, sie lachte.

»Ich glaube, ich verstehe, was du meinst.« Felicitas klang nachdenklich. »Aber noch müssen wir das ja nicht entscheiden.« Energisch erhob sie sich. »Ich denke, wir sollten uns noch ein wenig an die Bücher setzen, was meinst du?«

Auch Amelie erhob sich widerstrebend und nickte. »Ja, und bitte hilf mir bei Chemie, du weißt, das ist für mich ein Buch mit sieben Siegeln.«

Kapitel 8

Als Felicitas und Amelie am folgenden Morgen den Hörsaal betraten, schlugen ihnen ausnahmsweise einmal keine Pfiffe und bösen Spottworte entgegen. Vielmehr standen die Herren Studiosi in Gruppen und Grüppchen zusammen, und es wurde emsig getuschelt. Amelie und Felicitas sahen sich erstaunt an. »Ja, und das schwangere Weib soll angeblich eine Prostituierte sein«, hörte sie plötzlich aus einem der Grüppchen. »Von Steins Vater schäumt immer noch.«

Die beiden jungen Frauen mussten sich eiserne Zurückhaltung auferlegen, um nicht laut loszuprusten. Stattdessen fragte Amelie Johannes Ditfurth: »Guten Morgen, Collega, was ist denn hier los?«

»Ja, wissen Sie es denn noch nicht, Fräulein Collega?«, setzte dieser an. »Der von Stein soll einer Prostituierten ein Kind gemacht haben.«

»Nein!«, sagte Amelie. »Wirklich?«

Felicitas, die hinter Amelie stand, gab ein verdächtig nach Lachen klingendes Geräusch von sich, das sie mit einem Husten erfolgreich tarnte.

»Ja!« Ditfurth war ganz aufgeregt. »Sie soll gestern beim Bier-Karli aufgetaucht sein und gesagt haben, er hätte ihr sogar versprochen, sie zu heiraten.«

»Unmöglich!«, sagte Amelie. »Doch nicht der von Stein, der sich immer so viel auf seine Herkunft einbildet.«

»Doch, ja. Der Bier-Karli war voll, fast alle seine Mitbrüder von der Borussia waren da – und sein Vater.«

»Der Vater auch?« Nun konnte Amelie das Lachen kaum noch zurückhalten. »Was hat er denn gesagt?«

»Also, der alte Herr von Stein soll gebrüllt haben wie ein Stier, und der junge hat offenbar alles abgestritten.«

»Ja ist es denn die Möglichkeit.« Amelie sah Ditfurth an. »Und was ist dann passiert?«

Amelies Studienkollege grinste. »Der Alte ist wutschnaubend hinausgestürmt, und der Junior gleich hinterher. Ich möchte mir gar nicht ausmalen, was an diesem Abend im Haus von Stein los gewesen ist.«

In diesem Moment betrat Professor Conrad von Junge, der Botanik las, den Hörsaal. Er schritt zum Katheder, legte seine Aktenmappe ab und wandte sich dann den Sitzreihen zu. Als er nicht sah, was er erwartete – eifrige Studierende nämlich, die aufgestanden waren, um ihn zu begrüßen, sagte er: »Guten Morgen, meine Herren und Fräuleins.« Auch er galt nicht unbedingt als Freund des Medizinstudiums für Frauen. Von Junge war allerdings ein Enthusiast, was sein Fachgebiet betraf und sowohl Amelie als auch Felicitas wiesen sich als eifrige Studentinnen in der Botanik aus, die in den Vorlesungen viele interessierte Fragen stellten und sich so eine gewisse Sympathie vonseiten des Professors gesichert hatten.

Als er die immer noch in Gruppen und Grüppchen zusammengescharten Studenten sah, fragte er verwundert: »Und was, meine Herren, stellen Sie hier vor? Eine Theaterprobe etwa – oder wollen Sie sich im Singen üben?«

Paul Alt, Freund von Alexander von Stein, der durch Abwesenheit glänzte, drehte sich zu Professor von Junge um. »Entschuldigen Sie, Herr Professor, wir haben Sie gar nicht bemerkt.«

»Erfreulich!«, gab Professor von Junge sarkastisch zurück. »Nun, das hat sich ja nun geändert. Wenn ich Sie also freundlichst bitten dürfte, wieder Ihre Plätze einzunehmen, damit wir anfangen können. Wir werden heute die heilkräftige Wirkung der Arnika-Pflanze besprechen.«

Gerade als Professor von Junge sich in die Details rund um die segensreiche Wirksamkeit von Arnikatinktur bei kleineren Wunden vertieft hatte, öffnete sich leise die hintere Hörsaaltür, und Alexander von Stein betrat den Raum. Er versuchte, sich unauffällig in die letzte Reihe zu setzen, was allerdings von Professor von Junge vereitelt wurde. »Herr von Stein, wie schön, dass Sie sich doch noch zur Teilnahme an unserer heutigen Vorlesung entschlossen haben«, rief er laut. Von Stein hampelte von seinem Sitz hoch: »Ich bitte ergebenst um Entschuldigung, Herr Professor. Dringende Familienangelegenheiten haben meine Anwesenheit erforderlich gemacht. Ich möchte mich für meine Verspätung entschuldigen.« Er verneigte sich leicht und nahm wieder Platz. Dennoch war keinem der Anwesenden im Hörsaal verborgen geblieben, wie furchtbar der junge Korpsstudent anzusehen war. Die Haare, sonst immer tadellos frisiert, standen ihm kreuz und quer vom Kopf ab. Unter den Augen hatten sich tiefe Ringe gebildet und sein Anzug sah aus, als hätte er die Nacht darin verbracht.

»Herr von Stein«, setzte von Junge erneut an. Alexander von Stein sprang wieder auf. »Ich hoffe, keinem Ihrer Familienangehörigen ist etwas zugestoßen?«

»Nein, Herr Professor, meine Eltern und Geschwister befinden sich wohl.«

»Dann setzen Sie sich und lauschen Sie.« Mit dieser letzten Ermahnung, die schon in deutlich weniger scharfem Ton erfolgt war, nahm Professor von Junge seine Vorlesung erneut auf.

Am Ende der Vorlesung, als der Professor den Hörsaal verlassen hatte, wurde Alexander von Stein von seinen Mitbrüdern der Borussia bestürmt. Paul Alt war als Erster bei ihm angelangt und fragte: »Und, was hat es gestern Abend noch gegeben bei dir zu Hause?«

Alexander von Stein fuhr sich müde mit der Hand über die Augen. »Vater war außer sich, er hat mich stundenlang angeschrien, aber letzten Endes konnte ich ihn zum Glück davon überzeugen, dass mir wohl jemand einen bösen Streich gespielt hat.«

»Na siehst du«, Alt klopfte ihm auf die Schulter. »Dann ist die ganze Sache ja noch einmal gut ausgegangen.«

»Gut ausgegangen?« Alexander von Stein schwollen die Adern an der Stirn. »Ich bin blamiert!« Er war von der schmalen hölzernen Hörsaalbank aufgesprungen. Ein Sonnenstrahl, der just in diesem Moment durch eines der hohen Fenster strahlte, schien ihn von hinten wie ein Scheinwerfer auf der Bühne zu beleuchten. »In ganz Berlin lacht man über mich!«

»Na ganz so schlimm wird es schon nicht sein«, versuchte Ferdinand Bülow, ebenfalls ein Bundesbruder, den sich einem erneuten Wutausbruch nähernden Freund zu beruhigen.

»Nicht ganz so schlimm!« Von Steins Stimme kippte. »Die Gassenjungen singen bereits Spottlieder über die Geschichte.«

»Komm mit, Alexander.« Paul Alt fasste nach dem Arm seines Freundes. »Wir wollen uns nun wieder beruhigen. Du weißt doch, wie das in Berlin ist, was heute die große Sensation darstellt, ist morgen wieder vergessen.«

Alexander von Stein beruhigte sich etwas. »Du hast ja recht, Paul. Aber ich würde doch zu gerne wissen, wer mir diesen infamen Streich gespielt hat.«

»Ja denkst du denn, du könntest es herausfinden?«

»Ich wüsste nicht wie. Aber wenn ich den Kerl finde, der

mir das angetan hat, werde ich ihn fordern – und zwar nicht zur Mensur, sondern zum Duell auf Leben und Tod.«

»Jetzt sei doch nicht blöd, Alexander. ›Auf Leben und Tod‹ – geht es auch weniger dramatisch? Und außerdem, wie willst du denn das überhaupt herausfinden?« Ferdinand Bülow mischte sich wieder ins Gespräch.

»Das werde ich schon, verlass dich drauf.« Alexander von Stein ließ sich von seinen Rachegedanken nicht abbringen. »Ich weiß auch schon, wen ich als Erstes dazu befragen werde.«

Amelie und Felicitas, die nur wenige Reihen vor Alexander von Stein der Vorlesung Professor von Junges aufmerksam gelauscht hatten, brauchten heute auffällig lange, um ihre Bücher und Hefte wieder in ihre Taschen zu packen. Mit gespitzten Ohren lauschten sie dem Gespräch zwischen Alexander von Stein und seinen Freunden.

»Er ahnt nichts«, wisperte Felicitas in Amelies Ohr.

»Und das soll auch so bleiben«, flüsterte Amelie zurück. »Lass uns jetzt lieber gehen, sonst kommen wir noch zu spät zur nächsten Vorlesung.« Amelie genoss die Situation in einem Ausmaß, wie sie es nicht für möglich gehalten hätte. Endlich kriegt der arrogante Kerl mal, was er verdient, dachte sie.

»Was gibt es denn da zu flüstern?«, Alexander von Stein war blitzschnell zu ihrer Sitzreihe heruntergestiegen.

»Nichts, dass Sie etwas angeht, Collega.« Amelie musterte den jungen Mann kühl. »Oder wollen Sie etwa etwas über mein neues Ballkleid wissen, das mir gerade angemessen wird?« Sie zog die Augenbraue hoch.

Alexander von Stein hob die Hände. »Ach, warum gebe ich mich eigentlich mit Ihnen ab!« Angewidert wandte er sich um und verließ den Hörsaal.

Auch Amelie und Felicitas machten sich auf den Weg. Als Nächstes stand wieder eine Demonstration im Anatomischen Theater an und sie hatten die Worte von Professor Krussmann nicht vergessen. Heute würde er ihnen zeigen, wie ein Herz korrekt präpariert wurde, und Amelie hoffte inständig, endlich selbst ein Skalpell in die Hand nehmen zu dürfen.

Kapitel 9

Meine Herren, meine Damen, bitte werfen Sie einen Blick auf die Brustregion unseres Demonstrationsobjektes.« Professor Krussmann war an den großen Marmortisch getreten, auf dem die Leiche des alten Mannes lag, die ihm bereits in den ersten beiden Vorlesungen in praktischer Anatomie als Demonstrationsobjekt gedient hatte.

In der Brust des toten Mannes klaffte eine große Wunde, das Brustbein war durchgesägt worden, das Herz lag frei. »Der Sitz des Lebens«, dozierte Krussmann. »Wenn es aufhört zu schlagen, dann ist es vorbei mit unserem irdischen Dasein.« Er griff zum Skalpell, einem schönen Exemplar mit Elfenbeingriff, und begann, die Herzkranzgefäße zu präparieren, wobei er nicht nur großes Geschick bewies, sondern auch die ganze Zeit über dozierte. Am Ende hob er den Kopf, legte das Skalpell beiseite und sagte: »Morgen, meine Damen und Herren, morgen werden Sie erstmals selbst Hand an ein menschliches Herz legen dürfen, ein totes menschliches Herz natürlich«, Krussmann grinste. »Lesen Sie in Ihren Anatomiebüchern noch einmal ganz genau die Erläuterungen zum Aufbau und den Strukturen des Herzens, damit Sie morgen die Koronararterien präparieren können und Ihrem Lehrer für theoretische Anatomie keine Schande machen.« Damit entließ er seine Studenten.

Amelie strahlte. »Mensch«, sagte sie, sich zu Felicitas umwendend: »Endlich dürfen wir mal ein Skalpell in die Hand nehmen!«

Felicitas lächelte sie an. »Dann sollten wir aber heute wirklich noch einmal alles durchgehen, damit wir uns morgen nicht blamieren.«

»Recht hast du«, gab Amelie zurück. »Wir werden den Herren Studiosi schon zeigen, was wir können. Also ich kann es kaum erwarten.«

Die beiden jungen Frauen hatten inzwischen ihre Mäntel angezogen und waren aus dem kleinen Anatomischen Theater hinaus in die eisige Winterluft getreten. »Magst du bei uns mit mir lernen, oder sollen wir zu dir gehen?«, fragte Amelie, während sie Hut und Handschuhe anzog.

»Bei dir, auf jeden Fall bei dir«, Felicitas tat es ihrer Freundin gleich. »In unserem wunderschönen Schlösschen ist es derzeit kalt und wenig wohnlich.« Gemeinsam machten sich die beiden auf den Weg in Richtung Amelies Elternhaus.

»Sehr richtig, Fräulein Collega«, sagte Professor Krussmann am nächsten Tag, als Amelie die rechte Koronararterie vorsichtig hinter der Arterienklappe herauspräparierte. »Die Arteria coronaria sinistra teilt sich hinter dem Herzohr«, dozierte er weiter. »Haben es nun alle geschafft, die Arterie zu präparieren?« Krussmann drehte sich einmal im Kreis. Das Anatomische Theater war unangenehm voll. An sieben Tischen und mithin sieben Leichen arbeiteten jeweils sechs Studenten. Amelie und Felicitas dagegen hatte sich nur ein Studienkollege zugesellt, Johannes von Ditfurth, der in den vergangenen Wochen zum Freund der beiden geworden war. Die Ergebnisse der anderen Studenten allerdings konnten kaum mit jenen am Tisch der beiden Frauen und ihres Kollegen mithalten. »Halten Sie das tatsächlich für die Arteria coronaria sinistra?«, fragte Krussmann Alexander von Stein mit beißendem Spott. Der lief rot an, weil er einmal mehr das Zentrum der Aufmerksamkeit war. Er biss sich auf die Lippe und sagte nichts.

»Nun, lieber Collega«, hob Krussmann erneut an. »Das ist der Ramus circumflexus, also wohl ein Teil dieser Arterie, aber nicht das gewünschte Präparat. Ich schlage vor, Sie werfen noch einmal einen ausgiebigen Blick in ihr Anatomiebuch.« Damit begann Krussmann durch den Saal zu schreiten und die Arbeit aller anderen Studenten zu begutachten. Tatsächlich waren Amelie, Johannes und Felicitas die Einzigen, die die gewünschte Arterie in der vorgegebenen Form regelgerecht präpariert hatten. »Meine Herren, meine Herren«, Krussmann schüttelte den Kopf. »Das war wohl nichts. Nehmen Sie sich ein Beispiel an den beiden einzigen Damen hier im Raum und natürlich an Ditfurth«, hier schickte er ein anerkennendes Lächeln in Richtung des Triumvirats. »Und werfen Sie sich auf ihr Anatomiebuch. Beim nächsten Mal möchte ich bessere Ergebnisse sehen.« Gemurmel brandete auf. »Ruhe«, schnauzte Krussmann. »Die Stunde ist beendet.«

Kapitel 10

Leise klopfte es an die Salontür im Haus von Alexander von Stein. »Was ist?«, kam es wenig höflich von drinnen. Die Tür ging auf und ein sehr kleines Stubenmädchen kam zum Vorschein. »Entschuldigen Sie, gnädiger Herr«, piepste Marie, eines der Dienstmädchen im Hause von Stein. »Carla Hardtkamp ist soeben eingetroffen.«

»Ich lasse bitten.« Alexander von Stein erhob sich von der Chaiselongue, auf der er ein kleines Nickerchen gehalten hatte, und schritt zur Tür. »Carla«, begrüßte er die Eintretende freundlich. »Wie schön, dich zu sehen.« Einen formvollendeten Handkuss später bat Alexander seine Verlobte in den Salon und bestellte bei Marie Tee.

»Das klang ja eben ziemlich barsch, wie du die kleine Marie angeherrscht hast«, Carla klang belustigt. Die junge Frau war ebenfalls nicht besonders groß, sehr zierlich, hatte goldblondes Haar, große blaue Augen und erinnerte mit ihrer ganzen Erscheinung an eine Elfe. Sie war seit mehreren Monaten Alexanders Verlobte und hatte auch zu ihm gehalten, als das Gerücht von der schwangeren Dienstmagd in Berlin die Runde gemacht hatte. Carla liebte Alexander von ganzem Herzen, ein Gefühl, das von dem sonst so ruppigen Korpsstudenten ebenso stark erwidert wurde. Sie hatten sich auf einem Ball kennengelernt. Carla war in einem rosaroten Empirekleid am Arm ihres Vaters in den Saal geschwebt, und Alexander hatte, beim ersten Blick in ihre blauen Augen, sein Herz an sie verloren. Nach Ende seines

Studiums und der Approbation zum Arzt sollte die Hochzeit sein.

»Ach weißt du«, klagte von Stein. »Heute wurde mir wieder einmal diese unmögliche Amelie von Liebwitz als leuchtendes Beispiel vor Augen gehalten.« Alexander verdrehte die Augen. »Was war denn los?« Carla beugte sich zu ihrem Liebsten. Sie hatte mitbekommen, was im Bier-Karli los gewesen war, zog es allerdings vor, die Geschichte nicht zu glauben. Niemals würde ihr vergötterter Alexander so etwas tun, wie ein Dienstmädchen zu schwängern. Sie stand bedingungslos zu ihrem Verlobten und hatte es sogar geschafft, den alten von Stein zu beruhigen, was keine ganz leichte Aufgabe gewesen war.

In diesem Moment klopfte es an der Tür. Marie kam mit dem Tee herein. Eine Weile lang, während das Hausmädchen Tassen, Kanne, Keksteller und zierliche Löffel auf dem kleinen Tischchen neben der mit dunkelviolettem Samt bezogenen Chaiselongue arrangierte, schwiegen die beiden. Erst als Marie den Raum wieder verlassen hatte, sprach Alexander weiter.

»Wir mussten heute Koronararterien an menschlichen Herzen präparieren«, begann er dann. Carla erblasste. »Keine Sorge, ich erspare dir die Details.« Alexander wusste um die Empfindsamkeit seiner Verlobten und berichtete meist nur wenig von seinem Medizinstudium. Carla konnte mit dem Fach nichts anfangen und schon gar nichts mit studierenden Frauen. Sie war dazu erzogen worden, Ehefrau und Mutter zu sein, und wünschte sich nichts sehnlicher, als diesen Lebensabschnitt so bald wie möglich zu beginnen. Alexander nahm einen Schluck Tee. »Ich gebe ja zu, die meisten meiner Collegae haben bei dieser ersten praktischen anatomischen Übung sich nicht gerade mit Ruhm bekleckert.«

»Und du?«, fragte Carla neugierig. Ein übermütiger Sonnenstrahl, der durch die großen Fenster an der Südseite des Salons fiel, brachte ihr Haar zum Glänzen. Alexander betrachtete seine Verlobte, und seine Augen wurden für einen Moment glasig. Carla berührte ihn am Arm. »Ach so, na ja, du weißt ja, gestern war Kneipe, ich hatte wohl ein bisschen zu viel getrunken und habe die Angelegenheit wohl ebenfalls verpatzt.« Er berichtete, wie Professor Krussmann am Ende der Übung von einem Tisch zum anderen geschritten war, um dann ein vernichtendes Urteil zu fällen: »Meine Herren«, hat er gesagt, und Alexander war der Unmut nun deutlich anzusehen. »Meine Herren, ihre Präparate sehen aus, als hätte ein vollkommen unbegabter Fleischerlehrling sich daran erprobt.«

»O je«, machte Carla.

»Wie gesagt, ganz Unrecht hatte er damit nicht. Aber dann«, Alexander atmete aus. »Dann stellt er sich doch tatsächlich an den Tisch der beiden Weiber …«

»Alexander, ich bitte dich, achte auf deine Worte.« Carla Hardtkamp hielt viel auf gute Sitten.

»Entschuldige!« Alexander fuhr fort: »Er betrachtet also das Herz, das diese unsägliche Amelie und ihre Busenfreundin Felicitas gemeinsam mit Ditfurth, dem Verräter, präpariert hatten, und sagte: Das schwache Geschlecht hat sie heute bei Weitem übertroffen, meine lieben Herren Studiosi. So müssen lege artis präparierte Koronararterien aussehen.«

»O nein«, Carla war angemessen entrüstet. »Ich verstehe wirklich nicht, wie Kaiser Wilhelm das Frauenstudium zulassen konnte«, empörte sie sich nun auch. »Es ist unweiblich, keine echte Frau kann sich für solch ein durch und durch männliches Tun begeistern.«

»Da hast du recht, meine kluge Carla«, Alexander nahm die Hand seiner Verlobten und hauchte einen Kuss darauf.

»Na jedenfalls hat diese vermaledeite Amelie bei diesen Worten den Kopf zu mir herumgedreht und mich breit angelächelt. Ich hätte sie am liebsten erwürgt.«

Amelie hatte wohl gewusst, wie sehr sie Alexander von Stein mit diesem Lächeln in Rage versetzte, aber sie hatte einfach nicht anders gekonnt. Sie war so stolz darauf gewesen, gleich ihre erste Präparation in einer Weise durchgeführt zu haben, die sogar den strengen Professor Krussmann zu einem derart großen Lob bewog.

Kapitel 11

BERLIN, MAI 1910

Auch in Berlin war es nun endlich Frühling geworden. Spät war er gekommen, dieses Jahr, doch nun, am 2. Mai 1910 strahlte die Sonne von einem postkartenblauen Himmel. Amelie und Felicitas traten eben beschwingt vor die Tür der Universität Unter den Linden und auf die Straße. Zum Feiern hatten die beiden auch allen Grund. Sie hatten die Prüfung in praktischer Anatomie bestanden, Amelie sogar mit Auszeichnung. »Hach, Feli, meine Feli – das haben wir hervorragend gemacht«, sang Amelie. »Das muss ich heute gleich meinen Eltern erzählen. Kommst du noch mit auf einen Tee?«

»Nein«, sagte die Freundin, die weniger beschwingt daherkam, vielmehr eher Erleichterung fühlte, die schwere Prüfung bestanden zu haben. »Nein, du weißt ja, wir bekommen Besuch von meiner Großmutter, ich muss nach Hause, mich umziehen.« – »Ach du Arme«, sagte Amelie bedauernd. Konstanze von Wallersdorf war eine gestrenge alte Dame, die – seit dem Tod ihres Mannes vor 20 Jahren – ausschließlich Schwarz trug, nicht den geringsten Etikette-Fehler duldete und vor der die Familie Felicitas' Studium strikt geheim halten musste.

»Wie lange bleibt die Schreckschraube denn?«

Felicitas kicherte. »Bis Weihnachten, stell dir vor. Ihr zugiges altes Schloss wurde ihr wohl zu kalt.«

»Na, da wird sie sich bei euch aber auch nicht gerade aufwärmen«, meinte Amelie, die um die Abneigung von Felicitas' Eltern wusste, was »neumodische Dinge« wie Zentralheizung und elektrischen Strom betraf.

»Ich weiß«, Felicitas seufzte schwer. »Ich glaube ja, ihr wurde auf ihrem pommerschen Schloss, in dem sie nur ihre Dienstboten herumkommandieren kann, einfach langweilig.« Die beiden jungen Frauen waren vor Amelies Elternhaus angelangt. Sie umarmten sich, küssten sich links und rechts auf die Wange. Dann trennten sich ihre Wege.

Intermezzo
BERLIN, 1950

»Wünschen gnädige Frau noch einen Kaffee?« Amelie fuhr hoch. Sie war gänzlich in ihren Erinnerungen versunken gewesen. Nunmehr war sie mit einem Ruck wieder in der Gegenwart angelangt und blickte den schwarz befrackten Kellner des Kranzler mit großen Augen an. »Kaffee?«, murmelte sie. »Ach so, ja, gerne. Bringen Sie mir noch einen Kaffee und ein Glas Sekt, wenn welcher im Hause ist.« Der Kellner senkte devot das Haupt und entschwebte, um das Gewünschte zu holen. Amelie schüttelte lächelnd den Kopf. »Himmel, das war jetzt wirklich eine Reise in die Vergangenheit«, dachte sie. »Wie lang ist das alles her …«

Später, Amelie war inzwischen wieder in ihrem Elternhaus angelangt, begab sie sich in den Salon ihrer Mutter, in dessen Kamin inzwischen ein munteres Feuer prasselte. Herr Schalke hatte ihr den großen, bequemen Ohrensessel ans Feuer gerückt und seine Frau ein Tablett mit Schnittchen und einem Glas Sherry daneben hingestellt. »Sherry haben wir damals oft getrunken«, dachte Amelie. »Meist abends, wenn endlich alle zu Hause waren und ein bisschen Ruhe eingekehrt war.« Sie lehnte sich zurück, nahm einen Schluck Sherry und griff zum »Berliner Tagesspiegel«. Die Topmeldung des Tages war die Grippeepidemie, die die nunmehr geteilte deutsche Hauptstadt auch im Frühling 1950 immer noch fest im Griff hatte. »Schon 150 Menschen an der Grippe gestorben!«, titelte die Tageszeitung. Amelie ließ die Zeitung sinken und dachte an eine andere Grippeepidemie, eine, die noch viel mehr Todesopfer gefordert hatte und die ihrem Leben eine erstaunliche Wendung gegeben hatte.

Kapitel 12

BERLIN, DEZEMBER 1910

Berlin versank im Schnee. Von den verschneiten Dächern hingen die Eiszapfen. Es war klirrend kalt. Jeder, der auf den eisigen Straßen Berlins unterwegs war, eilte dick eingemummelt dahin, um so rasch wie möglich wieder ins Warme zu gelangen. Weihnachten 1910 stand vor der Tür, und im Scheunenviertel wurde gestorben.

Dr. Michael von Liebwitz stützte den Kopf in die Hände. Auch an diesem Tag, dem 24. Dezember 1910, waren im Scheunenviertel wieder 15 Menschen an der Grippe gestorben. Die heimtückische Erkrankung, die vor allem die sehr jungen und die sehr alten Menschen holte, hatte das Scheunenviertel seit Anfang Dezember fest im Griff. Er legte den Füllfederhalter, mit dem er die Liste mit den Todesfällen um die heute Gestorbenen ergänzt hatte, aus der Hand und starrte vor sich hin.

»Ich werde mich nie daran gewöhnen, dass Menschen sterben müssen, bloß weil sie nicht genug Wohnraum, Wärme und angemessene hygienische Einrichtungen vorfinden«, dachte er. Denn auch wenn die Grippe, die echte Influenza, eine schwerwiegende Erkrankung war, so konnte sie doch geheilt werden, wenn die Erkrankten in einer sauberen, trockenen und warmen Umgebung lagen. Wenn sie ausreichend Flüssigkeit zu sich nahmen, fiebersenkende Wickel erhielten und stärkende Nahrung. All dies war im Scheunenviertel allerdings Mangelware. Vielmehr waren die Wohnungen in den eng zusammenstehenden Häusern feucht, sie waren kalt, und sie waren ungeheuer beengt. Erst heute wieder hatte er mehrere Familien aufgesucht, die zu neunt oder gar zehnt in zwei Kämmerchen hausten. Bei Familie Hengemann war der erst drei Monate alte Säugling an der Grippe verstorben, und die ganze Familie, bestehend aus den Eltern Hengemann und sechs weiteren Kindern, hatte gehustet, geschnupft und gefiebert. »Es ist nur eine Frage der Zeit, bis diese Familie den nächsten Grippetoten zu verzeichnen hat«, dachte Michael bitter. Er, der in seinen bisher 23 Jahren als Armenarzt im Scheunenviertel mit allen erdenklichen Leiden, Unfällen und Todesfällen konfrontiert worden war, kämpfte zum ersten Mal mit Hoffnungslosigkeit. Denn Mutter Hengemann war, als er den Tod ihres jüngsten Kindes festgestellt hatte, vor Trauer zusammengebrochen. In den Armen ihres Mannes war sie einfach zusammengefallen, wie eine Marionette, der man die Fäden durchgeschnitten hatte. Es hatte ihm schier das Herz gebrochen, und er hatte die Familie ohne ein einziges Wort des Trostes verlassen.

Es klopfte an der Tür. Amelie steckte den Kopf herein. »Guten Abend, Paps«, sagte sie. »Du siehst furchtbar aus.«

»Auch dir einen guten Abend. Es war auch wieder ein schrecklicher Tag«, erwiderte Amelies Vater. »Fünfzehn sind mir heute unter den Händen weggestorben.«

»Im Curias sieht es nicht viel anders aus.« Amelie trat ins Zimmer. »Alle Betten sind belegt, wir mussten schon Patienten auf Strohsäcken auf dem Fußboden unterbringen.« Sie sah ähnlich erschöpft aus wie ihr Vater. Seit in Berlin die Grippeepidemie ausgebrochen war, waren alle Medizinstudenten der Universität zur Mitarbeit an den Berliner Krankenhäusern verpflichtet worden. Amelie tat Dienst im Curitas-Hospital.

»Schlimm genug«, Michael von Liebwitz hob den Kopf. »Aber die Krankenhauspatienten liegen wenigstens warm und sauber. Und ihr könnt sie behandeln – im Scheunenviertel stehe ich mit leeren Händen da.« Plötzlich schlug er heftig mit der Faust auf den Tisch. »Manchmal glaube ich, ich kann es nicht mehr ertragen.« Tränen standen im plötzlich in den Augen. »Heute ist der jüngste der Hengemanns gestorben.«

»Ach Papa«, Amelie ertrug es kaum, ihren Vater so mutlos zu sehen. Sie drückte seine Hand. »Wollen wir nicht hinüber in den Salon gehen? Mama hat sicher einen Grog für uns – heute ist doch Weihnachten.«

»Ja – heute ist Weihnachten«, brummte Amelies Vater mürrisch. »Aber sag mal ernsthaft, wir feiern hier fröhlich Weihnachten, während sich die Grippe im Scheunenviertel die nächsten Opfer holt?«

»Aber Vater«, Amelie legte ihre Hände an die Wangen ihres Vaters und drehte seinen Kopf zu sich. »Es ist schrecklich traurig, aber sie sterben, ob wir jetzt Weihnachten feiern oder nicht. Und vielleicht schenkt dir ein Abend mit deiner Familie die Kraft, morgen wieder Hausbesuche zu machen.« Amelie kam sich kalt vor, während sie das sagte, auch wenn sie sicher war, das Richtige zu tun.

Ruckartig entzog Michael von Liebwitz seiner Tochter den Kopf. »Nein«, sagte er, »nein, das kann ich nicht. Ich mache noch einen Rundgang und werde sehen, ob ich die am schwersten erkrankten Kinder nicht hier in der Praxis unterbringen kann.« Er läutete nach Else, die wenige Sekunden später den Behandlungsraum betrat. »Bring mir Hut, Mantel und Stock, ich muss noch nach einigen Patienten sehen.«

»Aber gnädiger Herr!«, rief Else aus, die bereits in ihren Sonntagsstaat gekleidet war, bereit, das Weihnachtsfest mit der Familie zu begehen. »Es stürmt draußen und schneit! Sie werden sich noch den Tod holen.«

»Du sollst mir Hut und Mantel holen, habe ich gesagt.« Der Ton des Arztes war derart schneidend, dass Else ohne ein weiteres Wort den Raum verließ, um das Gewünschte zu holen.

»Aber Vater«, versuchte Amelie noch einmal ihr Glück.

»Kind, wenn du mir helfen willst, dann richte den großen Lagerraum hinter der Küche her, der seit Jahren leer steht. Lass den Ofen anheizen und von Franz Strohsäcke besorgen. Und weise Frau Haller an, Hühnersuppe und Haferschleim zu kochen.«

Amelie, die einsah, dass sie ihren Vater nicht würde aufhalten können, nickte. »Ich werde alles vorbereiten. Aber lass dich um Himmels willen von Robert fahren. Ihr könnt dann die Patienten auch leichter transportieren, ja?«

»Gut«, antwortete Michael von Liebwitz. »So werden wir das machen.« Sprach's, drehte sich um und verließ den Behandlungsraum, laut nach Robert, dem Kutscher, rufend.

Amelie setzte sich einen Augenblick in den Sessel ihres Vaters. Sie war todmüde. Seit fünf Uhr morgens war sie auf den Beinen und hatte Patienten im Krankenhaus versorgt. Jetzt war sie, in der Hoffnung auf ein wenig Ruhe, nach Hause gekommen, um mit ihrer Familie das Weihnachtsfest zu begehen. Und nun sollte sie auch hier noch Patienten pflegen. Sie tat sich leid. Allerdings hielt diese Selbstmitleidsanwandlung nur kurz an. »Reiß dich zusammen, Amelie von Liebwitz«, befahl sie sich laut und stand auf.

»Mit wem sprichst du?« Leise war Luise von Liebwitz in den Behandlungsraum getreten. Sie hatte Ehemann und Tochter zum Weihnachtsessen holen wollen.

»Mit niemandem«, antwortete Amelie. »Oder eigentlich«, sie lachte kurz, »mit mir selbst.«

»Wo ist denn dein Vater, Kind?« Amelie seufzte. »Heute sind ihm fünfzehn Patienten gestorben, jetzt will er, gemeinsam mit Robert, die schwerstkranken Kinder aus dem Scheunenviertel hierher holen.«

Luise von Liebwitz, die sich nicht so leicht ins Bockshorn jagen ließ, erschauerte. »Und wo möchte dein Vater diese Kinder unterbringen?«

»Im alten Lagerraum. Eigentlich sollte ich schon dort sein und alles vorbereiten.«

Luise, die als Hebamme selbst nicht wenige ihrer werdenden Mütter an die Grippe verloren hatte, seufzte. »Das ist wieder einmal typisch Michael«, sagte sie dann. »Aufgeben kann er einfach nicht. Na, wer weiß, vielleicht bringen wir ein paar von den Würmern doch durch. Also los, Amelie, hol dir einen Kittel und sag Else, sie soll den Ofen im Lagerraum anheizen.«

Die Kerzen am schön geschmückten Weihnachtsbaum, der im Salon der Familie aufgestellt worden war, wurden an diesem 24. Dezember nicht angezündet, und auch das Weihnachtsessen fiel aus. Stattdessen legten Luise und Amelie Strohsäcke auf den Boden im Lagerraum, heizte Else den kleinen Kanonenofen an, der dort stand, und kochte Frau Haller Suppe und Haferschleim.

Nach etwa einer Stunde traf die Kutsche mit den ersten kleinen Patienten ein. Die übrigen Kinder wurden in einem Sanitätswagen gebracht, den Michael, noch von zu Hause aus, ins Scheunenviertel befohlen hatte. Robert trug die Kinder, das jüngste zwei, das älteste dreizehn Jahre alt, nacheinander auf seinen Armen in den Raum hinter der Küche. Zum Schutz vor der Kälte hatte man die Kinder in alles eingewickelt, was zu finden gewesen war. Decken, Jacken, Lumpen – Hauptsache warm.

Luise und Amelie nahmen Robert die Kinder ab und begannen, sie aus ihrer schützenden Hülle zu schälen. Amelie legte ihre Patientin, ein kleines, hochfieberndes Mädchen, auf einen Strohsack, den Else zuvor mit reinem Leinen bezogen hatte, und deckte es zu. So ging das weiter, bis schlussendlich zwölf Kinder im Alter von zwei bis dreizehn Jahren auf sauber bezogenen Strohsäcken untergebracht waren. Es war eigentümlich still im Lagerraum. Die Kinder gaben – außer ihrem leisen Atem – kaum Geräusche von sich.

Endlich betrat auch Michael von Liebwitz den Lagerraum. Erschöpft sah er sich um. »Es sind schon wieder drei Leute gestorben«, sagte er zu seiner Frau, die zu ihm hintrat und ihn kurz, aber fest in die Arme nahm.

»Das ist furchtbar traurig«, auch ihr lagen die Menschen, die im Scheunenviertel hausen mussten, sehr am Herzen. »Aber jetzt kümmern wir uns erst einmal um unsere kleinen Patienten hier.«

»Ja«, nickte Michael zustimmend. »Wir werden jetzt zuerst einmal bei allen Fieber messen. Sei bitte so lieb und hol mir leere Karteikarten und einen Füller und trag die Namen der Kinder und ihre Messwerte ein, ja?« Luise nickte und verließ den Lagerraum. Michael wandte sich Amelie zu, die gerade versuchte, einem etwa fünfjährigen, furchtbar schmuddeligen Jungen etwas Haferbrei einzuflößen. Michael trat zu ihr und berührte ihre Schulter. Amelie sah auf.

»Amelie, bitte verzeih mir. Ich war vorher sehr ungerecht zu dir, das tut mir leid.«

»Ach Papa – ich versteh dich doch gut.« Amelie stellte die Schale mit Haferbrei auf den Dielenboden und stand auf. Sie schwankte leicht vor Müdigkeit und Hunger. »Heute Mittag im Curias, als Schwester Alice an der Grippe gestorben ist, nachdem wir alle schon gedacht hatten, sie würde es schaffen, habe ich mich in der Besenkammer verkrochen und eine halbe Stunde lang geweint. Diese Krankheit ist furchtbar – und ein Ende scheint nicht abzusehen.« Amelie drückte ihrem Vater kurz die Hand. »Wollen wir uns die Patienten aufteilen, ich nehme die Mädchen, du die Jungen?«

»Das ist eine gute Idee.« Michael beugte sich zu seiner Tasche und holte zwei Fieberthermometer heraus. »Macht es dir etwas aus, wenn du selbst die Karteikarten für deine kleinen Patienten anlegst – dann kann deine Mutter mir behilflich sein?«

»Ist gut.« Amelie nahm das Fieberthermometer, das ihr Vater ihr reichte, und begab sich zum ersten Strohsack, in dem ein kleines, dunkelhaariges Mädchen unter der Decke fast verschwand.

In der Küche schimpfte Frau Haller inzwischen leise vor sich hin, während sie letzte Hand an die Hühnersuppe legte. »Der schöne Weihnachtsbraten«, murmelte sie vor sich hin. »Alles verbrutzelt – und stattdessen darf ich hier Hühnersuppe für die schmutzigen Blagen aus dem Viertel kochen.«

»Aber Frau Haller«, Else schöpfte gerade Haferbrei in bereitgestellte Schalen. »Jetzt tun Sie doch nicht so böse. Ich weiß doch genau, dass Ihnen die Kinder genauso leidtun wie mir.« Frau Haller, die »Perle« des Liebwitz'schen Haushalts, nahm den schweren Suppentopf und stellte ihn auf den groben Holztisch, der die Küche dominierte. »Elschen«, hob sie an. »Natürlich tun mir die Kinderchen leid, aber ich finde doch, die Herrschaften sollten sich nicht völlig aufreiben.« Auch sie begann nun, tiefe Teller mit der kräftigen Hühnersuppe zu füllen. »Der Doktor von Liebwitz ist seit vier Uhr morgens auf den Beinen, und unsere Amelie war den ganzen Tag im Curias, um Patienten zu versorgen. Irgendwann muss es doch mal gut sein.«

Else gab Frau Haller zwar im Inneren recht, laut sagte sie allerdings: »Sie kennen doch unsere Amelie und den Herrn

Doktor, sie können einfach nicht wegsehen, wenn jemand krank ist.«

»Ja«, sagte die Köchin. »Bis sie dann selbst krank werden. Damit ist den Kranken im Scheunenviertel auch nicht geholfen.« Robert, der am Tisch saß und seine Hände um einen Becher heißen Kaffee gelegt hatte, den er mit einem guten Schluck Cognac aus seinem Flachmann ergänzt hatte, sprang auf, als das erste Tablett mit Suppe und Haferbrei gefüllt war. »Lassen Sie nur Else, ich trage das schon in den Lagerraum.« Dankbar überreichte ihm Else das Tablett.

»Nun schlafen sie endlich alle.« Mit einem tiefen Seufzer entledigte sich Michael von Liebwitz seines Kittels und verließ den Lagerraum, in dem die Kinder, die nun alle gefüttert worden waren und Fiebermittel erhalten hatten, tatsächlich tief und fest eingeschlafen waren.

»Ich übernehme die Nachtwache.« Resolut ergriff Luise von Liebwitz den Arm ihres Mannes und führte ihn aus dem Raum. »Aber …«, wollte dieser einwenden. »Nichts aber, ihr schlaft ja fast schon im Stehen ein, du und Amelie. Ihr werdet jetzt schlafen gehen, und ich halte hier Wache. Wenn etwas ist, hole ich dich sofort.« Michael schien ebenso wenig überzeugt wie Amelie, doch letzten Endes beugten sie sich Luises Verdikt und suchten ihre Schlafräume auf.

Luise setzte sich auf einen Stuhl, den Robert in eine Ecke des Zimmers gestellt hatte, und begann, im Licht einer Petroleumlampe, die Fieberkurven der Kinder durchzusehen und zu ergänzen.

Die Nacht verlief ohne weitere Zwischenfälle und bei der Morgenvisite im improvisierten Hospital sahen einige der Kinder bereits wieder recht munter in die Welt. Luise, die ihre Nachtwache um sechs Uhr morgens beendet hatte, ging ins Bett. Michael, der nach einer durchschlafenen Nacht ebenfalls wieder etwas hoffnungsvoller in die Zukunft blickte, hatte eben gemeinsam mit Amelie bei den Kindern Fieber gemessen und Medikamente verabreicht. Else sollte nun dafür sorgen, dass die kleinen Patienten mit Milch und Haferbrei versorgt und gewaschen wurden.

»Hier Papa«, Amelie, die soeben aus ihrem Zimmer in das Speisezimmer getreten war, wo das Weihnachtsfrühstück gedeckt war, küsste ihrem Vater die Wange und überreichte ihm ein in buntes Papier verpacktes Päckchen.

»Ah, guten Morgen Amelie, du siehst schon viel besser aus.« Er nahm das Päckchen und riss das Papier herunter.

»Papa, wenn es um Geschenke geht, bist du wie ein kleiner Junge«, lachte Amelie. »Kannst es kaum erwarten, bis du siehst, was du bekommen hast.«

Unter dem bunten Papier kam eine rechteckige Pappschachtel zum Vorschein, in der auf Sägespänen eine geschnitzte Meerschaumpfeife gebettet war. »Danke, liebes Kind.« Michael von Liebwitz, passionierter Pfeifenraucher, freute sich aufrichtig. »Woher weißt du, dass ich mir diese Pfeife gewünscht habe?«

»Ein kleines Vögelchen hat es mir gezwitschert«, gab Amelie zurück.

»Und dieses Vögelchen hatte nicht zufällig die Gestalt deiner lieben Mama?«

»Meine Lippen sind versiegelt.« Amelie lächelte und schenkte sich Kaffee ein. »Mama schläft noch, oder?«

»Ja, sie hat die ganze Nacht bei den Kindern gewacht.«

»Und, wie geht es unseren kleinen Patienten heute?«

»Niemand hat sich verschlechtert, und die kleine Hagemann ist sogar fieberfrei.«

»Das sind gute Nachrichten.« Amelie biss in ein Stück Lebkuchen. »Ich werde nachher noch nach den Kindern sehen und erst ins Curias gehen, wenn du von deinen Hausbesuchen zurück bist.«

Schon eine halbe Stunde später betrat Amelie das improvisierte Hospital in ihrem Elternhaus. Sie war bereits für die Klinik angekleidet, trug wie üblich einen grauen Rock mit weißer Bluse. Zur Arbeit bei den Kindern hatte sie einen weißen Kittel übergeworfen, wie sie ihn auch im Curias-Hospital trug. Leise schritt sie von Bett zu Bett. Die meisten Kinder schliefen noch fest. Sie maß bei allen vorsichtig die Temperatur, um sie nicht zu wecken. Erst am Bett von Bettina Hagemann lächelte sie. Die Kleine war wach, offensichtlich fieberfrei und blickte sie mit klaren Augen und lächelndem Mund an. Das Kind saß aufrecht auf ihrem Strohsack und hielt mit beiden Händen eine Schale warmer Milch. Amelie fühlte ihre Stirn, sie war kühl und trocken. »Na, Betti, dir geht es wohl schon besser?« Amelie setzte sich vor den Strohsack auf den Boden.

»Ja, danke, Fräulein von Liebwitz, aber nach Hause muss icke noch nich, oder?«

»Nein«, beruhigte Amelie die Kleine. »Aber wieso willst du denn noch hierbleiben?«

»Hier isset viel schöner als daheim, und ick habe noch nie en eijenes Bett jehabt.« Sie hatte ihre Milch ausgetrunken und legte sich wieder zurück.

»Schlaf noch ein bisschen«, sagte Amelie und eilte zum nächsten Bett. Hier lag ein Sorgenkind. Peter Thieme war zwölf Jahre alt und dünn wie ein Halm. Sein Gesicht war ausgezehrt und blass. Seine Stirn war trocken und immer noch glühend heiß. Amelie rief nach Else. »Ja, gnädiges Fräulein.« Das Hausmädchen betrat den Raum. »Bitte bereite kalte Essigwickel vor, Peter hier macht mir große Sorgen.« Else eilte von dannen, um das Gewünschte zu besorgen. Als Amelie bei allen Kindern Fieber gemessen hatte und Michael von Liebwitz von seinen Hausbesuchen zurückgekehrt war, machte sie sich auf den Weg ins Krankenhaus, um dort ihren Dienst anzutreten.

Auch an diesem Abend fand im Hause derer von Liebwitz kein Weihnachtsfest statt. Zwar waren elf der im Haus untergebrachten Kinder stabil, vier waren in der warmen und sauberen Umgebung sogar schon gänzlich fieberfrei. Peter Thieme allerdings schwand dahin. Das Fieber war – trotz ständig gewechselter kalter Essigwickel – nicht gesunken, sondern sogar noch gestiegen. Amelie saß am Krankenlager des Jungen, der im Halbschlaf vor sich hindämmerte, als Felicitas den Raum betrat. »Guten Abend, Amelie, Robert hat mich geholt, um dich hier zu unterstützen.«

»War das Vaters Idee?« Amelie erhob sich, ging auf die Freundin zu und begrüßte sie mit einer Umarmung.«

»Ja, er hat einen kritischen Patienten im Viertel und wacht bei ihm. Also hat er mich gefragt, ob ich dich hier unterstützen kann.«

»Großartig«, Amelie streckte sich. »Peter hier macht mir große Sorgen. Ich weiß mir kaum noch einen Rat, wir müssen unbedingt das Fieber senken.«

»Wir könnten versuchen, ihn in ein eiskaltes Bad zu stecken«, schlug Felicitas vor. Diese brachiale Methode hatte schon manchmal dabei geholfen, das Fieber sehr hoch fiebernder Patienten zu senken.

»Das ist eine sehr gute Idee.« Amelie rief nach dem guten Hausgeist Else, die auch prompt erschien. »Else, hol die große Zinkwanne und fülle sie mit eiskaltem Wasser und Schnee«, bat sie das Hausmädchen. »Robert, du holst bitte den Paravent aus meinem Zimmer, damit wir das Bett von Peter ein bisschen abschirmen können.«

Schließlich, der Paravent war aufgestellt, die Zinkwanne

mit dem Eiswasser stand bereit, zogen Felicitas und Amelie den kranken Jungen aus, hoben ihn von seinem Strohsack und ließen ihn sacht ins eisige Wasser gleiten. Der Junge schreckte auf, als er mit dem eiskalten Wasser in Berührung kam, und begann, im Fieberwahn um sich zu schlagen. »Halt ihn fest, Felicitas!«, rief Amelie und versuchte, den Jungen zu bändigen. Schon nach kurzer Zeit hoben sie das Kind wieder aus der Wanne, trockneten es ab und legten es wieder unter seine Decke. Das Fieber blieb. Immer wieder tauchten sie den Jungen im Verlauf der nächsten Stunden in sein eisiges Bad und holten ihn nach einigen Minuten wieder heraus. Endlich, um drei Uhr morgens brach das Fieber. Amelie und Felicitas wuschen den Jungen vorsichtig, steckten ihn in ein sauberes und trockenes Hemd, überzogen den Strohsack neu und betteten das Kind darauf. Peter, nun etwas weniger blass und mit kühler Stirn, schlief tief und fest.

Vollkommen erschöpft fielen die beiden Frauen sich in die Arme. »Wir haben es geschafft«, jubelte Amelie leise, um die anderen Kinder nicht zu wecken. »Er wird es schaffen.« Sie blickte Felicitas an, die den Blick erwiderte.

»Ja«, sagte die Freundin. »Er wird es schaffen.« Immer noch sah Felicitas Amelie in die dunkelbraunen Augen. Dann beugte sie sich zu ihr und berührte die Lippen Amelies mit ihren. Ganz vorsichtig küsste sie die Freundin auf den Mund. Amelie blieb stocksteif stehen, schob Felicitas jedoch nicht von sich. Felicitas strich unendlich zart mit ihrer Zungenspitze über Amelies Lippen. Amelie überkam ein Gefühl, das sie zuvor noch nie in ihrem Leben gefühlt hatte. Wie ein heißer Schauer, der ihren ganzen Körper durchdrang, wie tausend Schmetterlinge im Bauch fühlte es sich an. Wie von einer Woge wurde Amelie von Gefühlen überrollt, die so unbeschreiblich angenehm waren, dass sie sich einfach nur noch in diese Gefühle hineinfallen lassen wollte, Zeit und Ort vergessend und eintauchend in diese Woge, die sie überspülte. Ganz langsam öffnete sie ihre Lippen und erwiderte Felicitas' Kuss, vorsichtig erst, tastend, dann immer drängender. Felicitas zog sie fester an sich, küsste sie leidenschaftlicher, und Amelie erwiderte den Kuss. Sie hatte das Gefühl, zu schweben, schwerelos zu sein. Felicitas streichelte federzart über Amelies Hals und Nacken, ohne ihre Lippen von denen Amelies zu lösen. Als im Ofen plötzlich ein Scheit laut knackte, kehrte Amelie ruckartig in die Realität zurück. »Was tust du denn da eigentlich?«, durchfuhr es sie. Sie riss sich von Felicitas los und herrschte sie im Flüsterton an: »Was soll denn das?«

Felicitas wurde blass. »Aber ich dachte, du wüsstest …?«

»Wüsste was«, kreidebleich war Amelie geworden und ein Stück zurückgewichen.

»Amelie, ich liebe dich. Ich weiß es schon ganz lange, aber bis jetzt habe ich mich nicht getraut, dir meine Liebe zu gestehen.«

Amelie wies auf die Tür des Krankenzimmers und bedeutete Felicitas, mit ihr hinauszugehen. Im Haus lag alles in tiefem Schlaf. Rasch zerrte Amelie Felicitas mit sich in den Vorraum, der im Dunkeln lag. Amelie schlug auf den Lichtschalter, fuhr zu Felicitas, die nun ebenfalls eingetreten war, um und sagte in gefährlich leisem und sehr sarkastischem Ton: »Du ›liebst‹ mich? Was soll das heißen?«

Amelie hatte natürlich schon davon gehört, dass Frauen einander wie Frauen und Männer lieben könnten, ja, sie hatte selbst etwas in sich anklingen gefühlt, wenn sie über derlei Dinge hörte oder las. Sie hatte allerdings jegliches Fühlen in diese Richtung immer sofort weit von sich gewiesen. Und jetzt – dieser Kuss. Das musste beendet sein, hier, jetzt und sofort.

Felicitas war einen Schritt auf sie zugetreten. Sehr blass auch sie und mit traurigen Augen. »Aber, du hast es doch auch gefühlt, nicht wahr?«

»Ich habe gar nichts gefühlt, überhaupt nichts.« Amelies Augen schienen vor Zorn regelrecht zu glühen. »Und es wäre mir sehr recht, wenn du jetzt mein Haus verlassen würdest.«

»Du verweist mich des Hauses – bitte Amelie, lass uns doch darüber reden.« Felicitas schluchzte jetzt haltlos. Sie hielt die Arme nach ihrer Freundin ausgestreckt, doch die wandte sich ab.

»Darüber gibt es nichts zu reden.« Amelie ging mit großen Schritten in der Küche auf und ab. Aus ihren durchnässten Röcken tropfte das Wasser, das Haar hing ihr wirr über den Rücken. »Du hast dich in beispielloser Weise vergessen. Ich möchte dich vorerst nicht mehr sehen.«

Felicitas brach in Tränen aus. »Bitte, Amelie, es tut mir so leid, ich hätte das nicht tun sollen, verzeih mir.«

Doch Amelie ließ sich nicht umstimmen. Zu viel war auf sie eingestürmt, mit dem sie nicht wusste umzugehen, zu sehr waren Frauen, die Frauen liebten, verfemt. Nein, es durfte, es konnte nicht wahr sein. Sie musste dies jetzt und hier abschließen.

»Wir werden uns in den Vorlesungen sehen, das lässt sich wohl nicht vermeiden. Aber ansonsten wünsche ich in der nächsten Zeit keinerlei Kontakt mehr mit dir.« Kalt sprach Amelie das aus, Distanz schaffend. Innerlich allerdings sah es bei Amelie ganz anders aus. Sie war vollkommen verwirrt, verstand die Situation nur halbwegs und war sich keineswegs sicher, wie sie mit Felicitas' Liebeserklärung umgehen sollte. Nach außen hin allerdings ließ sie sich das nicht anmerken – im Gegenteil.

Felicitas weinte jetzt haltlos. »Es tut mir leid«, schluchzte sie. »Ich wollte dich nicht verletzen. Bitte, bitte, lass es mich erklären.« Über Felicitas' schmales Gesicht liefen die Tränen ohne Unterlass.

Doch Amelie wollte und konnte sich jetzt nicht mit dieser ungewöhnlichen Situation auseinandersetzen. Sie war vollkommen durcheinander. »Jetzt geh endlich, Felicitas, geh!«, herrschte sie ihre beste Freundin seit Kindertagen an, wandte ihr den Rücken zu und trat an den Küchentisch. Felicitas, die zu verstehen begann, dass sie die Situation vollkommen falsch eingeschätzt hatte, wandte sich zur Tür um. Ganz leise sagte sie noch einmal: »Es tut mir leid, Amelie. Ich werde jetzt gehen. Leb wohl.« Ohne ein weiteres Wort verließ sie die Küche. Kurze Zeit später hörte Amelie die Haustür schlagen.

Amelie ließ sich in den Küchenstuhl fallen und versuchte, ihre Gefühle zu sortieren. Ja, sie war zornig, aber warum eigentlich? Sie stützte den Kopf in die Hände und dachte nach. Lange saß sie so da. Sie dachte an den Kuss zurück und die intensiven Gefühle, die sie dabei empfunden hatte. Aber gleichzeitig sagte eine Stimme in ihrem Inneren: Das darf nicht sein. So ging es eine lange Weile hin und her. Schließlich war ihr Zorn verflogen, sie barg das Gesicht in den Händen und fing nun ebenfalls an, bitterlich zu weinen. Hatte sie ihre beste Freundin nun für immer verloren?

Frau Haller fand Amelie eine Stunde später mit verweinten Augen in der Küche. Sie wollte eben mit dem Frühstück für ihre Herrschaften beginnen, als sie Amelie zusammengesunken am Küchentisch sah. »Ja, Kind?«, fragte sie. »Was ist denn nur passiert?«

Amelie blickte auf und wischte sich die Augen. Sie wusste nicht, was sie sagen sollte. »Ach, Frau Haller, es ist alles so furchtbar«, brach es aus ihr heraus. Die Haushälterin, die sich inzwischen ihre Schürze umgebunden und Teewasser aufgesetzt hatte, setzte sich zu Amelie und nahm ihre Hand. »Nu, Kindchen«, fing sie an. »Was ist denn nur so furchtbar?«

»Ich kann es ihr nicht sagen«, schoss es Amelie durch den Kopf. »Ich kann das niemandem sagen, niemals!« Sie blickte die Haushälterin an, die sanft Amelies Hand streichelte. »Ach wissen Sie«, begann sie. »Die letzten Tage waren einfach furchtbar. Die vielen kranken Kinder und die Grippewelle. Ich glaube, ich habe mir wohl ein bisschen zu viel zugemutet.« Frau Haller stand auf und schenkte Amelie eine Tasse Tee ein. »Sie haben bestimmt recht, Fräulein Amelie. Sie sollten sich jetzt erst mal ein bisschen ausruhen. Hier, trinken Sie einen Tee.« Sie stellte die Tasse vor Amelie hin und legte ein dickes Kuchenstück auf einen Teller. »Hier, Kind, iss – du wirst immer dünner«, forderte Frau Haller Amelie auf, ins Du aus Amelies Kindertagen verfallend. Diese lächelte dünn, bedankte sich und biss ein großes Stück vom dargereichten Kuchen ab.

Kapitel 13

Du erholst dich ausgezeichnet und wirst bald wieder gesund sein.« Michael von Liebwitz hatte den Brustkorb Peter Thiemes abgeklopft und auf verräterische Lungengeräusche gelauscht. »Ja, Herr Doktor, et jeht mia schon viel besser.« Der Junge strahlte den Arzt an.

»Amelie, kannst du Else sagen, sie möchte noch ein paar Schalen warmer Milch bringen?« Amelie, die eben beim Sorgenkind des improvisierten Hospitals Fieber gemessen hatte, reagierte nicht.

»Amelie!« Michael von Liebwitz hatte die Stimme erhoben. Amelie zuckte zusammen. »Ja, Vater?« Sie drehte sich zu Michael um, die Lippen zusammengepresst, das Gesicht blass.

»Du sollst Else noch einmal um warme Milch für die Kinder bitten.«

»Ist gut, Vater.« Ganz mechanisch kam das. Die junge Frau wandte sich zur Tür, um hinauszugehen.

»Warte noch«, rief ihr Vater sie noch einmal zu sich. »Amelie, was ist los?«, fragte er dann besorgt. »Du bist ja ganz blass! Du wirst mir doch jetzt nicht auch noch die Grippe bekommen?«

»Nein, nein, Vater«, Amelie schob die Hand ihres Vaters beiseite, der feststellen wollte, ob sie fieberte. »Es geht mir gut.« Ohne ein weiteres Wort eilte sie zur Tür hinaus, um Else zu instruieren.

»Das Mädchen gefällt mir gar nicht«, sagte Michael später

am Tag zu seiner Frau, als diese von einem Hausbesuch zurückkam. »Seit Tagen isst sie kaum etwas, spricht nur, wenn man sie ausdrücklich anspricht und ist so blass, als ob sie ebenfalls die Grippe ausbrüten würde.«

»Das ist mir auch schon aufgefallen«, erwiderte Luise, drückte Else ihren Mantel, Hut und Handschuhe in die Hand und machte sich ins Speisezimmer auf, wo in ein paar Minuten das Abendessen serviert werden sollte. »Wir müssen dringend mit ihr reden«, rief sie über die Schulter zurück. »Rufst du sie bitte zum Essen?«

Der Tisch im Esszimmer war von Else bereits liebevoll gedeckt worden, die Kerzen am Christbaum brannten endlich – und sogar einige Geschenke lagen noch unter dem Baum. Auf der mit einem weihnachtlich roten Tischtuch gedeckten Tafel glänzten silberne Platzteller, auf denen das mit Rosen bemalte Jugendstilporzellan gedeckt war.

Michael schenkte Rotwein in die Gläser und prostete seiner Frau zu. »Ich hole sie gleich, aber meinst du, ich weiß ja nicht …, aber könnte sie sich vielleicht in einen Mann verguckt haben? Könnte das die Ursache für ihr Verhalten sein?«

»Das war auch meine Vermutung.« Luise nahm einen Schluck Wein und stellte ihr Glas ab. »Vielleicht hat so ein Kerl sie gekränkt. Aber eigentlich ist Amelie doch aus härterem Stoff, die lässt so etwas doch üblicherweise gar nicht an sich heran. Nein«, Luise legte die Serviette auf den Schoß. »Ich glaube viel eher, es ist im Curias etwas passiert, vielleicht ist ein Patient gestorben, an dem sie besonders hing – sie erzählt uns ja auch nicht immer alles.«

»Vielleicht hast du recht. Wir sollten nicht in sie dringen. Dann erzählt sie uns möglicherweise von selbst, was sie bedrückt.« Michael erhob sich von seinem Stuhl, um seine

Tochter zum Abendessen zu holen, als Else mit der Suppenschüssel ins Speisezimmer trat.

»Nanu«, meinte Luise. »Du servierst schon? Amelie ist doch noch gar nicht da.«

»Gnädige Frau, das gnädige Fräulein lässt sich entschuldigen«, sagte Else. »Sie sagt, sie hat Kopfschmerzen und wolle früh zu Bett gehen.«

»Ach so«, Luise war beruhigt. »Dann bringe ihr bitte ein Pulver und etwas Tee in ihr Zimmer.«

»Gnädige Frau, das gnädige Fräulein hat ausdrücklich darum gebeten, heute nicht mehr gestört zu werden.«

Luise schüttelte den Kopf. »Schrullen? So kenne ich meine Tochter gar nicht.«

»Lass ihr ihren Willen«, meinte Michael. »Morgen sieht die Welt wahrscheinlich schon wieder ganz anders aus.«

»Gut«, meinte Luise widerstrebend. »Aber wenn sie morgen immer noch wie ein Gespenst herumläuft, wird sie mir erzählen müssen, was sie bedrückt.«

»Luise, unsere Tochter ist 20 Jahre alt und fast volljährig. Wenn ein Kummer sie drückt, kann sie nicht immer zu ihrer Mama laufen, damit diese das Problem aus der Welt schafft.«

Luise seufzte. »Du hast ja recht, Michael. Und ich weiß ja auch, wie tüchtig das Mädchen ist, aber für mich bleibt sie immer unser kleines Mädchen.«

Michael von Liebwitz lächelte versonnen. »Ja, ich sehe sie auch noch oft vor mir, wie sie in der Praxis steht mit ihren vier Jahren und verkündet, ›ich möchte ein Doktor werden wie Papa‹ – und bald schon wird sie tatsächlich Ärztin sein.« Die beiden wandten sich ihren Suppentellern zu.

Amelie lag inzwischen voll bekleidet in ihrem Zimmer auf dem Bett im Dunkeln und quälte sich. Der Kuss zwischen Felicitas und ihr in jener dramatischen Nacht, als sie Peter

Thiemes Leben gerettet hatten, wollte ihr ebenso wenig aus dem Kopf gehen wie ihre harsche Reaktion danach. »Aber, was hätte ich denn tun sollen?«, fragte sie sich wieder und wieder. Ja, natürlich hatte sie etwas gefühlt, als Felicitas sie geküsst hatte. Und ja, es war unbeschreiblich schön gewesen, aber eine Frau lieben – das konnte doch nur eine geistige Verirrung sein. Und was hatte sich Felicitas, ihre liebste Freundin seit Kindertagen, nur gedacht? Amelie wälzte sich herum und blickte aus dem Fenster in die Nacht. Eine einsame Straßenlaterne beleuchtete den Vorplatz vor dem Haus derer von Liebwitz.

»Das war doch bestimmt nur die Müdigkeit und die Euphorie darüber, das Kind gerettet zu haben. Bestimmt.« Auf diese Weise versuchte Amelie die Ereignisse irgendwie einzuordnen, versuchte, Felicitas' Verhalten zu erklären, und schämte sich mehr und mehr für die ablehnende und harsche Art und Weise, wie sie Felicitas behandelt hatte. »Bestimmt bereut sie es ebenfalls schon«, dachte sie und setzte sich im Bett auf. Sie knipste ihre Nachttischlampe an. »Ich werde ihr schreiben, gleich morgen früh«, sagte sie laut zu sich selbst. Sie wollte sich für ihren Hinauswurf entschuldigen und Felicitas bitten, sich wieder mit ihr zu vertragen. Aber von Liebe, wie sie sonst nur zwischen Mann und Frau legitimiert war, von Liebe sollte keine Rede mehr sein. Erleichtert entkleidete sie sich, putzte sich an der Waschschüssel in ihrem Zimmer die Zähne und legte sich ins Bett. Tief und traumlos schlief sie dem Silvestertag entgegen.

Kapitel 14

Am letzten Tag des Jahres 1910 gingen von den zwölf Kindern, die im Lagerraum des Liebwitz'schen Hauses betreut worden waren, elf ihrer Genesung entgegen. Die Grippewelle schien abzuflauen, es taute heftig, und die Temperatur war deutlich über null Grad geklettert. »Ein Silvester ohne Schnee ist mir tausendmal lieber als eine weitere Zunahme der Grippekranken«, sagte Michael von Liebwitz zu seiner Frau, als er gegen 16 Uhr von seiner letzten Runde zurückkam. Die Kinder sollten noch heute ins Curias verlegt werden, dort hatte sich die Notlage entspannt. Es gab, auch auf der Kinderstation, wieder freie Betten.

Nur Margarethe, ein schwächliches, unterernährtes Kind von zwei Jahren, wollte sich nicht so richtig erholen. Zwar war auch sie inzwischen fieberfrei, hustete jedoch viel, bekam kaum Farbe und wollte auch nicht essen. Michael von Liebwitz hatte den bösen Verdacht, das Mädchen könnte Tuberkulose haben, eine Erkrankung, die – aufgrund der beengten und schlechten Wohnverhältnisse – so viele Bewohnerinnen und Bewohner des Scheunenviertels tötete. Noch am gleichen Nachmittag sollte das kleine Mädchen im Curias genauer untersucht werden.

Michael legte Hut und Mantel ab und wusch sich die Hände, bevor er seine Frau im Salon aufsuchte, wo diese in ein Buch vertieft war. »Guten Tag, Luise«, sagte er und küsste seiner Frau die Wange.

»Ah, Michael, du bist schon da. Das ist schön, dann können wir uns rechtzeitig zur Abendgesellschaft bei den von Wallersdorfs sein. Du weißt ja, die Silvestersoiree.«

»Müssen wir denn unbedingt da hin?« Michael verzog gequält das Gesicht. »Du weißt ja, was ich von derlei Feierlichkeiten halte!«

»Ja, das müssen wir«, Luise hatte ihr Buch zugeschlagen. »Die letzten Wochen waren sehr hart – für uns alle, ich denke, wir, vor allem aber Amelie, haben uns ein bisschen Vergnügen verdient.«

»Da hast du wohl recht. Hat Else mir den Frack herausgelegt und ausgebürstet?«

»Ja, mein Lieber, es ist alles bereit. Und ich habe sogar für Amelie und mich neue Abendkleider schneidern lassen – du wirst Augen machen.« Luise lächelte.

»Wie geht es Amelie?«, erkundigte sich Michael. »Ich habe sie heute noch gar nicht gesehen.«

»Sehr gut«, freute sich Luise. »Sie scheint ihre Krise wohl überwunden zu haben.«

»Das freut mich – nun also, dann werde ich mich wohl mal in die Zwangsjacke, äh, in den Frack quälen.«

»Du!« Luise drohte mit dem Zeigefinger. Lächelnd verschwand Michael nach oben, um sich für den Abend anzukleiden.

Amelie fühlte sich tatsächlich besser. Sie hatte an diesem Morgen – noch vor dem Frühstück – ihren Brief an Felicitas verfasst und ihn durch Robert, den Kutscher, überbringen lassen. Nun konnte sie es kaum noch erwarten, Felicitas bei der Abendgesellschaft ihrer Eltern zu sehen. Sie war sich sicher, Felicitas würde ihr verzeihen und sie konnten wieder Freundinnen sein. Summend betrachtete sie ihr neues Abendkleid, das an einem Kleiderhaken an der Tür des Schranks hing. Es war fliederfarben und im Empire-Stil geschnitten. Der hellgraue Tüll-Überwurf, der mit schmalen, ebenfalls lavendelfarbenen Bändern überzogen war, schmeichelte ihrem Teint. Amelie hatte auf diesem Stil bestanden, damit sie kein Korsett tragen musste. Schmal wie sie war, war dies auch nicht notwendig, und sie verzichtete inzwischen meist darauf.

Luise hatte ihr das Kleid, die passenden Schuhe, Handschuhe und ein Ridikül zu Weihnachten geschenkt. Und Amelie, die für Putz und Tand normalerweise wenig übrighatte, hatte sich aufrichtig darüber gefreut. Schon am frühen Nachmittag war Madame Jeanne, eine stadtbekannte Coiffeuse, bei ihnen gewesen und hatte ihr und Luise die Haare zu raffinierten Frisuren hochgesteckt.

Als Amelie gerade in ihr Kleid geschlüpft war, und Else ihr die vielen kleinen Knöpfe im Rückenteil zuknöpfte, schellte es an der Haustür. »Wer mag das denn jetzt sein«, fragte sich Amelie. »Wir wollen doch gleich los. Else, bitte sei so lieb und schau nach, ja?« Else schloss den letzten Knopf, knickste und ging zur Tür hinaus. Wenige Minuten später öffnete Luise die Tür zu Amelies Zimmer. Sie blieb in der Tür stehen und hielt sich mit einer Hand am Türrahmen fest. Ihr Gesicht hatte jede Farbe verloren. Amelie stürzte auf ihre Mutter zu. »Aber Mama, setz dich doch, was ist denn? Hat ein Bote schlechte Nachrichten gebracht?«

Luise ließ sich auf Amelies Bett niedersinken. »Ach mein Kind«, schluchzte sie auf. »Mein armes Kind.« Amelie bekam es mit der Angst zu tun. »Aber Mama, so rede doch, was ist denn?« Sie zog sich einen Sessel ans Bett, setzte sich und nahm die Hände ihrer Mutter in die ihren. »Felicitas! Ach, es ist so furchtbar.«

Amelie wurde kalt. »Was ist denn mit Felicitas?«, fragte sie die Mutter drängend. »So sag doch schon, ist ihr etwas zugestoßen?«

Luise liefen die Tränen über das Gesicht. »Sie hat sich mit der Grippe angesteckt und ist heute Nachmittag gestorben.«

»Nein«, dachte sie, »nein, das ist unmöglich, das kann nicht sein. Nicht Felicitas. Das muss ein Irrtum sein.« Ihre Gedanken rasten. »Nein, Mama, nein, das ist doch unmöglich. Das stimmt doch nicht.« Ihre Stimme war lauter geworden.

Luise sah ihre Tochter an. »Doch, es stimmt. Der Arzt der bei den von Wallersdorfs war, hat berichtet, er hätte noch nie einen solch schnellen und schweren Verlauf dieser Erkrankung gesehen.«

Amelie war innerlich wie erstarrt. Sie weinte nicht, sie konnte nicht fassen, was ihre Mutter da berichtete. Felicitas, die ihr mit den erkrankten Kindern geholfen hatte, die Peter Thiemes geschundenen Körper wieder und wieder ins Eiswasser getaucht hatte, um das Fieber zu brechen, ihre Felicitas, sollte an der Grippe gestorben sein? Amelie wurde schlecht. Sie stürzte an die Waschschüssel und übergab sich. Immer wieder knotete sich ihr Magen zusammen, bis sie völlig entkräftet zu Boden sank. »Das ist meine Schuld«, hämmerte es in ihrem Kopf. »Sie hat sich bei der Arbeit hier überanstrengt und … und … der Kuss, wieso habe ich sie nur so angeschrien?« In Amelies Kopf ging alles durcheinander. Sie legte den Kopf in die Hände und weinte um ihre geliebte Freundin.

Trauer senkte sich über den Haushalt derer von Liebwitz. Der Grippetod von Felicitas ließ Amelie, Luise und Michael voller Trauer zurück. Die Stimmung im Haus war gedämpft. Luise und Michael von Liebwitz gingen ihren Pflichten nach, aßen gemeinsam zu Abend und redeten immer und immer wieder über das schreckliche Ereignis. Langsam, über den Verlauf mehrerer Wochen, wurde aus der Trauer beim Ehepaar Liebwitz liebevolle Erinnerung an Felicitas von Wallersdorf. Sie überwanden den Tod von Amelies Freundin und begannen, wieder in die Zukunft zu blicken. Für Amelie jedoch hörte die Trauer nicht auf. Im Gegenteil. Ihr Verhalten begann den Eltern von Liebwitz zunehmend Sorgen zu machen.

Amelie fühlte sich wie tot, wie mit Felicitas mit gestorben. Ihre Umgebung nahm sie wie durch einen Nebelschleier wahr. Sie stand morgens auf, nur um sich gleich darauf wieder ins Bett zu legen. Sie besuchte keine Vorlesungen, sie aß nicht, sie wusch sich nicht, sondern blieb den ganzen Tag im Bett liegen, nicht schlafend, sondern immerzu an die Decke starrend. Geweint hatte sie nach ihrem Tränenausbruch, als sie die Nachricht von Felicitas' Tod erhalten hatte, nicht mehr. Ein einziger Gedanke kreiste unaufhörlich in ihrem Kopf: »Ich hätte sie nicht so fortstoßen dürfen.« Sie gab sich allein die Schuld am Tod von Felicitas und konnte sich das nicht verzeihen. Lieber wollte sie selbst auch sterben.

Luise, die anfangs gedacht hatte, die Trauer hielte ihre Tochter fest in den Klauen, hatte sich dazu entschlossen, ihrer Tochter einige Tage einzuräumen, in denen Amelie sich dieser Trauer schrankenlos hingeben konnte. Aber auch sie bemerkte nach einiger Zeit, dass Amelie kurz davor war, sich völlig in dieser Trauer zu verlieren, ja, sich selbst aufzugeben.

Kapitel 15

Als schließlich fast zwei Monate seit Felicitas' Tod vergangen waren, wusste Luise nicht mehr ein noch aus. Amelie war auch an diesem Tag wieder nicht aus ihrem Zimmer gekommen. Und am Essen, das Else ihr vor ihre Zimmertür gestellt hatte, hatte sie lediglich ein bisschen geknabbert.

Luise hatte ihre Hausbesuche erledigt und saß nun in ihrem Salon. Sie hatte ein aufgeschlagenes Buch im Schoß, las jedoch nicht darin, sondern starrte vor sich hin. Sie hatte Felicitas sehr gern gehabt und trauerte um die liebe junge Frau, die ein so schelmisches Lächeln gehabt hatte und die sich so gerne im Hause der von Liebwitz aufgehalten hatte. »Meine zweite Tochter«, hatte Luise sie nicht selten genannt.

Es klopfte an der Tür. »Herein«, sagte Luise von Liebwitz.

Else trat ein, die Hände in ihrer Schürze verkrampft. »Gnädige Frau, ich weiß mir nicht mehr zu helfen mit Amelie. Ich bringe ihr die feinsten Süppchen hinauf, Tee, alles, was sie gerne isst und trinkt, aber sie lässt alles auf dem Tablett vor der Tür stehen. Seit …« Else kam ins Stocken. »Seit Felicitas …«, ihre Stimme brach. Auch sie hatte das Mädchen gerngehabt. »Seitdem isst Amelie kaum noch etwas.«

»Ja, ich weiß.« Luise von Liebwitz seufzte. »Sie verlässt auch ihr Zimmer nicht. Ich hatte gedacht, sie würde sich wieder ein wenig fangen, wenn die erste wilde Trauer vorüber ist, aber es scheint wohl so zu sein, dass Felicitas' Tod sie stärker aus der Bahn geworfen hat als den Rest der Familie.« Luise erhob sich. »Sei so lieb, Else, und bitte Frau Haller um einen Teller mit Leckerbissen und Kaffee. Ich werde das Tablett dann selbst hinauftragen.« Else eilte hinaus, um das Gewünschte zu besorgen.

Als Luise wenig später an die Zimmertür ihrer Tochter klopfte, drang von drinnen kein Laut nach draußen. Luise öffnete die Tür und schrak zurück. In Amelies Zimmer herrschte ein übler Geruch. Auf dem Bett lag ihre Tochter, völlig abgemagert, das Nachthemd fleckig, die Haare ein ungewaschenes wirres Durcheinander, das Gesicht weiß wie die Wand. Aus wilden Augen schaute ihre Tochter sie an. »Was willst du?«, herrschte sie sie an. »Ich möchte allein sein.«

Luise trat leise ins Zimmer. »Ich muss Geduld mit ihr haben«, dachte sie. »Sie hat ihre beste Freundin verloren.« Sie stellte das Tablett auf dem Nachttisch neben Amelies Bett ab. »Kind«, setzte sie an und nahm auf der Bettkante Platz.

Da richtete Amelie sich auf, fegte mit einer Handbewegung Teller und Kaffeetasse vom Tablett und schrie ihre Mutter mit überschlagender Stimme an: »Lass mich allein, ich will allein sein, ja, versteht das denn hier niemand? Ich habe es nicht verdient, weiterzuleben.«

Luise war erschrocken aufgesprungen und einige Schritte vom Bett zurückgetreten. »Aber Amelie, Liebes, so beruhige dich doch.« Doch Amelie war nicht zu beruhigen. Sie hatte sich in einen solchen Schuldwahn hineingesteigert, dass ein Durchdringen zu ihr unmöglich geworden war.

Else, die wegen des Gepolters im ersten Stock heraufgekommen war, klopfte vorsichtig an die offen stehende Zimmertür.

»Hol den gnädigen Herrn.« Luise hatte sich zu ihr umgedreht. »Er soll seine Arzttasche mitbringen.«

»Ja, gnädige Frau.«

»Nun lauf schon, schnell!«, drängte Luise.

Amelie war nach ihrem Ausbruch wieder in ihrem Bett zusammengesunken, hatte sich die Decke über den Kopf gezogen und sich so eng wie irgend möglich zusammengerollt. Sie brabbelte Unverständliches vor sich hin. Nur vereinzelt konnte Luise Sätze wie: »Es ist meine Schuld!«, »Das werde ich mir nie verzeihen!«, »Alles nur meine Schuld!« verstehen.

Amelies Vater betrat den Raum. Mit großen Schritten trat er auf Luise zu und umarmte sie fest. Erst dann bemerkte er das Häuflein Elend auf dem Bett. »So ist sie schon seit mehreren Stunden«, berichtete Luise. »Sie weint, sie schreit – na, du wirst ja selbst sehen, wie sie aussieht. Scheinbar gibt sie sich die Schuld am Tode von Felicitas.«

Michael trat an das Bett seiner Tochter und versuchte, die Decke wenigstens so weit von der eingerollten Gestalt zu ziehen, dass er sie ansehen konnte. Sofort warf Amelie sich herum, fuhr in die Höhe und knurrte ihren Vater böse an.

Dieser erschrak. »Aber Amelie, Kind, was ist dir denn nur? So lass dir doch helfen!«

Amelie liefen die Tränen in Strömen aus den Augen, die blicklos durch das Zimmer irrten. Sie schien ihren Vater überhaupt nicht wahrzunehmen. Flink raffte sie die Decke wieder an sich und verkroch sich in ihr mittlerweile nicht mehr sehr wohlriechendes Nest.

»Luise«, befahl Michael. »Du musst mir helfen. Halte sie so fest du kannst. Ich muss ihr ein Beruhigungsmittel spritzen.«

Luise, die inzwischen selbst schon den Tränen nahe war, trat nun ans Bett ihrer Tochter. Aber als sie versuchte, diese in die Arme zu schließen, begann Amelie hysterisch um sich zu schlagen.

»Lasst mich, so lasst mich doch«, schrie sie gequält. »Ich will auch sterben.«

Michael, der inzwischen eine Spritze aufgezogen hatte und behutsam mit dem Finger gegen die Kanüle schnippte, um etwaige Luftblasen zu entfernen, trat behutsam wieder ans Bett Amelies, die inzwischen aufrecht in ihren Decken saß und sich vor Kummer heiser schrie. Blitzschnell fasst Luise die Tochter um die Mitte, so dass auch ihre Arme eingeklemmt waren, und hielt sie mit aller Kraft fest. Sie hatte Tränen in den Augen. So hatte sie ihre Tochter noch niemals erlebt. Luise war kein zartes Pflänzchen, aber Amelie wehrte sich wie eine Verrückte. »Mach schnell, Michael«, keuchte Luise. »Ich weiß nicht, wie lange ich sie noch halten kann.« Michael setzte die Spritze geschickt in eine Vene am Arm von Amelie. Sekunden später erschlaffte die Tobende und fiel in einen tiefen Schlaf.

Luise und Michael aber waren ratlos. Eine Spritze zur Beruhigung war das letzte Mittel, das Michael einsetzte. »Aber jetzt«, begann Michael, »jetzt habe ich einfach nicht mehr gewusst, wie wir sie sonst beruhigen könnten.« Luise fasste nach der Hand ihres Mannes. »Du hast das Richtige getan«, sagte sie und wischte sich ein paar Tränen aus den Augen. Die beiden taten sich schwer damit, die ausufernde Trauer Amelies zu verstehen. Sie trauerten ebenfalls um Felicitas, die sie beinahe als eigene Tochter betrachtet hatten, aber das Ausmaß der Trauer ihrer Tochter überforderte sie völlig. Ratlos sahen sie einander an.

Luise schellte nach Else. Als das Hausmädchen eintrat, sagte sie: »Bleib hier bei Amelie sitzen und wache über ihren Schlaf. Sie sollte in den nächsten Stunden nicht erwachen, aber wenn irgendetwas nicht in Ordnung scheint, komm bitte zu uns in den Salon.«

»Natürlich, gnädige Frau.« Else setzte sich an Amelies Bett und nahm die Hand der Schlafenden. »Keine Sorge, gnädige Frau, ich werde gut auf das gnädige Fräulein aufpassen.«

Im Salon trat Michael an den Barwagen und schenkte sich einen großzügig bemessenen Whiskey ein. »Für dich auch?«, fragte er seine Frau, die nur stumm nickte. Als sie sich mit ihren Getränken auf dem Sofa niedergelassen hatten, blickte Luise Michael ratlos an. »Verstehst du diese überbordende Trauer?«, fragte sie. »Und hast du eine Ahnung, was sie meint, wenn sie ständig davon spricht, ›schuld‹ am Tode von Felicitas zu sein?«

»Nein«, antwortete Michael und nahm einen tiefen Schluck aus seinem Glas. »Ich habe nicht die geringste Ahnung.« Eine Weile saßen sie schweigend, jeder in seine eigenen Gedanken vertieft.

»Aber wenn sich Amelies Zustand nicht bessert, sollten wir Professor Ellersheim hinzuziehen, damit er sie sich mal ansieht.«

»Du bist dir sicher?« Luise fragte zaghaft, denn sie war mit der noch relativ neuen Wissenschaft der Psychiatrie nur wenig vertraut.

»Ich wüsste nicht, was wir sonst noch tun könnten«, erwiderte Michael, als sich plötzlich sein Gesicht aufhellte. »Oder, vielleicht doch.«

Fragend blickte Luise ihren Mann an. »Und welches Wundermittel hast du für Amelie gefunden?«

»Elisabeth!« Michael lächelte. »Deine exzentrische Schwester treibt sich nämlich gerade mal nicht in der Weltgeschichte herum, sondern ist vor einigen Tagen auf Ihrem Schloss in Brandenburg eingetroffen.«

»Seit wann weißt du das denn?«, fragte Luise entgeistert. Ihre Schwester war fast das ganze Jahr über auf Reisen und hielt sich nur höchst selten in jenem Schloss auf, das sie von ihrem Ehemann, dem Grafen Radestock, geerbt hatte. Die Ehe, in die die damals Sechzehnjährige mit dem um dreißig Jahre älteren Mann gezwungen worden war, war unglücklich gewesen – und kurz. Nur wenige Jahre nach der Eheschließung war der schwerreiche Graf bei einem Jagdunfall vom Pferd gestürzt und unglücklich mit dem Kopf aufgeschlagen, was für ihn das plötzliche Ende und für Elisabeth, damals gerade volljährig, Unabhängigkeit und Reichtum bedeutet hatte. Schon damals ein wenig exzentrisch, hatte sich die junge Gräfin – noch vor Ablauf der Trauerzeit, wie in der Verwandtschaft kritisiert worden war – auf die erste ihrer vielen Reise begeben und Indien besucht.

»Beinahe hätte ich vergessen, dass Elisabeth inzwischen wieder zurückgekehrt ist.« Michael stand auf. »Ich werde sie sofort anrufen und sie zu uns einladen.«

»Ja, denkst du denn, das wird sie tun?« Luise war skeptisch. »Unser letztes Zusammensein hat ja nun nicht gerade harmonisch geendet.«

»Wenn ich ihr mitteilen lasse, dass es um Amelie geht, wird sie bestimmt kommen«, beruhigte Michael seine Frau und eilte hinaus, um das Telegramm aufzugeben.

Kapitel 16

Wo ist sie? Wo ist meine geliebte Nichte?« Wenige Stunden später rauschte Gräfin Elisabeth von Radestock in Luises Salon. »Dir auch einen guten Tag, liebe Schwester«, antwortete Luise, die sich vom Sofa erhoben hatte und auf ihre Schwester zugetreten war. »Ach entschuldige, Luischen – du weißt doch, wenn es um Amelie geht, tritt für mich alles andere in den Hintergrund.«

»Ja, ich weiß. Aber sei bitte trotzdem so lieb, setze dich ein wenig zu mir und lasse dir berichten, was passiert ist, ja?« Luise klingelte. Die eintretende Isabella Haller beauftragte sie damit, Tee zu servieren.

»Sehr wohl, gnädige Frau«, antwortete Frau Haller. »Ich bringe ihn gleich.«

»Warten Sie, Frau Haller.« Elisabeth von Radestock begann, in ihrer Tasche zu kramen. Schließlich hielt sie der Köchin ein Päckchen hin. »Bitte verwenden Sie unbedingt diesen Tee, er ist aus Assam und schmeckt einfach wunderbar.« Isabella Haller nahm das Päckchen entgegen und entschwand in die Küche. »Ich habe diesen Tee von meiner letzten Indienreise mitgebracht – einfach göttlich, sage ich dir«, wandte sie sich wieder Luise zu.

Als der Tee serviert war, erzählte Luise von der Tragödie um Amelies beste Freundin aus Kindertagen. Sie berichtete die Umstände von Felicitas' Tod, und wie Amelie sich seither verhalten hatte. »Zwei Monate sind inzwischen vergangen, das Leben muss doch weitergehen. Sie gibt sich die

Schuld an Felis Tod, ich weiß wirklich nicht mehr, was wir noch tun sollen.« Luises Augen glänzten.

»Nicht weinen, Schwesterchen.« Elisabeth legte ihre Hand auf Luises. »Du wirst sehen, gemeinsam bringen wir unser Mädchen schon wieder auf die Beine. Was denkst du, wann wird sie wieder aufwachen?«

»Michael sagt, nicht vor morgen früh.«

»Dann werde ich sie morgen mit einem Frühstückstablett überraschen und mir das Kind einmal genauer ansehen.« Elisabeth von Radestock stand auf. Mit ihren zweiundfünfzig Jahren war sie gertenschlank, in ihrer geschickt gefärbten tizianroten Frisur war kein einziges weißes Haar zu sehen. Eine elegante Erscheinung war die Vielgereiste, die sich für den Besuch bei ihrer Schwester in ein schlichtes, wenn auch sehr elegantes, dunkelblaues Kaschmirkostüm gehüllt hatte. Um den Hals trug sie – wie immer – einen kostbaren indischen Seidenschal. An den Ohren, die der elegante Haarknoten frei ließ, baumelten herrliche Perlenohrringe, und am rechten Ringfinger steckte der Siegelring derer von Radestock.

»Wo willst du denn jetzt hin?« Luise war ebenfalls aufgesprungen.

»Nun, ich muss eurem Robert sagen, dass er mein Gepäck aus dem Automobil holen soll.«

Zwei Gedanken schossen Luise gleichzeitig durch den Kopf, wenn sie auch klug genug war, nur einen davon auszusprechen. »Du hast ein Automobil?« Die zweite Frage, jene, die sie nicht stellte, lautete: »Willst du etwa länger hierbleiben?«

»Ja, liebe Schwester, ich bin seit Kurzem Besitzerin eines wunderbaren britischen Aston Martin, ein göttliches Automobil.«

»Du fährst selbst?« Luise, die von ihrer Schwester so einiges an exzentrischem Verhalten gewohnt war, war erstaunt.

»Aber ja – mit Chauffeur ist es doch nur der halbe Spaß.« Elisabeth lachte. Auf ihrer Fahrt durch die Straßen des autoverrückten Berlins waren ihr Kinder in Scharen gefolgt, und nicht wenige Männer hatten ihr neidisch nachgesehen.

»In welches Zimmer darf ich mich einquartieren?«

»Du kannst das Gästezimmer neben Amelies haben – müsstest dir dann allerdings das Badezimmer mit ihr teilen.«

»Nun, für eine Weile wird das wohl möglich sein«, meinte Elisabeth und rauschte hinaus, um ihr Gepäck von Robert hinaufbringen zu lassen, was eine ganze Weile in Anspruch nehmen würde. Elisabeth reiste grundsätzlich mit Unmengen von Gepäck. »Man muss ja schließlich auf jede Eventualität vorbereitet sein«, war sie überzeugt. Hotelpagen auf der ganzen Welt wurden von Fluchtgedanken ergriffen, wenn sie Elisabeth auf sich zukommen sahen.

Luise sank, als ihre Schwester den Salon verlassen hatte, erschöpft wieder auf ihr Sofa und nahm noch einen Schluck von dem tatsächlich hervorragenden Tee. »Ob das so eine gute Idee war?«, fragte sie sich. Sie liebte ihre Schwester von ganzem Herzen, fand sie aber mitunter ein wenig anstrengend. Bei ihrem letzten Besuch hatte sie Michael und Luise erzählt, sie hätte ein Treuhandkonto für Amelie angelegt. Die Summe, die sich darauf befand, war Amelies Eltern allerdings um einiges zu hoch erschienen. Doch die Schwester hatte sich nicht abhalten lassen. »Amelie soll finanziell unabhängig sein«, hatte sie argumentiert. »Wer weiß, vielleicht möchte sie auch einmal um die Welt reisen.« Amelies Eltern waren mit dem vielen Geld, das Amelie zum Studienende zufallen sollte, gar nicht einverstanden. »Ja, denkst du denn nicht, auch wir könnten für Amelies Unabhängigkeit sorgen«, hatte Michael damals ärgerlich gefragt. »Das ist etwas völlig anderes«, hatte Elisabeth von Radestock sehr bestimmt gesagt. Der Abend hatte mit einem Missklang geendet, und bald darauf war Elisabeth zu ihrer nächsten Indienreise aufgebrochen.

In der Nacht wechselten einander Michael und Luise dabei ab, über Amelies Schlaf zu wachen. Gegen sieben Uhr am Morgen begann sich die junge Frau im Schlaf zu regen, schlug schließlich die Augen auf und sah ihre Mutter an ihrem Bett sitzen. »Guten Morgen, mein Kind«, sagte diese bewusst fröhlich. »Schön, dass du wieder bei uns bist.«

Aber Amelie schien da ganz anderer Meinung zu sein. »Habe ich das nur geträumt?«, krächzte sie mit schlafheiserer Stimme. »Was denn, Kind?«, fragte Luise.

»Ist Felicitas wirklich …« Sie stockte. Mit heiserer Stimme brachte sie schließlich heraus: »Ist Felicitas wirklich tot?«

Luise nahm Amelie vorsichtig in die Arme.

»Ja, mein Kind, es tut mir unendlich leid.« Amelie brach in Tränen aus. »Bitte Kind, bitte, reg dich nicht wieder so auf.« Luise war selbst kurz davor, sich ihrer Tochter anzuschließen, als sich die Tür öffnete.

»Guten Morgen!« Elisabeth von Radestock, gekleidet in einen paradiesvogelbunten Morgenrock, betrat den Raum, ging zum Fenster und öffnete mit einem Ruck die Vorhänge. »Sieh nur Amelie, die Sonne scheint. Ich glaube, es wird Zeit, das Bett zu verlassen und den neuen Tag in Angriff zu nehmen.« Amelie löste sich aus den Armen ihrer Mutter und starrte ihre Tante an. »Was machst du denn hier, Tante Elisabeth?«, fragte sie verwundert. »Ich dachte, du bist in Indien?« Sie wischte sich mit der Hand über die Nase wie ein kleines Kind.« – »Das war ich, meine Liebe.« Elisabeth trat an das Bett ihrer Nichte. »Aber seit einigen Wochen bin ich zurück, und als dein Vater mich angerufen hat, habe ich mich sofort auf den Weg gemacht.«

»Hast du es schon gehört?« Wieder flossen Tränen. »Meine geliebte Felicitas ist tot.« Elisabeth setzte sich auf die Bettkante, wobei sie den seidenen Morgenrock raffte. »Ja, mein liebes Kind, deine Eltern haben es mir erzählt. Es tut mir so leid.« Sie nahm Amelies Hand. »Aber weißt du, mit deiner überbordenden Trauer bringst du deine Freundin nicht zurück, sondern schadest damit nur dir selbst.« Amelie starrte ihre Tante an. »Aber du verstehst nicht«, sagte sie dann. »Es ist meine Schuld, dass sie tot ist, ganz allein meine.« Wieder begann Amelie zu schluchzen. Elisabeth wandte sich Luise zu: »Meinst du, Frau Haller könnte deiner Tochter ein kleines Frühstück bereiten und heraufbringen lassen?« Luise, die – wenn auch mit schlechtem Gewissen – froh war, dem Zimmer ihrer Tochter eine Weile entfliehen zu können, nickte.

Als die beiden allein waren, fragte Elisabeth die Nichte: »Und nun erkläre mir doch einmal, warum du so felsenfest davon überzeugt bist, an Felis Tod schuldig geworden zu sein? Soweit ich weiß, ist sie an einer besonders heftigen Grippe gestorben, oder?«

»Ach Tante Elisabeth«, Amelie schlug die Hände vors Gesicht. »Ja, das stimmt, aber bestimmt hätte sie alles überstanden, wenn ich nicht so grässlich zu ihr gewesen wäre.«

»Ach«, meinte die Gräfin von Radestock. »Soweit ich weiß, hat Grässlichkeit aber keinen Einfluss auf den Verlauf einer Grippe?« Sie lächelte Amelie zärtlich an. »Aber ich kann mir schon vorstellen, warum du dir Vorwürfe machst. Nachdem mir deine Eltern alles erzählt hatten und nach dem, was du mir in deinen Briefen geschrieben hast, habe ich so eine Ahnung.« Amelies Augen wurden groß. »Wirklich?«, hauchte sie.

»Na ja, ich weiß natürlich keine Details, aber man hätte schon blind und taub durch die Gegend rennen müssen, um nicht zu bemerken, wie nahe ihr einander standet, und welche Blicke dir Felicitas zuwarf, wenn sie sich unbeobachtet glaubte.«

Elisabeth von Radestock war nicht nur weit gereist. Auf ihren langen Reisen hatte sie auch viel gesehen, viel erlebt – und durchaus nicht alles floss in ihre Reiseanekdoten ein – und viel nachgedacht. Die Liebe zwischen Menschen gleichen Geschlechts war ihr auf vielfältige Art begegnet, und sie war tolerant genug, zu ahnen, dass dies durchaus kein selbst gewählter Lebensstil war. »Felicitas hat dich auf eine Weise geliebt, die weit über eine Mädchenfreundschaft hinausging, habe ich recht?« Sie sah Amelie an.

Diese senkte den Kopf, fast hätte man das minimale Nicken übersehen können. »Und ich habe sie zurückgestoßen«, schluchzte sie wieder auf. »Sie hat mich geküsst, ein paar Tage vor ihrem Tod – und ich bin zornig auf sie geworden, habe sie wild beschimpft, aus dem Haus geworfen und ihr die Freundschaft aufgekündigt.« Wieder flossen die Tränen ungehemmt.

Elisabeth von Radestock hielt die Hand ihrer Nichte und ließ sie weinen. Nach einiger Zeit schließlich versiegten die Tränen. Amelie seufzte tief auf und putzte sich die Nase. »Du bist nicht schuld am Tod von Felicitas«, waren die ersten Worte, die Elisabeth sprach, als der Tränenstrom versiegt war.

»Aber natürlich bin ich das.«

»Nein«, sagte die Tante. »Du hast deine beste Freundin schließlich nicht ermordet.«

»Aber ich war so gemein zu ihr.« Wieder standen Amelie Tränen in den Augen.

»Ja, das stimmt, du hast dich ihr gegenüber nicht gerade wie eine Freundin verhalten …«

»Aber ich war völlig überfordert«, fiel Amelie der Tante

ins Wort. »Wir waren beide hundemüde, völlig durchnässt aber so glücklich, das Fieber des kleinen Jungen gesenkt zu haben. Und dann küsst sie mich, einfach so.«

»Ich möchte nicht indiskret sein«, begann Elisabeth. »Aber ich muss dich das einfach fragen: Was hast du denn empfunden, als Felicitas dich geküsst hat?« Amelie schwieg eine Weile. Dann seufzte sie. »Ich weiß es nicht genau«, hob sie an. »Es war, als ob ich tausend kleine Schmetterlinge im Bauch hätte, und da war auch so ein süßes, ziehendes Gefühl.« Sie seufzte erneut, sehr tief. »Es war schön, Tante Elisabeth«, gestand sie dann. »Ich hätte sie am liebsten weiter geküsst.« Amelies Gesicht war tiefrot angelaufen. Sie senkte den Kopf und nestelte an der Bettdecke herum. »Aber dann bin ich furchtbar über uns erschrocken und habe Felicitas von mir gestoßen. Ich habe sie angeschrien und aus dem Haus geworfen.« Diesmal flossen keine Tränen, nur Amelies Stimme war immer leiser geworden.

In diesem Moment klopfte Else, die mit dem Frühstückstablett hereinkam und dieses auf dem kleinen Tisch am Fenster abstellte. »Danke, Else«, Elisabeth von Radestock klaubte einige Münzen aus der Tasche ihres Morgenmantels und drückte sie dem Mädchen in die Hände. »Danke, gnädige Frau.« Else ging.

Nachdem sie das Tablett, das praktischerweise ausklappbare Füßchen aufwies, vom Fensterbrett aufs Bett gestellt hatte, sagte Elisabeth: »Rutsch ein Stück, Amelie, wir werden uns den Luxus eines Frühstücks im Bett gönnen.« Gehorsam rutschte Amelie auf die Seite. »Aber, ich habe überhaupt keinen Hunger«, meinte sie. »Du musst ja auch nicht unbedingt etwas essen, Kind. Aber trink wenigstens ein paar Schlückchen Kaffee.« Und während Amelie sich tatsächlich auf den Kaffee beschränkte, langte Elisabeth, die alles im Leben mit Hingabe tat, kräftig zu. Als sie aufgegessen hatte, befanden sich nur noch Krümel auf den Tellern. »Ah«, seufzte sie. »Das hat gutgetan.« Hochgewachsen und schlank wie sie war, hätte man ihr das Vertilgen solcher Speisemengen kaum zugetraut. Diese Eigenschaft schien sie ihrer Nichte vererbt zu haben, der normalerweise kaum etwas den Appetit verderben konnte. Nun trank Elisabeth den letzten Schluck Kaffee, stellte die Tasse ab und wandte sich wieder Amelie zu. »Ich möchte dich gerne noch etwas fragen«, begann sie vorsichtig. »Was denn?« Auch Amelie stellte die Kaffeetasse zurück auf das Tablett, hob es dann vorsichtig an und stellte es neben dem Bett auf den Teppich. »Bist du denn schon einmal von einem Mann so geküsst worden, wie Felicitas dich geküsst hat?«

»Aber ja«, zum ersten Mal seit Tagen kräuselte ein kleines Lächeln Amelies Mundwinkel. »Einmal beim Ball der Gräfin Passkamp. Der junge Graf hatte mich in den Wintergarten gelockt, mir mit überschwänglichen Worten seine Liebe gestanden und mich dann geküsst.«

»Und«, fragte die Tante. »Wie war das?« Amelie dachte kurz nach. »Eigenartig«, sagte sie dann. »Eigentlich ein bisschen eklig. Er hat mir seine Zunge in den Mund gesteckt, da hab ich ihn weggestoßen und ihm gesagt, er benähme sich wie ein Lump.« Elisabeth lachte leise. »Und ein anderes Mal hat mich der Willi geküsst, da war ich siebzehn. Das war an meinem Geburtstag.«

»Der Willi« war der Sohn von Eberhard von Clausenberg, Amelies Wahlonkel. »Er war, glaube ich, verliebt in mich und hat mich beim Abschied sehr zärtlich geküsst.« Wieder fragte Elisabeth: »Und, was hast du dabei empfunden?«

»Ich mag Willi, weißt du«, antwortete Amelie. »Es war auch schön, von ihm geküsst zu werden. Mein Herz klopfte schneller und all das.« Verlegen wandte sie ihr Gesicht wieder ihrer Tante zu. »Weißt du, ich finde manche Männer schon interessant. Aber Frauen eben auch. Vor allem ganz bestimmte Frauen.« Sie strich sich mit der Hand die Haare aus dem Gesicht. »Aber bis Felicitas mich geküsst hat, war mir das gar nicht so bewusst.« Ganz naiv kam das daher. Elisabeth seufzte. »Das habe ich mir schon gedacht.«

»Wirklich?« Amelie war erstaunt.

»Ja, und glaube mir, du bist nicht der erste Mensch, dem ich begegnet bin, der sich durchaus für beide Geschlechter begeistern kann.«

Amelie konnte es nicht fassen. »Du nimmst mich auf den Arm, Tante Elisabeth, oder?«

»Nein, Kind, das tue ich nicht. Auf meinen Reisen bin ich schon vielen Menschen begegnet, Männern, die Männer lieben, und Frauen, die Frauen zugetan waren. Und natürlich auch Menschen, die sich nicht in ein bestimmtes Geschlecht, sondern einfach in einen anderen Menschen verliebt hatten – egal, ob Mann oder Frau.«

»Männer auch?« Amelie kam aus dem Staunen gar nicht mehr heraus. »Aber ist das nicht irgendwie …« Sie suchte nach Worten, »… irgendwie widernatürlich?«

»Liebes Kind«, hob Elisabeth an. »Wie sollte Liebe denn widernatürlich sein? Verboten ist die Liebe zwischen Frauen und die zwischen Männern allerdings, und zwar so ziemlich überall auf der Welt.«

Amelie schüttelte den Kopf. »Und du meinst, ich bin so eine Frau, die Männer und Frauen lieben kann?« Sie blickte die Tante an.

»Ich weiß es nicht«, antwortete Elisabeth. »Du bist noch so jung, wer weiß, vielleicht begegnet dir auch irgendwann mal ein Mann, den du ganz wunderbar findest.«

Amelie schwirrte der Kopf. »Ich weiß nicht«, meinte sie dann. »Vielleicht hast du recht, Elisabeth. Aber bislang ist mir jedenfalls noch kein Mann begegnet, der mir Schmetterlinge im Bauch verursacht hätte.« Amelie blickte ihre Tante an. »Aber an Felis Tod bin ich trotzdem schuld«, setzte sie schließlich fort. »Ich hätte sie nicht so behandeln dürfen.«

»Stimmt«, antwortete Elisabeth. »Aber an ihrem Tod bist du nicht schuld. Felicitas war ein sensibles Mädchen, das sich alles viel zu sehr zu Herzen nahm. Aber gestorben ist sie an der vermaledeiten Grippe. Das ist nicht deine Schuld, Amelie!« Elisabeth von Radestock nahm Amelies Kinn zwischen zwei Finger und zwang diese, sie anzusehen.

»Ach, ich hab sie so gern gehabt, Tante Elisabeth. Es tut mir so unendlich leid für sie und dafür, dass ich mich nicht mehr mit ihr versöhnen kann.« Amelie senkte den Kopf und starrte vor sich hin.

»Das kann ich gut verstehen, ich weiß um dein ausgeprägtes Verantwortungsgefühl, aber, glaub mir, Felicitas wird nicht wieder lebendig, wenn du dich hier in deinem Zimmer einsperrst, mit dem Leben haderst und in Selbstmitleid versinkst.«

Amelies Kopf fuhr hoch. »Selbstmitleid? Ich bin doch nicht selbstmitleidig!«

»Dann möchte ich dich etwas fragen: Stell dir vor, du könntest die Zeit zurückdrehen. Du und Felicitas steht in der Krankenstube. Die Erleichterung ist groß – ihr habt den Jungen gerettet. Und Felicitas tut das Gleiche wie in jener Nacht, sie küsst dich auf eine Weise, wie sich sonst üblicherweise Frauen und Männer küssen. Was würdest du tun?«

Amelie schwieg lange Zeit. Ihre Finger spielten auf der Bettdecke Klavier. Schließlich sah sie auf. »Ich glaube«, sagte sie mit ganz kleiner Stimme. »Ich würde das Gleiche tun. Ich wusste es ja nicht besser.« Wieder quollen Tränen aus Amelies Augen.

»Und wenn das so ist, dann hat es auch keinen Sinn, sich das eigene Leben vor lauter Schuldgefühl zur Hölle zu machen.« Elisabeth blickte Amelie an: »Du sagst, du hättest genauso wieder gehandelt. Dann ist das, was du hier in den vergangenen Tagen getan hast, nicht nur Trauer, sondern vor allem anderen auch Selbstmitleid.«

»Du bist ganz schön hart, Tante Elisabeth.« Amelie putzte sich zum wiederholten Mal an diesem Morgen die Nase.

»Mein liebes Kind, ich bin nicht hart, ich bin nur ehrlich. Und du hast meine Ehrlichkeit doch in der Vergangenheit immer geschätzt, oder? Und außerdem: Sag um Himmels willen nicht Tante zu mir«, sie lächelte ihre Nichte an. Amelie erwiderte das Lächeln, wenn auch die Mundwinkel noch ein wenig zitterten. Elisabeth erhob sich aus dem Bett, strich ihren seidenen Morgenmantel glatt und wandte sich zur Tür. »Und du, liebe Nichte, wirst dich jetzt aus deinem Bett erheben, dich waschen, ankleiden und dich dann in der Diele einfinden.«

»Was hast du denn vor, Tante Elisabeth?«

»Nun, wir werden in die Stadt fahren und im Hotel Adlon einen Tee trinken.«

Luise war zutiefst erleichtert, als sie ihre Tochter, bekleidet mit Kostüm und Hut, die Treppe herunterkommen sah. Elisabeth, die an diesem Tag ein moosgrünes, elegant geschnittenes Tageskleid trug und dazu einen wagenradgroßen Hut aufgesetzt hatte, der mit Bändern in der gleichen Farbe geschmückt war, erwartete sie bereits. »Macht nicht zu viel Wind um eure Kleine«, hatte sie zuvor zu Luise gesagt, »sie wird schon wieder werden.«

»Aber«, Luise plagte die Neugier. »Was hast du denn zu ihr gesagt?«

»Das, liebe Schwester, kann ich dir leider nicht anvertrauen. Das muss Amelie dir schon selbst erzählen. Aber ich glaube, der erste Schritt auf dem Weg der Besserung ist getan.« Sie wandte sich zur Tür. »Abendessen wie üblich um 19 Uhr?«, fragte sie noch über die Schulter. »Ja, wie üblich«, antwortete Luise ergeben, setzte sich selbst den Hut auf und zog den Mantel an, um sich auf ihre Hausbesuchsrunde zu machen. Zuvor allerdings wollte sie ihrem Mann die gute Nachricht von der »Auferstehung« ihrer Tochter überbringen. Elisabeth und Amelie verließen indes das Haus, um im berühmtesten Hotel Berlins einen Tee zu sich zu nehmen.

»Sie ist aufgestanden?« Michael von Liebwitz sprang auf und kam um seinen Schreibtisch herum. »Frau Haneke, darf ich Sie ersuchen, noch einmal ganz kurz im Wartezimmer Platz zu nehmen?« Er fasste die Patientin, die eben erst in seinem Behandlungszimmer Platz genommen hatte, am Ellenbogen und bugsierte sie in den Warteraum. »Das sind ja gute Neuigkeiten.« Er küsste seine Frau auf die Wange. »Wie hat sie das nur wieder angestellt, unsere Elisabeth?«

»Tja«, antwortete Luise ein wenig schnippisch. »Das hat mein liebes Schwesterlein mir nicht geruht, mitzuteilen.«

»Ach, du kennst Elisabeth doch«, beruhigte Michael seine Frau. »Ohne ein bisschen Geheimnis und Drama geht es bei ihr eben nicht. Die Hauptsache ist doch, dass Amelie begonnen hat, ihren Zusammenbruch zu überwinden, oder?«

»Da hast du wohl recht«, seufzte Luise. »Wir werden sehen, wie es weitergeht. Ich mache jetzt erst einmal meine Hausbesuche.«

»Tu das – ach, und schau dir bitte Frau Becker genau an. Ich bin mir nicht sicher, ob ihre Schwangerschaft so verläuft, wie sie soll, und habe sie auf deine Hausbesuchsliste gesetzt.«

»Ist gut«, antwortete Luise und verließ den Behandlungsraum. »Frau Haneke, Sie können jetzt zum Herrn Doktor hineingehen«, sagte sie im Vorbeigehen zu der korpulenten Mittfünfzigerin, die sogleich aufstand und an die Tür zum Behandlungsraum klopfte.

Der bezaubernde Frühstückssalon des Hotels Adlon war an diesem verschneiten Januarvormittag bereits gut gefüllt. Vor allem Damen saßen auf den zierlichen, vergoldeten Stühlen und tranken Tee, Kaffee und heiße Schokolade, während sie eifrig miteinander plauderten. Der Maître d'Hôtel führte Elisabeth und Amelie an einen kleinen Ecktisch, wobei er beständig plauderte: »Es ist ja so schön, dass die gnädige Frau wieder einmal unser bescheidenes Haus besucht. Und ist das etwa Ihre Nichte? Bezaubernd, wirklich bezaubernd. Und Sie, meine gnädigste Gräfin, Sie werden wirklich von Jahr zu Jahr jünger, wie machen Sie das nur?« Inzwischen war Kellner Leopold an den Tisch getreten. »Ich überlasse Sie nun meiner besten Kraft«, dienerte der Maître d'Hôtel und entfernte sich. Eilfertig rückte der befrackte Kellner die Sessel zurecht und reichte die Karten. »Darf ich Ihnen gleich einmal eine Tasse Tee servieren lassen, gnädige Frau Gräfin?« Elisabeth, die den Redeschwall des Maître d'Hôtel schweigend, mit einem maliziösen Lächeln auf den Lippen, über sich ergehen hatte lassen, nickte. »Und bringen Sie uns auch ein paar dieser köstlichen kleinen Sandwiches, für die Sie zu recht bekannt sind, ja, Leopold?« Der Kellner dienerte: »Aber natürlich, gnädigste Frau Gräfin, kommt sofort.« Und schon war er entschwunden, das Gewünschte zu bringen.

»Ach, es ist immer wieder bezaubernd im Adlon.« Elisabeth von Radestock sah sich im Raum um. »Und sieh doch nur, diese bezaubernden Medaillons an den Wänden.« Amelie schaute gehorsam hin. Sie fühlte sich etwas wackelig, nicht nur auf den Beinen. Auch innerlich schien sie immer noch ein wenig aus den Fugen geraten zu sein. »Was mache ich hier?«, fragte sie sich. »Du trinkst mit deiner Lieblingstante Tee«, antwortete Elisabeth. »O! Habe ich das gerade laut gesagt?« Amelie wurde rot. »Kind, denkst du, Felicitas entsteigt ihrem Grab lebendig, wenn du dich bis an dein Lebensende in Schuldgefühlen vergräbst?« Der Kellner trabte mit einem voll beladenen Tablett an. Elisabeth verstummte. Und auch Amelie sagte nichts, bis Leopold Tassen, Tellerchen, Tee und eine silberne Platte mit Sandwiches auf dem Tischchen abgestellt hatte. »Haben die Damen sonst noch Wünsche?«, fragte er dann mit einer servilen Verbeugung. »Nein, vielen Dank, Leopold«, antwortete Elisabeth huldvoll. »Sie dürfen sich entfernen.« – »Sehr wohl, gnädigste Frau Gräfin.« Leopold schlug die Hacken zusammen, drehte sich um und verschwand.

Amelie musste kichern. »Du kannst wirklich ungeheuer gnädig sein, Tante Elisabeth.« – »Ach, Leopold, den kenne ich schon seit …«, sie unterbrach sich. »Sehr lange jedenfalls. Er lebt für die Arbeit im Adlon, weißt du. Aber, sag mal, könntest du dich, nun, da du erwachsen bist, vielleicht endlich dazu durchringen, das ›Tante‹ vor meinem Namen wegzulassen? Ich finde, es macht mich alt.« Elisabeth von Radestock war zweiundfünfzig, ihr tizianrotes Haar wies keine Spur von Grau auf, und ihr schönes Gesicht war bemerkenswert faltenfrei. Auch ihre Figur – groß und gertenschlank, dabei durchaus fraulich gerundet – war die einer deutlich Jüngeren. »Also gut, dann sage ich jetzt Elisabeth zu dir«, stimmte Amelie zu. »Aber was sollte dich denn schon alt machen? Ich meine, sieh dich doch an – vorhin, als wir eingetreten sind, sind dir alle Blicke gefolgt.« Elisabeth lächelte zufrieden, ein wenig wie eine Katze, die gerade ein Schüsselchen Sahne vertilgt hat.

»Danke, mein liebes Kind, solches hört deine alte Tante gerne.«

»Aber, wenn ich Elisabeth zu dir sagen soll, könntest du dir dann bitte abgewöhnen, mich ›Kind‹ zu nennen. Immerhin bin ich inzwischen zwanzig Jahre alt!«, begehrte Amelie auf. »Also gut, mein Liebes«, sie unterbrach sich.

»Also gut, Amelie, dann werden wir es in Zukunft so halten. Jetzt lass mich dir aber erzählen, warum ich dich heute ins Adlon entführt habe.«

Amelie trank einen Schluck Tee. »Und aus welchem Grund hast du mich gezwungen, aus dem Bett aufzustehen und auszugehen?« Elisabeth beugte sich vor. Leise sagte sie: »Ich verstehe, dass du im Moment vollkommen durcheinander und fast krank vor Trauer um Felicitas bist. Deshalb habe ich beschlossen, dich auf andere Gedanken zu bringen.«

»Aha«, machte Amelie. »Und wie willst du das anstellen?«

»Ich lade dich auf eine Schiffsreise nach New York ein.« Elisabeth lehnte sich zurück, ergriff eine der zierlichen Teetassen aus Meißner-Porzellan und trank.

»Du willst was?«, fragte Amelie entgeistert.

»Dich auf eine Schiffsreise nach New York einladen. ›Der Imperator‹ läuft in ein paar Wochen von Cuxhaven nach Southampton aus – und von dort geht die Reise nach New York.«

»Verzeihung, liebe Elisabeth, aber ich glaube, dir ist der Tee zu Kopf gestiegen.« Amelie konnte es nicht glauben. »Du weißt doch, wie ungern ich reise«, sagte sie nach einem weiteren Schluck Tee. »Und dann willst du mich wochenlang auf einem Schiff einsperren?«

»Nun, von ›einsperren‹ kann ja wohl keine Rede sein«, gab Elisabeth zurück. »›Der Imperator‹ ist das neueste Lieblingsprojekt unseres lieben Kaisers. Ein Luxusdampfer allererster Güte. Wir werden jeder eine Suite bewohnen, wunderbare Speisen zu uns nehmen, abends zum Tanz gehen und uns ganz außergewöhnlich großartig amüsieren.«

»Ach ja«, Amelie klang ein wenig zynisch. »Und während ich mich da so vor mich hin amüsiere auf deinem Luxusdampfer, lasse ich mein Studium mal eben einfach so ruhen, oder wie hast du dir das vorgestellt?«

»Kein Grund für Sarkasmus, meine Liebe. In ein paar Wochen hast du das Semester abgeschlossen und gehst in die Universitätsferien, in denen du für drei Monate tun und lassen kannst, was du willst.«

»Elisabeth«, langsam verlor Amelie die Geduld. »Ich wollte mich in den Sommerferien nicht auf die faule Haut legen, sondern im Curias famulieren. Du weißt doch aus meinen Briefen, wie schwer es mir an der Universität gemacht wird, ich muss mehr und schneller lernen als meine Studienkollegen. Und jetzt, wo …« Amelies Stimme wurde brüchig, »… Felicitas nicht mehr da ist, muss ich mich allein durchschlagen. Das wird schon schwierig genug werden.«

»Meine liebe Amelie, hast du in der letzten Zeit eigentlich mal in den Spiegel geblickt?«, wechselte Elisabeth scheinbar das Thema.

»Was, aber wieso …« Amelie klang verwirrt. »Du bist geradezu durchscheinend, deine hübschen Gesichtszüge sind eingefallen, unter deinen Augen haben sich Ringe gebildet und du bist fadendünn. Was meinst du, wie lange du noch weiter Raubbau mit deinem Körper, von deiner Seele gar nicht zu reden, du noch betreiben kannst? Du brauchst unbedingt eine Pause, Ferien, eine Zeit, in der einmal nicht dein Studium im Mittelpunkt steht.«

Ein elegant gekleideter Mann um die sechzig trat an ihren Tisch und beugte sich über Elisabeths Hand. »Gräfin Radestock, wie schön, Sie wieder einmal in unserem Hause zu sehen.« Es war der Direktor des Hotels, Alexander Mosch, der von seinem eifrigen Kellner Leopold von der Anwesenheit Elisabeths in seinem Hause in Kenntnis gesetzt worden war. Elisabeth erwiderte den freundlichen Gruß. »Guten Tag, Herr Mosch, Sie wissen ja, wie gerne ich in Ihrem Hause zu Gast bin.«

»Entschuldigst du mich kurz, Elisabeth?«, fragte Amelie

in die Begrüßung hinein. »Ich möchte mich nur eben erfrischen.«

»Aber natürlich, meine Liebe, Herr Mosch wird mir die Zeit deiner Abwesenheit sicherlich aufs Angenehmste vertreiben.«

Amelie hatte das Privée für Damen betreten und stellte sich vor den wandhohen Spiegel, der an einer Seite des mit rosa Seide bespannten Waschraums angebracht war. Was sie im Spiegel sah, erschreckte sie. Sie legte nicht besonders viel Wert auf ihr Äußeres, aber das Bild, das der Spiegel bot, war tatsächlich erschreckend. »Ich sehe ja wirklich furchtbar aus«, dachte sie. Amelies Augen lagen tief in den Höhlen, dunkel umrändert waren sie und matt. Ihre Wangenknochen traten deutlich hervor, und war das etwa …? Sie fasste an ihre Stirn. Tatsächlich, da wuchs ein einzelnes graues Haar. Amelie packte es energisch und riss es aus. »Ach Felicitas«, dachte sie. »Schau mich an. Da stehe ich und versinke in Selbstmitleid.« Sie lehnte die Stirn an den Spiegel und dachte nach. »Vielleicht sollte ich das Wagnis wirklich eingehen und mit Elisabeth reisen, den Kopf freikriegen und wieder auf andere Gedanken kommen.« Hinter ihr wurde die Tür zum Waschraum geöffnet. Schnell hob Amelie den Kopf, schritt zu einem der Waschbecken und wusch sich die Hände.

Elisabeth hatte den freundlichen Hoteldirektor schon wieder verabschiedet, als Amelie zurück an den Tisch trat. »Ah, ich sehe, du hast eine Entscheidung getroffen«, sagte sie fröhlich.

»Aber, wieso weißt du das denn?« Amelie war überrascht.

»Man sieht es dir an, meine Liebe. Du wirkst ein bisschen fröhlicher als vorhin. Kommst du also mit auf die Reise?«

»Wenn die Eltern nichts dagegen haben und es sich mit meiner Ferienzeit ausgeht, dann werde ich mit dir reisen.« Sie lachte kurz. »Ich kann es selbst kaum glauben, aber ja, ich komme mit.«

»Na, wenn das kein Grund für Champagner ist! Leopold, bringen Sie uns bitte eine Flasche vom besten Champagner des Hauses, wir haben etwas zu feiern.« Der Oberkellner flitzte davon und trat kurze Zeit später mit der gewünschten Flasche an ihren Tisch. »Darf man fragen, was gefeiert wird, meine Damen?«

»Dürfen Sie, mein lieber Leopold, dürfen Sie. Meine bezaubernde Nichte und ich werden gemeinsam eine Schiffsreise nach New York machen.«

»Wundervoll, gnädigste Frau Gräfin, ganz wundervoll.« Der Korken knallte unbotmäßig laut, als Leopold die Flasche mit etwas zu viel Schwung öffnete. »Entschuldigen Sie, verehrteste Frau Gräfin.« Leopolds Gesicht war rot angelaufen.

»Ach, ich bitte Sie, ist ja nichts passiert.« Elisabeth winkte ab. Als die goldfarbene Flüssigkeit in den Gläsern perlte, hob die Gräfin ihr Glas: »Auf unser großes Abenteuer, meine liebe Nichte. Santé!« Sanft klirrend stießen die Gläser aneinander.

Kapitel 17

»Aber liebes Kind, hältst du das wirklich für eine gute Idee?« Eberhard von Clausenberg sah Amelie eindringlich an. Der Direktor des Curias-Krankenhauses war zum Abendessen im Haus Liebwitz gewesen. Nun hatten er und Amelie sich in die Bibliothek des Hausherrn zurückgezogen und tranken starken, bitteren Mokka, den Else gebracht hatte. Im Aschenbecher lag eine der Zigarren, auf die Clausenberg abonniert war und die Luise für den Freund immer im Haus hatte. Die beiden hatten in den tiefen dunkelbraunen Ledersesseln vor dem offenen Kamin Platz genommen, in dem ein Feuer prasselte. Der Maiabend zeigte sich von seiner unfreundlichsten Seite: Draußen regnete es in Strömen.

Amelie, die den Kater Lucius auf dem Schoß hatte und ihm die Ohren kraulte, was er mit einem tiefen zufriedenen Schnurren goutierte, sah ihren Wahlonkel an. »Schau, Onkel Eberhard, ich studiere jetzt bald im dritten Jahr Medizin, und du weißt, ich liebe mein Studium und kann es kaum erwarten, als Ärztin zu praktizieren. Aber ich bin beinahe am Ende meiner Kräfte. Und Felicitas' Tod«, sie schluckte hart. »Ich gebe mir die Schuld daran, weißt du? Nein, frag nicht«, sagte sie schnell, als Eberhard zu einer Frage ansetzen wollte. »Das ist und bleibt mein Geheimnis.« Eberhard von Clausenberg, der mehr sah, als er sagte, schwieg. »Ich werde mit aller Kraft, die ich noch habe, dieses Semester zu Ende bringen. Und dann werde ich mit Elisabeth reisen, um wieder zu Kräften zu kommen. Weißt du, sie hat ein Haus in

New York – diese Reise wird mich sicherlich auf andere Gedanken bringen.«

»Ah, deine wunderbare Tante Elisabeth«, sagte Clausenberg lächelnd. »Ich freue mich immer, wenn ich sie treffen kann. Sie ist eine so hinreißende Person.« Er nahm einen Zug von seiner Zigarre und paffte Rauchwölkchen vor sich hin. »Ich kann dich ja verstehen, Amelie, wirklich. Der Tod deiner Freundin muss furchtbar für dich gewesen sein, und mir ist auch bekannt, wie die Herren Studiosi dir zusetzen. Aber wolltest du in den Ferien nicht bei mir am Curias famulieren?«

Amelie atmete tief durch, langsam wurde sie ein wenig ärgerlich. »Onkel Eberhard, bei allem gebührenden Respekt, aber niemand hat etwas von einer Medizinstudentin, die das Studium abbricht, weil sie nicht mehr kann.«

»Aber …«, setzte Clausenberg erneut an.

»Nein, Onkel Eberhard, kein Aber.« Amelies Stimme war nun sehr bestimmt. »Ich werde in den Sommerferien für acht Wochen nach New York reisen und mit neuen Eindrücken und erholt wieder an die Universität zurückkehren. Das ist mein letztes Wort.« Sie lehnte sich wieder in ihren Sessel zurück.

Clausenberg war angesichts der Vehemenz, mit der Amelie ihre Sache vertrat, ein wenig blass geworden. »Gut«, sagte er mit seiner tiefen, angenehmen Stimme. »Das muss ich wohl zur Kenntnis nehmen. Aber ich erwarte von dir Höchstleistungen bis zum Semesterende und besonders in der anatomisch-physiologischen Prüfung, verstehen wir uns? Es soll mir nicht leidtun, mich für dein Medizinstudium eingesetzt zu haben.« Clausenberg erhob sich aus seinem Lehnsessel.

Auch Amelie war aufgesprungen und fiel ihrem Wahlonkel um den Hals. »Ach, vielen, vielen Dank, Onkel Eberhard. Ich danke dir!« Sie küsste ihn auf die Wange. »Und du kannst dich auf mich verlassen, ich werde Tag und Nacht büffeln, um die Prüfung zu bestehen und dir keine Schande zu machen.«

»Schon gut, schon gut«, brummelte Clausenberg. »Jetzt lass uns zurück zu deinen Eltern gehen und ihnen die ›frohe Kunde‹ zu Gehör bringen.«

Und Amelie hielt ihr Versprechen. Sie lernte, als würden demnächst die Bücher ausgehen. Sie besuchte jede Vorlesung, und sie hielt sich, so oft sie konnte, im Anatomischen Theater auf, um ihre Kenntnisse der praktischen Anatomie zu vertiefen. In Professor Krussmann hatte sie tatsächlich einen Mentor gewonnen, der Amelies Interesse an der Anatomie förderte und ihr die schwierigsten Sachverhalte regelmäßig in Privatstunden näherbrachte.

Dabei war es ihr an der Universität nicht etwa leichter gemacht worden als zu Felicitas' Lebzeiten. Der erste Tag, an dem sie wieder zu den Vorlesungen gekommen war, hatte es in sich gehabt.

Zwei Monate hatte Amelie die Vorlesungen versäumt, als sie den Hörsaal wieder betrat. Den Lernstoff hatte ihr Johannes Ditfurth nach Hause gebracht. Sie hatte also nicht viel theoretisches Wissen versäumt. Im Gegenteil, das Lernen mit dem freundlichen Kommilitonen hatte ihr Spaß gemacht. Sie fühlte sich also halbwegs gut vorbereitet, um wieder an den Vorlesungen teilnehmen zu können.

Stille schlug ihr entgegen, als sie die schwere Hörsaaltür aufschob und eintrat. Sie blickte sich erstaunt um. »Keine Pfiffe und kein Gejohle heute, meine Herren?«, fragte sie erstaunt. Erst regte sich niemand, dann kam es von Paul Alt: »Na, heute ganz ohne die Busenfreundin unterwegs?« Amelie wurde blass. »Sie wissen ganz genau, Herr Collega«, setzte sie an, »dass meine liebe Freundin Felicitas nicht mehr lebt. Ich ersuche um etwas Pietät.« Mit diesen Worten schickte sie sich an, auf ihrem üblichen Stuhl Platz zu nehmen.

»War wohl doch überfordert mit dem Studium, die Gute.« Das kam von Alexander von Stein. Er grinste hämisch. Amelie sprang auf und drehte sich um: »Ich wusste ja schon bislang, dass Sie kein Mann von Ehre sind, Herr von Stein, aber derartige Äußerungen hätte ich nicht einmal Ihnen zugetraut.«

Alexander von Stein wurde weiß wie die Wand hinter ihm. »Fräulein von Liebwitz«, sagte er dann gefährlich leise. »Wenn Sie satisfaktionsfähig wären, würden wir uns noch heute zu einem Duell treffen. Da Sie aber lediglich ein Weib sind, werde ich es bei Worten belassen. Sie, Sie unnatürliches Fräulein, werden wir auch noch loswerden, verlassen Sie sich darauf!«

»Darauf würde ich nicht wetten, von Stein«, gab Amelie zurück. »Weder Sie noch Ihre Bundesgenossen werden es schaffen, mich von meinem Ziel abzubringen, darauf können Sie lange warten.« Die Tür ging auf, und Professor Hugemann betrat den Hörsaal und trat ans Katheder. Wie üblich standen die Studierenden auf und begrüßten den Professor. »Guten Morgen«, sagte dieser, ein noch junger Mann, der als einer der führenden Physiologen Deutschlands galt, freundlich. »Sie wissen, in einem Monat steht die physiologische Prüfung an. Wir werden uns also heute einem Teilgebiet der Physiologie widmen, dem im Rahmen der Prüfung besonders großer Raum gewidmet sein wird.« Hugemann nahm seinen Zwicker ab, zog ein großes weißes Taschentuch aus seiner Rocktasche und putzte die runden Gläser, bevor er sie wieder auf seine Nase klemmte. »Vorher möchte ich allerdings noch etwas sagen. Wir haben im Professorenkollegium mit Betrübnis vom Tode Felicitas von Wallersdorf gehört.« Er wandte sich Amelie zu. »Mein herzliches Beileid zu Ihrem Verlust, Fräulein Collega.« Amelie nickte dankend. »Leider illustriert dieser tragische Vorfall einmal mehr die Schattenseiten des Frauenstudiums«, fuhr Hugemann fort. »Den hohen Anforderungen an Körper, Geist und Seele, die ein Medizinstudium stellt, sind Frauen eben scheinbar nicht gewachsen, was wir mit dem Fall von Fräulein von Wallersdorf wieder einmal gesehen haben.« Zustimmendes Gemurmel verbreitete sich im Hörsaal.

Amelie glaubte, ihren Ohren nicht zu trauen. Sie hatte gewusst, dass Hugemann kein ausgewiesener Freund des Frauenstudiums war, allerdings hatte er sie und Felicitas bislang eher links liegen gelassen und sich weder positiv noch negativ über sie geäußert. Die Einlassungen des Professors, die sie gerade gehört hatte, trafen sie tief. Und sie machten sie zornig, ja nachgerade wütend. Langsam stand sie von ihrem Stuhl auf. »Herr Professor Hugemann«, begann sie mit täuschend leiser Stimme. »Felicitas war nicht ›zu schwach‹«, Letzteres betonte sie sarkastisch, »für das Studium, sie ist an einer fulminant verlaufenen Grippe verstorben.« Nun wurde ihre Stimme laut. »Felicitas ist tot und kann ihre Sache nicht mehr selbst verteidigen. Aber meine Freundin war nicht nur den Anforderungen des Studiums gewachsen«, ihre Stimme wurde mit jedem Wort lauter. »Sie übertraf mit ihrem Wissen, ihrer Hingabe und ihren Fähigkeiten jeden der studierenden Männer in diesem Saal. Und zwar bei Weitem. Wenn Sie, Herr Professor Hugemann, es sich noch einmal anmaßen, über die Fähigkeiten von Frauen zum Medizinstudium oder zur Ausübung des Arztberufes sich meinen auslassen zu müssen, werde ich offiziell beim Rektor der Universität Beschwerde über Sie führen.« Die letzten Worte hallten laut durch den totenstillen Hörsaal.

Amelie setzte sich mit geballten Fäusten wieder hin.

Hugemann war die Zornesröte ins Gesicht gestiegen. »Liebes Fräulein von Liebwitz«, begann er. »Das hier ist mein Hörsaal, in dem ich sagen kann, was ich will. Und das werde ich auch weiterhin so halten. Wenn Sie meinen, das nicht auszuhalten, dann steht es Ihnen jederzeit frei, zu gehen. Haben wir uns verstanden?«

Amelie starrte Hugemann ins Gesicht und schwieg.

»Sie können auch gerne den Rektor aufsuchen und sich bei ihm ausweinen. Rektor Spenhagel ist ein guter Freund von mir und war übrigens ebenfalls unter den Gegnern der Zulassung von Frauen zum Studium.« Hugemann grinste maliziös. »Also, liebes Fräulein von Liebwitz, was meinen Sie? Bleiben Sie oder möchten Sie gehen?« Aus dem Auditorium war vereinzeltes Kichern zu hören.

Amelie stand erneut von ihrem Stuhl auf. Ruhig sah sie Hugemann ins Gesicht. »Ich werde bleiben, Herr Professor«, sagte sie kalt. »So einfach werden weder Sie noch meine verabscheuungswürdigen Studienkollegen mich loswerden, darauf können Sie wetten.« Sie setzte sich und schlug ihr Kollegheft auf.

Der Hörsaal explodierte förmlich. »Wie kann sie es wagen?«, »Hast du gehört, was sie gesagt hat?«, »Verabscheuungswürdig? Unglaublich!« So erklang es in einem vielstimmigen Chor. Hugemann schlug auf den Tisch. »Jetzt habe ich aber genug«, rief er. »Genau das passiert, wenn man Weiber zum Studium zulässt.« Er schlug mit der Faust auf das Katheder. »Ruhe!«, schrie er. »Ich bitte mir sofortige Ruhe aus!« Langsam verstummten die Rufe und erregten Gespräche. »Sehen Sie, meine lieben Herren Collegae«, begann Hugemann, nun wieder ruhiger. »Wir haben nun einmal eine Frau im Hörsaal sitzen. Das können wir – vorläufig – nicht ändern. Lassen Sie uns also mit dem Lehrbetrieb fortfahren.«

Amelie saß still an ihrem Platz und lauschte scheinbar aufmerksam den Ausführungen des Professors. Innerlich aber kochte sie vor Wut. Das sechste Semester studierte sie jetzt, hatte im Krankenhaus mitgeholfen, lernte Tag und Nacht und wurde dennoch wieder und wieder darauf zurückgeworfen, »nur« eine Frau und damit per definitionem unzulänglich zu sein. In jedem dieser sechs Semester hatte sie sich die Streiche und kindischen Beleidigungen gefallen lassen müssen, nur weil sie als Frau Medizin studieren wollte. Immerhin, sie war nun nicht mehr die einzige Frau an der medizinischen Fakultät, in jedem dieser drei Jahre, die sie nun schon an der Friedrich-Wilhelms-Universität studierte, hatten sich erneut Frauen eingeschrieben. Allerdings waren bislang unter den mehr als tausend Medizinstudenten nur rund fünfzehn Frauen. »Wir sollten uns zusammentun«, dachte Amelie. »Einen Bund ins Leben rufen, damit wir gegenseitig für uns einstehen können.«

Vorerst sollte allerdings der Wunsch der Vater des Gedankens bleiben, denn die Prüfung in Physiologie, die zweite große Prüfung in Amelies Medizinstudium, stand unmittelbar bevor. Amelie, die gelegentlich unter heftiger Prüfungsangst litt, lernte Tag und Nacht. Sie schlief kaum noch und übte und repetierte, wo sie ging und stand.

Kapitel 18

Ein Kahn, der fährt im Mondenschein dreimal um das Erbsenbein, Vieleck groß und Vieleck klein, der Kopf, der muss am Haken sein.« Michael von Liebwitz lachte schallend. »Lernt man das immer noch so?«, fragte er Amelie, die ausnahmsweise nicht in ihrem Zimmer, sondern im Salon ihrer Mutter lernte. Es war ein lauer Juniabend. Die großen Fenster standen weit offen und ließen die Düfte der Blumen aus dem Garten in den gemütlichen Raum.

Amelie war gar nicht bewusst gewesen, dass sie laut gesprochen hatte. »Ja, so merke ich mir die vielen Knochen in der Handwurzel«, sagte sie und beugte den Kopf wieder über das Buch. Leise memorierte sie das Skelettsystem. In drei Tagen sollte sie bei Wronski, Krussmann und Hugemann, der Physiologie lehrte, zur Prüfung antreten. Als einzige Frau unter mehr als tausend Männern. Von denen der Großteil ihr gegenüber nach wie vor massiv ablehnend eingestellt war. Und vor einem Professor Wronski, der Frauen in der Medizin immer noch massiv ablehnte. Er ignorierte Amelie in den Vorlesungen, und sie hatte keine Ahnung, wie die Prüfung ablaufen würde.

»Ich habe mir die Handwurzelknochen im Studium auch so gemerkt«, flüsterte Michael seiner Frau zu. »Eselsbrücken wie diese habe ich immer sehr gemocht.«

»Ja, ich erinnere mich, wir hatten auch einige im Hebammenkurs«, flüsterte Luise zurück. »Und, Kind, hast du denn nicht bald genug gelernt?«, fragte sie laut ihre Tochter.

»Ich weiß es nicht«, antwortete diese. »Ich habe das Gefühl, überhaupt nichts mehr zu wissen«, kam es verzweifelt von Amelie.

»Dann solltest du jetzt die Bücher weglegen und dich in den nächsten Tagen mit etwas anderem beschäftigen«, riet die Mutter pragmatisch. »Was du jetzt noch nicht kannst, erlernst du in den nächsten drei Tagen auch nicht mehr.« Amelie schlug lautstark ihr Buch zu. »Mutter, verstehst du denn nicht? Ich muss alles können, alles, um auch nur den Hauch einer Chance zu haben, diese vermaledeite Prüfung zu bestehen.« Amelie war laut geworden, Luise erblasste.

»Ist ja gut, Kind«, versuchte sie, die Tochter zu beruhigen. »Ich wollte dich doch nicht kränken. Aber du übernimmst dich. Blass und dünn bist du – noch mehr als sonst. Und in deinen Augenringen könnte man bald Tante Elisabeths Gepäck unterbringen.« Luise trat auf Amelie zu, die mit gesenktem Kopf in ihrem Sessel saß. »Ach, entschuldige, Mamachen«, sagte sie leise. »Aber ich habe eine Todesangst vor dieser Prüfung, und das Einzige, was mir hilft, dagegen anzukämpfen, ist immer weiterzulernen.«

»Meinst du nicht, es wäre sinnvoll, wenn Papa mit dem Rektor Spenhagel spricht?«, fragte Luise.

»Was soll das bringen? Du weißt doch, selbst der war gegen die Zulassung von Frauen zum Medizinstudium. Warum sollte er sich dann für mich einsetzen?«

»Weil du gut bist, mein Kind«, mischte sich ihr Vater in die Unterhaltung ein. »In den letzten Wochen habe ich im Klub immer wieder einige deiner Professoren getroffen, die mir von deinem glänzenden Verstand, deinem Fleiß und deinem Können im Anatomischen Theater vorgeschwärmt haben.« Amelie hob den Kopf. »Wirklich?«, fragte sie ungläubig.

»Ja, wirklich«, antwortete Michael. »Es ist beileibe nicht so, dass die Ablehnung, die du durch viele deiner Kommilitonen erfährst …«

»Und durch so manchen Professor«, fiel Amelie ihm ins Wort.

»Ja, und durch so manchen Professor«, setzte Michael von Liebwitz fort. »Aber eben nicht durch alle! Im Gegenteil: Immer mehr der vernünftigen Männer des Professorenkollegiums beginnen einzusehen, dass das Frauenstudium nicht mehr nur nicht aufzuhalten ist, sondern sehen begabte junge Frauen, die sich für den Arztberuf genauso gut eignen wie Männer.«

Amelie lachte leise auf. Es klang bitter. »Im Hörsaal merke ich allerdings nicht viel davon.«

»Ja, ich weiß.« Die Stimme von Amelies Vater klang undeutlich, weil er gerade seine Pfeife entzündete und begann, große weiße Rauchwolken auszustoßen. »Die Herren haben immer noch ein bisschen Spundus, sich zu deklarieren. Aber wichtig ist doch …« Paff, paff, paff. Endlich brannte die schöne Meerschaumpfeife zur Zufriedenheit von Michael. »Wichtig ist doch, dass etwa Krussmann und Hugemann durchaus auf deiner Seite stehen. Das sind immerhin zwei Drittel des Prüfungskollegiums.«

»Krussmann ist großartig«, sagte Amelie. »Das stimmt. Und Hugemann ignoriert mich in den Vorlesungen zumindest nicht.« Tief in Gedanken wandte Amelie sich wieder den Büchern zu. Doch bevor sie sich erneut in den Lehrstoff vertiefen konnte, schlug sie Waldeyers Anatomiebuch zu, sprang auf und streckte den überanstrengten Rücken. »Wisst ihr was?«, fragte sie ihre Eltern. »Ihr habt recht. Ich werde die Bücher sein lassen und erst einmal ins Bett gehen.« Sie küsste ihre Eltern und entschwand in ihr Zimmer, um sich mal richtig auszuschlafen.

Als Amelie aber gewaschen und mit ihrem Lieblingsnachthemd bekleidet unter der Decke lag, wollte sich der so sehr herbeigesehnte Schlaf allerdings nicht einstellen. Als sie es endlich geschafft hatte, die Angst vor der Anatomieprüfung zu verdrängen, schob sich ein Gesicht vor ihr inneres Auge. Das Gesicht von Felicitas – so wie sie es oft gesehen hatte, die blauen Augen blitzend in dem fein geschnittenen Gesicht mit dem immer leicht schiefen Lächeln. Amelie drehte sich auf die Seite und umarmte ihr Kopfkissen. »Ach, Felicitas«, murmelte sie. »Du fehlst mir so.« Die Trauer um ihre beste Freundin war immer noch nicht geringer geworden. Lediglich die harte Arbeit für die Universität hatte ihren Verlust ein wenig in den Hintergrund treten lassen. Jetzt, allein in ihrem dunklen Schlafzimmer, überfiel sie der Schmerz erneut mit Macht. Sie begann zu weinen, schluchzte in ihr Kissen und vermisste Felicitas in einer Intensität, die ihr körperliche Schmerzen verursachte.

Schließlich schob sie die Bettdecke weg, erhob sich, warf sich den Morgenmantel um und verließ leise ihr Zimmer. Sie klopfte an Elisabeths Tür, unter der – trotz der späten Stunde – noch ein Lichtschein zu sehen war. »Entrez!«, klang es von drinnen auffordernd. Amelie trat ein. Elisabeth von Radestock hatte dem Gästezimmer im Hause von Liebwitz ihren ganz eigenen Stempel aufgedrückt. Über die Stehlampe, die warmes Licht verbreitete, war ein lavendelfarbener Seidenschal geworfen worden. Auf dem Bett lag ein üppig gemusterter Überwurf, und die offenen Schranktüren offenbarten eine reichhaltige Garderobe in vielen bunten Farben. Den Sekretär, an dem Elisabeth ihre Korrespondenz zu erledigen pflegte, zierte eine Schreibgarnitur aus grünem Marmor. Das edle Bütten, auf dem Elisabeth ihre Briefe schrieb, trug ihr eingeprägtes Monogramm. Als Amelie zur

Tür hereintrat, erhob die Tante sich und blickte ihr ins verweinte Gesicht. »Na«, sagte sie dann. »Ist der Kummer heut Nacht wieder besonders schlimm?« Mit drei Schritten war Amelie bei Elisabeth und warf sich in ihre Arme. Sanft hielt Elisabeth ihre Nichte und murmelte beruhigende Worte, bis Amelies Schluchzen schließlich verebbte. Die junge Frau löste sich aus der Umarmung. »Danke, Elisabeth«, sagte sie leise. »Ich bin so froh, dass du da bist.« – »Es wird leichter werden, Amelie.« Elisabeth bot ihrer Nichte den Platz im Lehnsessel, den ein orientalischer Schal zierte, an. »Ach weißt du«, Amelie rollte sich in dem Ohrensessel zusammen. »Manchmal ist es das ja auch. Aber mitunter rollen alle diese Ereignisse wieder und wieder über mich hinweg, quälen mich und sagen mir, ich bin schuld am Tode von Felicitas. Ob sich das jemals ändern wird?« Fragend blickte Amelie zu ihrer Tante auf, die wieder am Schreibtisch Platz genommen hatte.

»Das wird es, glaube mir. Jeden Tag wird es ein bisschen besser werden. Und du bist nun wirklich nicht schuld am Tod von Felicitas.« Dies sagte sie mit Nachdruck. »Schließlich ist sie an einer Grippe verstorben.«

»Ja«, sagte Amelie, »das weiß ich. »Aber vielleicht hätte sie mehr Kraft gehabt, um gegen die Krankheit anzukämpfen, wenn ich sie zuvor nicht so zurückgestoßen hätte.«

»Das ist Unsinn«, Elisabeth war aufgestanden und setzte sich nun in den Stuhl, der Amelies Ohrensessel gegenüberstand. »Felicitas war ihr Leben lang entweder himmelhochjauchzend oder zu Tode betrübt, einen Mittelweg gab es dabei nicht, das weißt du doch noch, oder?« Amelie nickte. »Als sie dich küsste, hat sie sicherlich allen Mut zusammengenommen, was denkst du?« Amelie nickte wieder. »Aber weiter hat sie wohl nicht gedacht, nicht wahr?«

»Was meinst du?« – »Nun, selbst wenn du sie nicht zurückgewiesen hättest – wie hätte es mit euch beiden weitergehen sollen?«

Amelie wusste keine Antwort. »Sie sollte verlobt werden, hast du das gewusst?« Amelie riss die Augen auf. »Was? Nein, davon habe ich nichts gehört!«

»Ja, ihr Vater war sich mit dem Vater des jungen Herrn von Passheim einig geworden.« – »Das glaub ich jetzt nicht – Felicitas sollte doch wie ich ihren Doktor machen.« Amelie war schockiert. Elisabeth schritt zu einem kleinen Vertiko in der Ecke ihres Zimmers, auf dem sich eine Karaffe mit Cognac und einige hübsche Kristallgläser befanden. Sie schenkte zwei großzügig bemessene Portionen ein und reichte Amelie eines der Gläser. »Ja, das wäre wohl im Sinne des Vaters von Felicitas gewesen. Leider hat sich der reizende Herr von Wallersdorf aber vor Kurzem finanziell heftig übernommen – die Familie steht kurz vor der Pleite.« Elisabeth nahm einen kräftigen Schluck Brandy, Amelie tat es ihr nach. Als sie das Glas absetzte, war es halb leer. »Wieso weißt du denn davon?«, fragte sie. »Nun, meine Liebe, ich habe meine Quellen.« Elisabeth tat geheimnisvoll. »Denkst du nicht, dass diese Situation – die Pleite des Vaters, die arrangierte Ehe – unsere Felicitas in tiefste Verzweiflung gestürzt hätte?« Amelie schwieg nachdenklich. Dann sagte sie. »Ja, das kann ich mir gut vorstellen.«

»Siehst du«, gab Elisabeth zurück. »Du bist nicht schuldig an ihrem Tod.«

Amelie hatte sich im Ohrensessel aufgerichtet und den Morgenmantel eng um sich geschlungen. Die Neuigkeiten, die ihre Tante ihr gerade erzählt hatten, waren in der Tat erstaunlich. »Meinst du, sie hat, ich weiß nicht, mit diesem Kuss versucht, sich einen Ausweg aus der Situation zu verschaffen?« Elisabeth dachte nach. »Möglich«, sagte sie dann, »natürlich äußerst kurzsichtig, aber möglich. Wir werden es wohl nie herausfinden, oder?« Amelie schüttelte den Kopf und erhob sich. »Danke, Elisabeth«, sagte sie nochmals. »Ich glaube, jetzt kann ich einschlafen.«

»Das denke ich auch. Aber bevor du gehst, will ich dir noch etwas schenken, als Talisman für deine morgige Prüfung.« Sie stand auf und begann, in einem kleinen Kästchen zu kramen, das auf ihrem Nachttisch stand. Dann kam sie wieder auf Amelie zu. »Hier, das ist ein Mondstein, den ich in Indien geschenkt bekommen habe«, sagte sie und reichte Amelie einen exquisit gearbeiteten Anhänger: einen Mondstein, umkränzt von kleinen Brillanten, in filigranes Silber gefasst. »Der Stein soll dir Glück bringen.« Vorsichtig legte sie Amelie die Kette um den Hals und hakte den Verschluss ein. »Danke«, einmal mehr war Amelie sprachlos. »Aber das ist viel zu …«

»Gar nicht ist das ›viel zu‹. Ich möchte, dass du den Stein trägst – und jetzt geh schlafen, meine liebe Nichte.« Elisabeth hauchte Amelie einen Kuss auf die Wange und gab ihr einen aufmunternden Stups. »Gute Nacht, Elisabeth.« Amelie lächelte und umfasste mit einer Hand den Anhänger. »Der Stein wird mir morgen bei der Prüfung sicherlich Glück bringen.«

Kapitel 19

Um sechs Uhr am nächsten Morgen schellte der Wecker neben Amelies Bett. Sie fuhr aus wirren Träumen auf und schlug mit der Hand auf den Klingelknopf. Hastig stand sie auf, wusch sich, zog sich an, fasste die Haare am Hinterkopf zu einem strengen Knoten und ging ins Esszimmer, wo ihre Eltern bereits mit dem Frühstück auf sie warteten. »Guten Morgen!«, erklang es unisono, als sie den Raum betrat. »Na, ob er gut ist, der Morgen, das werden wir noch sehen«, erwiderte Amelie den Gruß ihrer Eltern, lächelte aber dabei. Elisabeth von Radestock nahm nicht am Frühstück teil. »Barbarische Uhrzeit für ein Frühstück«, hatte sie gesagt, als man ihr bei ihrer Ankunft mitgeteilt hatte, wann im Hause von Liebwitz das Frühstück serviert wurde. Else, das Hausmädchen, brachte üblicherweise um zehn Uhr ein Frühstückstablett ins Zimmer der Tante.

Der Frühstückstisch war wie immer reichlich gedeckt und sämtliche Prüfungsangst der Welt konnte Amelies gesegneten Appetit nicht bremsen. Sie schenkte sich eine große Tasse Kaffee ein, belegte ein Brötchen mit Butter und Schinken und köpfte hungrig ihr Frühstücksei.

»Und«, fragte Michael von Liebwitz. »Bist du aufgeregt?«

»Ja«, murmelte Amelie, den Mund voller Schinkenbrot und Ei. Sie schluckte. »Sehr, aber ich bin auch froh, es bald hinter mir zu haben.«

»Du bist sehr gut vorbereitet, glaube mir, das klappt bestimmt.« Amelies Vater hatte seine Tochter in den vorangegangenen Tagen mehrfach abgehört und war mit dem Wissen Amelies sehr zufrieden. »Wie lange wird die Prüfung denn dauern?«, fragte Luise. »Drei Stunden«, antwortete ihre Tochter. »Jeweils eine Stunde für Anatomie, Physiologie und praktische Anatomie.« Sie trank den letzten Schluck Kaffee und sprang auf. »Ich muss los. Ich will noch ein bisschen wiederholen, bevor es um acht Uhr losgeht.«

Der Hörsaal an der Friedrich-Wilhelms-Universität war zu dieser frühen Stunde verlassen. Durch die großen, blank geputzten Fenster fiel das erste Morgenlicht herein. Amelie saß an ihrem üblichen Platz und wiederholte theoretische Anatomie. Sie wusste, mit der praktischen Anatomie würde sie keine Schwierigkeiten haben, und Professor Hugemann, der Physiologe, war zwar nicht begeistert vom Frauenstudium, erkannte aber widerwillig ihr Wissen um sein Lehrfach an. Lediglich Professor Wronski, der theoretische Anatomie lehrte, verfolgte Amelie nach wie vor mit Hass und Ablehnung – und er würde ihr heute die Prüfung abnehmen. Amelie seufzte. Inzwischen war es halb acht Uhr morgens. In einer halben Stunde würde die Prüfung beginnen. Langsam füllte sich der Hörsaal.

Statt des üblichen Katheders war heute vor den ansteigenden Sitzreihen ein Podium aufgebaut worden, an dem die Prüfer Platz nehmen würden. »Na, von Liebwitz«, einer ihrer Kommilitonen, Korpsstudent wie fast alle Medizinstudenten und enger Freund Alexander von Steins, war an sie herangetreten. »Trauen Sie sich wirklich zur Prüfung bei Wronski?« Der schlaksige junge Mann war neben ihr stehen geblieben und blickte auf sie herunter. »Der wird Sie in Stücke reißen.« Er grinste hämisch.

»Herr von Stübing«, setzte Amelie an. »Ich finde es ganz reizend, dass Sie sich so viele Gedanken um mein Wohlbefinden machen, aber ich versichere Ihnen, das ist ganz und gar unnötig.« Sie wandte sich wieder ihrem Buch zu. Von Stübing, der selbst zu den eher mäßigen Studenten zählte, lief rot an.

»Sie werden schon sehen«, zischte er durch die zusammengebissenen Zähne. Das wird Ihr Untergang.« Sprach's und drängte sich durch die Menge an seinen Platz. Beifälliges Gelächter seiner Kommilitonen folgte ihm. Amelie seufzte. Würde sich das nie ändern?

Einige Minuten später betrat Professor Wronski den Hörsaal. Dieser war gut gefüllt. Nicht nur die Prüflinge waren anwesend, auch Professoren anderer Fachrichtungen und Studierende im ersten Jahr hatten sich zur Prüfung eingefunden. Amelie wusste, einer der Gründe für den Andrang war sie, galt sie doch noch immer als exotische Ausnahme an der Universität, auch wenn mittlerweile einige Frauen ihr Medizinstudium an der Friedrich-Wilhelms-Universität aufgenommen hatten.

»Guten Morgen, meine Herren!« Wie üblich ignorierte Wronski seine einzige Studentin. »Ich hoffe sehr, Sie haben sich auf die Anatomieprüfung gut vorbereitet.« Erwartungsvoll blickte er ins Publikum. »Na gut«, umständlich setzte er sich hinter den Tisch und kramte eine Namensliste aus seiner Aktentasche. »Dann wollen wir mal anfangen.«

Es war ein wunderschöner Berliner Sommermorgen. Der Himmel war strahlend blau. Die Vögel zwitscherten, auf Berlins Straßen flanierten die Menschen. Nur im Hörsaal war davon wenig zu merken. Einzig der Sonnenschein machte sich unangenehm bemerkbar, heizte er den großen Raum doch fühlbar auf. Amelie war aufgrund ihres Nachnamens etwa in der Mitte der Prüfung dran und wartete nun schon einige Stunden. Wronski zwiebelte die Examenskandidaten, verhielt sich aber – soweit Amelie das beurteilen konnte – einigermaßen fair. Dreißig Kandidaten sollten an diesem Tag die Anatomieprüfung ablegen. Amelie hatte die Liste im Kopf und wusste, sie würde jetzt endlich die nächste Kandidatin sein. Sie schwitzte und war nervös. Die Temperatur im Hörsaal war mittlerweile tropisch, natürlich gab es nichts zu trinken und würzige Schweißgerüche hingen in der Luft. Amelie war übel. Der Kandidat vor ihr, Franz von Knapp, hatte die Prüfung mit gutem Ergebnis bestanden. Amelie machte sich dazu bereit, aufzustehen, als Wronski, der Knapps Examensnote notiert hatte, aufsah und sagte: »Wie Sie ja wissen, sitzt ein Element hier in der Anatomieprüfung, das ich seit einigen, nun ja, unguten Ereignissen ignoriere.« Leises Gelächter brandete auf. »Und da ich vorhabe, daran auch weiterhin nichts zu ändern, habe ich Herrn von Stein dazu beauftragt, besagtem Element die Anatomieprüfung abzunehmen.« Ein Raunen ging durch den Hörsaal. Amelie wusste nicht, ob sie lachen oder weinen sollte.

»Herr Professor Wronski«, fing sie an und erhob sich. »Die Prüfungsordnung schreibt vor, dass der Professor des Fachs die Prüfung abnehmen muss«, sagte sie ruhig. Wronski ignorierte sie. »Um keine Unklarheiten aufkommen zu lassen, meine Herren, ich habe zuvor mit dem Rektor gesprochen, der meine Vorgehensweise ausdrücklich gebilligt hat.« Er verließ das Podium und setzte sich auf einen Stuhl seitlich davon, den ein eifriger Hörsaaldiener für ihn aufgestellt hatte.

Alexander von Stein erhob sich grinsend und schritt durch die Reihen bis zum Podium, um dahinter Platz zu nehmen. »Also, Fräulein von Liebwitz«, forderte er Amelie auf. »Darf ich Sie bitten, nach vorne zu kommen?« Sein Grinsen war jetzt eindeutig bösartig.

Amelie überlegte einen Augenblick tatsächlich, alles hinzuschmeißen, den Hörsaal zu verlassen und den Gedanken an das Medizinstudium ad acta zu legen, besann sich aber noch rechtzeitig. »Aber natürlich, Herr von Stein«, antwortete sie ruhig und begab sich nach vorne. Wie immer war sie schlicht gekleidet, trug zum langen schwarzen Rock eine weiße Bluse, das Haar hatte sie in einem schmucklosen Knoten zusammengefasst. Sie hielt sich bolzengerade und stellte sich vor das Podium – und vor ihren Erzfeind.

»Wofür steht das große N. in der Anatomie?«, bellte von Stein seine erste Frage. »Für Nervus«, antwortete Amelie. »Wo befindet sich die Linea sternealis?« – »Entlang des Rands des Sternums.« Frage um Frage schoss Alexander von Stein auf Amelie ab, die sie ebenso rasch und richtig beantwortete. Nach über einer Stunde stand beiden der Schweiß auf der Stirn. Von Stein hatte die Zähne zusammengebissen und suchte verzweifelt nach einer Frage, mit der er Amelies Prüfungserfolg zu Fall bringen konnte. Langsam breitete sich Unruhe im Hörsaal aus. Es war schon Mittag, die Hitze schier unerträglich und der Hunger unter den anwesenden Studenten und Professoren groß.

Plötzlich begann Alexander von Stein geradezu selig zu grinsen. Amelie, die sich kaum noch auf den Beinen halten konnte, bekam es mit der Angst. Würde diese Prüfung denn nie aufhören? Sie hatte jede einzelne Frage richtig beantwortet. Jetzt musste es doch auch mal genug sein. Mit einem Taschentuch fuhr sie sich über die Stirn und steckte es dann wieder in ihren Ärmel.

Von Stein räusperte sich und fragte, immer noch grinsend: »Ist die Vena dorsalis penis beim Geschlechtsverkehr geöffnet oder geschlossen?« Er lehnte sich zurück.

Amelie traute ihren Ohren nicht. War sie denn hier unter Pennälern? »Sie ist natürlich geschlossen, Herr von Stein«, antwortete sie eisig. »Denn zum Behufe einer lege artis ausgeführten Penetration muss der Penis mit Blut gefüllt sein, was, wäre die Vene offen, natürlich unmöglich wäre.« Von Stein lief zornesrot an, als Amelie ihn auf diese Weise abfertigte. Da eilte Professor Krussmann, der ebenfalls im Auditorium gesessen hatte, mit großen Schritten zum Podium. »Gut, gut, gut«, sagte er und rieb sich die Hände. »Ich glaube, Herr von Stein, Sie haben sich der Aufgabe, Amelie von Liebwitz die Anatomieprüfung abzunehmen, hervorragend entledigt.« Er nickte ihm zu. »Und Sie, mein liebes Fräulein Collega, haben die Prüfung ebenso hervorragend abgelegt, wenn ich das so sagen darf.« – »Puh«, dachte Amelie. »Geschafft!« Da mischte sich Wronski ein. »Werter Herr Collega Krussmann. Ich muss doch bitten. Ich bin es immer noch, der beurteilt, ob ein Kandidat eine Prüfung bestanden hat oder nicht.«

»Ich wollte Ihnen keineswegs vorgreifen, lieber Collega Wronski«, Krussmann war ganz Leutseligkeit und Lächeln. »Aber Sie gehen doch sicher mit mir konform, dass Fräulein von Liebwitz die Prüfung mit fliegenden Fahnen bestanden hat, oder?« Liebenswürdig lächelte Krussmann Wronski an. Der wand sich. »Also«, setzte er an – und wurde erneut von Krussmann unterbrochen. »Ich denke, diese Prüfung hat die Note Ausgezeichnet mehr als verdient, meinen Sie nicht, Herr Collega?« Wronski wollte etwas entgegnen, überlegte es sich dann allerdings anders. Schließlich hatte Amelie tat sächlich jede einzelne Frage korrekt beantwortet. Wronski war ein Frauenfeind, ungerecht wollte er aber nicht sein. »Meinetwegen«, winkte er ab. »Dann also ein Ausgezeichnet. Sie können gehen.« Das schleuderte er über die Schulter in Amelies Richtung. Diese schritt – ohne eine Gemütsregung zu zeigen, zu ihrem Platz und holte ihre Tasche. »Wir werden jetzt Mittagspause machen«, verkündete Wronski noch, bevor er den Hörsaal verließ. »Die Prüfung wird fortgesetzt um 14.30 Uhr cum tempore.« Nach der Mittagspause legte Amelie die Prüfungen in Physiologie und praktischer Anatomie ab. Sie bestand beide mit fliegenden Fahnen.

Als Amelie sich anschickte, nach Hause zu gehen und den Eltern die positive Kunde der bestandenen Prüfungen zu überbringen, stellte Alexander von Stein junior sich ihr in den Weg. »Von Stein«, sagte Amelie müde, »was wollen Sie denn noch?«

»Sie werden es trotzdem nicht schaffen, Ärztin zu werden«, zischte er sie durch zusammengebissene Zähne an.

»Das werden wir ja sehen.« Amelie blinzelte zu von Stein hoch, der ein deutliches Stück größer war als sie, obwohl sie selbst nicht gerade klein war. »Bitte«, wehrte sie ab. »Können Sie mich nicht einfach in Ruhe lassen?«

»Nein, das kann ich nicht, und ich will es auch nicht«, gab er zurück. »Sie sind ein Ärgernis, Fräulein von Liebwitz, und ein Ärgernis muss man so gut es geht eliminieren.«

»Ach halten Sie doch einmal im Leben ihren Mund«, fuhr Amelie auf, der jetzt der Kragen platzte. »Mir ist schon klar, dass Sie mich nicht mögen, aber wir sind hier schließlich nicht auf dem Spielplatz, sondern auf der Universität – und jetzt lassen Sie mich endlich vorbei.« Sie drängte sich grob an von Stein vorüber, der über diese Behandlung einigermaßen perplex war und rasch einen Schritt zur Seite machte. Grußlos verließ Amelie den Hörsaal und atmete erst einmal tief ein, als sie endlich in den sonnigen Tag hinausgehen konnte. Es war geschafft, der zweite große Schritt auf dem Weg zu ihrer Berufung war getan – und sogar mit drei »Ausgezeichnet«. Amelie grinste und machte sich eilig auf den Weg nach Hause, um ihren Eltern die gute Nachricht zu überbringen.

Kapitel 19

Als Elisabeth von Radestock ihren schnittigen kleinen Aston Martin am Hafen von Cuxhaven parkte, konnte Amelie einen ersten Blick auf das riesige Schiff werfen, mit dem sie und ihre Tante nach New York reisen würden. »Der Imperator« hieß das Passagierschiff. »Ist doch ungewöhnlich, oder?«, fragte Amelie die Tante, als die beiden aus dem Wagen ausgestiegen waren. »Normalerweise erhalten Schiffe doch weibliche Namen.« Amelie hielt ihren Hut fest. Hier am Hafen wehte eine steife Brise. »Eigentlich ja, aber du kennst ja unseren …«, Elisabeth unterbrach sich und überlegte, »kriegsfreundlichen Kaiser«, setzte sie dann fort. »Er bestand auf dem Männernamen, weil es immerhin das größte Passagierschiff der Welt ist.«

Die beiden Frauen traten an die Gangway. Sie waren allein zum Hafen gekommen. Weder Amelie noch Elisabeth mochten tränenreiche Abschiedsszenen und hatten Amelies Eltern zu Hause Adieu gesagt. Acht Wochen lang würde Amelie mit ihrer Tante unterwegs sein, die lang ersehnte Belohnung nach ihren bestandenen Prüfungen.

Und nun sollte die Reise über den Großen Teich endlich losgehen. »Bist du aufgeregt?«, fragte Elisabeth ihre Nichte. »Ein wenig«, gab diese zurück. »Aber ich bin auch sehr neugierig auf diesen schwimmenden Palast.« Die beiden Frauen schritten die Gangway hinauf. Am oberen Ende wartete ein Steward auf sie, makellos in seine weiße Uniform gekleidet.

»Das ist unsere Suite?« Amelie drehte sich staunend um die eigene Achse. »Der Imperator« war ein prachtvoll ausgestattetes Schiff. Die Suiten in der ersten Klasse boten jeden erdenklichen Luxus, inklusive großer Fenster, die einen wunderschönen Weitblick böten, wenn das Schiff erst abgelegt haben würde. »Nein, Kind«, Elisabeth von Radestock lächelte, »das ist deine Suite – meine liegt gegenüber.« Amelie drehte sich zu ihrer Tante um und umarmte sie impulsiv. »Ach, das ist wunderbar!« Amelies Suite war ganz in Rosa und Gold gehalten. Das Bett bedeckte eine rosa Seidensteppdecke, der Boden war mit streichelweichem rosafarbenem Teppich belegt, und die Schleiflackmöbel glänzten weiß mit goldenen Verzierungen. Das große Bett stand in der Mitte des Raums, und vor dem Fenster befand sich ein üppig verzierter Toilettentisch. »Schau mal hier!« Elisabeth von Radestock schritt durch den Raum und öffnete eine Tapetentür. »Dein Badezimmer ist hier.« Ebenso luxuriös wie der Schlafraum präsentierte sich das Bad mit einer Badewanne, die mitten im Raum auf vergoldeten Klauenfüßen stand, und einem Waschtisch, über dem ein Spiegel in verziertem Goldrahmen hing.

Amelie wusste gar nicht, wo sie zuerst hinschauen sollte. »Das ist einfach unglaublich, Elisabeth.« Jetzt verstand sie, was die Tante gemeint hatte, als sie ihr von der luxuriösen Fahrt auf dem großen Schiff vorgeschwärmt hatte. »Siehst du«, Elisabeth lachte. »Von ›eingepfercht auf dem Schiff‹ kann nun wirklich keine Rede sein. Komm, ich zeige dir noch deinen Salon.« Und wirklich, hinter einer anderen Tür befand sich ein gemütlich eingerichtetes kleines Wohnzimmer mit Sofa und Sesseln und ebenfalls einem großen Fenster. Amelie ließ sich auf dem Sofa nieder und seufzte glücklich. »Herrlich ist es, Elisabeth – du hattest völlig recht. Ich muss dir Abbitte leisten.«

»Ruh dich ein bisschen aus – deine Sachen sind schon ausgepackt. Zum Ablegen treffen wir uns dann draußen, ja?«

Als das Schiffshorn laut dröhnend die Abfahrt des riesigen Luxusdampfschiffs ankündigte, war die Reling schwarz vor Menschen, die sich – für einige Zeit oder gar für immer – von ihrer Heimatstadt verabschiedeten. Auch Amelie und Elisabeth hatten sich an die Reling gestellt, um einen letzten Blick auf Cuxhaven zu werfen. Eine Musikkapelle spielte »Muss i denn zum Städtele hinaus«, und Luftschlangen wurden vom Land zum Schiff geworfen, um eine letzte, zarte Verbindung herzustellen. Elisabeth sah Amelie strahlend an: »Jetzt geht es endlich wieder los«, rief sie, die das Reisen mehr als alles andere liebte. »Bald sehe ich mein geliebtes New York wieder.« Amelie grinste. Die Freude ihrer Tante war ansteckend. »Ich kann es auch kaum abwarten, dass das Schiff endlich ablegt«, rief sie über den Lärm von Schiffshorn und Musikkapelle hinweg. Ein merkbarer Ruck ging durch das große Schiff, dann begann es sich unendlich langsam aus dem Hafen fort zu bewegen. Die große Reise Amelies – sie hatte endlich begonnen.

Kapitel 20

Jetzt habe ich aber genug«, Amelie fuhr zu Elisabeth herum, die unruhig in ihrer Suite auf und ab ging.« Sie hatten nun die halbe Strecke nach New York hinter sich, und ihr Verhältnis hatte sich merklich abgekühlt. Für Amelies Dafürhalten behandelte Elisabeth sie wie ein Kind, dem man sagen musste, wann aufzustehen, was anzuziehen und wen man wann wie zu grüßen hatte.

»Kind, was ist denn nur los mit dir?« Elisabeth verstand die Welt nicht mehr.

»Hör auf, mir ständig zu sagen, was ich tun und was ich lassen soll.«

»Wann habe ich …?«

»Dauernd. Du sagst mir, was ich anziehen, mit wem ich reden, wann ich zu Bett gehen und was ich wann zu tun habe. Es reicht mir einfach!«

»Aber Kind …« Elisabeth versuchte Amelie zu beschwichtigen. »Und hör endlich auf, mich Kind zu nennen«, Amelie war jetzt sehr laut geworden. »Mäßige dich doch, Ki…, äh Amelie«, versuchte Elisabeth zu kalmieren.

»Nein, ich werde mich nicht ›mäßigen‹.« Amelies Ton war gehässig geworden.

Die Reise der beiden Frauen über das Meer nach New York dauerte nun schon mehr als zwei Wochen. Amelie genoss den Luxus an Bord und entdeckte eine neue Eigenschaft an sich. Zum ersten Mal in ihrem Leben konnte sie dem Müßiggang frönen und stellte fest, wie sehr ihr das gefiel. Sie stand morgens spät auf, ließ sich ihr Frühstück in die Suite bringen, während ein Dienstmädchen ihr ein Bad einließ. Wenn sie sich angekleidet hatte, schlenderte sie über das Deck, nahm einen Kaffee in dem entzückenden, im Wiener Stil eingerichteten Kaffeehaus oder legte sich in einen Deckstuhl, um stundenlang die neuesten Romane zu studieren, die sie sich in der bordeigenen Bücherei ausgeliehen hatte. Das Wetter war durchgehend herrlich, sonnig und warm, die See lag ruhig, von der Seekrankheit war sie verschont geblieben.

Abends legte sie eines der wunderschönen Kleider an, die Elisabeth ihr für die Reise spendiert hatte und speiste – nicht selten am Kapitänstisch – die herrlichsten Gerichte. Auch den dazu gereichten Wein ließ sie sich munden. Sie plauderte angeregt mit allen möglichen Gästen und war das eine oder andere Mal auch schon ein wenig weinselig ins Bett gegangen. Lediglich die immer angespannter werdende Beziehung zu Elisabeth trübte das Idyll ein wenig. Die Tante legte allergrößten Wert auf Manieren und Contenance – und Amelie, zum ersten Mal im Leben auf einer solchen Reise und von solch unerhörtem Luxus umgeben, trat mit ihrer offenen Art, zumindest sah Elisabeth das so, gerne mal ins Fettnäpfchen.

So wie etwa auch am Vorabend. Im Ballsaal des Schiffs war ein Kabarettabend angekündigt worden. Artur Pserhofer, der seit einigen Jahren in Berlin im Kabarett Roland den Conférencier gab, machte die Reise wegen eines Engagements in New York mit und hatte sich dazu bereit erklärt, ausgewählte Szenen seines aktuellen Programms zum Besten zu geben.

Amelie hatte sich königlich amüsiert und war mehrmals in lautes Lachen ausgebrochen, was ihr immer pikiertere Seitenblicke der Tante eingebracht hatte. Am Ende war

Amelie aufgesprungen, hatte begeistert geklatscht und sogar auf zwei Fingern gepfiffen. Elisabeth hatte ihre Hand gefasst und versucht, sie zum Mitkommen zu bewegen. Aber Amelie war derart begeistert von den Pointen Pserhofers gewesen, dass sie die Tantenhand einfach abgeschüttelt und weiter geklatscht hatte.

Nach vielen Vorhängen hatte sich der Kabarettist in seine Garderobe zurückgezogen. Amelie, begeistert wie sie war, drehte sich zu Elisabeth um und sagte: »Den muss ich unbedingt kennenlernen – ein großartiger Mann, findest du nicht?« Erst jetzt hatte sie den Blick ihrer Tante bemerkt. »Was hast du denn?«, fragte sie vollkommen ahnungslos.

»Bitte Kind, du kannst dich doch hier vor allen Leuten nicht so echauffieren«, hatte Elisabeth geflüstert.

»Echauffieren?« Amelie verstand gar nichts mehr. »Ich bin eben begeistert von Pserhofer – du vielleicht nicht?«

»Die Vorstellung hat mir sehr gut gefallen«, gab die Tante gemessen zurück. »Aber das bedeutet nicht, dass ich gleich in undamenhafte Begeisterung ausbreche.«

»Undamenhafte Begeisterung?« Amelie blickte ihre Tante an. »Was soll denn das heißen?« Ihr leicht entflammbares Temperament meldete sich zu Wort.

»Komm, Kind«, sagte Elisabeth. »Wir besprechen das in deiner Suite.« Wieder wollte sie Amelies Arm nehmen, doch diese zog ihn ruckartig zurück. »Du kannst gerne in deine Suite gehen«, zischte sie. »Ich werde jetzt die Garderobe von Pserhofer aufsuchen und ihm zu seinem gelungenen Programm gratulieren.« Sprach es, drehte sich auf dem Absatz um und begann, auf die Bühne zuzuschreiten. Elisabeth versuchte, ihr zu folgen, aber Amelie machte in ihrem Zorn wahre Riesenschritte, schon bald war sie in der Menge, die sich im Saal drängte, verschwunden.

Zwei Stunden später betrat Amelie erhitzt und vor sich hinsummend ihre Suite. Im Salon saß Elisabeth, die sich erhob, als Amelie eintrat. »Da bist du ja endlich«, sagte sie. »Was hast du nur so lange gemacht? Ich habe mir Sorgen gemacht.«

»Ich war in Pserhofers Garderobe«, antwortete Amelie. »Hab ihm zu seinem Programm gratuliert, und danach habe ich mit ihm und seiner Begleitung in der Cleo-Bar noch einen Drink genommen. Hach – herrlich war das. Ich habe sogar mit ihm getanzt. Ein toller Mann.« Sie setzte sich aufs Sofa. Dort blieb sie allerdings nicht lange sitzen, als der schwelende Streit, der im Saal seinen Anfang genommen hatte, nun endlich ausbrach.

»Also Kind«, begann Elisabeth. »Du kannst doch nicht einfach zu fremden Männern in die Garderobe. Ich empfehle dir, solches in Zukunft sein zu lassen. Du hast schließlich einen Ruf zu verlieren – und ich auch. Also mäßige dich in Zukunft ein wenig.« Auffordernd blickte Elisabeth ihre Nichte an.

»Den Teufel werde ich tun und mich mäßigen«, schleuderte sie der Tante ins Gesicht. »Hör endlich auf, mich zu bevormunden. Ich bin erwachsen und kann tun und lassen, was ich will.«

Elisabeth war blass geworden. »Aber Amelie«, setzte sie erneut an. »Ich will doch nur das Beste für dich. Du musst doch an deinen Ruf denken.«

»Meinen Ruf, meinen Ruf«, Amelie war nun völlig außer sich. »Einmal im Leben, nur ein einziges Mal, möchte ich mich amüsieren, tanzen, lachen, Spaß haben. Wenn wir in Berlin zurück sein werden, werde ich mich wieder mit dem Studium auseinandersetzen, mir blöde Streiche gefallen lassen müssen und um meine Ausbildung kämpfen. Aber jetzt«, sie war ganz dicht vor Elisabeth getreten. »Jetzt will ich mich amüsieren – und das lasse ich mir von dir ganz bestimmt nicht kaputt machen, verstehst du?«

Elisabeth schwankte leicht. Mit einer solchen Vehemenz hatte sie nicht gerechnet. Sie wandte sich ab und sank in einen Polsterstuhl. »Lass mich bitte allein, Amelie. Ich glaube, es hat jetzt keinen Sinn, weiterzureden.«

»Das mache ich gerne«, antwortete Amelie sarkastisch. »Allerdings sitzt du in meiner Suite.«

Elisabeth sah sich abwesend um. »Natürlich«, sagte sie dann leise. »Also gut, dann werde ich jetzt gehen.«

Amelie warf sich aufs Sofa, atmete tief durch. Immer noch war sie zornig. Schon als kleines Kind hatte sie es gehasst, wenn man ihr Vorschriften machte. Nun, nach den schwierigen Studienjahren, nach dem Tod der Freundin und zum ersten Mal ganz frei, konnte sie das erst recht nicht ertragen. Das musste die Tante doch bitte schön einsehen, oder?

Kapitel 21

Einige Tage später, es war drei Uhr morgens, klopfte es leise an Amelies Zimmertür. Amelie schlief bereits tief und fest. Als es immer lauter klopfte, schrak sie hoch, hüllte sich in einen Morgenrock, trat an die Tür und fragte: »Wer ist denn da?«

»Entschuldigen Sie, Fräulein von Liebwitz«, kam eine leise Männerstimme von draußen. »Ich bin es, Dr. Leibowitz, der Schiffsarzt, darf ich kurz hereinkommen?«

Amelie öffnete die Tür. Dr. Leibowitz war ein kleiner, schlanker Herr mittleren Alters, mit Zwicker und Kaiser-Wilhelm-Bärtchen, mit dem sie Tage zuvor, am Kapitänstisch, ins Gespräch gekommen war. Er hatte sich äußerst interessiert an ihrem Studium gezeigt und sich berichten lassen, mit welchen Schwierigkeiten sie zu kämpfen hatte. Nun trat er mit einer tiefen Verbeugung in Amelies Zimmer und küsste ihr die Hand. »Verzeihen Sie bitte die späte Störung, Fräulein von Liebwitz«, hob er an. »Aber es gibt da ein Problem im Zwischendeck, und ich brauche dringend Ihre Hilfe.« Amelie bot ihm einen Platz an und setzte sich selbst wieder auf das Sofa. »Um was handelt es sich denn?«, fragte sie.

Das Zwischendeck bot jenen Menschen Zuflucht, die ihr Heimatland verlassen wollten, für eine Luxusreise am Oberdeck allerdings kein Geld hatten. Schon eine Passage im Zwischendeck kostete viele ihre letzten Mittel, auch wenn es eine billige Reisemöglichkeit war. Schwache Gemüter allerdings überstanden eine solche Reise nicht. Es gab keine Betten, die Passagiere schliefen auf dem blanken Boden. Die wenigen sanitären Einrichtungen waren – aufgrund der schieren Menge der Passagiere – schon nach wenigen Tagen verdreckt und kaum noch zu benutzen. Männer, Frauen und Kinder und ihre wenigen Besitztümer, verpackt in Bündeln und Taschen, drängten sich auf engstem Raum. Die Verpflegung bestand im Wesentlichen aus Zwieback und Wasser. Der Gestank war unbeschreiblich. Jeden dritten Tag – das hatte der Kapitän so angeordnet – musste ein Schiffsjunge einen großen Wasserschlauch auf die Passagiere im Zwischendeck richten, der für eine Grundreinigung sorgen sollte. Die Einzigen, die diese unfreiwillige Dusche genossen, waren die vielen Kinder, die mit ihren Eltern in eine hoffentlich glücklichere Zukunft reisten.

Die drangvolle Enge sorgte immer wieder für Spannungen – vor allem zwischen den zur Untätigkeit gezwungenen Männern. Waffen gab es keine, bis zum kleinsten Taschenmesser war alles, was auch nur annäherungsweise zur Verteidigung dienen konnte, den Passagieren abgenommen worden. Aber auch diese Vorsichtsmaßnahme hatte die Ereignisse an diesem Abend nicht verhindern können.

Schon seit Tagen war es drückend heiß gewesen, keine Wolke zeigte sich am Himmel, auch in der Nacht kühlte es kaum ab. »Einer der Männer, ein gewisser Kapuske, hat sich schon seit einigen Tagen in einen immer größer werdenden Furor hineingesteigert«, berichtete Leibowitz. »Besonders ein Ehepaar erregte immer wieder seinen Ärger.« Dieses junge Paar, die Frau hochschwanger, hatte eigentlich gar keinen Anlass für Ärger gegeben. Lediglich der Ehemann hatte immer wieder versucht, für seine Frau einen halbwegs geschützten Platz in der Nähe der Reling zu finden, damit sie sich hinsetzen und ausruhen konnte. »Als es ihm endlich gelungen war, dampfte schon wieder Kapuske an und beanspruchte den Platz für sich selbst.« Was weiter geschehen war, berichtete Leibowitz in aller gebotenen Kürze. Der aggressive Mann, Kapuske, groß, schwer und mit einem beeindruckenden Bauch, hatte angefangen, die Schwangere mit immer abwertenderen Bemerkungen zu beleidigen, bis ihrem Ehemann schlussendlich der Kragen geplatzt war. »Er ist also auf ihn los«, sagte Leibowitz. »Und hat ihm einen Faustschlag in den Bauch verpasst.« – »Und was geschah dann?«, fragte Amelie, die sich fragte, warum der Schiffsarzt ihr das wohl alles erzählte. »Kapuske hat sich zur Wehr gesetzt«, erklärte Leibowitz lakonisch. »Und da er ungefähr doppelt so groß war wie der arme Kerl, der seine schwangere Frau beschützen wollte, hat er kurzen Prozess mit ihm gemacht.«

»Was heißt das?« Amelie war besorgt.

»Er hat ihn derart verprügelt, dass ich ihn unbedingt auf der Krankenstation versorgen muss, sonst besteht die Gefahr, dass er stirbt.«

»Und was hat das alles mit mir zu tun?« Amelie war ratlos.

»Bei der Frau des Opfers haben die Wehen eingesetzt. Wahrscheinlich der Schock. Ich brauche ihre Hilfe.« Leibowitz blickte Amelie an. »Können Sie die Frau entbinden? Ich muss mich um den Verletzten kümmern.«

»Ich soll ins Zwischendeck?« Amelie überlegte nicht lange.

»Ja, bitte«, lautete die knappe Antwort von Leibowitz. Sie war schon seit Beginn der Schiffsreise neugierig auf diesen Bereich, in dem eine Tochter aus gutem Hause natürlich nichts zu suchen hatte. »Ich kleide mich nur rasch an, dann können sie mich hinunterbringen.« Sprach's und rauschte in ihr Schlafzimmer. Während sie rasch in ein einfaches Kleid schlüpfte und die Haare unter einem Kopftuch versteckte, überlegte sie, wer ihr bei der Entbindung helfen könnte.

Schließlich verließ sie ihr Schlafzimmer und bat Dr. Leibowitz, noch einen Moment zu warten.

Sie schlüpfte zur Tür hinaus und klopfte leise bei ihrer Tante an. Die öffnete kurze Zeit später verschlafen die Tür. Ihre Augen weiteten sich, als sie Amelies ansichtig wurde. »Hör mal, Elisabeth«, begann Amelie. »Ich weiß, wir haben uns gestritten und sind einander böse. Aber ich brauche dich gerade unbedingt.«

Elisabeth zog Amelie in ihr Zimmer. »Aber was ist denn geschehen?«, fragte sie. Amelie berichtete so knapp wie möglich. »Hilfst du mir?«, fragte sie dann. Elisabeth nickte. »Aber natürlich helfe ich dir.«

Kurze Zeit später folgten die beiden Frauen Dr. Leibowitz über dunkle Gänge und Treppen, bis sie im überfüllten Zwischendeck angekommen waren. Auch hier war es dunkel. Nur wenige Gaslampen erhellten das Menschengewusel. Die meisten hatten sich zusammengerollt und schliefen. Dr. Leibowitz, Amelie und Elisabeth mussten sich vorsichtig einen Weg um die schlafenden Gestalten herum bahnen. Ganz am Ende des Zwischendecks war ein bisschen mehr Licht. »Ich habe einige Leuchter herunterbringen lassen«, erklärte Dr. Leibowitz, als sie sich einer kleinen Gruppe von Menschen näherten, die um eine auf dem Boden ausgestreckte Frau gruppiert waren.

»Bitte machen Sie Platz«, rief Leibowitz. »Ich habe eine Ärztin mitgebracht, die bei der Entbindung hilft.« Schon rückten die Leiber auseinander. Amelies Blick fiel auf eine erbarmungswürdige kleine Gestalt. Die Frau war sehr dünn, fast schon ausgezehrt, Arme und Beine waren wie dünne Stöcke, das Gesicht so abgemagert, dass die Augen riesig wirkten. Lediglich ihr hochschwangerer Leib reckte sich in die Höhe.

Amelie hockte sich neben die Frau und nahm ihre Hand.

»Hallo, ich bin Amelie und werde Ihnen helfen«, sagte sie zu der Frau, die sie mit großen Augen ansah. »Wie heißen Sie denn?« – »Karoline«, antwortete die Frau leise, als eine Wehe ihren Leib durchwogte. Sie presste Amelies Hand so fest sie konnte. »Atmen Sie«, sagte diese. »Atmen Sie mit mir – ein und aus, ein und aus.« Gemeinsam veratmeten die beiden die Wehe, dann seufzte die Frau tief und legte den Kopf zurück. »Kann mir jemand ein Kissen besorgen?«, fragte Amelie in die Gruppe von Frauen, die rund um Karoline versammelt war. »Kissen haben wir nicht, aber hier …« Eine der Frauen reichte Amelie einen Mantel, den diese zusammenlegte und unter Karolines Kopf schob. Einer von den kleinen Schiffsjungen kam herbei, wankend unter dem Gewicht einer schweren Tasche, die er Amelie überreichte. »Dr. Leibowitz schickt das für die Entbindung«, sagte er mit einer Verbeugung und verschwand.

»So, Karoline«, Amelie beugte sich wieder über die Schwangere. »Jetzt werde ich Sie mal untersuchen und sehen, wie weit die Geburt vorangeschritten ist.« Sie bat Elisabeth, die Tasche zu öffnen und ihr das Hörrohr zu reichen, damit sie die kindlichen Herztöne abhören konnte. »Könnten wir bitte ein wenig Privatsphäre haben?«, fragte sie in die Runde der Frauen. Diese bildeten einen Kreis um Karoline, Amelie und Elisabeth und drehten den Dreien den Rücken zu. Amelie schlug mit geübter Hand Karolines Röcke hoch. »Leuchte mir hierher mit der Lampe«, bat sie Elisabeth erneut um Hilfe. Diese ergriff die Petroleumlampe und leuchtete vorsichtig zwischen die Beine der Schwangeren. »Das Köpfchen ist schon zu sehen«, sagte Amelie. »Jetzt wird es nicht mehr lange dauern.«

In der Tasche, die Dr. Leibowitz überbringen hatte lassen, befanden sich mehrere saubere Tücher und eine große Flasche Wasser. Elisabeth reichte Amelie eines der großen Tücher. Nach nur wenigen starken Presswehen war das Baby auf der Welt. Amelie entband es geschickt und legte das Neugeborene gleich der Mutter auf den Bauch. »Es ist ein Mädchen«, sagte sie glücklich. Karoline tastete das Kind ab. »Und es hat zehn Finger und zehn Zehen«, ergänzte Elisabeth, »es ist ein kerngesundes hübsches kleines Mädchen.« Ihr standen vor Rührung Tränen in den Augen.

Nur wenige Minuten später hatte Amelie das Baby geschickt abgenabelt, fest in ein Tuch gewickelt und der Mutter in den Arm gelegt. Auch die Nachgeburt wurde ohne Probleme geboren und war, wie Amelie nach einem sorgfältigen Blick feststellte, vollständig. Gemeinsam wuschen Elisabeth und Amelie die Mutter, der das sichtlich sehr guttat, während eine der Frauen das Neugeborene säuberte und erneut einwickelte. Von irgendwoher wurde ein sauberes Nachthemd zu der Gruppe durchgereicht, die immer noch rund um die Mutter stand, um sie vor fremden Blicken zu schützen. Auch eine Decke fand sich, auf die man die Wöchnerin betten konnte. Schließlich waren Mutter und Kind sauber und halbwegs bequem untergebracht. Amelie wollte sich erheben, da hob Karoline eine schmale Hand und legte sie auf ihre. »Was ist mit meinem Mann?«, fragte sie. »Lebt er noch?«

Amelie sagte: »Dr. Leibowitz kümmert sich um ihn. Bestimmt geht es ihm bald wieder gut.«

»Können Sie bitte nachschauen?« Karoline schaute bittend. »Aber ja, das mache ich und dann berichte ich Ihnen, versprochen.« Ächzend erhob sie sich, die krumme Haltung, in der sie in der vergangenen Stunde auf dem Schiffsboden gehockt war, machte sich bemerkbar. Der Rücken tat weh und im Nacken knackte es, als sie den Kopf drehte. Schweigend gingen Elisabeth und Amelie zurück in die erste Klasse des Schiffs, in der auch der Schiffsarzt seine Räumlichkeiten hatte.

»Was für ein entzückendes Kind«, brach Elisabeth schließlich das Schweigen.

»Ja, wirklich.« Amelie stimmte ihr zu. »Und die vielen roten Locken, die die Kleine hat.«

»Das hast du wirklich gut gemacht«, Elisabeth hatte Amelie das erste Mal dabei gesehen, wie sie ihr im Studium erworbenes Wissen umgesetzt hatte, und war sehr beeindruckt.

»Ach weißt du«, antwortete Amelie mit einem Lächeln. »Das meiste hat Karoline gemacht, ich hab nur ein bisschen geholfen.«

»Nein, du hast viel mehr als das getan«, widersprach Elisabeth. »Du hast sie beruhigt und ihr Sicherheit gegeben.«

»Ach Elisabeth«, Amelie schob ihren Arm unter den der Tante. »Willst du schon wieder streiten?« Sie lächelte aber dabei. »Nein, ganz bestimmt nicht.« Elisabeth schüttelte den Kopf. »Aber ich glaube, ich verstehe jetzt ein bisschen besser, warum du hier auf dem Schiff gerne ein bisschen über die Stränge schlägst.« Amelie wandte sich ihr zu. »Tatsächlich?« »Ja«, antwortete Elisabeth. »Diese Arbeit ist eine große Herausforderung, da braucht man wohl hin und wieder ein wenig Ausgleich.« Sie drückte Amelies Arm. Wortlos begruben die beiden Frauen ihren Streit.

Inzwischen waren sie vor Dr. Leibowitz' Räumlichkeiten angekommen. Amelie pochte an die Tür. »Herein«, erschallte es von drinnen. »Ich werde jetzt zurück in meine Suite gehen«, hielt Elisabeth Amelie noch kurz auf. »Du kommst hier ja auch sicher allein zurecht, oder?«

»Aber natürlich«, antwortete Amelie. »Vielen Dank für deine Hilfe und schlaf gut.« Sie betrat den Praxisraum von Dr. Leibowitz. Auf einer fahrbaren Trage in der Mitte der gut ausgestatteten Ordination lag ein magerer, mittelgroßer Mann, der um ein Auge, den rechten Oberarm und den linken Knöchel dicke, strahlend weiße Verbände trug. Als

Amelie eintrat, hob er sofort den Kopf und machte Anstalten, aufzustehen. »Bleiben Sie liegen, junger Mann, ich bin noch nicht fertig mit Ihnen«, Dr. Leibowitz drückte den Mann vorsichtig wieder auf die Trage. »Wie geht es meiner Frau?« Der Mann legte sich widerwillig wieder hin. »Ihrer Frau geht es hervorragend, und Sie sind Vater einer gesunden und wunderschönen kleinen Tochter geworden«, antwortete Amelie mit einem strahlenden Lächeln. »Ein Mädchen«, murmelte der Mann, Tränen standen in seinen Augen. »Ein gesundes wunderhübsches Mädchen«, wiederholte er. »Wann darf ich zu meiner Frau und meiner Tochter?«, war die nächste Frage. »Gleich«, antwortete Dr. Leibowitz, der gerade noch einen letzten kleinen Verband am linken Ohr des Verletzten anbrachte. Dann holte er eine Krücke aus dem Nebenzimmer und half seinem Patienten, aufzustehen. »Ist Ihnen schwindlig oder übel?«, fragte er. »Mir geht es gut«, lachte der Mann. »Ich gehe jetzt zu meiner Familie.« Leicht schwankend wollte er sich auf den Weg machen. »Ich begleite Sie«, bot Amelie an. »Ich werde mitkommen, um mir die neue kleine Erdenbürgerin anzusehen«, sagte auch Leibowitz.

Karoline war, ihr kleines Mädchen im Arm, fest eingeschlafen, als die kleine Prozession bei ihr eintraf. Eine der Frauen aus der Gruppe, die während der Geburt für ein wenig Privatsphäre gesorgt hatten, saß neben ihr und wachte über sie. Amelie und Dr. Leibowitz fassten Karolines Ehemann unter den Achseln und halfen ihm dabei, sich neben seine Frau zu setzen. Fasziniert beobachtete der Mann seine neugeborene Tochter, die im Arm ihrer Mutter schlief. »Aber sie hat ja meine Haare«, murmelte er ein bisschen unglücklich. »Die sind ja feuerrot.« Bei diesen Worten erwachte Karoline und blickte ihren Mann verschlafen an. »Wie geht es dir denn, mein Peter?«, fragte sie ängstlich.

»Viel besser«, antwortete ihr Mann. »Und wie geht es dir?« Er blickte sie liebevoll an. »Alles in Ordnung«, beruhigte ihn Karoline. »Amelie und Elisabeth haben sich so lieb um mich gekümmert.«

»Also dann«, hob Peter an und nahm vorsichtig seine kleine Tochter aus den Armen ihrer Mutter. »Du musst das Köpfchen halten«, mahnte ihn Karoline. »Aber das weiß ich doch«, antwortete Peter. »Schließlich habe ich fünf jüngere Geschwister.« Er wiegte das Baby stolz in seinen Armen. »Was hältst du davon, wenn wir unsere Kleine Amelie Elisabeth nennen?«, fragte er dann. »Schließlich haben die beiden Damen …«, er machte im Sitzen eine unbeholfene Verbeugung in Richtung Amelies, »maßgeblich zum glücklichen Ausgang dieses Abenteuers beigetragen.« Karoline, die ihre Augen nicht von ihrem Mann und ihrem Baby ließ, nickte. »Das ist eine sehr gute Idee«, meinte sie dann.

Kapitel 22

Amelie erwachte am folgenden Morgen erst sehr spät und mit einem gehörigen Muskelkater. Sie dehnte und reckte sich in ihrem Bett und gähnte ausgiebig. Ob ich heute wohl im Bett frühstücke?, überlegte sie. Dann sprang sie allerdings rasch auf und lachte leise vor sich hin. Das Frühstück auf dem Schiff war eine leckere Angelegenheit, und Amelie ließ sich kaum eine Gelegenheit entgehen, in dem üppig ausgestatteten Frühstückssalon die Leckereien zu genießen, die die Schiffsköche jeden Tag aufs Neue auftischten. Sie schlüpfte rasch in ein leichtes Sommerkleid, steckte sich die Haare hoch, schnappte sich Handschuhe und Sonnenschirm und machte sich auf, um ihr Frühstück zu genießen. Sogar Elisabeth, die sonst kaum vor Mittag dem Bett entstieg, war heute schon auf und hatte sich auf ihrem Lieblingsplatz im Salon niedergelassen, als Amelie den Raum betrat. Sie küsste die Tante auf die Wange und nahm ebenfalls Platz. »Hast du gut geschlafen?«, fragte sie. »Herrlich«, antwortete Elisabeth. »Scheinbar wirkt eine Entbindung wie ein gutes Schlafmittel.« Amelie lachte. »Ja, aber mir tut heute alles weh von der Hockerei auf dem Fußboden.« – »Wirst du später nach deiner Patientin sehen?«, fragte Elisabeth. »Ja, das möchte ich gerne, kommst du mit?« Elisabeth, die gerade ein Croissant mit Butter bestrich, schüttelte den Kopf. »Nein, ich denke nicht. Ein Aufenthalt im Zwischendeck mag ja ein Abenteuer sein, aber zweimal muss ich dort wirklich nicht hin.«

Als Amelie kurz bei den glücklichen Eltern der kleinen Amelie Elisabeth im Zwischendeck vorbeigeschaut hatte, war alles in Ordnung gewesen. Mutter und Kind ging es gut. Und der Stänkerer Kapuske, der die Ereignisse ausgelöst hatte, saß gut verwahrt in einer Zelle im Heck des Schiffes. Amelie war zufrieden wieder in die erste Klasse hochgestiegen und hatte den Tag mit einem Buch im Deckchair verbracht.

Amelie klopfte leise an die Tür zur Suite ihrer Tante. »Bist du fertig?« Elisabeth öffnete. Sie sah umwerfend aus. Das tizianrote Haar war in einer komplizierten Frisur aufgesteckt und wurde von Brillanthaarkämmen gehalten. Ihr raffiniertes Kleid schimmerte in einem sehr dunklen Grün und bot einen reizvollen Blick auf ihr Dekolleté, und an Hals, Armen und Ohren glitzerte Smaragdschmuck. Amelie blieb der Mund offen stehen: »Du siehst großartig aus«, sagte sie dann. »Der Schmuck ist einfach unbeschreiblich.«

Elisabeth lächelte und korrigierte eine kleine Falte an einem ihrer ellbogenlangen, silbernen Handschuhe. »Ach ja, wenn dieser Schmuck reden könnte«, schmunzelte sie. »Der indische Kaiser hat ihn mir zum Geschenk gemacht, nach einer ausgesprochen orientalischen Nacht.«

»Elisabeth!« Amelie wusste, sie sollte eigentlich schockiert sein, kannte ihre lebenslustige Tante dafür allerdings zu gut. »Wollen wir?« Sie bot Elisabeth den Arm. Doch bevor sie losgingen, musterte Elisabeth ihre Nichte anerkennend. »Du siehst aber auch wunderschön aus«, meinte sie, nachdem sie das lange silberblaue Taftkleid und den Saphirschmuck gemustert hatte, die Amelie trug. »Die Einkaufstour vor unserer Reise hat sich wirklich gelohnt.« Amelie lächelte: »Nachdem du mich durch sämtliche Berliner Kaufhäuser geschleppt und mir dabei meine Füße ruiniert hast. Du weißt ja, wie gerne ich einkaufen gehe.«

An diesem Abend sollte im eigens für das Schiff eingerichteten Theatersaal ein Liederabend stattfinden. Eine junge, aufstrebende Wiener Operettensängerin würde auftreten. Mitzi Hübner war zu einem Engagement in New York eingeladen worden und hatte sich bereit erklärt, die Erste-Klasse-Passagiere einen Abend lang zu unterhalten.

Der Theatersaal war mit verschwenderischem Prunk eingerichtet. Die Wände waren mit pfauenblauem Samt bespannt, goldener Stuck glänzte von der Decke, und in der Mitte des Saales funkelte ein riesenhafter Kronleuchter, der zu Vorstellungsbeginn hochgezogen wurde, um einen uneingeschränkten Blick auf die Bühne zu ermöglichen. Die zierlichen goldenen Sessel, die wie in einem Amphitheater angeordnet waren, waren mit dem gleichen pfauenblauen Samt bezogen wie die Wände. An diesen hingen in regelmäßigen Abständen goldene Kandelaber, deren Gaslicht zu Vorstellungsbeginn heruntergedreht wurde.

Die Samtvorhänge der Bühne, ebenfalls in schillerndem Pfauenblau, waren noch zugezogen. Im Orchestergraben wurden die Instrumente gestimmt. Der Saal war, als Amelie und Elisabeth hereinschritten, bereits gut gefüllt. Kostbar gekleidete Damen unterhielten sich leise miteinander, die Fächer vor ihren Gesichtern auf- und zuklappend. Es war sehr warm im Raum. Die Herren waren standesgemäß im Frack erschienen. Manche trugen auch Galauniform. Insgesamt bot sich ein buntes, lebhaftes Bild.

»Hast du von dieser Mitzi Hübner schon einmal gehört?«, fragte Amelie ihre Tante, als sie ihre Plätze in der ersten Reihe eingenommen hatten, ein Gefallen des Kapitäns, der sich ein wenig in Amelies Tante verliebt hatte. »Ja«, antwortete Elisabeth. »Katharina, eine Freundin aus Wien, hat mir von ihr geschrieben. Angeblich hat sie eine wunderbare Sopranstimme. Sie sagt ihr eine sagenhafte Karriere voraus.«

Langsam verdunkelte sich der Saal und ein volltönender

Gong ertönte dreimal hintereinander. Erwartungsvolle Stille senkte sich über das Publikum. Der Dirigent betrat das Podium über eine Seitentür und wurde mit freundlichem Applaus bedacht. Er hob seinen Dirigentenstab, der Vorhang öffnete sich, und zum Vorschein kam ein zierliches Persönchen mit langen schwarzen Locken, das in einem sehr tief dekolletierten und sehr engen dunkelroten Samtkleid steckte. Das Orchester intonierte das Trinklied aus der Fledermaus. Und als Mitzi Hübner anfing »Trinke Liebchen, trinke schnell« zu intonieren, schlug sie mit ihrer Stimme das Publikum augenblicklich in ihren Bann. Es schien, als würde sich alles Licht im Saal auf diese kleine Person fokussieren, die mit einer Hingabe sang, die weder Amelie noch Elisabeth noch dem atemlos lauschenden Publikum jemals zuvor begegnet war.

Mitzi Hübner sang, als wäre es das Einzige, das Letzte, das noch zu tun war, sie sang mit Hingabe und hatte zudem einen Stimmumfang, der sogar – dies war der Höhepunkt des Abends – mit der Arie der Königin der Nacht geradezu spielerisch umging. Als sie ihr Konzert mit dem Lied »Wiener Blut« beendete, herrschte einen Augenblick vollkommene Stille im Saal. Dann setzte tosender Applaus ein, der kein Ende nehmen wollte. Blumen wurden auf die Bühne geworfen. Der Dirigent eilte mit einem Bouquet aus roten Rosen auf die Bühne und überreichte ihr die Blumen mit einer tiefen Verbeugung und einem Handkuss. Mitzi Hübner lächelte und verbeugte sich. Der Applaus wollte auch nach dem siebenten Vorhang nicht verebben. Schließlich trat die zierliche Soubrette noch einmal auf die Bühne und hob die Arme, um den Beifall zum Schweigen zu bringen. »Vielen Dank«, sagte sie mit ihrem reizenden Wiener Akzent. »Vielen Dank, sehr verehrtes Publikum. Ihr Applaus ehrt mich.« Schon klatschten wieder vereinzelte Besucher, als sie erneut mit einer Geste um Ruhe bat. »Ich werde zum Abschluss noch ein Lied des von mir sehr verehrten Franzl Schubert singen.« Sie bat den Dirigenten noch einmal auf die Bühne und flüsterte ihm etwas ins Ohr. Dieser nickte, drehte sich mit flatternden Frackschößen um und kehrte auf sein Podium zurück. Er hob den Taktstock, ganz leise setzte das Klavier mit den ersten Takten ein, und Mitzi begann zu singen: »Leise flehen meine Lieder durch die Nacht zu dir …«, ganz zart, ganz innig klang das, die wundervolle Stimme zurückgenommen und sanft. Als das Lied verklang, ertönte eine ganze Weile kein Applaus. Amelie sah Elisabeth mit Tränen in den Augen an. Auch die Tante hatte durchaus mit ihrer Rührung zu kämpfen. Der Beifall, der daraufhin einsetzte, war sogar noch stürmischer als die Akklamationen am Ende des Konzerts und vor der Zugabe. Ein älterer Herr mit Lorgnon im Auge erhob sich, bald folgten ihm andere. Schlussendlich war das ganze Publikum aufgestanden und klatschte. »Bravo«-Rufe ertönten. Mitzi Hübner verbeugte sich ein ums andere Mal, dann blieb sie ganz still und mit gesenktem Kopf auf der Bühne stehen und wartete, bis der Applaus – nach einer sehr langen Zeit, wie es schien – verklungen war. Sie hob den Kopf, blickte ins Publikum, lächelte und warf eine Kusshand ins Publikum. Dann ging sie ab.

»Ach du meine Güte, das war wundervoll!« Amelie stieß mit ihrem Champagnerglas an Elisabeths und nahm einen tiefen Schluck. »Was für eine beeindruckende Person – und diese wunderbare Stimme. Und wie sie die Lieder interpretiert hat. Ich könnte ihr Tag und Nacht zuhören.« Elisabeth schüttelte in gespielter Verzweiflung den Kopf. Die beiden Damen hatten – nun, da die Vorstellung zu Ende war – eine der vielen intimen Bars auf dem Luxusschiff aufgesucht, um den Abend mit einem Glas Champagner ausklingen zu lassen. »Jetzt beruhige dich doch Kind«, sagte sie. »Sie war ganz wundervoll, das stimmt. Aber deswegen musst du ja nicht gleich in hymnische Begeisterungsstürme ausbrechen.«

»Doch«, antwortete Amelie, »das muss ich. Mich begeistern, meine ich. Das ist ja schließlich keine Hysterie. Ich habe noch nie ein so wundervolles Konzert gehört. Ich meine, die Rache-Arie? Hast du die schon einmal von einer so jungen Sängerin so inbrünstig gesungen gehört?« Amelie hatte vor lauter Aufregung rote Wangen, ihre Augen funkelten. »Ich muss sie kennenlernen«, sagte sie dann.

»Na, das wird sich wohl machen lassen, meine Liebe«, Elisabeth blieb gelassen. »Da kommt sie nämlich gerade.«

Immer noch in die tiefrote, tief ausgeschnittene und fast schon unanständig enge Samtrobe gekleidet, hatte Mitzi Hübner soeben den Salon betreten. Beifall klang auf, die Bar war gut besucht. Aber Mitzi hob nur kurz die Hände, um den Applaus zu beenden und sagte: »Wissen's, meine Lieben, Applaus haben's mir vorhin schon genug gespendet. Jetzt bin i privat und möchte in Ruhe ein Schluckerl Sekt trinken.« Leises Gelächter brandete auf. Aber man tat wie geheißen und wandte sich wieder den Gesprächen, den Zigarren und dem Champagner zu.

Zielstrebig bewegte Mitzi sich durch die Menge und kam genau auf Amelie und Elisabeth zu. Amelie blickte erst ihre Tante, dann Mitzi verwundert an. »Guten Abend«, sagte Mitzi zu den beiden, als sie bei ihnen angelangt war. »Guten Abend«, erwiderten Amelie und Elisabeth wie aus einem Munde. »Sie müssen schon entschuldigen«, Mitzi hatte die Verwirrung in den Augen der beiden Damen richtig gedeutet. »Aber nach so einem Konzert, da sehn ich mich immer a bissl nach netter Gesellschaft. Ich hab sie im Publikum sitzen sehen und mir gleich gedacht, »die zwei da, die will ich kennenlernen.« Sie sagte zwar, »die zwei da«, blickte aber die ganze Zeit unverwandt in Amelies Augen. »Na, das ist doch ganz wunderbar«, Elisabeth lächelte freundlich. »Wir fühlen uns geehrt, wenn Sie uns ein bisschen Gesellschaft leisten.«

»Na«, sagte Mitzi. »Geehrt brauchen Sie sich wirklich net zu fühlen. Und viel Getue um mich müssen's auch nicht machen. Ich bin jetzt einfach die Mitzi Hübner aus Wien, die ganz allein auf einem riesigen Schiff über den Großen Teich fährt, und einen netten Abend verbringen möchte.«

Ein Kellner war an die drei Frauen herangetreten. Er verneigte sich tief. »Gnädiges Fräulein, darf ich Ihnen ein Glas Champagner offerieren?« – »Ach wissen's«, antwortete Mitzi. »Wissen's, was ich jetzt viel lieber hätt?« – »Nein, gnädiges Fräulein«, antwortete der Kellner. »Ein Bier, ein schönes kühles Glas Bier, das wär was.« – »Zu Diensten, gnädiges Fräulein.« Der Kellner entschwebte und tauchte kurz darauf mit einem großen, vor Kälte beschlagenen Glas Bier wieder bei den Damen auf. »Ach, darauf habe ich mich den ganzen Abend gfreut«, Mitzi lächelte vergnügt, setzte den Humpen an und trank einen kräftigen Schluck von dem Bier ab. Als sie das Glas absetzte, zierte ein kleiner Schaumbart ihre Oberlippe. Amelie starrte die junge Frau verzaubert an. Jemanden wie Mitzi Hübner hatte sie zuvor noch nie erlebt. »Na«, Mitzi war der Blick Amelies nicht entgangen. »Was schauen's mich denn so an?« Sie lächelte wieder. »Ich …, ich …«, stotterte Amelie und wurde von Elisabeth gerettet. »Wo werden Sie denn in New York auftreten«, fragte sie die junge Sängerin. »Im Broadway Theatre«, antwortete Mitzi und nahm noch einen Schluck Bier. »Aber wissen's, könnt ma uns nicht da in eine Nische setzen? Ich bin den ganzen Abend gstanden.« Amelie schmunzelte. Der Wiener Dialekt Mitzis erheiterte sie ungemein. Die ganze Person war für sie faszinierend. »Ach ja«, sagte sie. »Setzen wir uns doch«, und eilte voraus, um in einer der mit rotem Samt ausgeschlagenen Nischen der Bar Platz zu nehmen. Schon bald waren die drei Damen in eine angeregte Unterhaltung vertieft. Champagner und Bier flossen in Strömen. Es wurde gelacht und geplaudert. Irgendwann gähnte Elisabeth zurückhaltend hinter vorgehaltener Hand und sagte: »Kinder, ich weiß nicht, wie es euch geht, aber ich muss jetzt ins Bett. Ich brauche meinen Schönheitsschlaf.«

»Ach Elisabeth«, murrte Amelie. »Es ist doch gerade so schön.« Und auch Mitzi stimmte ein, allerdings ein kleines bisschen halbherzig: »Ach ja, bleiben's doch noch ein bissl sitzen.«

»Nein, meine Lieben, in meinem Alter braucht man seinen Schönheitsschlaf, wenn man sich morgens noch ein bisschen ähnlich sehen möchte. Aber es spricht schließlich nichts dagegen, dass ihr noch eine Weile sitzen bleibt.« Sie erhob sich, Amelie und Mitzi standen ebenfalls auf. Nach einem Gute-Nacht-Kuss für Amelie und einem warmen Händedruck für Mitzi verließ Elisabeth die Bar, um ihre Suite aufzusuchen.

Mitzi und Amelie setzten sich wieder. Der Kellner brachte noch einmal Getränke und sagte dann: »Wir schließen in einer Stunde. Sollten Sie noch etwas bestellen wollen, geben Sie mir bitte Bescheid.« – »Ist gut, vielen Dank«, erwiderte Amelie und wandte sich wieder Mitzi zu. Man war mittlerweile zum Du übergegangen, und Amelie fragte: »Sag einmal, hast du keinen Verlobten, der in Wien auf dich wartet?«

Mitzi lachte auf. Silberhell klang das und wunderschön in Amelies Ohren. »Einen Verlobten? Na, wirklich net«, antwortete sie. »Aber wieso denn nicht?« Amelie war verwundert. Mitzi war dreiundzwanzig Jahre alt, wunderschön und talentiert. »Die Männer müssten dir doch zu Füßen liegen.«

»Das tun sie auch«, sagte Mitzi ohne jede falsche Bescheidenheit. »Aber ich lieg ihnen halt nicht zu Füßen.« Amelie verstand nicht gleich. Mitzi lächelte sie verschmitzt an. Aber da war noch etwas anderes, das sah Amelie. Sie lächelte sie irgendwie, ja doch, irgendwie liebevoll an. Plötzlich ging Amelie ein ganzer Kronleuchter auf. Das war ja wie mit Felicitas. Immer noch durchfuhr sie ein stechender Schmerz bei dem Gedanken an die geliebte verstorbene Freundin. »Du«, begann sie vorsichtig. »Du magst Männer also eher nicht?«

»Doch«, Mitzi lachte. »Ich mag Männer eher schon, aber verlieben tu ich mich halt nicht in sie.« Amelie war blass geworden. »Was ist denn los?«, fragte Mitzi. »Ach entschuldige bitte. Weißt du, wir Theaterleute gehen mit der Liebe recht offen um. Und ich hab jetzt glatt vergessen, dass du ja nicht zum Theater gehörst.«

»Aber, aber, aber«, Amelie kam schon wieder ins Stottern. »Ist das nicht, du weißt schon, irgendwie widernatürlich?« Keine der beiden Frauen hatte bislang ausgesprochen, was unterschwellig zwischen ihnen vorging.

»Na«, machte Mitzi abfällig. »Was schert's dich, wen du magst, ist doch ganz egal.«

»Na ja«, Amelie schluckte. »Ganz egal – ist das nicht verboten?«

Mitzi nahm vorsichtig Amelies Hand. Natürlich musste sich der Kellner genau diesen Moment aussuchen, um an ihrem Tisch zu erscheinen. »Benötigen die Damen noch etwas?«, fragte er servil lächelnd. »Na, die Damen benötigen nix außer ihrer Privatsphäre«, antwortete Mitzi beißend. Der Kellner erblasste leicht, behielt aber Contenance. »Natürlich, die Damen, entschuldigen Sie bitte«, und entfernte sich wieder.

Amelie blickte auf ihre rechte Hand, die Mitzi immer noch in der ihren hielt. »Ja, laut Gesetz sollen Weiberl nicht mit Weiberl und Manderl nicht mit Manderl«, setzte Mitzi nahtlos ihr Gespräch fort. »Aber was willst machen gegen Gefühle?«

Na, so kann man es auch sehen, ging es Amelie durch Kopf. Gleichzeitig wollte sie Mitzis Hand aber am liebsten gar nicht mehr loslassen.

»Aber sag«, Mitzi beugte sich zu Amelie. Die beiden saßen einander an einem kleinen runden Tisch gegenüber. »Gefall ich dir eigentlich?«

Amelie wusste vor lauter Verlegenheit nicht, wo sie hinschauen sollte. Sie lief dunkelrot an. Dann überwand sie sich sichtlich und murmelte: »Doch.«

»Was hast du gesagt?«, fragte Mitzi.

»Doch«, antwortete Amelie nun ein wenig lauter. »Sogar sehr.«

»Das freut mi!« Mitzi lächelte sie wieder an und drückte Amelies Hand. »Weißt was, wir machen noch einen kleinen Spaziergang am Promenadendeck, bevor wir schlafen gehen.« Auffordernd stand sie auf.

»Na gut«, Amelie war erleichtert, obwohl sie gar nicht wusste, wieso.

Das Promenadendeck lag verlassen. Der Mond strahlte vom samtschwarzen Himmel, der mit einer Unzahl von Sternen bestickt war. Arm in Arm schritten Amelie und Mitzi nebeneinander her. »Ich brauche jetzt unbedingt eine Zigarette«, sagte Amelie, nachdem sie eine Weile spazieren gegangen waren. »Das ist eine gute Idee.« Mitzi wühlte in ihrem Ridikül und holte Zigaretten und Feuerzeug heraus. Die beiden lehnten sich an die Reling, blickten ins nachtschwarze und seidenglatte Meer und rauchten eine Weile, ohne ein Wort zu sagen. Amelie brach das Schweigen schließlich. »Und du glaubst wirklich, dass das nicht irgendwie widernatürlich ist, wenn ich, also, wenn ich …« Sie kam schon wieder ins Stottern. »Weißt«, sagte Mitzi wieder. »Ich glaub's nicht. Schließlich hat uns der liebe Gott alle so gemacht, wie wir nun mal sind. Wie kann es dann widernatürlich sein, wenn ich schon den ganzen Abend nichts anderes im Sinn hab, als dich endlich zu küssen?« Die beiden Frauen standen nun sehr nahe beieinander und blickten einander tief in die Augen.

Diesmal wurde Amelie nicht überrumpelt. Diesmal sah sie ihn kommen, den Kuss – und auf einmal, ohne noch lange darüber nachzudenken, ließ sie ihre Bedenken einfach fahren. Mitzis Lippen berührten ihre, ganz sanft, o, so sanft. Dann schlang die zierliche Person ihre Arme um Amelies Nacken, zog sie zu sich heran, fester, immer fester und küsste sie, innig zuerst und dann immer leidenschaftlicher – und Amelie erwiderte den Kuss. Ein bisschen war es so, als stünde sie außerhalb und sähe sich selbst dabei zu, wie sie Mitzi küsste. Bin ich das wirklich?, fragte sie sich halbbewusst. Aber nur einen Augenblick später vergaß sie diesen Gedanken, vergaß sie alle Gedanken, denn dieser Kuss, dieser nicht enden wollende Kuss zog sie vollkommen in ihren Bann. Ihr wurde heiß, sie zog Mitzi noch fester an sich. Als ihre Lippen sich voneinander lösten, waren beide Frauen ein bisschen außer Atem geraten. Sie standen sich gegenüber, die Arme immer noch umeinandergelegt, im tiefen Dunkel der nächtlichen Promenade und blickten sich an. Und jetzt?, dachte Amelie. Was geschieht jetzt?

Mitzi blickte ihr in die Augen und fragte: »Und, darf ich die Nacht mit dir verbringen?« Ganz leise sprach sie und sehr, sehr zärtlich. Amelie war schwindelig. Was sollte sie tun? Sie hatte das Gefühl, auf einer hohen Klippe zu stehen – unter ihr das Meer. Sollte sie springen – oder nicht? Einen Augenblick überlegte sie noch, dann schloss sie die Augen – und sprang!

Diesmal war sie es, die sich Mitzi zuneigte und ihr einen zarten Kuss auf die Lippen drückte. »Wir müssen aber in deine Suite«, flüsterte sie Mitzi ins Ohr. »Stell dir bloß mal vor, wenn Elisabeth uns erwischen würde.« – »Suite?« Mitzi lachte leise. »Liebes, a Operettensängerin kriegt ka Suite. Aber ich hab ein nettes Zimmerchen im zweiten Deck.«

Die Schuhe in der Hand, schlich Amelie leise durch die Gänge, versteckte sich in Nischen, wenn sie glaubte, jemanden zu hören und näherte sich so langsam ihrer Suite im ersten Deck. Es dämmerte bereits, noch war allerdings nur Schiffspersonal unterwegs, die Passagiere lagen noch in tiefem Schlaf. Schließlich war es erst fünf Uhr morgens.

Fast geschafft, dachte Amelie, als sie um die letzte Ecke bog, die zu ihrer Suite führte. Da stand auf einmal Elisabeth vor ihr, wie aus dem Boden gewachsen. »Guten Morgen, Kind«, sagte sie. »Na, gut geschlafen?« Sie musterte ihre Nichte von Kopf bis Fuß, dann korrigierte sie sich: »Na ja, geschlafen scheinst du ja nicht zu haben. Wo hast du denn gesteckt?«

Amelie, die in ihrer Abendrobe steckte, Seidenstrümpfe im Ridikül und auf bloßen Füßen daherkam, wurde feuerrot. »Ich, äh, also, weißt du, ich konnte nicht schlafen, es war so heiß, da … da … da hab ich einen Spaziergang an Deck gemacht.«

»Ah ja«, machte Elisabeth. »Einen Spaziergang. Mitten in der Nacht, auf bloßen Füßen. Wirklich interessant.« Amelie wand sich. »Glaubst du, ich weiß nicht, wo du warst?« Elisabeth klang erstaunlicherweise nicht ärgerlich, sondern leise amüsiert. »Ich habe doch bemerkt, was zwischen dir und der kleinen Soubrette vorgegangen ist gestern Abend.«

Amelie hob den Kopf und blickte die Tante erstaunt an. »Wie, du hast gemerkt, was zwischen uns vorgegangen ist?«

»Na, so wie ihr euch angeschaut habt.« Elisabeth lächelte

noch immer. »Komm, zieh dich rasch um, dann komm zu mir. Wir frühstücken in meiner Suite.«

Noch ganz benommen von den Ereignissen der vergangenen Nacht und der unorthodoxen Reaktion ihrer Tante betrat Amelie ihre Suite, wusch sich und kleidete sich um. Als sie einige Minuten später ihrer Tante in deren Suite gegenübersaß, wusste sie erst nicht so recht, wie sie anfangen sollte. Elisabeth schenkte Kaffee ein, dann lehnte sie sich in ihrem Sessel zurück. »So, und nun erzähl mal.«

Amelie war wieder sehr rot geworden. Sie stotterte sich durch den Abend, den Kuss, den Mitzi ihr gegeben hatte und die Einladung in Mitzis Bett. Als Elisabeth aber auch dann keine Anstalten machte, ihr Verhalten zu verurteilen, vielmehr interessiert lauschte, brach der Damm. »Ach, du weißt ja nicht«, fing sie an.

»O, aber ich glaube doch«, meinte Elisabeth trocken und kassierte einen schockierten Blick ihrer Nichte. »Aber wir reden hier ja nicht von mir, sondern von dir«, stellte sie klar.

»Es war einfach himmlisch«, Amelie lächelte versonnen vor sich hin. »Mitzi ist, ich weiß nicht, wie ich sagen soll, sie ist wie eine Naturgewalt. Sie hat mich einfach mitgerissen.« Die Kaffeetasse ganz vergessen in der Hand, lächelte sie, in Erinnerung an die stürmische vergangene Nacht versunken.

»Meine Liebe, das freut mich für dich«, sagte Elisabeth warm. »Was denkst du, ist es ein Zufall, dass es Mitzi war, eine Frau?« Amelie dachte lange nach, sehr lange. Sie erinnerte sich an die Gefühle, die sie Felicitas gegenüber entwickelt hatte. Zum ersten Mal konnte sie an die verstorbene Freundin denken, ohne in Tränen ausbrechen zu müssen. »Das kann schon sein«, antwortete sie dann langsam, so, als formte sich der Gedanke eben erst in ihrem Kopf. »Ich denke, ich mag sie einfach.« Während sie das sagte, hob sie den Kopf und sah Elisabeth direkt in die Augen. »Und bist du verliebt in Mitzi Hübner?«, forschte Elisabeth weiter. Wieder folgte ein langes, nachdenkliches Schweigen.

»Nein«, antwortete Amelie dann. »Nein, ich glaube, verliebt bin ich nicht in sie, aber verguckt hab ich mich ein bisschen.«

»In New York werden sich eure Wege trennen, das ist dir doch klar, oder?«

»So weit habe ich, ehrlich gesagt, noch gar nicht gedacht.« Amelie überlegte. »Aber vielleicht ist das gar nicht so schlecht.«

Elisabeth staunte über ihre Nichte. »Du gehst sehr erwachsen mit der ganzen Situation um, meine Liebe«, meinte sie anerkennend. »Am besten, du legst dich jetzt ein bisschen schlafen, dazu werdet ihr ja wahrscheinlich nicht wirklich gekommen sein, oder?«

Kapitel 22

Drei Tage später legte »Der Imperator« im New Yorker Hafen an. Der Abschied zwischen Mitzi und Amelie war erstaunlich unspektakulär verlaufen. Nach einer letzten gemeinsamen Nacht hatten sie sich fest umarmt und geküsst. »Ich bin dir so dankbar«, hatte Amelie gesagt. »Dankbar, aber wofür denn?« Mitzi schaute erstaunt. »Du hast mir gezeigt, dass ich nicht irgendwie«, sie überlegte, »abartig bin«, setzte sie dann hinzu. »Na«, hatte Mitzi verächtlich gesagt. »Das ist ja auch wirklich ein Blödsinn. Du magst eben Frauen und Männer – da bist du nun wirklich nicht die Einzige.« Eng umschlungen standen sie in der Tür zu Mitzis Kabine. »Ich werde dich nie vergessen, Mitzi«, sagte Amelie dann und löste sich vorsichtig aus der Umarmung. »Ich dich doch auch nicht, Dummerl«, lachte Mitzi. »Schön war's mit dir.« Dann hatte Amelie die Kabine verlassen.

Elisabeth und Amelie wurden bereits von einem Kutscher und einem Diener erwartet, der sich um das Gepäck kümmerte. »Du hast hier gar kein Auto?« Amelie war erstaunt, wusste sie doch, mit welcher Leidenschaft Elisabeth selbst am Steuer saß. »Nein, die Erhaltungskosten sind mir auf Dauer zu teuer«, antwortete diese. »Die Kutsche ist wesentlich günstiger und gar nicht mal so unbequem.« Sie stiegen ein und machten sich auf den Weg zu Elisabeths Townhouse an der Park Avenue.

Während der Fahrt hing Amelie ihren Gedanken nach. Drei Nächte hatte sie mit Mitzi Hübner verbracht. Diese

Nächte und die charmante Mitzi hatten ihr eine ganz neue Welt eröffnet. Liebe? Nein, Liebe war es nicht gewesen. Zuneigung verspürte sie zu Mitzi, und Dankbarkeit empfand sie für sie. Mitzi hatte sie auf andere Gedanken gebracht, ihre Trauer um Felicitas unterbrochen und ihr eine ganz neue Welt eröffnet. »Ob ich wohl nur Frauen lieben kann?«, fragte sie sich.

»Das denke ich nicht«, antwortete Elisabeth. Amelie fuhr hoch. »Habe ich das etwa laut gesagt?«, fragte sie. »Ja – und ich glaube nicht, dass du nur Frauen lieben kannst«, gab Elisabeth zurück. »Wie meinst du das?«, fragte Amelie. »Nun, das wird deine Mutter nicht gerne hören«, lächelte Elisabeth. »Aber du bist mir ziemlich ähnlich. Und siehst du, ich verliebe mich nicht in Männer oder Frauen.« Amelie runzelte die Stirn. Elisabeth lächelte: »In meinem Leben habe ich Männer geliebt und Frauen. Ich habe mich einfach immer in einen bestimmten Menschen verliebt, egal, ob es nun ein Mann oder eine Frau war.«

Amelie lehnte sich in die Kissen der Kutsche zurück und dachte lange nach. »Das geht?«, fragte sie dann mit hochgezogenen Augenbrauen.

»Aber natürlich, mein Kind«, antwortete Elisabeth leichthin. »Aber es ist natürlich einfacher, eine Beziehung zu einem Mann zu führen. Immerhin ist die Frauenliebe wie auch die Liebe zwischen Männern verboten.«

»Du denkst also, ich kann mich in Frauen und Männer verlieben?«, fragte sie, um Bestätigung heischend. Amelie ging über das letzte, das Elisabeth gesagt hatte, hinweg.

»Ja«, antwortete die Tante, »das denke ich. Das wird dein Leben nicht immer leichter machen, aber mit Sicherheit spannend und erfüllend.«

»Du bist schon erstaunlich«, murmelte Amelie. »Im Leben ist wohl nichts einfach schwarz oder weiß, was meinst du?« Elisabeth lachte. »Das hast du gut erkannt, liebe Nichte, das ist aber auch gut, sonst wäre es langweilig.« Sie blickte aus dem Fenster der Kutsche. »Ah, sieh nur, wir sind da.«

Der Kutscher war bereits vom Bock gesprungen, hatte den Schlag aufgerissen und das kleine Treppchen ausgeklappt. Nun reichte er erst Elisabeth und dann Amelie den Arm, um ihnen aus dem Fahrzeug zu helfen.

Die beiden Frauen standen vor einem imposanten Stadthaus, das aus dem typischen braunen Sandstein, der New Yorks Stadtbild prägte, gefertigt war. Es war schmal, aber immerhin vier Stockwerke hoch. Die Eingangstür war in glänzend grünem Lack gestrichen, in der Mitte des Portals war ein Türklopfer in Form eines Löwenkopfes angebracht.

Auch das Hausinnere konnte sich sehen lassen. Marmorböden führten in luxuriös möblierte Zimmer. Im Erdgeschoss öffnete der Vorraum sich zu einem großen Salon, der auf einer Seite von bodentiefen Fenstern dominiert wurde, die auf einen kleinen Garten hinausgingen. Glänzende, dunkelbraune Hartholzdielen, auf denen, wie hingestreut, Perserteppiche in funkelnden Farben lagen, ein mächtiger Kronleuchter, dessen Prismen in der Sonne regenbogenbuntes Licht auf zierliche Empire-Möbel warfen, dominierten das Erdgeschoss. Amelie war beeindruckt. »Wunderschön«, sagte sie leise. »Ja, ich wohne gerne hier«, gab Elisabeth zurück. »Komm, ich stell dir deine Zofe vor und zeige dir deine Räumlichkeiten.«

»Ich habe hier eine Zofe?«, fragte Amelie erstaunt. »Aber natürlich«, antwortete Elisabeth. »Wie sollst du denn sonst zurechtkommen?«

»Ach, komm schon, Elisabeth«, Amelie lächelte. »Zu Hause ziehe ich mich schließlich auch alleine an.«

»Das mag wohl sein«, Elisabeth hatte Hut und Mantel abgelegt und reichte sie einem Butler, der die Eingangstür geöffnet hatte und nun darauf wartete, dass die beiden Damen ablegten. »Aber hier werden wir viel ausgehen, ich habe dich ja nicht umsonst neu eingekleidet. Und für Haare und Kleidung brauchst du unbedingt eine versierte Zofe.« Amelie schüttelte ein bisschen unwillig den Kopf. »Ach Elisabeth«, meinte sie dann. »Muss das wirklich sein?«

»Ja«, antwortete die Tante kurz angebunden. »Ich möchte mit meiner schönen Nichte angeben, solange wir hier sind.«

Amelie war im zweiten Stock des Hauses untergebracht. Sie verfügte über ein Ankleide-, ein Schlaf- und ein kleines Wohnzimmer. Auch ein eigenes Badezimmer stand zu ihrer Verfügung. Alle Wände in den Zimmern waren mit einer himmelblauen Seidentapete bespannt. Die weißen Decken waren mit üppigem Stuck geschmückt. Auch hier sorgte ein wenn auch kleinerer Kronleuchter für helles Licht. An den Fenstern bauschten sich zarte weiße Vorhänge, und der Boden war auch hier aus Hartholzdielen, die auf Hochglanz poliert worden waren.

Wie aus dem Nichts erschien ein junges Mädchen. Es war im Ankleidezimmer gewesen und hatte die Tapetentür zum Schlafzimmer leise geöffnet. »Ah, da ist sie ja«, sagte Elisabeth. »Amelie, das ist Dorothy, deine Zofe.« Dorothy knickste, und Amelie reichte ihr die Hand. »Sprechen Sie Deutsch, Dorothy«, fragte sie dann. Dorothy schaute verwirrt. Amelie wechselte mühelos ins Englische und bat die junge Frau, ihre Koffer auszupacken und alles im Ankleidezimmer zu verstauen.

Elisabeth nahm Amelies Arm und sagte: »Lass uns doch erst einmal eine Tasse Tee nehmen, dann können wir besprechen, was wir während der kommenden zwei Wochen alles unternehmen werden. Ich habe einiges arrangiert – aber selbstverständlich steht es dir frei, ganz wie du möchtest über deine Tage zu verfügen.« Sie lächelte, als wisse sie selbst, dass das nicht ganz ernst gemeint war. Elisabeth brannte darauf, ihre Nichte der feinen New Yorker Gesellschaft zu präsentieren und hatte für jeden einzelnen Tag Verabredungen getroffen.

Im Salon, den Amelie schon beim Eintritt ins Haus bewundert hatte, war inzwischen der Tee serviert worden. Die beiden Frauen ließen sich in bequemen, mit türkisfarbenem Samt bezogenen Ohrensesseln nieder und sich von einem Hausmädchen den Tee einschenken. »Danke, Clara«, sagte Elisabeth dann. »Den Rest erledigen wir selbst.« Auch dieses junge Mädchen, diesmal dunkelhaarig und nicht blond wie Dorothy, knickste und verließ den Raum.

»Heute Abend werden wir hier speisen und unter uns bleiben, um uns von der Reise zu erholen«, erklärte Elisabeth, während Amelie mit großer Vorfreude das Tablett mit den winzigen Sandwiches und die Ètagère mit kleinen Kuchen betrachtete, die vor ihr auf einem kleinen Mahagonitischchen abgestellt worden waren. »Morgen Abend sind wir zu einer großen Gesellschaft eingeladen. Meine liebe Freundin Amanda van Holten protegiert einen zauberhaften jungen Pianisten, der morgen Abend ein Konzert in ihrem Haus geben wird.«

Amelie, die große Gesellschaften nicht besonders schätzte, verzog das Gesicht. »Was ist?«, fragte Elisabeth. »Ich weiß ja, du ziehst dich gerne zurück, aber es ist wichtig, dass du hier die richtigen Leute kennenlernst.«

»Aber warum denn?«, gab Amelie zurück. »Ich werde die Menschen, die ich in meiner Zeit in New York kennenlerne, wohl kaum wiedersehen.«

»Das kannst du nicht wissen«, erklärte Elisabeth bestimmt. »Wer weiß, wohin dich dein Leben verschlägt, und bei Amanda trifft sich alles, was Rang und Namen hat.«

Elisabeth nahm einen Schluck Tee. »Übermorgen allerdings habe ich etwas für dich arrangiert, das dich möglicherweise mit mehr Begeisterung erfüllen wird.«

Amelie beugte sich vor. »Was denn?«

»Du wirst das Mount Sinai Hospital an der 5th Avenue besuchen.« Amelies Augen leuchteten interessiert auf. »Und dort den Leiter der chirurgischen Abteilung, Professor Kurt Morgan, kennenlernen.«

Amelie staunte: »Das ist ja wunderbar«, sagte sie dann. »Wie hast du das denn angestellt?«

»Ach, meine Liebe«, Elisabeth lächelte. »Professor Morgan ist seit sehr langer Zeit einer meiner Verehrer. Er hat mir den Gefallen gerne getan.« Wieder nahm sie einen Schluck Tee. »Das ist aber noch nicht alles«, fügte sie dann hinzu. »Du darfst dort bei einer Gallenblasenentfernung assistieren.« Sie lächelte ihre Nichte an, die aufgesprungen war und durch den Salon tanzte. Dann stürzte Amelie sich auf Elisabeth, umarmte sie und drückte ihr einen Kuss auf die Wange. »Das ist großartig«, jubelte sie. »Einfach großartig – vielen, vielen Dank.«

»Ja, da siehst du, was deine alte Tante alles für dich in die Wege geleitet hat, dann kannst du mir ja auch den Gefallen tun und mich morgen zu dem Konzert bei Amanda begleiten, oder?«

»Alles, Elisabeth, alles, wenn ich nur in den Operationssaal darf.« Amelie wäre für diese Chance auf sämtliche Bälle, Konzerte und Soirees der New Yorker Gesellschaft gegangen. »Natürlich komme ich morgen Abend mit.«

Kapitel 23

Amelie stand vor den von Dorothy sorgfältig ausgepackten und aufgehängten Kleidern in ihrem Zimmer und legte den Zeigefinger an die Lippen. Sie hatte von Elisabeth die freundliche Anweisung erhalten, sich für den Abend bei Amanda van Holten »herauszuputzen« und suchte nun nach dem richtigen Kleid. In allen Farben des Regenbogens funkelten ihr die Ballkleider entgegen – Elisabeth hatte sich bei ihrem Einkaufsbummel vor der Schiffsreise nicht lumpen lassen. »Miss Amelie?«, fragte plötzlich eine Stimme aus dem Hintergrund. Dorothy war leise ins Zimmer getreten. »Darf ich Ihnen einen Vorschlag machen?« Die beiden jungen Frauen waren sich rasch sympathisch gewesen. »Aber natürlich, Dorothy, ich bin völlig ratlos, was meine Garderobe für den heutigen Abend betrifft.«

Der Besuch bei einer der ersten Damen der New Yorker Gesellschaft erfüllte Amelie nach wie vor mit Unbehagen. Große Gesellschaften hatten noch nie zu ihren Lieblingsbeschäftigungen gehört und einzig die Aussicht, drei Tage später mit dem berühmten Chirurgen Kurt Morgan tatsächlich im Operationssaal zu stehen, hielt sie auf Kurs.

Dorothy war an den Schrank getreten und griff nun zielstrebig nach einem Kleid. »Aber«, meinte Amelie, als sie sah, welches Kleid Dorothy aus dem Schrank geholt hatte. »Ist das nicht ein bisschen sehr freizügig?« Das Kleid aus nachtblauem Musselin wies tatsächlich ein tiefes Dekolleté auf und wurde lediglich von zwei dünnen, silberbestickten Trägern an den Schultern gehalten. Vorne knöchelkurz, lief es hinten in einer kecken kleinen Schleppe aus. Dorothy lachte leise. »Nein, wirklich nicht, Miss Amelie. Ich kenne Damen der Gesellschaft, die noch viel tiefer ausgeschnittene Kleider tragen.« Amelie stellte sich vor den Spiegel und hielt das Kleid vor sich. Der nachtblaue Musselin war über und über mit silbernen Sternchen bestickt. Tatsächlich stand ihr die Farbe hervorragend, hob die dunklen Haarflechten, das blasse Gesicht und die dunkelbraunen Augen hervor. »Also gut«, Amelie legte das Kleid über einen Stuhl. »Welche Schuhe soll ich dazu tragen?« Auch hier wusste Dorothy Rat. Aus den Tiefen des Kleiderschranks förderte sie ein Paar schmale silberne Riemchensandalen mit kleinem Absatz zutage. »Ich glaube, die würden sehr gut dazu passen«, meinte sie und hielt sie Amelie hin. »Sie passen sogar perfekt«, meinte diese. »Du bist wirklich eine hervorragende Zofe, meine Liebe.« – »Ich mache Ihnen auch gerne die Haare«, Dorothy war zu ihr getreten. »Gut«, sagte Amelie. Rasch entledigte sie sich ihrer Kleidung, schlüpfte in leichte Seidenunterwäsche und ließ sich von Dorothy ins Kleid und die Schuhe helfen. Als sie auf dem Hocker vor der Frisierkommode Platz genommen hatte, steckte Dorothy ihr das Haar zu einem französischen Knoten, der im Nacken befestigt wurde, auf und ließ ein paar Löckchen an den Seiten von Amelies Gesicht spielen.

Als die Zofe fertig war, gefiel Amelie, was sie im Spiegel sah. Das Kleid im Empire-Stil umspielte locker ihre Figur. Vorne war das Kleid ein bisschen kürzer, so dass man die hübschen silbernen Riemchenschuhe sehen konnte. Ein kleines seidenes, ebenso silbernes Ridikül und lange Satinhandschuhe, die das Motiv des Kleides aufnahmen, vervollständigten das Ensemble. »Na, dann werde ich mich mal meiner Tante präsentieren.« Amelie lächelte Dorothy an. »Ich bin schon gespannt, was sie sagen wird.«

Elisabeth sagte zuerst nichts, als sie Amelie erblickte. Dann lächelte sie. »Großartig siehst du aus – ich bin sicher, du wirst in New Yorks feiner Gesellschaft in aller Munde sein.«

Als sie vor dem prachtvollen Stadthaus der van Holtens eintrafen, trafen sie auf eine lange Reihe von Kutschen, die von livrierten Dienern geöffnet wurden und eine Vielzahl elegant gekleideter Paare entließ. Der Abendsonnenschein glitzerte auf Kleidern und Schmuck. Auch Elisabeth und Amelie entstiegen ihrer Kutsche, nachdem der Schlag von einem Diener schwungvoll geöffnet worden war. Das Haus, eigentlich ein Schloss mitten auf New Yorks Park Avenue, war tatsächlich einem Barockgebäude nachempfunden und strotzte nur so vor Säulchen, Türmchen und Verzierungen. »Es sieht aus wie eine überdimensionierte Hochzeitstorte«, flüsterte Amelie ihrer Tante hinter vorgehaltenem Fächer ins Ohr. »Ja, der gute van Holten gehört zu den eher Neureichen in der Stadt«, wisperte Elisabeth zurück. »Dafür hat er eine Amanda von Hohenhausen geheiratet, eine waschechte deutsche Prinzessin, was ihm den Eintritt in die feine Gesellschaft natürlich erheblich erleichtert hat.«

Besagter »van Holten« stand mit seiner Angetrauten in der Tür zu jenem Saal, in dem der von Amanda van Holten protegierte Pianist sein Konzert geben sollte. »Liebste Elisabeth«, rief Amanda aus, als sie die Freundin erblickte. »Es ist so wunderbar, dich heute hier zu haben.« Sie umarmte Elisabeth, dann blickte sie Amelie an. »Und das ist wohl deine Nichte, die ihre Tage unbedingt in Krankenhäusern verbringen und blutige Messer schwingen will?« Sie lächelte Amelie strahlend an. »Ja, in der Tat, das ist Amelie von Liebwitz, meine Nichte, die ihr Medizinstudium fast abgeschlossen hat und fest entschlossen ist, die Welt der Chirurgie für sich zu erobern«, stellte Elisabeth die Nichte vor. »Charmant«, meinte Amanda. »Ich bin wirklich sehr beeindruckt.« Tatsächlich war Amanda nichts weniger als das. Den Wunsch nach einer beruflichen Tätigkeit für Frauen verstand sie nicht, hatte man sie doch einzig und allein dazu erzogen, eines Tages die Ehefrau eines einflussreichen Mannes zu werden. Nichtsdestotrotz schüttelte sie Amelie freundlich lächelnd die Hand und stellte sie ihrem Mann, dem gut aussehenden »neureichen« Armand von Holten vor. »Enchanté!« sagte dieser und beugte sich zuerst über Elisabeths, dann über Amelies Hand.

Als die beiden Damen den Ballsaal betraten, blieb Amelie der Mund offen stehen. Luxus war ihr durchaus nichts Unbekanntes. Dies allerdings überstieg alles, was sie bislang jemals zu Gesicht bekommen hatte. Meter um Meter hochglänzendes Sternparkett breitete sich vor Amelie aus. Das Ende des Saals konnte sie von der Tür aus gar nicht einsehen.

»Mach den Mund zu!«, flüsterte Elisabeth sotto voce. Amelie kam der Aufforderung nach, staunte aber weiterhin über den überbordenden Luxus, den sie in diesem Ballsaal vorfand. Eine Seite des Saals war komplett mit Fenstertüren versehen, die von prächtigen seidenen Portieren in sattem Lila gerahmt wurden. In der Mitte des Saals befand sich ein leibhaftiger Brunnen. Diener standen davor und füllten Champagnergläser. »Ist das etwa ein Champagnerbrunnen?«, fragte Elisabeth die Gastgeberin, die zu den beiden Frauen getreten war. »Ja«, lachte diese. »Du weißt ja, mein lieber Mann will für seine Gäste nur das Beste.« Am hinteren Ende des Saals stand ein prächtiger tiefschwarz glänzender Flügel von Steinway, dessen Notenpult von einer grün beschirmten Klavierleuchte sanft erleuchtet wurde. Vor dem Flügel waren mehrere Dutzend Reihen vergoldeter

Barockstühlchen aufgestellt worden, deren Samtpolster den gleichen Farbton wie die Portieren aufwiesen.

Der vordere Teil des Saales, in den Amelies komplettes Elternhaus mit Leichtigkeit hineingepasst hätte, war den lukullischen Genüssen gewidmet. Lange, weiß gedeckte Tafeln waren aufgestellt und exquisit gedeckt worden. Weiß gekleidetes Personal wartete nur darauf, erlesene Speisen und Weine auszuschenken. Amelie fühlte sich von diesem zur Schau getragenen Luxus wie erschlagen, ließ sich aber äußerlich nichts anmerken. Stattdessen plauderte sie liebenswürdig mit anderen Gästen, die sich ebenso wie sie auf den Weg zu ihren Plätzen machten, um dem Konzert des jungen ungarischen Pianisten zu lauschen. »Er soll ein wahres Genie sein«, flüsterte eine füllige ältere Dame, auf deren großzügigem Dekolleté eine mehrreihige Kette mit blitzenden bunten Edelsteinen funkelte, Amelie zu.

Und diese Vermutung bestätigte sich durchaus. Das Konzert des jungen, ungarischen Pianisten Ferenc Gabor war ein Ohrenschmaus. Der schlanke, zart gebaute Mann mit den dunklen Haaren und Augen verfügte über einen virtuosen Anschlag und ein vortreffliches Gehör für Zwischentöne. Von Beethoven bis Mozart, von Saint-Saëns bis Schubert reichte sein Repertoire, und er ging vollkommen in seinem Spiel auf. Als das letzte Stück geendet hatte, wurde heftig applaudiert. Der junge Mann erhob sich von seinem Klavierhocker und blickte leicht abwesend ins Publikum, so, als hätte er vergessen, wo er sei. Dann lächelte er leise, verneigte sich und verschwand durch eine Seitentür.

Auch Amelie und Elisabeth waren von den Darbietungen des Pianisten sehr angetan. »Großartig gespielt«, meinte Elisabeth, als der Applaus nicht verklingen wollte. »Da hat sich Amanda wirklich ein Goldstück als Protegé ausgesucht.« Immer weiter klatschte das animierte Publikum, bis sich die

Seitentür wieder öffnete und der feingliedrige Mann wieder heraustrat. Amanda von Holten trat zu ihm, nahm seinen Arm und flüsterte ihm ins Ohr: »Bitte, Maestro, bitte spielen Sie noch ein einziges, letztes Stück für uns.« Der Mann nickte freundlich, schritt zum Flügel zurück und begann, den »Liebestraum« von Liszt zu spielen. Innig erklangen die zarten Töne, es wurde mäuschenstill im Saal. Alle lauschten hingerissen dem virtuosen Spiel des jungen Mannes, der der Sehnsucht, die diesem Stück zugrunde liegt, auf unnachahmliche Weise Ausdruck verlieh. Als er geendet hatte, blieb es eine ganze Weile lang still im Saal, bis schließlich zurückhaltender Applaus einsetzte. Ferenc Gabor erhob sich von der Klavierbank und verbeugte sich vor seinem Publikum. Der Applaus wurde stürmisch, vereinzelt sprangen Zuhörer auf und »Bravo«-Rufe ertönten. Auch Amelie hatte sich von der Musik vollkommen vereinnahmen lassen. Jetzt aber sprang auch sie auf und applaudierte mit heißen Händen.

Ferenc Gabor verbeugte sich erneut, richtete sich wieder auf. Sein Blick fiel auf Amelie, er lächelte sie zurückhaltend an. Elisabeth, die das Stück ebenso sehr genossen hatte, allerdings sitzen geblieben war, ließ ihre Augen aufmerksam zwischen dem Pianisten und ihrer Nichte hin und her wandern. »Ach«, dachte sie. »Interessant. Ich glaube, ich sollte die beiden miteinander bekannt machen.«

Der Rest des Abends verlief angenehm. Es wurde geplaudert, sehr gut gegessen und danach getanzt. Als sich schließlich auch Ferenc Gabor zu den Gästen gesellte, stellte Amanda von Holten ihn auch Amelie und Elisabeth vor. Mit schwerem ungarischem Akzent begrüßte er die beiden, beugte sich über Amelies Hand und küsste diese. Amelie wurde rot. Der Pianist gefiel ihr, ausnehmend gut sogar. Als ein Diener mit einem Tablett voller Champagnergläser vorbeikam, nahm Ferenc Gabor rasch zwei Gläser und reichte sie Elisabeth und Amelie. Dann ergriff er auch ein Glas für sich selbst. »Auf die beiden schönsten Damen des Abends«, radebrechte er. »Ich bin sehr glücklich, hier sein zu dürfen.« Amelie musste angesichts seines Akzents lächeln. »Ich lasse euch dann mal allein, Kinder«, sagte Elisabeth und entschwebte zu einer Bekannten, die sie am anderen Ende des Saals ausgemacht hatte. Amelie und Ferenc bemerkten ihr Verschwinden gar nicht. Angeregt unterhielten sie sich, über seine Kunst und ihr Studium, ihre Lieblingsmusik und seine Heimat. Der Abend verging wie im Flug. »Darf ich sie wiedersehen?«, fragte Ferenc, als ein Diener Amelies Umhang brachte. »Bitte?« Er schaute sie mit großen Hundeaugen an. Amelie lächelte. »Meine Tante empfängt jeden Donnerstag zwischen sechzehn und zwanzig Uhr in ihrem Haus auf der Park Avenue«, sagte sie dann. »Ich werde da sein«, antwortete der Pianist, beugte sich erneut über ihre Hand und küsste sie stürmisch. Amelie entzog ihm schließlich ihren Arm und sagte: »Danke für den wunderschönen Abend und Ihr großartiges Klavierspiel. Ich freue mich schon sehr darauf, Sie wiederzusehen.«

Als Amelie und Elisabeth wieder in ihre Kutsche einstiegen, war Amelie angenehm müde und ein ganz kleines bisschen beschwipst. »Kein Wunder«, meinte sie zu ihrer Tante und gähnte hinter vorgehaltenem Fächer. »Ständig stand ein livrierter Kellner vor mir und tauschte mein halb leeres gegen ein volles Champagnerglas aus.«

»Ja, man kann sagen, was man will«, meinte auch Elisabeth. »Großzügig sind sie, die van Holtens, und gastfreundlich. Aber sag mal, dieser hübsche junge Pianist, der hat dir schöne Augen gemacht.« Elisabeth beugte sich vor und blickte Amelie in die Augen.

»Ja«, antwortete Amelie verträumt. »Er sieht wirklich gut aus, oder? Und er spielt Klavier wie ein junger Gott.«

»Wirst du ihn wiedersehen?«, Elisabeth war neugierig. »Ich denke schon«, antwortete Amelie. »Er hat mir einen Brief für morgen angekündigt, als wir uns verabschiedet haben.«

Kapitel 24

Amelie war nicht leicht aus dem Bett gekommen. Am Abend zuvor war es spät geworden. Und die Operationen im Mount Sinai begannen pünktlich um sechs Uhr morgens. Aber mithilfe einer großen Tasse schwarzen Kaffees und einer gehörigen Portion Vorfreude hatte Amelie es geschafft, pünktlich im Krankenhaus einzutreffen. Das 1852 als Jews Hospital gegründete Krankenhaus genoss einen exzellenten Ruf. Vor allem medizinische Neuerungen wurden im Mount Sinai entweder entwickelt oder erprobt. Als Amelie das eindrucksvolle Gebäude am Central Park betrat, wurde sie von einem eifrigen jungen Arzt in Empfang genommen. »Guten Morgen«, grüßte er freundlich. »Ich bin Dr. Smith, und ich werde heute mit Ihnen bei der Gallenblasenoperation assistieren.«

»Guten Morgen«, grüßte Amelie freundlich zurück. »Ich freue mich schon sehr auf diesen Eingriff.«

Der Operationssaal im Mount Sinai Hospital strahlte blendend weiß. Die Wände waren mit spiegelnden weißen Kacheln gefliest, der Fußboden aus weißem Steinzeug und der natürlich ebenfalls strahlend weiße Operationstisch wurde von der hellsten OP-Lampe angestrahlt, die Amelie bislang gesehen hatte. Der Operateur, die OP-Schwestern und das Hilfspersonal waren in blendend weiße Kittel gekleidet. Zusätzlich trugen alle weiße Hauben, die die Haare bedeckten, und sehr dünne weiße Gummihandschuhe. »Wieso ist hier alles weiß?«, war die erste Frage, die Amelie Professor Morgan stellte, dem Chef der Chirurgie am Mount Sinai und alten Freund Elisabeths. »Ganz einfach«, hatte dieser gelacht. »Auf Weiß sieht man sofort jeden Fleck, das trägt sehr zur aseptischen Atmosphäre bei, die wir bei unseren chirurgischen Eingriffen anstreben.« Amelie hatte genickt, dann die dünnen Gummihandschuhe angeblickt, die die anderen bereits trugen und die ihr nun eine Schwester über die desinfizierten Hände streifen wollte. »Machen die Handschuhe das Operieren nicht schwieriger«, wandte sich Amelie, die man ebenfalls in eine weiße Operationstracht gesteckt hatte, sich an Morgan, dem sie an diesem Tag assistieren sollte. »Man gewöhnt sich sehr schnell daran«, antwortete der berühmte Chirurg. »Und es trägt sehr zur aseptischen Arbeit bei.«

Die beiden traten zu dem Patienten, einem älteren Herrn, der bereits auf dem OP-Tisch lag. »Guten Morgen, Mr Lankman«, begrüßte ihn Professor Morgan. »Sie werden jetzt gleich sehr tief schlafen, und wenn Sie aufwachen, sind Sie die lästige kleine Gallenblase, die Sie in letzter Zeit so gequält hat, los.« Mr Lankman lächelte ein wenig hilflos, sagte aber nichts. Der Anästhesist beugte sich über den Patienten. »Wir setzen Ihnen jetzt die Äthermaske auf, atmen Sie bitte tief ein und aus und zählen Sie bis zehn.« Der Patient tat wie geheißen. Bei drei verlor sich seine Stimme. »Er ist in tiefer Narkose«, sagte der Anästhesist und stellte sich ans Kopfende des Operationstisches. »Wir können anfangen.«

»Nun, Collega«, wandte Professor Morgan sich an Amelie. »Ich werde jetzt den ersten Schnitt setzen. Danach wird Ihnen Schwester Williams die Wundhaken reichen, die Sie bitte links und rechts des Einschnitts einführen und damit den Schnitt aufspreizen.« Amelie brannte darauf, endlich anzufangen. Sie nickte kurz, und der Professor setzte über dem rechten Rippenbogenrand einen zehn Zentimeter langen Schnitt, um Zugang zur Gallenblase zu erhalten. Amelie beugte sich vor. Als Schwester Williams ihr auf Professor Morgans Anweisung die Wundhaken reichte, fasste sie rasch zu und hielt den Einschnitt offen. Morgan präparierte den Ductus cysticus, der Galle und Leber verbindet, und die Arteria cystica und verschloss beide mit Fadenligaturen, damit unnötiger Blutverlust vermieden wurde. Nun machte er sich mit größter Vorsicht daran, die Gallenblase aus ihrem Bett in der Leber zu lösen. Die Schwester reichte Amelie die stromführenden, mit Holzgriffen gesicherten Platindrähte, mit der sie – nach genauer Anweisung Morgans – die Blutstillung vornehmen durfte. Mit Feuereifer ging Amelie ans Werk und erledigte ihre Aufgabe zur großen Zufriedenheit der Anwesenden.

»So«, sagte Professor Morgan. »Dr. Smith, bitte verschließen Sie die Wunde und erläutern Sie unserer Kollegin hier Ihre Nahttechnik.«

Dr. Smith war ein junger Chirurg, der seine Assistenzzeit bei Morgan ableistete und nun zu Nadelhalter, Nadel und Faden griff. Amelie folgte seinen Bewegungen und Erläuterungen aufmerksam.

Als die Wunde verschlossen war, wurde der Patient vom Operationsdiener in die Aufwachstation gebracht. Professor Morgan wandte sich dagegen der Nierenschale zu, in die er die Gallenblase gelegt hatte. Er nahm sie vorsichtig zwischen zwei Finger, öffnete sie mit einem Skalpell und zeigte Amelie das Präparat. »Sehen Sie?«, fragte er und deutete in das Innere der Gallenblase. »Eine ganze Menge Steine und Grieß – kein Wunder, das den armen Kerl häufig Gallenkoliken plagten.« Morgan lächelte zufrieden. »Die ist er jetzt los.« 1882 war von dem deutschen Chirurgen Langenbuch die erste Gallenblasenentfernung durchgeführt worden. Das Verfahren wurde allerdings auch mehr als zwanzig Jahre später kritisch gesehen – durchaus nicht jedes Krankenhaus führte ihn durch, riet bei vermuteten Gallensteinen vielmehr zu strenger Diät und Lebensführung.

Amelie war von dem Eingriff restlos begeistert. »Der Patient muss jetzt ein bisschen mit der Ernährung aufpassen. Auch Wein sollte er nur in Maßen genießen«, erklärte Professor Morgan. »Aber ansonsten wird er wieder völlig normal leben können.«

»Herr Professor Morgan«, Amelies Augen glänzten begeistert. »Vielen Dank, dass ich bei diesem Eingriff dabei sein durfte. Ich bewundere Ihr Können.« Die Entfernung der Gallenblase und ihr Anteil daran hatten Amelie noch mehr als zuvor davon überzeugt, Chirurgin werden zu wollen. Es gab nichts Spannenderes für sie, als in den geöffneten Körper eines Menschen blicken, und Krankheiten mit dem Messer heilen zu können.

Als Amelie begeistert in Elisabeths Stadthaus stürmte, rannte sie praktisch direkt in einen Mann hinein. »Ups«, rief sie, ruderte mit den Armen und hielt sich an der Garderobe neben ihr fest. »Herr Gabor!« Sie war bass erstaunt, hatte sie den jungen Pianisten über den aufregenden Ereignissen im Operationssaal des Mount Sinai Hospitals doch völlig vergessen. Ferenc Gabor war ebenfalls zurückgetaumelt, hatte sich nun aber wieder gefangen und trat auf Amelie zu. »Guten Tag, gnädiges Fräulein«, sagte er mit seinem ungarischen Akzent. »Ich …« Er unterbrach sich. »Eigentlich wollte ich Ihnen einen Brief schreiben«, setzte er erneut an. »Aber dann dachte ich, was soll ich meine und Ihre Zeit verschwenden – und kam gleich selbst her.« Er lächelte schief. »Sie haben Blut im Gesicht«, sagte er dann in genau dem gleichen Tonfall. Amelie erschrak und stellte sich vor den großen Spiegel in der Diele. Tatsächlich, da waren ein paar Spritzer Blut auf ihrer rechten Wange. Sie öffnete ihre

Tasche und suchte ein Taschentuch. Natürlich fand sie keines. »Erlauben Sie?«, fragte Ferenc Gabor und reichte ihr ein gestärktes weißes Taschentuch. »Danke«, Amelie rieb über ihre Wange und entfernte die Blutspritzer, so gut es ging.

»Was haben Sie denn getrieben, um zu so früher Stunde schon mit Blut auf der Wange nach Hause zu kommen?«, fragte Gabor belustigt. Begeistert setzte Amelie an, Ferenc die ganze Geschichte zu erzählen. Als sie bei »und dann haben wir den Ductus arteriosus abgebunden, dabei muss mir wohl das Blut ins Gesicht geraten sein«, angekommen war, bemerkte sie, dass ihr Zuhörer merklich erblasst war. »Herr Gabor«, sagte sie. »Ist Ihnen nicht gut?«

»Es geht schon«, meinte der junge Pianist, »Sie wissen nur sehr plastisch zu erzählen.« Amelie, praktisch veranlagt, wie sie war, reichte Ferenc Gabor den Arm und dirigierte ihn in den Salon im Erdgeschoss. »Jetzt setzen wir uns erst einmal hin und frühstücken gemeinsam«, sagte sie und geleitete den Pianisten zu einem Stuhl, auf den sie ihn sanft niederdrückte. Amelie läutete und bestellte bei dem dienstbaren Geist, der sogleich erschien, ein üppiges Frühstück.

Später, gestärkt durch das köstliche Mahl, flanierten Amelie und Ferenc die Park Avenue hinunter. Er hatte ihr nach dem Essen diskret den Arm gereicht und sie um einen Spaziergang gebeten. »Gerne«, hatte Amelie geantwortet und nun spazierten sie also, unterhielten sich leichthin und genossen die Gesellschaft des anderen.

»Wie hat es Sie eigentlich nach New York verschlagen?«, fragte Amelie, als sie ausführlich über den operativen Eingriff, ihre Schiffsreise, ihr Studium und ihre Heimat Berlin berichtet hatte. Ferenc hatte ihr eine Unmenge Fragen gestellt und ihren Antworten mit leuchtenden Augen gelauscht.

»Ich habe ein Stipendium an der Juilliard-School of Music erhalten«, sagte er dann leise. »Hier möchte ich meine Künste vervollkommnen.« Die erst 1905 gegründete Schule galt bereits als eines der besten Institute für Musik weltweit.

»Da gratuliere ich Ihnen«, sagte Amelie, die gut nachvollziehen konnte, wie sehr einem die Vervollkommnung der eigenen Kunst am Herzen liegen konnte. »Und wo wohnen sie, solange sie hier sind?« fragte sie.

»Ich habe ein Zimmer bei den van Holtens«, antwortete Ferenc Gabor. »Das Ehepaar van Holten ist überaus großzügig und stellt mir nicht nur einen Wohn-, sondern auch einen Übungsraum mit einem fantastischen Steinway-Flügel zur Verfügung.«

»Auf dem haben Sie gestern auch wirklich wunderbar gespielt.« Amelie drückte seinen Arm. Der junge Mann gefiel ihr immer besser. Er sei in armen Verhältnissen im ungarischen Buda aufgewachsen, hatte er ihr erzählt. Sein Talent habe schließlich der Musiklehrer in seiner Volksschule erkannt und ihn daraufhin gefördert.

»Und nun darf ich meinen Traum verwirklichen und hier an der Juilliard studieren«, beendete er seine Erzählung und blickte Amelie in die Augen. Die beiden waren inzwischen vor dem schlossähnlichen Anwesen der van Holtens angelangt. »Darf ich sie noch auf einen Tee einladen?«, fragte Ferenc schüchtern. Amelie, die der lange Spaziergang und die intensive Unterhaltung durstig gemacht hatte, nickte. »Gerne«, sagte sie. »Aber ist es denn in Ordnung, wenn Sie mich einfach so mitbringen?«

»Das ist gar kein Problem«, lächelte Ferenc. »Ich habe meinen eigenen Eingang, und Madame van Holten hat mir ausdrücklich erlaubt, Besuch zu empfangen.«

Stunden später saßen die beiden immer noch im großzügigen Wohnraum, den die van Holtens Ferenc zur Verfügung gestellt hatten, und unterhielten sich. Sie plauderten über Musik, verschiedene Komponisten, den Eklat, den Igor Strawinskys »Le Sacre du Printemps« kürzlich im Théâtre des Champs-Élysées in Paris verursacht hatte und von dessen Musik Gabor begeistert war, und von Amelies Studium und Arbeit im Curias-Krankenhaus. Die Teetassen standen vergessen auf einem Tischchen neben den beiden, Zigarettenrauch kräuselte sich im Abendlicht des Raumes. Die beiden saßen einander zugewandt auf einem Sofa. »Du«, sagte Ferenc schließlich, sie hatten sich im Laufe der Unterhaltung das Du angeboten, »du bist einfach formidable.« Amelie lächelte. »Das Kompliment kann ich nur zurückgeben«, meinte sie. Ferenc Gabor beugte sich vor und küsste sie auf den Mund. Amelie fuhr zuerst überrascht zurück, dann fasste sie sich und begann den Kuss zu genießen. Ganz anders küsste Ferenc als Mitzi, rauer, leidenschaftlicher, irgendwie – in Amelies Kopf summte es – besitzergreifender. Erstaunlicherweise genoss sie den Kuss. Sie schlang die Arme um Ferenc und gab sich ganz ihren Empfindungen hin. Leidenschaftlich umschlang nun auch Ferenc Amelies schlanken Körper, seine Finger nestelten am Verschluss ihres Kleides, während er sie ununterbrochen weiter küsste. Aber das ging Amelie doch ein wenig zu weit. Sie löste sich von ihm und schob ihn ein wenig von sich. »Das ist genug«, sagte sie. »Ich glaube, es wird Zeit, dass ich gehe.« Ferenc blickte sie ein wenig verloren an. »Ja«, sagte er dann. »Entschuldige bitte, die Leidenschaft hat mich hingerissen, du bist ein so wundervolles Geschöpf.«

»Na, herzlichen Dank«, gab Amelie zurück. »Aber das wundervolle Geschöpf wird jetzt nach Hause gehen.« Sie erhob sich und reichte Ferenc die Hand. »Danke für einen wunderbaren Nachmittag«, sagte sie. »Ich wünsche dir noch eine schöne Zeit hier in New York.«

»Aber«, begann Ferenc, »werde ich dich denn nicht wiedersehen?«

»Das weiß ich noch nicht«, antwortete Amelie. »Mein Aufenthalt hier ist nicht mehr von langer Dauer. Ich werde dich wissen lassen, wenn ich Zeit haben sollte.« Die Leidenschaft, mit der Ferenc sie geküsst und umarmt hatte, hatten Amelie gefallen, sie aber auch verstört. Sie war verwirrt und wollte jetzt erst einmal alleine sein. Vor der Tür des Anwesens der van Holtens pfiff sie – völlig undamenhaft – eine Droschke herbei und ließ sich zurück in Elisabeths Stadthaus bringen. Ferenc Gabor, das sah sie bei einem Blick aus dem Kutschenfenster, blickte ihr versonnen nach, bis die Droschke um eine Kurve fuhr und sie ihn aus den Augen verlor.

Intermezzo

BERLIN, 1950

Versonnen lächelnd blickte Amelie vor sich hin, noch ganz in der Vergangenheit versunken. »Ach, was war das für ein schöner Mann gewesen, dieser Ferenc Gabor«, dachte sie. »Und küssen konnte der!«, als sie ein diskretes »Hmmm« vernahm. Sie blickte auf. Frau Schalke, ihre Berliner Hauswirtschafterin stand vor ihr. »Es ist bereits nach ein Uhr«, sagte sie leise. »Ich glaube, Sie sollten ins Bett gehen.«

Amelie gähnte, streckte sich und lächelte. »Sie haben vollkommen recht, Frau Schalke, mein Zug geht früh.« Um sieben Uhr fuhr der Zug nach Wien ab, sie war einen Tag später mit dem österreichischen Unterrichtsminister verabredet und hatte noch nicht einmal gepackt.

»Küss die Hand, gnädigstes Fräulein Doktor.« Gottfried Hohenstein, seit 1945 für alle Belange rund um Schule und Universität in Österreich zuständig, kam mit weit geöffneten Armen auf Amelie zu, die soeben das Büro des Ministers betreten hatte. Sie fühlte sich in die Zeit Kaiser Franz Josephs zurückversetzt. Der Ministeriumsbau war im Krieg nicht wie so viele andere Gebäude der Walzerstadt von Bomben zerstört worden, lediglich einige Fensterscheiben waren noch mit Pappe verklebt. Ansonsten machte das Ministerium den Eindruck, als wäre 1918 die Zeit stehen geblieben. Sternparkett, Stuck, Kristallleuchter und ein riesiger, barocker Schreibtisch prägten den Raum, in dem der Minister seiner Arbeit nachging. Hohenstein beugte sich über Amelies Hand und bat sie, vor seinem Schreibtisch Platz zu nehmen. »Darf ich Ihnen einen Kaffee offerieren?«, fragte er. »Sehr gerne«, antwortete Amelie, die nach der langen Zugfahrt und dem kurzen Aufenthalt im Hotel Sacher, in dem sie eine Suite gebucht hatte, ein wenig müde war.

»Herr Seyerl!« Der Minister hatte einen Knopf auf seinem Schreibtisch gedrückt. Wenige Sekunden später steckte ein kleiner dicker Mann in grauem Anzug seinen Kopf zur Türe herein. »Exzellenz?«

»Herr Seyerl, bitte bringen Sie uns einen Kaffee und einen Cognac«, befahl der Minister.

»Cognac, um diese Zeit?«, fragte Amelie ein wenig belustigt.

»Glauben Sie mir, verehrtes Fräulein Doktor, Sie werden mir dafür noch dankbar sein«, antwortete der Minister. Amelie war erstaunt und nicht wenig neugierig darauf, was der Minister ihr sagen würde, dass einen Cognac am Vormittag rechtfertigen würde. Die Miene des Ministers verhieß jedenfalls nichts Gutes. Amelie wappnete sich innerlich.

Als Kaffee und Cognac serviert worden waren, beschäftigte sich Minister Hohenstein angelegentlich damit, mit einer zierlichen Zuckerzange mehrere Zuckerwürfel in seiner Tasse zu versenken und danach ausgiebig darin zu rühren. Amelie wurde ein wenig unruhig, ließ sich dies allerdings nicht anmerken, sondern nahm einen Schluck aus ihrer Kaffeetasse. »Ausgezeichnet«, konstatierte sie. »Sehr guter Kaffee.«

»Vielen Dank, gnädiges Fräulein Doktor«, gab Minister Hohenstein zur Antwort. »Wir haben ganz ausgezeichnete Kontakte zu unseren französischen Freunden hier in der Stadt. Das bringt auch leibliche Genüsse mit sich, die wir gar nicht mehr gewöhnt waren.« Hohenstein räusperte sich, nahm noch einen Schluck Kaffee und sagte dann: »Wollen wir nun zur Sache kommen?«

»Mit dem größten Vergnügen«, Amelie lehnte sich ein wenig vor. »Ich war doch ein wenig überrascht, als ich nach meiner Rückkehr aus Boston Ihren Brief in meinem Berliner Haus vorfand.«

»Nun«, der Minister wand sich ein wenig. »Immerhin gelten Sie in der Welt der gynäkologischen Chirurgie als Kapazität.«

»Es geht also um die Stelle als Ordinaria für gynäkologische Chirurgie? An der Alma Mater Rudolfina?«, erkundigte sich Amelie. Der Minister wand sich noch ein wenig mehr in seinem Stuhl. Schweißperlen traten auf seine Stirn. »Ist Ihnen nicht gut?«, fragte Amelie besorgt. »Soll ich ein Fenster öffnen?«

»Nein, nein«, der Minister winkte ab und straffte sich in seinem ausladenden Schreibtischstuhl. »Liebes Fräulein Doktor von Liebwitz«, setzte er an. »Das alles, nun, es tut mir ganz entsetzlich leid …« Amelie blickte den Minister indigniert an. »Was meinen Sie denn? Was tut Ihnen leid?«

»Nun, wissen Sie, verehrtestes, gnädiges Fräulein Doktor, der Brief an Sie ist ja schon vor einigen Wochen abgeschickt worden – und, nun, seither ist einiges geschehen, das …«, seine Stimme versickerte.

Amelie wurde ungeduldig. »Was ist geschehen?«, fragte sie. »In Ihrem Brief schrieben sie von meiner Berufung auf den Lehrstuhl für gynäkologische Chirurgie, was ist damit?«

»Ha, ha, ha – sehr direkt ist das Fräulein Doktor«, wehrte der Minister ab. »Sehr direkt, so direkt sind wir in Österreich nicht, nicht wahr?«

Amelie blickte den Minister konsterniert an. »Und?«, fragte sie, »wollen Sie mir nicht endlich sagen, was los ist?«

Der Minister lavierte noch eine Weile vor sich hin, sprach von Unwägbarkeiten und Zeit, die vergangen war, und meinte schließlich: »Ich, also, ich wollte wirklich Sie auf dem Lehrstuhl haben.«

»Aber?« Amelie ahnte bereits, worauf der Minister hinauswollte, und spürte Zorn in sich aufsteigen. »Nun ja, wissen Sie, die Berufungskommission hat sich …«, der Minister seufzte theatralisch. »Sie hat sich für einen anderen Kandidaten entschieden, der ihr für das Amt geeigneter erschien.«

Amelie, die solches bereits geahnt hatte, fühlte sich dennoch wie vor den Kopf geschlagen. »Wie?«, fragte sie. »Sie bieten mir den Lehrstuhl an, lassen mich extra dafür von Berlin nach Wien kommen – und erzählen mir dann, Sie hätten sich für einen anderen Kandidaten entschieden?«

Der Minister war sichtlich unangenehm berührt. »Gnädiges Fräulein Doktor«, hub er an. »Ich …«

»Aber, wie kann das denn sein?« Amelie, die es noch immer nicht fassen konnte, unterbrach Hohenstein unhöflich.

»Und wieso schicken Sie mir dann nicht einfach ein Telegramm und ersparen mir die Reise zu Ihnen?«

Der Minister sprang von seinem Stuhl auf und ging zum Gegenangriff über: »Telegramm!«, rief er. »Telegramm! Wenn das so einfach gewesen wäre. Die Entscheidung ist schließlich erst gestern gefallen, und da saßen Sie ja bereits im Zug – da hätte auch das schnellste Telegramm nichts mehr genützt.« Hohenstein war rot geworden. Auf seiner Stirn perlte Schweiß. »So schnell hätten wir Sie ja gar nicht informieren können.«

Amelie zwang sich zur Ruhe. Sie lehnte sich betont gelassen in ihrem Sessel zurück, nahm einen Schluck Kaffee und fragte dann leise: »Und warum hat man sich für einen meiner werten Kollegen entschieden?«, fragte sie.

Der Minister setzte sich wieder, griff nach einer Tabatière und bot Amelie eine Zigarette an, die sie dankend annahm. Auch er selbst entzündete sich einen Glimmstängel, zog lange und tief daran und atmete eine Rauchwolke aus. »Nun«, setzte er an. »Der Kollege Weinmeister hat die chirurgische Frauenklinik nach dem Krieg wiederaufgebaut und genießt großes Vertrauen unter den Kollegen. Außerdem ist er Mitglied im Kartellverband, Sie wissen ja, wie das läuft.« Hohenstein seufzte. »Sehen Sie«, begann er erneut. »Ich wollte unbedingt Sie auf diesem Lehrstuhl sehen, weil ich von Ihren bahnbrechenden Arbeiten in Amerika gehört hatte und weil ich für ein bisschen frischen Wind an der Universität sorgen wollte, aber ich konnte die Berufungskommission einfach nicht überzeugen.« Der Minister wirkte geknickt.

»Weinmeister also«, Amelie nickte. »Ist das nicht der gleiche Kollege, der in Freiburg geschasst wurde, weil auf seiner Klinik zu viele Frauen postoperativ verstorben sind?«

»Nun ja«, antwortete der Minister. »Soweit ich weiß, konnte er die Vorwürfe abwehren und seinen Ruf wahren.«

»Das sehe ich«, gab Amelie zurück. »So gut, dass er nun also Ordinarius wird.« Sie stand auf. »Ich glaube, diese Entscheidung wird Ihnen noch leidtun.«

Der Minister sprang aus seinem Sessel auf: »Wollen sie mir etwa drohen?«

»Aber nein«, gab Amelie milde zurück. »Ich denke nur, dass Sie die falsche Entscheidung getroffen haben. Und das wird auf Sie zurückfallen.« Sprach's, erhob sich und verließ das Ministerbüro, einen höchst befremdeten Minister in seinem Büro zurücklassend.

Vor dem imposanten Eingangstor des Ministeriums holte Amelie erst einmal tief Luft. Das waren ja Neuigkeiten! Um sich ein bisschen zu fassen, begann sie, den Ring entlangzugehen. Es war ein milder Tag, der Himmel zartblau, und die Bäume trugen erstes frisches Grün. Eine verspielte Brise zog ein paar Löckchen aus Amelies strengem Haarknoten. Eine Bank nahe des Karlsplatzes lud zum Verweilen ein, Amelie nahm Platz und atmete tief durch. »Eine Schweinerei ist das schon!«, dachte sie. Sie kannte den Kollegen Weinmeister nur zu gut. Ein schlampiger Chirurg, dabei arrogant und hochfahrend, unbeliebt bei den Kollegen und gefürchtet von den Assistenzärzten. »Aber, dafür ist er im Kartellverband«, Amelie schüttelte ärgerlich den Kopf. »Es ist doch immer wieder dasselbe«, dachte sie. »Ganz egal, wie viel ich lerne, was ich tue, welche neuartigen Verfahren ich anwende – es reicht schon, wenn der Kollege ein Mann ist, am besten noch in irgendeinem obskuren Männerbund – und schon schwimmen meine Chancen davon.«

Amelie legte den Kopf in den Nacken und ließ sich die Frühlingssonne ins Gesicht scheinen. Was sollte sie jetzt tun? Natürlich könnte sie die Berufung Weinmeisters beanstanden, aber, würde das Sinn machen? Sie stand von der Bank auf und machte sich auf den Weg in ihr Hotel.

Sollte sie gleich wieder abreisen? »Ach was«, dachte sie. »Ich werde, wie geplant, ein paar Tage in Wien bleiben und Ferien machen. Dann kann ich noch immer entscheiden, wie es weitergehen soll.«

In ihrer Suite angekommen, öffnete sie die Balkontür und trat an die Balustrade. Sinnend starrte sie in den Himmel. Die Zurückweisung war ihr nichts Neues. Schon ihr ganzes berufliches Leben lang hatte sie damit zu kämpfen gehabt, von allem Anfang an. Schon als sie ihr Studium aufgenommen hatte, hatte sie sich gegen ihre männlichen Kommilitonen durchsetzen müssen und von ihrer Abschlussprüfung zum Doctor medicinae universae hatte sie heute noch manchmal Albträume. Amelie zog die Schuhe aus und legte sich auf das große Himmelbett ihrer Suite. Sie schloss die Augen.

Kapitel 25

BERLIN, 1912

Nervös und übernächtigt betrat Amelie den Hörsaal der Universität, an dem sie die letzte Prüfung ihres Studiums ablegen wollte, um als Ärztin approbiert zu werden. Vier Jahre hatte sie studiert, gelernt und gekämpft. Die Prüfungen in Anatomie, Physiologie, Physik, Chemie, Botanik und Zoologie hatte sie mit fliegenden Fahnen bestanden. Im Curias-Hospital hatte sie mehrere Famulaturen absolviert. Dabei war ihr die Frauenheilkunde – neben der Chirurgie – als besonders spannendes Fach erschienen. Nun lag der letzte Schritt vor ihr, jener Schritt, der ihr den Titel Doctor medicinae universae sichern sollte: die Abschlussprüfung. Amelie hatte Tag und Nacht gelernt, repetiert, sich von ihrem Vater abhören lassen und ganze Tage im Anatomischen Theater verbracht, um sich so gut wie möglich auf die Prüfung vorzubereiten. Dennoch hatte sie nun, an diesem angenehm milden, frühherbstlichen Morgen das Gefühl, eine Versagerin zu sein und die Prüfung auf gar keinen Fall bestehen zu können.

Im Hörsaal wähnte sie sich allein, suchte sich einen Platz, setzte sich hin, legte, aus alter Gewohnheit, ein Kollegheft vor sich hin und einen Bleistift und zündete sich gedankenverloren eine Zigarette an. »Na, Collega – nervös vor der Prüfung?«, tönte es plötzlich freundschaftlich von hinten.

Amelie fuhr herum. »Ach, Ditfurth, du bist es«, rief sie aus. »Du hast mich erschreckt.«

»Entschuldige bitte«, Johannes Ditfurth, Studienkollege und Freund, schritt die breite Treppe zu ihrem Sitzplatz hinab. »Das wollte ich nicht. Ich dachte, du hättest mich gesehen.« Amelie schüttelte den Kopf. »Nein, ich dachte, ich wäre noch alleine.« Nach einem tiefen Zug an ihrer Zigarette wandte sie sich ihrem Studienfreund zu. »Bist du denn gar nicht nervös?«

»Aber natürlich«, gab dieser lächelnd zur Antwort. »Ich habe noch die ganze vergangene Nacht durchgestrebert und trotzdem das Gefühl, gar nichts mehr zu wissen.«

»Na, dann bin ich ja wenigstens nicht allein mit diesem Gefühl«, Amelie seufzte.

Der Prüfungskommission saß Professor Wronski vor, weltweit angesehener Anatom, Universitätslehrer und ausgewiesener Frauenfeind. Er verabscheute es, einer Frau die Prüfung zum Doktor der Medizin abnehmen zu müssen. »Bei meiner ersten Prüfung hat Wronski sich geweigert, mir die Fragen zu stellen«, erinnerte Amelie sich. »Er hat einfach Alexander von Stein zum Prüfer ernannt – und der hat mich gezwiebelt, bis ich nicht mehr wusste, wo oben und wo unten ist.«

»Ich erinnere mich«, sagte Johannes. »Aber schließlich hast du die Prüfung mit einem »Ausgezeichnet« bestanden, vergiss das nicht.« Amelie lächelte ihren Studienfreund an. »Na dann hoffen wir für heute das Beste«, meinte sie trocken.

Eine Stunde später hatte sich der Hörsaal gefüllt, die Prüfungskommission war vollständig angetreten, und der erste Prüfling wurde befragt.

Und für Amelie begann das lange Warten, bis sie endlich an der Reihe war. Professor Wronski, der Chef der Prüfungskommission, hatte bis zuletzt mit Rektor Spenhagl diskutiert, wollte unbedingt verhindern, dass Amelie zur Arztprüfung antreten durfte. Letztlich war er allerdings auf verlorenem Posten gestanden. Auch die frauenfeindlichsten

Professoren aus dem medizinischen Kollegium hatten Amelies Begabung für den Arztberuf erkannt und wollten der jungen Neo-Medizinerin keine Steine mehr in den Weg legen. Amelie sollte die Prüfung, nach der sie sich Ärztin nennen durfte, lege artis ablegen dürfen.

Wronski aber gab nicht auf. »Wenn ich die Prüfung dieser Weibsperson schon abnehmen muss, dann wird sie als Allerletzte an die Reihe kommen«, hatte er in der Kollegienkonferenz gedonnert. »Dann soll diese … diese …«, ein wenig Speichel flog Wronski aus dem Mund und traf ausgerechnet den Rektor auf der Stirn. Dieser runzelte dieselbe, sagte aber lediglich: »Nun gut, Herr Kollege. Wenn Sie meinen. Mir ist es gleichgültig, wann Sie Fräulein von Liebwitz die Prüfung abnehmen, nur tun Sie es bitte.« Dann zückte er ein blütenweißes Taschentuch und wischte sich die Stirn trocken.

Einhundertsiebenundzwanzig Kandidaten und lediglich eine Kandidatin – Amelie von Liebwitz – traten zur Abschlussprüfung an, die vom 23. bis 27. September abgehalten wurde. Für alle Kandidaten bestand während der Prüfung Anwesenheitspflicht. Also war Amelie auch an diesem ersten Prüfungsmorgen erschienen, um sich die Prüfungen ihrer Kommilitonen anzuhören.

Soeben war Paul Alt vorgetreten, um vor dem Kollegium unter Wronskis Leitung seine Prüfung abzulegen. Ein Leichnam, der mit einem Laken zugedeckt war, wurde vom Saaldiener auf einer Bahre in den Hörsaal hereingerollt und vor dem Podium, auf dem die Prüfer Platz genommen hatten, abgestellt. Wronski erhob sich von seinem thronartigen Sessel und schritt zur Bahre. Mit großer Geste entfernte er das Laken von dem Leichnam, der bereits vorbereitet war. Brust- und Bauchraum waren fachgerecht geöffnet worden. »Nun, Herr Alt«, begann Wronski. »Was sehen wir hier?« Paul Alt beugte sich über den Leichnam und erbleichte ein wenig. Er hatte es nicht mit Leichen, war während der allerersten Anatomiestunde sogar aus dem Anatomischen Theater gelaufen und hatte sich – zum großen Gaudium seiner Kommilitonen – lautstark übergeben müssen. Mittlerweile war er den Anblick von Leichen zu Präparationszwecken zwar einigermaßen gewohnt, große Freude bereitete ihm die Arbeit am Leichenpräparat allerdings immer noch nicht. »Nun«, begann Alt. »Nun, eh, also …«, er deutete mit dem Zeigefinger, »hier ist die Lunge.«

»Großartig, Herr Kollege«, kam es bissig von Wronski. »Das haben Sie nach Jahren des Medizinstudiums gut erkannt. Es geht hier allerdings nicht um die Benennung der einzelnen Organe, sondern um die Besonderheit, die dieser Leichnam aufweist.«

Wronski trat einen Schritt zurück und überließ Alt erneut das Feld. Dieser blickte ratlos in die geöffnete Brusthöhle, schritt dann einmal um die präparierte Leiche herum und betrachtete ebenso intensiv die Bauchhöhle.

Amelie, die in der vordersten Bankreihe saß und sofort erkannt hatte, was diesen präparierten Leichnam so besonders machte, hielt es kaum mehr auf ihrem Stuhl. Sie hob die Hand, was Wronski, lieben alten Gepflogenheiten folgend, ignorierte. Stattdessen wandte er sich wieder Paul Alt zu, der mittlerweile nicht mehr nur blass war, sondern auch leicht grünlich um die Nase. »Herr Alt«, begann Wronski wieder. »Wenn Sie in Ihrem Leben jemals als Doktor der Medizin tätig werden wollen, dann sagen Sie mir jetzt auf der Stelle, welche Besonderheit dieser Leichnam aufweist.« Der kleine Mann mit der roten Knollennase, auf der halsbrecherisch ein Zwicker thronte, wurde laut: »Oder können Sie das etwa nicht?«

Paul Alt ereilte ein Schicksal, das ihm wohlbekannt war, vor allem, wenn er in Krisensituationen steckte. Ihm wurde sterbensübel. Nunmehr grün im Gesicht und mit Schweißperlen auf der Stirn, verneigte er sich hastig vor Wronski und sagte rasch: »Verzeihung, Herr Professor, aber ich …« Aber, da war es schon zu spät. Alt, von Prüfungsangst und Übelkeit geschüttelt, beugte sich aus der Hüfte nach vorne und übergab sich auf Wronskis Schuhe.

Leichenblass stand der Examenskandidat vor seinem Prüfer, der abwechselnd rot anlief und blass wurde. Wronski war außer sich. »Gehen Sie mir aus den Augen!«, brüllte er Alt an. »Na los! Verschwinden Sie! Auf der Stelle!«

Paul Alt verbeugte sich noch einmal, diesmal ohne seinen Mageninhalt preiszugeben, und verließ den Prüfungssaal.

Murmelnd wandte Wronski sich um und verließ ebenfalls den Hörsaal, um sich zu säubern und anderes Schuhwerk anzulegen. Das Prüfungskollegium folgte. Allerdings drehte sich Professor Krussmann, der an der Universität praktische Anatomie unterrichtete, auf dem Weg nach draußen noch einmal um. »Fräulein von Liebwitz«, rief er in den Saal. Amelie stand auf. »Sie werden anstelle von Alt als nächste Kandidatin antreten«, sagte er und verließ ebenfalls den Hörsaal. Amelie war zutiefst überrascht. Sie hatte gedacht, in den kommenden Tagen sinnlos im Hörsaal herumsitzen zu müssen, während ein Kandidat nach dem anderen die Prüfung ablegte. Stattdessen sollte sie nun doch bereits am ersten Tag examiniert werden. »Na gut«, dachte sie sich, setzte sich wieder auf ihren Platz und zündete sich eine Zigarette an.

Johannes Ditfurth, der neben Amelie Platz genommen hatte, begann, in seiner Aktentasche zu kramen. »Was suchst du denn?«, fragte Amelie. »Doch hoffentlich kein Lehrbuch – ich glaube, zum Lernen ist es jetzt zu spät.«

»Nein«, lachte Dithfurth, »aber an etwas Geistiges habe ich schon gedacht.« Und schon förderte er einen silbernen Flachmann aus seiner Aktentasche. Er schraubte den Flakon auf und wollte ihn Amelie reichen. »Hier, feinster russischer Wodka von unserem Kutscher – ich sage dir, der macht Mut.«

Amelie wies den Flachmann zurück. »Bist du verrückt? Wenn Wronski das riecht?«

»Ach was«, meinte Ditfurth wegwerfend. »Wodka riecht man nicht – und selbst wenn, ich habe die Prüfungsordnung genau studiert, da steht nirgends drin, dass man keinen Alkohol trinken darf, um sich Mut zu machen.« Johannes Ditfurth ging mit gutem Beispiel voran und nahm einen tiefen Schluck. »Ahhh«, sagte er, nachdem er den Flakon abgesetzt hatte. »Das ist Balsam für meine angegriffenen Nerven.« Gespielt nervös verdrehte Amelies Studienkollege die Augen und hielt ihr den Flachmann wieder unter die Nase.

»Na gut«, meinte diese. »Du gibst ja ohnehin keine Ruhe, bevor ich nicht einen Schluck getrunken habe.« Sie setzte den Flachmann an und nahm ebenfalls einen tiefen Schluck. In dieser Sekunde öffnete sich die Hörsaaltür und das Prüfungskollegium nebst Vorsitzendem Wronski – Letzterer wieder mit tadellos sauberen Schuhen und Socken – betrat den Hörsaal und nahm hinter dem Podium Platz. Blitzschnell ließ Ditfurth den Flachmann wieder in seiner Tasche verschwinden.

Wronski trat mit Leichenbittermiene vor die Sitzreihen. »Nun, meine Herren«, hob er an, Amelie wie immer ignorierend. »Mein Kollegium hat mich davon überzeugt, dass es hier nur eine Person gibt, die die an Paul Alt gestellte Prüfungsfrage korrekt beantworten kann. Fräulein von Liebwitz, bitte treten Sie vor.«

Ein Raunen ging durch den Hörsaal. Das konnte doch wohl nicht wahr sein. Alexander von Stein, der ebenfalls seine Arztprüfung ablegen wollte, hob die Hand. »Herr Professor Wronski«, hob er an, als dieser ihm das Wort erteilte. »Das wäre doch erst einmal zu beweisen, ob das nur die Liebwitz kann, nicht wahr?«

Professor Krussmann, der bis zu diesem Moment in seinen Unterlagen geblättert hatte, hob den Kopf und sagte scharf: »Collega, darf ich Sie um einen höflicheren Ton ersuchen? Es geht hier nicht um ›die Liebwitz‹, sondern um Collega Fräulein von Liebwitz, wenn ich bitten darf – und ja, ich bin der Ansicht, Sie ist von ihnen die Einzige, die diese Prüfungsfrage korrekt beantworten kann. Also, Herr von Stein, setzen Sie sich wieder hin und halten Sie den Mund.«

»Also, das ist doch …«, murmelte von Stein, sagte aber nichts weiter und nahm, mit hochrotem Gesicht, wieder Platz.

»Fräulein von Liebwitz, würden Sie bitte vortreten?«, forderte Krussmann nun weiter auf. Amelie erhob sich von ihrem Sitzplatz und schritt auf das Podium und die davor platzierte Leiche zu. »Nun, Fräulein von Liebwitz«, schnarrte Professor Wronski. »Welche Besonderheit weist dieser Leichnam auf?«

Amelie trat nahe an die Bahre heran und warf einen Blick in den Brustraum. Danach schritt sie einmal um die Leiche herum und betrachtete aufmerksam den Bauchraum. Danach richtete sie sich wieder auf, stellte sich kerzengerade hin und blickte Wronski an. »Herr Professor Wronski«, begann sie, »wir haben es hier mit einem sogenannten Situs inversus completus zu tun.« Schlagartig herrschte Totenstille im Hörsaal. Nichts regte sich. Wronski, der sich ganz offensichtlich auf ein komplettes Versagen Amelies eingestellt hatte, erbleichte.

»Fassen Sie sich, Herr Kollege«, riet Krussmann vom Podium aus. »Ich hatte nie auch nur den geringsten Zweifel, dass Fräulein von Liebwitz diese Frage richtig beantworten würde.« Er wandte sich direkt an Amelie. »Und, Fräulein Collega, was definiert einen solchen Situs inversus completus?«, fragte er sie.

Amelie blickte Krussmann offen ins Gesicht. »Von einem Situs inversus completus spricht man, wenn sämtliche Organe im menschlichen Organismus spiegelverkehrt angeordnet sind«, antwortete sie dann mit lauter Stimme. »Hier ist das Herz«, sie deutete nach rechts, »der Magen befindet sich rechts im Bauchraum, die Leber dagegen links. Jedes Organ in diesem Präparat ist quasi auf der falschen Seite.«

Professor Krussmann hob langsam die Hände und fing an zu klatschen. »Sehr gut, Kandidatin von Liebwitz, Sie haben das Spezifikum dieses Präparats ausgezeichnet erkannt.« Amelie errötete leicht. »Vielen Dank, Herr Professor«, sagte sie.

Wronski, der Amelie von Liebwitz während ihrer gesamten Studiendauer so gut wie möglich ignoriert hatte, blickte sie nun zum ersten Mal direkt und offen an. »Fräulein Collega«, sagte er. »Sie haben es tatsächlich geschafft, mich zu beeindrucken. Die Frage ist richtig beantwortet. Sie haben die Prüfung bestanden.«

Amelie traute ihren Ohren nicht. Wronski absolvierte sie? Nach all der Feindseligkeit während ihres Studiums? Das konnte doch alles gar nicht wahr sein! Mitten in ihre Gedanken trat Professor Wronski vor Amelie und hielt ihr die rechte Hand hin. »Ich war und bin gegen Frauen in der Medizin«, sagte er in seinem typischen schnarrenden Tonfall. »Aber Sie«, er brach ab, setzte erneut an. »Aber Sie haben sich durch das Medizinstudium gekämpft und nun auch noch diese meine schwierigste Prüfungsfrage korrekt beantwortet – ich gratuliere Ihnen, Fräulein Doktor von Liebwitz.« Amelie war fassungslos, besaß allerdings die Geistesgegenwart, Wronskis Hand zu ergreifen und zu schütteln. »Danke, Herr Professor Wronski«, sagte sie schlicht, die Hand ihres Widersachers mit festem Druck schüttelnd. »Sie haben es mir wahrlich nicht leicht gemacht.« Und dann geschah etwas, das für die Studentenschaft ebenso erstaunlich erschien wie für das Prüfungskollegium. Professor Wronskis Mundwinkel verzogen sich – und er lächelte Amelie tatsächlich an. »Es hat sich aber gelohnt, nicht wahr?«

Intermezzo

WIEN, 1950

Amelie schrak aus dem Schlaf, weil es an ihrer Hotelzimmertür geklopft hatte. Sie streckte die verspannten Glieder und schritt zur Tür. Draußen stand ein Hotelpage. »Guten Abend, gnädige Frau«, grüßte er artig. »Der Concierge schickt mich mit der Konzertkarte.« Amelie erinnerte sich. Bevor sie an diesem Vormittag ins Unterrichtsministerium aufgebrochen war, hatte sie den Concierge gebeten, für den Abend eine Karte für den Musikverein zu besorgen. Sie bedankte sich, nahm die Karte und überreichte dem Pagen ein großzügiges Trinkgeld. Wieder allein, studierte sie die Karte und wurde blass: »Ernst Szabo dirigiert die Wiener Symphoniker« stand auf der Karte zu lesen. »Das darf doch wohl alles nicht wahr sein«, sagte sie leise. Ernst Szabo – an diesen Namen hatte sie lange nicht mehr gedacht. Sehr lange. Als junge Ärztin hatte sie den Mann kennengelernt. Mit einer Blinddarmentzündung war er damals ins Curias eingeliefert worden. Amelie setzte sich auf die mit blauem Samt bezogene Chaiselongue in ihrer Suite und betrachtete gedankenverloren die Konzertkarte in ihrer Hand.

Kapitel 26

BERLIN, 1913

»*H*ilfe! Bitte helfen Sie mir!« Die Stimme des Mannes war dunkel und flehend. Gebückt, die Hand an die rechte Leibseite gepresst, hatte er soeben den Haupteingang des Curias-Krankenhauses betreten. Amelie, die gerade zum Dienst eingetroffen war, ging auf den Mann zu und blickte ihn an. »Was fehlt Ihnen denn?«, fragte sie. »Mein Bauch, er tut entsetzlich weh.« Aus tiefblauen Augen blickte der gequälte Mann Amelie an. Schweiß perlte auf seiner Stirn, die Haut im Gesicht war stark gerötet. Amelie rief einen Spitalsdiener herbei: »Holen Sie eine Bahre, dieser Mann muss sofort untersucht werden.«

Kurze Zeit später lag der Mann auf einer Bahre, und Friedrich von Görtz, Oberarzt der Chirurgie, drückte auf einen Punkt zwischen Bauchnabel und Hüftknochen des Mannes und fragte: »Tut das weh?«

»Ja, verdammt noch mal«, brüllte der Mann.

»Er hat 39 Grad Fieber«, meldete Amelie, die soeben das Fieberthermometer aus der Achsel des Mannes gezogen hatte.

»Das deutet doch alles sehr auf eine Blinddarmentzündung hin«, meinte Görtz und wandte sich seinem Patienten zu, der sich auf der Bahre vor Schmerzen krümmte. »Sie erhalten jetzt erst einmal ein Bett und eine Morphiuminjektion – und morgen früh operiere ich Sie und entferne den Quälgeist aus Ihrem Bauch.«

Görtz wandte sich zur Krankenschwester um, die am

Fußende des Bettes stand. »Schwester Berta, bitte nehmen Sie die Injektion vor und die Daten des Patienten auf. Ich setze ihn für morgen früh auf den Operationsplan.« Schwester Berta nickte.

Wie sich herausstellte, hieß der unglückliche Patient Ernst Szabo, der als Beruf »Komponist« angab und im Berliner Wedding wohnte. Versichert war er nicht, wie Berta später Dr. Görtz berichtete. »Dann nehmen wir ihn eben in unser Armenprogramm auf«, sagte dieser. »Operiert werden muss er auf jeden Fall.«

Am späten Nachmittag besuchte Amelie den Patienten, kurz bevor sie nach Hause gehen konnte. Ernst Szabo lag leicht benommen in seinem Bett. »Guten Tag«, grüßte Amelie. »Ich bin Dr. Amelie von Liebwitz und werde Herrn Dr. Görtz morgen bei Ihrer Blinddarmentfernung assistieren.« Szabo sah sie aus dunkel verschleierten Augen an. »Sie?«, fragte er. »Sind Sie denn Ärztin?«

»Wieso fragt mich das bloß jeder«, dachte Amelie angriffslustig. »Ja«, sagte sie laut. »Ich absolviere hier meine Assistenzzeit als Chirurgin.«

»Faszinierend«, gab Ernst Szabo zurück. »Sie sind die erste Ärztin, die ich kennenlerne.«

»Na ja, und Sie sind der erste Komponist, den ich persönlich treffe«, antwortete Amelie schlagfertig. Szabo lächelte versonnen. Das Morphium tat seine Wirkung, seine Bauchschmerzen waren verschwunden, er lag entspannt in seinem Krankenhausbett und starrte Amelie an, als wäre sie eine Himmelserscheinung.

»Sie sind sehr schön«, sagte er.

Amelie schüttelte den Kopf. »Aus ihnen spricht das Morphium«, lächelte sie. Aber auch ihr gefiel der junge Mann, der schlank und groß gewachsen vor ihr im Krankenhausbett lag. Den Kopf des Mannes zierte eine ungebändigte dunkle Lockenpracht, die Augen waren groß und strahlend. Um den sensiblen Mund spielte ein angedeutetes Lächeln. Amelie war irritiert. Dieser Ernst Szabo gefiel ihr, er gefiel ihr sogar ausgesprochen gut. »Nun«, sagte sie schließlich, sich jeden romantischen Gedanken verbietend. »Schlafen Sie und morgen früh sehen wir uns zur Blinddarmentfernung.«

Ernst Szabo nickte leicht. »Auf Wiedersehen, Fräulein Doktor, bis morgen.«

In Berlin herrschte tiefe Nacht. Der Platz vor dem Anatomischen Theater des Curias-Krankenhauses lag im Dunkeln. Lediglich eine winzige Laterne, die direkt an der Eingangstür hing, spendete spärliches Licht. Amelie überquerte eilig das Rasenstück vor dem Gebäude. Sie war von Kopf bis Fuß schwarz gekleidet. Die Handlampe, die sie trug, wies ihr den Weg zur Tür des Anatomischen Theaters. Den Schlüssel für den Hörsaal hatte sie sich beim Portier des Curias besorgt. Der Mann schätzte eine gute Zigarre, die sie ihm am frühen Abend im Austausch für den Schlüssel überreicht hatte. »Na Fräuleinchen, passen Sie aber gut darauf auf«, hatte der alte Mann gesagt, der die Pforte des Hospitals seit Jahrzehnten bewachte. »Und bringen Sie ihn mir gleich morgen früh wieder zurück, ja?«

»Aber natürlich, Herr Kurz.« Amelie hatte gelächelt. »Um sechs Uhr früh haben Sie den Schlüssel wieder.«

Nun war Amelie vor dem Eingang zum Anatomischen Theater angekommen. Sie blickte sich noch einmal nervös um, schloss die Tür auf und schlüpfte hinein. Rasch schloss sie die Tür wieder und lehnte sich aufatmend von innen dagegen. Rasch, dabei aber so vorsichtig wie möglich, schritt sie zu den Fenstern des großen Raumes und schloss die Vorhänge, damit kein Licht nach außen dringen konnte. Mit ihrer Handlampe leuchtete sie, bis sie den Lichtschalter gefunden hatte. Hell leuchtete die achtflammige Operationslampe über dem granitenen Tisch in der Mitte des Saals auf. Amelie schloss für einen Moment geblendet die Augen. Dann lief sie mit schnellen Schritten zur Kellertür, hinter der sich der Raum mit den in Formalin eingelegten Leichen befand. Angst hatte sie keine. Tot war schließlich tot – und an Geister glaubte die praktisch veranlagte junge Frau nicht. Das Licht im Keller war schummrig. Dennoch dauerte es nicht lange, bis sie jene Leiche gefunden hatte, deren Geheimnisse sie heute Nacht ergründen wollte. Nun kam der schwierige Teil. Sie musste den toten Körper die kurze Treppe in den Hörsaal schaffen und ihn auf den Tisch hieven. Der Hörsaaldiener hatte die konservierte Leiche bereits dem Formalinbad entnommen und auf einem frischen Leinentuch auf dem Boden bereitgelegt. Auch ihn bestach Amelie regelmäßig mit Schnaps und Zigaretten, um immer wieder mal in der Nacht operative Eingriffe zu üben. Mit einem simpel konstruierten Flaschenzug wurden die Demonstrationsobjekte für die praktischen Anatomieübungen über die wenigen Stufen in den Hörsaal geschafft.

Amelie packte die mit einem Leinentuch bedeckte Leiche unter den Achseln und zog sie auf die flache Trage, die an dem Flaschenzug befestigt war. Mit einer Kurbel hob sie den Körper an, bis er auf der Höhe der Trage angekommen war, die neben der Kellertür im Hörsaal wartete. Sie manövrierte den Flaschenzug so, dass der konservierte Leichnam direkt über der Trage hing, und ließ ihn dann langsam herunter. Dann atmete sie erst einmal tief aus. So, das Schwierigste wäre geschafft.

Amelie sollte am folgenden Morgen zum ersten Mal bei einer Blinddarmentfernung assistieren dürfen. Dr. Friedrich Wilhelm Görtz, enger Freund und Förderer ihrer Ausbildung zur Chirurgin, hatte ihren Einsatz an Professor Hauptmann »vorbeigeschmuggelt«. Amelie hatte ihre Lehrbücher fast auswendig gelernt, um sich darauf vorzubereiten. Auch in praktischer Anatomie hatten sie diesen noch relativ neuen chirurgischen Eingriff schon einmal geübt. Dennoch – sie fühlte sich nach wie vor nicht gut genug darauf vorbereitet und hatte deshalb den halsbrecherischen Plan gefasst, in der Nacht vor dem Eingriff die Abfolge und die Handgriffe für eine Appendix-Entfernung noch einmal an einem Leichenpräparat durchzuführen. Sie hatte ein bisschen Angst davor, bei ihrem Tun ertappt zu werden, schätzte das Risiko allerdings als gering ein. Wer sollte schon mitten in der Nacht das Anatomische Theater aufsuchen wollen? »Außer mir natürlich«, sagte sie laut und lachte ein wenig unsicher.

Sie öffnete die mitgebrachte Tasche, die sie am Boden neben dem Operationstisch abgestellt hatte, und zog ein Kästchen hervor. Dieses unscheinbare Holzkästchen enthielt einen Instrumentensatz, der für die Blinddarmentfernung zusammengestellt worden war – eine kleine Hilfeleistung ihres Freundes Friedrich Wilhelm Görtz. Ihm, der ihr seit dem Tod ihrer besten Freundin Felicitas zu einem engen Freund geworden war, hatte sie ihr waghalsiges Vorhaben anvertraut – und er hatte ihr am frühen Abend die dafür notwendigen Instrumente zu Hause vorbeigebracht.

Steril mussten diese Instrumente nicht sein, ein Toter konnte nicht mehr an Blutvergiftung sterben. Amelie nahm ein Skalpell zur Hand, atmete noch einmal tief durch und setzte dann einen kleinen schrägen Schnitt in den rechten Unterbauch der Leiche. Die drei Bauchmuskeln, die unter Haut und Unterhautgewebe gelegen sind, durchschnitt sie nicht etwa, vielmehr ging sie vorsichtig mit dem Messer zwischen die einzelnen Muskelfasern und spreizte diese vorsichtig auseinander. Charles McBurney, der dieses Verfahren entwickelt hatte, hatte bemerkt, dass die Wunde so wesentlich besser und schneller heilte, als wenn die drei Muskelschichten einfach durchschnitten wurden. Amelie memorierte leise vor sich hin. »Einmal rechts, einmal links und noch einmal rechts«, und arbeitete sich auf diese Weise bis zum Bauchfell vor. »Vorsichtig jetzt«, murmelte sie, fasste das Bauchfell vorsichtig mit zwei Fingern und setzte erneut einen winzigen Schnitt. Es klappte – die direkt darunter liegenden Därme wurden nicht verletzt. Vom Wurmfortsatz allerdings war, als sie in die Öffnung des Bauchfells blickte, nichts zu sehen. Sie drang mit einem Finger in die Wundöffnung und tastete vorsichtig. »Nein«, murmelte sie, »hier nicht und …« Sie fasste tiefer. »Ah«, machte sie, als sie den Appendix in den Tiefen der Bauchhöhle plötzlich fühlen konnte. »Hab ich dich!« Ganz vorsichtig löste sie den Wurmfortsatz ab und zog ihn durch die Wundöffnung hinaus. Ein einziges Blutgefäß durchläuft dieses Anhängsel, das so sehr für Ärger sorgen konnte. Amelie durchtrennte es flink und vernähte es mit Seidenfaden. Nach dem Vernähen des Bauchfells schoben sich die Muskeln von selbst wieder an ihren Platz. Amelie vernähte die darüber liegende Sehnenplatte und schloss die Wunde. Die junge Ärztin befand sich in einem seltsamen Schwebezustand, der sie immer dann überkam, wenn sie erfolgreich mit Skalpell und Wundhaken hantiert hatte.

Als die letzte Naht geschlossen war, legte Amelie Nadel und Faden beiseite, betrachtete noch einmal kritisch die gesetzten Nähte und deckte die Leiche dann wieder mit dem Leintuch zu. Zurück in den Leichenkeller würde sie ihr Übungsobjekt nicht wieder bringen. Professor Krussmann würde am Morgen mit Sicherheit annehmen, der Hörsaaldiener hätte die Leiche bereits für die anstehende Vorlesung heraufgebracht. »Und er wird sich wundern, warum dieser

Leiche der Blinddarm so sorgfältig entfernt wurde«, dachte Amelie, erleichtert, das totenstille Anatomische Theater wieder verlassen zu können.

Amelie war erleichtert. Sie hatte sich umsonst Sorgen gemacht. Für den am kommenden Morgen geplanten Eingriff hatte sie sich so gut wie irgend möglich vorbereitet. Außerdem war ohnehin nicht sicher, ob sie mehr tun würde, als die Wundhaken zu halten, damit Friedrich einen ausreichenden Einblick in das Operationsgebiet haben würde.

Rasch packte sie die Instrumente wieder ins Kästchen, legte dieses in die Tasche zurück, löschte das Licht und verließ das Anatomische Theater, nicht ohne zuvor noch die Vorhänge vor den Fenstern wieder geöffnet zu haben. Professor Krussmann, der praktische Anatomie unterrichtete, würde sich vielleicht nicht wundern, wenn eine Leiche auf dem Tisch lag, sicherlich aber über geschlossene Vorhänge, die sonst immer offen standen, war das Anatomische Theater doch inmitten einer hohen Mauer errichtet worden, die zudem von Ulmen beschattet war und den Einblick in das Gebäude von außen unmöglich machte.

Kapitel 26

Nervös biss Amelie sich auf die Lippen. Sie konnte es immer noch nicht fassen. Zum ersten Mal sollte sie tatsächlich bei einem operativen Eingriff im Curias-Hospital assistieren. Natürlich, während ihrer Studienzeit und später, als Assistentin, hatte sie bei vielen Eingriffen zugesehen. Aber selbst Hand anlegen? Das war natürlich etwas ganz anderes – und es war der erste Schritt auf dem Weg zur Chirurgin.

Wenn nur Professor Hauptmann nicht wäre. Der berühmte Chirurg und Chef der Chirurgie am Curias machte ihr, wann immer er konnte, das Leben schwer. »Eine Frau als Ärztin ist schon schlimm genug«, hatte er während der gestrigen Visite lautstark geäußert. »Aber eine Frau als Chirurgin? Ich verstehe nicht, was Clausenberg sich dabei denkt!«

Eberhard von Clausenberg war der ärztliche Direktor des Curias und hatte Amelie, die an seinem Klinikum zur Ärztin ausgebildet werden sollte, unter seine Fittiche genommen. Allerdings stand auch er dem Ansinnen Amelies, Chirurgin werden zu wollen, ein wenig zweifelnd gegenüber. »Bist du dir sicher, liebes Kind?«, hatte er sie vor einigen Monaten gefragt, als er ihr die Stelle als Assistenzärztin am Curias, dem zweitgrößten Krankenhaus Berlins, angeboten hatte.

»Ja, das liebe Kind ist sich vollkommen sicher«, hatte Amelie mit größter Sicherheit und einem breiten Lächeln erwidert. »Onkel Clausenberg, ich will Chirurgin werden, seit ich das erste Mal in einem Operationssaal gestanden habe.«

In wenigen Minuten sollte sie Dr. Friedrich Wilhelm Görtz zum ersten Mal bei einer Blinddarmoperation assistieren. Sie war bereits vorbereitet, trug Kopftuch und Kittel, hatte gemeinsam mit Schwester Eva das Instrumententablett überprüft und wartete nun auf den Patienten, Ernst Szabo, einen jungen Berliner Komponisten, der einige Stunden zuvor mit heftigen Bauchschmerzen und hohem Fieber ins Curias eingeliefert worden war.

Der Operationssaal blitzte vor Sauberkeit. Seit endlich die Aseptik Einzug gehalten hatte, wurde jedes Instrument, jedes Stück Gaze, jedes Tuch, das den Patienten bedeckte, und jegliches Mobiliar vor einem Eingriff – auch bei einer Notoperation – mittels heißem Dampf sterilisiert. Dem Entdecker des Tuberkel-Bazillus, Robert Koch, war es erst wenige Jahre zuvor in Versuchen gelungen, mittels hundert Grad heißem Dampf Bakterien vollständig zu vernichten – und hatte damit die Aseptik in die Operationssäle gebracht. Das hatte die Überlebensrate der Patienten deutlich erhöht. Zuvor nämlich waren Keime das größte Problem bei den Operationen gewesen. Keime, die auf den Instrumenten gesessen waren, die es sich auf den Kleidern und den Händen der Operateure gemütlich gemacht hatten und die so ganz leicht in die Operationswunden gelangt waren. Die Folge davon waren schwere Infektionen, die nicht selten zum Tod der eigentlich erfolgreich operierten Patienten führten.

Eberhard von Clausenberg, der Chef des Curias und Nennonkel von Amelie, war von der Idee der Dampfsterilisierung begeistert und führte sie, praktisch über Nacht, auch für das Curias ein. Auch die Handwaschung, bei der mit Glyzerinseife und heißem Wasser ganze zehn Minuten lang Hände und Unterarme geschrubbt wurden, war unter Clausenberg zum Standard gemacht worden. Amelie litt nicht wenig darunter, denn die häufigen Waschungen mit der Bürste setzten ihren Händen heftig zu. Rot und aufgesprungen waren sie – aber auf die Chance, bei einer Blinddarmoperation zu assistieren, würde sie deswegen nie im Leben verzichten.

Tag und Nacht hatte sie gebüffelt, das Operationsverfahren der Blinddarmentfernung so lange studiert, bis sie jeden einzelnen Handgriff auswendig konnte. In ihrem Zimmer im elterlichen Hause hatte sie bis spät in die Nacht gelesen und gelernt. Jetzt fühlte sie sich – zumindest halbwegs – gut vorbereitet.

Der blanke Granittisch, auf dem in wenigen Minuten der bereits mit Chloroform in Tiefschlaf versetzte Patient gebettet werden würde, stand genau in der Mitte des Operationssaales. Links und rechts davon befanden sich mehrere Einbuchtungen, so dass die Operateure möglichst nah an den Patienten herantreten konnten. Über dem Tisch strahlte die hell leuchtende, vielarmige Operationslampe – elektrisch, versteht sich, das Curias war, im Gegensatz zur viel berühmteren Charité, seit Jahren elektrifiziert.

In diesem Operationssaal wurden keine Vorlesungen abgehalten, es fehlten daher die Sesselreihen wie im großen Hörsaal, in dem Operationsverfahren vor Studenten – und seit einiger Zeit auch einigen Studentinnen – demonstriert wurden, und der Platz für etwa zweihundert Studierende bot.

Die Tür zum Operationssaal flog auf, und Prof. Hauptmann betrat, gefolgt von zwei weiteren Assistenzärzten, den OP mit flatternden Kittelschößen. Der große, bullig wirkende Mann trug einen gepflegten Vollbart und einen stattlichen Bauch vor sich her. Hinter ihm eilte eine Schar Assistenten herein, als folgte eine Schar Küken ihrer Entenmama.

Als Hauptmann Amelies ansichtig wurde, lief sein Gesicht mit einem Mal rot an.

Unangenehm nahe trat er an sie heran: »Was wollen Sie denn hier«, herrschte er sie an. »Habe ich Ihnen nicht ausdrücklich verboten, meinen OP zu betreten?« Amelie sah Hauptmann an: »Herr Professor Hauptmann, ich dachte, Dr. Görtz sollte heute den Eingriff durchführen?« Sie spürte, wie ihr unter dem Kittel der Schweiß aus allen Poren trat. »Und ich sollte ihm bei dieser Operation assistieren«, fügte sie bestimmter hinzu, als ihr zumute war.

»Tja, mein liebes Fräulein Doktor«, erwiderte Hauptmann in beißend sarkastischem Tonfall. »Der liebe Kollege ist verhindert, deshalb muss ich den Eingriff durchführen – und ich will Sie ganz sicherlich nicht als Assistenten dabeihaben. Verlassen Sie meinen Operationssaal!«

Hauptmann hatte sich inzwischen in voller Größe vor Amelie aufgebaut, er überragte sie um gut zwanzig Zentimeter. »Aber«, fing Amelie an.

»Nichts aber«, schnauzte Hauptmann, »gehen Sie.« Er wandte sich zum Operationstisch, rief die beiden Assistenzärzte zu sich und befahl Schwester Eva, der Operationsschwester Hauptmanns, den Patienten hereinbringen zu lassen.

Amelie machte zwei Schritte vom Operationstisch zurück. Innerlich kochte sie vor Wut. Schon wieder Hauptmann! Amelie hatte nicht gewusst, dass sie tatsächlich imstande war, einem anderen Menschen Hass entgegenzubringen – aber Hauptmann hasste sie inzwischen inbrünstig. Sie wollte aufstampfen, aufbegehren, sich gegen den übermächtigen Chirurgen zur Wehr setzen, als sie plötzlich die Hand Schwester Evas auf ihrem Arm spürte. Die kleine, rundliche Krankenschwester, die vielen Ärzten im Operationssaal assistierte, hatte die Anweisung, den Patienten hereinzubringen, an den OP-Diener weitergegeben. Nun trat sie auf leisen Sohlen ganz nah zu Amelie heran und flüsterte ihr zu: »Lassen Sie es gut sein, wenn er in dieser Stimmung ist, bringt ihn jedes weitere Wort nur noch mehr auf – und das könnte dem Patienten schaden.« Sie beugte sich noch näher zu Amelies Ohr hin und wisperte kaum hörbar: »Wenn Dr. Görtz den Eingriff das nächste Mal durchführt, sage ich Ihnen rechtzeitig Bescheid.«

»In Ordnung«, wisperte Amelie. »Danke, Eva, was würde ich nur ohne Sie machen.« Ohne ein weiteres Wort verließ sie den Operationssaal, innerlich vor Zorn bebend, weil Hauptmann ihr einen Strich durch die Rechnung gemacht hatte.

Mit schnellen Schritten verließ sie das Krankenhaus durch einen düsteren Gang. Ihre Schuhe klackerten auf dem Steinboden, die dunkel getäfelten Holzwände des 150 Jahre zuvor errichteten Krankenhauses waren nur von wenigen Wandlampen erleuchtet, die Fenster waren klein und ließen kaum Sonnenlicht herein. Unnötig heftig riss sie die Tür des Hintereingangs der chirurgischen Klinik auf und trat ins Freie.

Draußen schien die Sonne von einem wolkenlos strahlenden Himmel und schickte ihre Strahlen auf gepflegte Kieswege, hohe alte Bäume und sorgfältig gemähte Rasenflächen. An der Seite der Wege waren schön verzierte Bänke aufgestellt worden, denn Klinikleiter Clausenberg vertrat die Ansicht, dass gehfähige Patientinnen und Patienten sich zur Beschleunigung ihrer Genesung möglichst viel an der frischen Luft aufhalten sollten.

Auf eine dieser Bänke ließ Amelie sich nun fallen, riss sich das Kopftuch herunter und zog ein Päckchen Zigaretten aus der Kitteltasche. Ihr Zorn war ungebrochen. Vergeblich versuchte sie, die Flamme des Streichholzes lange genug am Leben zu erhalten, bis die Zigarette angebrannt war. »Mist!«, stieß sie schließlich aus. »Mist! Mist! Mist!«

»Aber Fräulein Collega«, war links von ihr plötzlich eine Stimme zu hören. »Wer wird sich denn so echauffieren?« Freundlich lächelnd trat Dr. Görtz in ihr Blickfeld. »Na, Sie kommen mir gerade recht«, schimpfte Amelie drauflos. »Was hat Sie denn so wahnsinnig Dringendes davon abgehalten, die Blinddarmoperation heute durchzuführen? Jene Blinddarmoperation, bei der ich Ihnen assistieren sollte?« Amelie war von ihrer Bank aufgesprungen.

Zerknirscht blickte Görtz sie an. Der jungenhaft wirkende Arzt war hoch aufgeschossen, dabei aber sehr, fast schon zerbrechlich, schlank. Das dunkle Haar war militärisch kurz geschnitten, den energischen Mund umrahmte ein akkurat gestutzter Bart. Eine kleine Brille beschattete die nun verlegen blickenden braunen Augen des Arztes, der einer der wenigen Kollegen an der chirurgischen Klinik war, der Amelies Ausbildung offen unterstützte.

Das konnte er sich auch leisten, war sein Vater, Ferdinand Görtz, schließlich einer der reichsten Männer Berlins und ein wichtiger Gönner des Curias-Klinikums. Eigentlich hätte Görtz sich ein leichtes Leben machen können – Geld war genug da. Aber ebenso wie Amelie brannte er seit Kindertagen für die Medizin und hatte unbedingt Chirurg werden wollen.

»Es tut mir leid, Fräulein Collega.« Er verbeugte sich tief vor ihr. Als er sich wieder aufrichtete, sah er ihr direkt in die Augen. »Vorhin ist ein diphtheriekrankes Kind eingeliefert worden – und wir mussten das Serum erst aus der Apotheke besorgen.«

»Mussten Sie einen Luftröhrenschnitt durchführen?« fragte Amelie – ihr Zorn war vergessen.

»Ja, aber keine Sorge, es hat alles gut geklappt, der Junge kann wieder atmen und ist inzwischen auch geimpft – es geht ihm schon viel besser.«

»Nun«, Amelie setzte sich wieder. »Dann sei Ihnen ausnahmsweise noch einmal verziehen.« Sie lächelte Görtz an.

Erleichtert nahm Friedrich Görtz neben Amelie Platz. »Hat es also wieder mal Stunk gegeben?«, fragte er.

»Ja, kaum hatte er mich im Operationssaal gesehen, ist er wie ein wilder Stier auf mich los und hat mich angebrüllt – und er spuckt beim Brüllen.«

Görtz lachte auf. »Ich weiß – mich macht er auch regelmäßig zur Schnecke, weil ich ihm entweder nicht schnell genug bin oder zu langsam, das falsche Instrument anreiche oder die Wundhaken nicht richtig halte«, erzählte Görtz. »Ich kann gut damit leben, weil er ein großartiger Chirurg ist – aber bei Ihnen bekommt das natürlich eine ganz andere Dimension.«

Görtz war Zeuge geworden, als Eberhard von Clausenberg mit Amelie im Schlepptau vor acht Monaten an der chirurgischen Klinik erschienen war und Amelie zur Ausbildung an eben dieser Klinik vorgestellt hatte. Dem vorausgegangen war ein Gespräch zwischen Clausenberg und Hauptmann, in dessen Verlauf der Choleriker Hauptmann immer lauter, Clausenberg in seinem Zorn immer leiser, dabei aber immer eisiger geworden war. »Eine Frau an meiner Klinik?«, hatte Hauptmann gebrüllt, »das glauben Sie doch wohl selbst nicht, Clausenberg!«

»Exzellenz, wenn ich bitten darf«, hatte Clausenberg geantwortet. »Und ja, es ist mein Ernst. Frauen ist der Zugang zu sämtlichen Universitätsabschlüssen inzwischen gestattet. Dem können auch wir uns nicht verschließen.«

»Da kennen Sie mich schlecht, Exzellenz«, Hauptmann

schien außer sich zu sein. »An meiner Klinik werden keine Weiber ausgebildet.«

»Jetzt hören Sie mir einmal sehr gut zu, Herr Hauptmann«, sagte Clausenberg, nunmehr sehr leise geworden. »Sie sind ein hervorragender Chirurg, das ist unbestritten, aber wen Sie an Ihrer Klinik ausbilden und wen nicht, das entscheiden nicht Sie alleine.« Clausenberg war aufgestanden und beugte sich über seinen Schreibtisch zu Hauptmann, der auf dem Besucherstuhl Platz genommen hatte. »Ich bin der Leiter dieses Krankenhauses, und habe daher auch die Entscheidungsgewalt – ich trage ja auch die Verantwortung dafür.«

Mit einem Ruck drehte Clausenberg sich um und blickte einige Augenblicke lang durch das große, dreiflügelige Fenster in seinem Arbeitszimmer im Curias. Der Himmel war von grauen Wolken durchzogen, aus denen hin und wieder einige Regentropfen zur Erde fielen. Die Bäume beugten ihre Äste vor dem heftigen Wind, der über das Klinikgelände wehte. Er atmete mehrmals tief ein und aus. Dann wandte er sich erneut zu Hauptmann um: »Verstehen Sie doch«, versuchte er es erneut. »Wir leben eben in modernen Zeiten, viele Frauen wollen nicht mehr nur Frau und Mutter sein – und gerade Amelie hat mit ihren Eltern Vorbilder, die stark auf sie eingewirkt haben. Da ist es doch mehr als verständlich, wenn sie diesen Vorbildern nacheifern will.« Er öffnete sein Zigarrenetui und hielt es Hauptmann einladend hin. »Und Amelie hat schließlich im Studium und während ihrer Assistenzzeit alle Erwartungen übertroffen. Ich bin davon überzeugt, dass sie eine großartige Chirurgin werden wird.«

Hauptmann lehnte die dargebotene Zigarre ab. Ein wenig ruhiger geworden, sagte er: »Ach was, wahrscheinlich hat ihr Vater ihre Arbeiten geschrieben und ihre praktische Arbeit an der Klinik? Es gibt eben immer Ausnahmen, die

die Regel bestätigen. Frauen sind schon aufgrund ihrer Zartheit und Sittsamkeit für die Medizin ungeeignet – und dabei bleibe ich.«

»Nun, mein lieber Freund«, Clausenberg schüttelte leise den Kopf. »Das können Sie als Privatmann tun, als Klinikchef empfehle ich Ihnen allerdings, Amelie die Ausbildung in Ihrer Abteilung zu ermöglichen. Ich müsste Ihnen sonst mit Konsequenzen drohen …« Er sprach den Satz nicht zu Ende. Hauptmann war von seinem Stuhl aufgesprungen. Der korpulente Mann war außer sich: »Sie drohen mir Konsequenzen an? Mir, der ich zu den besten Chirurgen Deutschlands zähle? Der als einer der Ersten die komplizierte Blinddarmoperation nach Krönlein durchgeführt hatte? Und zwar erfolgreich durchgeführt?« Seine Stimme nahm orkanartige Lautstärke an. »Wie können Sie es wagen, Exzellenz?« Das letzte Wort brüllte er. Und er spuckte.

Clausenberg hatte genug. Er trat vom Fenster zurück an seinen Schreibtisch, nahm Platz und sagte, gefährlich leise: »Es tut mir leid, dass Sie nicht zur Vernunft kommen wollen, aber ich bleibe dabei. Amelie ist hochbegabt, sie wird an ihrer Abteilung die Ausbildung zur Chirurgin absolvieren und wenn Ihnen das nicht passt, dann schlage ich Ihnen vor, sich eine neue Wirkungsstätte zu suchen. Guten Tag, Herr Professor Hauptmann.«

Der mit diesen entschlossenen Worten entlassene Chirurg wandte sich ohne ein weiteres Wort um und stürmte aus dem Direktionsbüro. Er riss die Tür des Vorzimmers auf und lief, so schnell es seine Leibesfülle ihm möglich machte, zum Haupteingang des Krankenhausgebäudes. Draußen standen in mehreren Reihen Mietkutschen bereit, um die Herren Doktoren so rasch wie möglich von einem Ort an den anderen bringen zu können. Hauptmann zog den Schlag der nächstgelegenen Kutsche auf, noch bevor der Kutscher sich von seinem Kutschbock erheben konnte. »Charlottenstraße 5«, bellte er. Jetzt konnten nur noch seine gewohnte Wohnumgebung und ein starker Tokaier dabei helfen, seine Wut zu beruhigen. »Eine neue Stelle suchen!«, brummte er, in seinem Lieblingslehnsessel sitzend. »So weit kommt es noch!«

»Aber Hermann«, versuchte ihn seine Frau Gertrude zu trösten. Sie war seit mehr als zwanzig Jahren mit Hauptmann verheiratet, Mutter seiner sieben Kinder und mit seinen Ansichten bestens vertraut. »Sieh mal, vielleicht wirft die Kleine ja das Handtuch, weil sie selbst feststellt, dass die Chirurgie doch nichts für eine Frau ist.«

»Gertrude, davon verstehst du nichts«, wies Hauptmann seine Frau zurecht. »Wenn Clausenberg sich durchsetzt, werden andere Weiber folgen und schon bald werde ich einen ganzen Hühnerstall unterrichten müssen, das werde ich nicht zulassen.« Gertrude schwieg. Sie war, traditionell bis ins Mark, ganz und gar der gleichen Meinung wie ihr Ehemann. »Dennoch«, begann sie vorsichtig erneut. »Du hast Clausenberg doch gehört.« Sie stand auf und schenkte ihrem Mann noch einmal aus der kostbaren Glaskaraffe Tokaier nach. Mit einem tiefen Seufzer nahm sie danach wieder Platz. Die sieben Kinder hatten ihren Tribut gefordert. Madame Hauptmann war mit den Jahren sehr rundlich geworden. »Eine neue Stelle suchen?«, fragte sie. »Wir haben uns hier etabliert, du bist als hervorragender Chirurg anerkannt – möchtest du an anderer Stelle wirklich noch einmal neu anfangen?«

»Nein«, gab Hauptmann zähneknirschend zu. »Natürlich nicht. Aber eines sage ich dir, dieses Weib, diese Amelie von Liebwitz, die wird an meiner Abteilung keinen Fuß auf den Boden kriegen.« Sprach's und leerte sein Tokaier-Glas bis zum letzten Tropfen.

Als zwei Tage später Clausenberg persönlich mit Amelie an der chirurgischen Abteilung erschienen war, um sie den dortigen Kollegen, den Schwestern und Operationsdienern vorzustellen, hatte Hauptmann auf den ersten Blick ganz ruhig gewirkt. An der Spitze seiner Mitarbeiterinnen und Mitarbeiter war er Clausenberg und dessen Schützling im Foyer der Chirurgie entgegengeeilt und hatte den Chef freundlich begrüßt. »Und wen haben wir denn da?«, hatte er – vordergründig freundlich – gefragt, »die kleine Amelie von Liebwitz – herzlich willkommen an meiner Klinik.«

»Danke«, hatte Amelie erwidert und gedacht, »die kleine Amelie von Liebwitz – was glaubt der eigentlich?« Laut gesagt aber hatte sie nichts. Sie wollte es sich nicht gleich mit dem mächtigen Chef der Chirurgie am Curias verscherzen. Außerdem traute sie seinem falschen Lächeln nicht. »Bestimmt hat der irgendetwas vor«, dachte sie weiter.

Und sie sollte mit diesem Gedanken durchaus richtig liegen. Nachdem Clausenberg sich mit Handschlag von Hauptmann und mit Handkuss von ihr verabschiedet hatte, baute Hauptmann sich vor Amelie auf. Hinter ihm war vereinzelt leises Kichern von den Assistenzärzten zu hören. Amelie wappnete sich innerlich.

»Glauben Sie ernsthaft, Sie können Ihre Beziehungen dazu ausnützen, an meiner Klinik zur Chirurgin ausgebildet zu werden?«, hatte er, zuerst leise, dann immer lauter werdend, gefragt. »Ein Weib als Chirurgin? Was kommt als Nächstes? Schweine, die fliegen können?«

Amelie hatte vom cholerischen Temperament Hauptmanns gewusst, dessen Ausmaß allerdings war ihr bislang verborgen geblieben. Ein Spucketröpfchen landete auf ihrer Wange. »Sie werden an meiner Abteilung keinen Schritt in den Operationssaal machen, das sage ich Ihnen«, brüllte der Chirurg. »Sie können meinetwegen Patienten waschen und

Wunden neu verbinden oder Sie gehen einfach dahin, wo der Pfeffer wächst.« Hauptmanns Bart zitterte, sein Gesicht war dunkelrot angelaufen. »Und denken Sie nicht einmal daran, zu Onkel Clausenberg zu laufen und sich zu beschweren. Das wird Ihnen gar nichts nützen, weil sämtliche meiner Mitarbeiter ihm gegenüber bestätigen werden, dass Sie täglich im Operationssaal stehen und fleißig unter mir lernen werden.« Amelie schluckte. Sie musste sich sehr beherrschen, um nicht auf dem Absatz umzudrehen und einfach davonzulaufen. »Schon wieder?«, dachte sie bei sich, während sie unverwandt in das rote Gesicht Hauptmanns blickte. »Hört das denn niemals auf? Was ist schon dabei, ich will eben Chirurgin werden. Lasst mich doch einfach in Ruhe.« Das Gelächter der Assistenzärzte war jetzt ganz unverhohlen. Leise setzte ein Sprechchor ein, der langsam immer lauter wurde: »Weiber raus!«, skandierten die Assistenzärzte. »Weiber raus!« Immer lauter wurde der Chor. Hauptmann schritt nicht ein, vielmehr blickte er mit zufriedener Miene auf seinen Assistentenstab. »Genug jetzt«, schnitt er nach einer Weile dem Chor das Wort ab. »Wir haben zu arbeiten, gehen wir.« Mit diesen Worten drehte er sich um, winkte seine Mitarbeiter mit einer ausholenden Armbewegung zu sich und verließ das Foyer.

Nur einer der jungen Ärzte blieb zurück. Nachdem alle anderen das marmorgetäfelte Foyer verlassen hatten, trat er langsam auf Amelie zu, die mit gesenktem Kopf dastand und verzweifelt versuchte, die Tränen zurückzuhalten. »Dieser unwürdige Auftritt tut mir sehr leid, Fräulein Collega.« Ein Taschentuch erschien in der Hand des jungen Arztes. »Hier bitte.« Sie nahm es mit einem gemurmelten Dankeschön und wischte sich die Augen.

»Wollen wir uns einen Augenblick setzen?«, fragte Görtz und wies auf eine der Wartebänke, die im Foyer der Chirurgischen Klinik an den Wänden standen. Erst in zwei Stunden würden sich hier die ersten ambulanten Patientinnen und Patienten einfinden. Noch war das chirurgische Foyer, an dessen Wänden Bilder verdienter Curias-Chirurgen in schweren Goldrahmen hingen, verlassen.

Amelie folgte dem jungen Arzt widerspruchslos und nahm auf einer der Bänke Platz. Der Assistenzarzt blieb vor ihr stehen, schlug zackig die Hacken zusammen und sagte lächelnd: »Melde gehorsamst, Assistenzarzt Friedrich Wilhelm Görtz erlaubt sich vorzustellen.« Auch an Amelies Mundwinkeln zupfte ein Lächeln. »Sehr angenehm«, erwiderte sie und erlaubte ihm mit einer Geste, neben ihr Platz zu nehmen.

»Da haben Sie ja gleich am ersten Tag den Hauptmann von seiner unangenehmsten Seite kennengelernt«, meinte Görtz und zündete sich eine Zigarette an. Einladend hielt er auch Amelie die Packung hin, die dankend annahm. Nachdem Görtz ihr Feuer gegeben hatte, rauchten sie eine Weile in einträchtigem Schweigen. »Und Sie wollen wirklich unbedingt Chirurgin werden?«, brach Görtz nach einigen Minuten das Schweigen.

»Ja«, antwortete Amelie. »Unbedingt – seit ich während meiner Assistenzzeit zum ersten Mal in einem Operationssaal stand, kann ich mir keine andere medizinische Richtung mehr vorstellen. Wissen Sie, die Möglichkeit, den kranken Körper zu öffnen und mit einem Skalpell zur Heilung beizutragen, ist einfach ungeheuer faszinierend. Ich könnte mir kein anderes medizinisches Fach vorstellen.« Sie blickte ihn eindringlich an. »Aber, so wie es aussieht, wird mein Traum wohl genau das bleiben – ein Traum.« Wieder zog Amelie tief an ihrer Zigarette.

»Aber, aber, Fräulein Collega, wer wird denn die Flinte so schnell ins Korn werfen?«

»Ja, aber was soll ich denn tun? Wenn ich nicht in den Operationssaal darf, kann ich wohl kaum zur Chirurgin ausgebildet werden.«

»Nun, sehen Sie«, Görtz blickte sie an. »Hauptmann hat gesagt, na ja, wohl eher gebrüllt, Sie dürften nicht in seinen Operationssaal, in meinen aber dürfen Sie – und zwar gerne bei jedem Eingriff, den ich durchführe.« Görtz grinste breit, als Amelie ihn perplex anschaute.

»Das darf ich?«, fragte sie ihn. Noch konnte sie nicht recht glauben, was sie hörte. »Aber wieso? Und wieso sind Sie eigentlich so freundlich zu mir?« Sie runzelte die Stirn.

»Ich, mein liebes Fräulein Collega«, er dämpfte die Zigarette unter seiner Schuhsohle aus. »Ich bin deswegen freundlich zu Ihnen, weil ich prinzipiell erst einmal zu allen Menschen freundlich bin. Außerdem habe ich eine Schwäche für schwierige Fälle, in der Medizin wie auch sonst.«

Görtz erhob sich. »Jetzt muss ich aber los, bevor Hauptmann merkt, dass ich nicht bei seinem Schwarm Gockelhähne bin, die glauben, wer am lautesten schreit, ist auch der beste Chirurg.« Er reichte Amelie die Hand. »Ich freue mich darauf, mit Ihnen zusammenzuarbeiten, Fräulein Collega.« Er tippte sich an seine Mütze und folgte seinen ungehobelten Kollegen in den Operationstrakt.

Kapitel 27

Herr Szabo«, Amelie hatte die Hand des noch immer schlafenden Patienten gefasst und maß den Puls. »Herr Szabo, wachen Sie auf!« Szabos Lider flatterten. Langsam öffnete er die Augen und blickte Amelie verschlafen an. »Wann fangen sie denn nun an mit der Operation?«, fragte er verschlafen. Amelie lachte leise. »Die OP haben Sie bereits hinter sich, Herr Szabo. Der Blinddarm wurde ohne Probleme entfernt und wird Ihnen nun keine Schwierigkeiten mehr machen.«

»Wirklich?«, staunte Szabo. »Ich habe gar nichts bemerkt.«

»Ja, so eine Narkose ist eine feine Sache.« Amelie hatte den – beruhigend langsamen – Pulsschlag Szabos in seine Patientenkarte eingetragen. Es war nach einundzwanzig Uhr, im Krankenhaus war es still geworden. Auch Amelie hätte schon längst Feierabend gehabt, hatte aber noch einmal nach jenem Patienten sehen wollen, bei dem sie beinahe zum ersten Mal bei einer Blinddarmoperation hätte assistieren sollen. Amelie zog sich einen Stuhl zum Bett und setzte sich. »Und, wie fühlen Sie sich?«, fragte sie. »Nicht übel«, gab Szabo zur Antwort. »Aber – warten Sie mal«, er wand sich leicht.

»Was ist denn?«, fragte Amelie, die mit dieser Reaktion bereits gerechnet hatte.

»Mir ist schlecht«, sagte Szabo, hob den Kopf und übergab sich in die Nierenschale, die ihm Amelie geistesgegenwärtig vor den Mund hielt.

»Das ist ganz normal«, sagte sie dann. »Nach einer Chloroform-Narkose ist den meisten Patienten übel. Hier«, sie reichte Szabo ein Glas Wasser, das dieser bis zum letzten Tropfen leerte. »Besser?«, fragte Amelie.

»Ja«, antwortete Szabo. »Danke.«

»Schlafen Sie jetzt erst mal«, befahl Amelie. »Ich sehe morgen wieder nach Ihnen.«

Am nächsten Morgen saß Szabo aufrecht im Bett, die Haare gekämmt, sauber rasiert und mit einem Lächeln im Gesicht, als Amelie an sein Bett trat. »Guten Morgen, Fräulein Doktor«, begrüßte er sie.

»Guten Morgen«, antwortete Amelie. »Sieht aus, als ginge es Ihnen schon viel besser.«

»Ja, ich fühle mich wie neugeboren. Wann darf ich denn nach Hause gehen?«

»Das müssen Sie Ihren behandelnden Arzt fragen.« Amelie setzte sich ans Bett des Patienten. Es war erst sieben Uhr morgens und an den übrigen Betten herrschte reges Treiben. Frühstück wurde verabreicht, die Patienten von den Schwestern gewaschen und rasiert. Alles wurde für die große Visite um acht Uhr vorbereitet. Nur um Amelie und Ernst Szabo war es vergleichsweise ruhig. Szabo blickte Amelie in die Augen. »Nun«, hob er an. »Wenn ich entlassen werde, gehen Sie dann mit mir aus?«, fragte er mit einem schalkhaften Lächeln.

»Ja«, antwortete Amelie, selbst von ihrer Antwort überrascht. »Ja, ich denke, das würde ich sehr gerne tun.«

Als Amelie sich einige Tage später – nach einem anstrengenden Dienst, der im Wesentlichen einmal mehr aus der postoperativen Versorgung von Patienten bestanden hatte – auf den Weg zu Ernst Szabos Wohnung im Wedding machte, rechtfertigte sie dies vor sich selbst mit der notwendigen Nachsorge. Ihr Blinddarmpatient war vor zwei Tagen entlassen worden. Sie wollte nun – so machte sie sich vor – nach ihm sehen, die Wunde säubern und ihm einige Genesungstipps geben.

Der Wedding gehörte zu den ärmsten Bezirken Berlins. Graue, triste Mietskasernen mit meist mehreren lichtlosen Hinterhöfen prägten das Bild des Bezirks. Die Straßen waren schmutzig, bettelnde Kinder prägten das Straßenbild. Auch Amelie war bald umringt von einer Kinderschar, die ihre feine Kleidung wahrgenommen hatte, sobald sie aus der nur wenige Wochen zuvor eröffneten U-Bahn gestiegen war. Amelie lachte. »Was wollt ihr denn von mir?«, fragte sie. Ein kleiner, typischer Berliner Junge mit strubbeligem Haar und blitzenden Augen sah Amelie an und sagte: »Na, was denkste, Fräuleinche? Bissl Penunze wollen wir – oder Zigaretten – haste was?«

Amelie war ein bisschen konsterniert, kramte aber schließlich einige Münzen aus der Tasche und überreichte sie dem Jungen. »Danke«, krähte dieser. »Sie sind klasse, Fräuleinche.« Und davon stob die Kinderschar, wohl um sich für die paar Münzen etwas zu essen zu besorgen.

Eine schmale Holztür führte in jenes Haus, das Ernst Szabo ihr als seine Adresse bezeichnet hatte. Es war eine heruntergekommene Mietskaserne, grau und baufällig. Der dunkle Gang, den Amelie nun betrat, führte direkt in den ersten Hinterhof, der feucht, dunkel und verlassen vor ihr lag. Lediglich links hinten brannte an einer Tür ein kleines Lämpchen, das die Türnummer aus Messing beschien, 128 f war dort zu lesen. »Ah – dort muss ich hin«, murmelte Amelie und schritt eilig über den dunklen Hof. Sie stemmte die klamme Holztür auf und schritt auf das Klingelbrett zu, auf dem die Mieter des Hauses vermerkt waren. Ernst Szabo wohnte, so stellte sie nach einem raschen Blick fest, im Souterrain. Der Handlauf der Treppe, die ins Souterrain führte, war aus Holz, bröcklig und splittrig. Vorsichtig tastete sich Amelie in die Dunkelheit des Souterrains hinunter. Hier war es tatsächlich fast stockfinster. Nur ein hochgelegenes Kellerfenster sandte einige Lichtstrahlen auf den winzigen Vorplatz vor der Tür, die zu Ernst Szabos Wohnung führte. Amelie fühlte sich unsicher, sie fror und war sich nun gar nicht mehr sicher, ob es eine gute Idee gewesen sei, ihren ehemaligen Patienten ohne Ankündigung aufzusuchen. Auch daheim hatte sie nicht Bescheid gesagt, sondern hatte sich direkt vom Krankenhaus aus auf den Weg gemacht. Sie hob die Hand, um zu klopfen, und hielt plötzlich inne. Klavierklänge drangen aus der Behausung. Ein wenig schief klang es, das Klavier benötigte wohl mal wieder eine Stimmung, aber die Melodie war schön; zart und ein wenig traurig floss sie dahin. Melancholie lag darin.

Plötzlich brach das Spiel ab, und ein Fluch ertönte. Amelie zuckte zusammen, wie unter Bann hatte die Musik sie gestellt. »Jetzt reiß dich aber mal zusammen«, mahnte sie sich selbst, hob die Hand und klopfte an die Tür.

Wenige Sekunden später wurde dieselbe aufgerissen und ein erboster Ernst Szabo kam zum Vorschein. »Ich habe die Miete erst in drei Tagen, das habe ich Ihnen doch schon tausendmal …« Er brach ab, als er Amelies ansichtig wurde. »Oh«, machte er. »Entschuldigung. Ich dachte, Sie wären mein lästiger Vermieter.« Nun erst wurde ihm bewusst, wer da vor seiner Tür stand. Szabo war erstaunt: »Fräulein Doktor, was machen Sie denn hier bei mir?«

»Ich wollte nach Ihnen sehen«, antwortete Amelie. »Wissen, wie es Ihnen geht.«

Ernst Szabo wurde rot. »Aber das wäre wirklich nicht

nötig gewesen«, stammelte er. »Ich, also, Sie können doch nicht, also, hier …« Er stand immer noch in der Tür.

»Glauben Sie mir«, sagte Amelie. »Ich bin noch ganz andere Wohnverhältnisse gewöhnt«, meinte sie gleichmütig. »Darf ich hereinkommen?«

Ernst Szabo blieb – wollte er höflich sein – nichts anderes übrig, als beiseitezutreten und Amelie in seine Wohnstube zu bitten. Denn sehr viel mehr hatte er nicht vorzuweisen. Ein kleines, dunkles Kämmerchen betrat Amelie, hinten in der Ecke stand, durch einen Paravent notdürftig abgeschirmt, ein ungemachtes Bett. Der Boden war mit groben Holzdielen belegt, von der Decke baumelte eine armselige Glühbirne, und in der anderen Ecke, gegenüber von der Wohnungstür, stand ein altes Klavier. Ein ausgefranster, arg ausgeblichener Teppich war in der Mitte des Zimmers ausgebreitet. Darauf ein kleiner Tisch und zwei wacklige Stühle. Lediglich zwei hoch oben angebrachte kleine Fenster spendeten ein wenig Licht. Ein eiserner Ofen neben dem Bett wärmte den Raum und diente offensichtlich auch als Kochstelle. Amelie trat ein und blickte sich um. »Na, besonders gemütlich haben Sie es hier nicht«, meinte sie unbefangen.

»Na ja«, sagte Ernst Szabo und strich sich verlegen durch die zerzausten Locken. »Vorerst konnte ich noch nicht viel von meiner Musik verkaufen.«

»Ach ja«, entgegnete Amelie. »Sie sind ja Komponist.«

»Bitte«, Ernst Szabo wies auf einen der beiden Stühle. »Setzen Sie sich doch. Möchten Sie eine Tasse Tee?«

Amelie nahm auf einem der wackligen Stühle Platz und nickte. Ernst nahm eine Teekanne vom Ofen, schenkte zwei angeschlagene Tassen voll und brachte sie an den Tisch. Er nahm ebenfalls Platz und betrachtete Amelie mit leisem Staunen. »Also, dass Sie den Weg zu mir gefunden haben …«, meinte er.

Amelie hob verlegen ihre Teetasse und trank einen Schluck von dem Gebräu. »Nun«, hob sie an. »Ich wollte eben wissen, wie es Ihnen ergangen ist, seit Sie das Krankenhaus verlassen haben.«

Szabo trank ebenfalls und sagte dann: »Es geht mir gut, die Wunde heilt, ich habe auch keine Schmerzen mehr.«

»Darf ich sie mir einmal ansehen?«, fragte Amelie.

»Was?«, fragte Szabo erstaunt. »Nein!«

»Herr Szabo«, Amelie wurde ungeduldig. »Sie wissen doch, dass ich Ärztin bin. Bitte lassen Sie mich einen Blick auf die Wunde werfen.«

Zögernd stand Szabo auf, zerrte das Hemd aus der Hose und blieb stumm stehen. »Herr Szabo«, Amelie war ebenfalls aufgestanden. »Bitte legen Sie sich auf das Bett. Dann kann ich mir die Wunde ansehen.«

Szabo wand sich, gab schließlich nach und legte sich auf das ungemachte Bett. Mit kundigen Händen schob Amelie das Hemd nach oben, öffnete den Gürtel und schob die Hose ein Stück nach unten, so dass sie die Wunde betrachten konnte. »Sieht sauber aus«, konstatierte sie. »Keine Infektionszeichen. Sie können sich wieder anziehen.«

Wenige Minuten später saßen die beiden einander wieder gegenüber und blickten sich in die Augen. »Was war es, das Sie da vorhin gespielt haben?«, fragte Amelie schließlich, den Augenkontakt mit Szabo unterbrechend.

»Ach, ein kleines Menuett«, antwortete Szabo wegwerfend. »Ich habe es angefangen, als ich aus dem Krankenhaus gekommen bin.«

»Bitte«, sagte Amelie. »Spielen Sie es doch noch einmal.«

»Nein«, wehrte Szabo ab. »Es ist Mist.«

»Das ist es nicht«, protestierte Amelie. »Ich fand es wunderschön.«

Mit leisem Missmut erhob sich Szabo und setzte sich an

sein altes Klavier. »Na gut«, brummte er. »Ich spiele es Ihnen vor.« Mit den ersten Tönen, die Szabo spielte, versank für Amelie die Welt. Sie verlor sich vollkommen in der Musik. Und als Szabo die Hände von den Tasten nahm, klatschte sie enthusiastisch. »Das war wundervoll«, sagte sie. »Einfach großartig.«

»Na ja«, brummte Szabo. »Es geht so. Es ist nicht gerade so, als rennen mir die Leute die Bude ein, um meine Musik zu kaufen.«

»Das wird sich bestimmt bald ändern«, sagte Amelie, die daran dachte, einmal mehr ihren Wahlonkel Clausenberg aufzusuchen, um ihm das Werk eines jungen aufstrebenden Komponisten ans Herz zu legen. Nach einem raschen Blick auf die Uhr sagte sie: »Jetzt muss ich aber wirklich gehen.«

»Schade!« Ernst sprang auf. »Werden wir uns wiedersehen?« Er hatte sich über Amelie gebeugt und blickte ihr in die Augen. Amelie schauderte leicht unter dem Blick, und es war ein durchaus nicht unangenehmes Schaudern. »Sehr gerne«, antwortete sie.

»Dann hole ich sie übermorgen Abend zum Tanz ab«, freute sich Szabo. Wir gehen ins Kato, da wird großartige Tanzmusik gegeben.«

Er begleitete Amelie zur Tür. »Es war sehr lieb von Ihnen, mich hier zu besuchen«, sagte er leise und nahm Amelies Hand. Er hauchte einen Kuss auf ihren Handrücken und öffnete die Tür. Amelie trat hinaus, entzog ihm vorsichtig die Hand und verließ das Haus. Verwirrt war sie und verunsichert. Dieser Blick vorhin und dann dieser Handkuss. Ihr war ganz anders geworden dabei. So ähnlich hatte sie empfunden, als sie auf dem Schiff mit Mitzi … »Aber nein, daran mag ich jetzt nicht denken«, schalt sie sich und machte sich auf den Weg zur U-Bahn-Station. Allerdings schlich sich nun anstelle der Soubrette, mit der sie auf der Reise nach New York mehr geteilt hatte als das gemeinsame Interesse an der Musik, ein anderer in ihre Gedanken. Ferenc Gabor, der schöne junge Pianist, der sie einen Nachmittag lang in seinem Zimmer in New York geküsst und sie damit in Wallung versetzt hatte. »Schon komisch«, dachte sie auf dem Weg zur U-Bahn. »Ich kenne den Mann kaum und bekomme eine Gänsehaut, wenn er nur meine Hand küsst.« Leicht ärgerlich schob sie die Gedanken an Küsse und Männer beiseite und stieg in die U-Bahn nach Hause zum Alexanderplatz.

Kapitel 28

Bitte, gnädiges Fräulein, ich muss unbedingt mit Ihnen reden.« Else, das Dienstmädchen im Hause Liebwitz, hatte Amelie an der Eingangstür abgefangen. Sie wirkte aufgelöst, ein paar Strähnen ihres Blondhaars hatten sich aus dem Häubchen gelöst und umstanden wirr ihr Gesicht, das gerötet war. Amelie, die nicht nur einen langen Arbeitstag hinter sich hatte, sondern sich nach dem Besuch bei Ernst Szabo hatte in ihr Zimmer zurückziehen wollen, um nachzudenken, stutzte. »Else«, murrte sie. »Du weißt, ich schätze es überhaupt nicht, auf diese Weise überfallen zu werden, wenn ich eben erst nach Hause gekommen bin.« Else knickste. »Entschuldigen Sie bitte, gnädiges Fräulein, aber es ist …, ich muss …, die Zeit …«

»Was stotterst du denn hier herum?« Amelie hatte ihren Mantel ausgezogen und reichte ihn mitsamt Hut dem Hausmädchen. »Pass auf, Else. Du gehst jetzt, bitte, in die Küche und holst mir eine Tasse Tee und ein paar Kekse. Die bringst du mir ins Esszimmer. Dann werde ich dich gerne anhören, in Ordnung?«

»Ja, gnädiges Fräulein.« Else strich sich die Haarsträhnen aus dem Gesicht und entschwand Richtung Souterrain.

Kurze Zeit später steckte das Dienstmädchen den Kopf durch die Tür ins Esszimmer und trat ein, ein Tablett auf einer Hand balancierend. »Ah«, sagte Amelie. »Da bist du ja. Sei so gut und schenk mir eine Tasse Tee ein.« Else tat, wie ihr geheißen, stellte das Tablett ab, und reichte Amelie einen Teller mit belegten Broten. »Frau Haller hat gesagt, dass Kekse kein richtiges Essen sind und hat mir die Brote mitgegeben.« Dankbar griff Amelie nach einem der Brote und biss hungrig hinein. »Also, Else«, sagte sie, nachdem sie diesen bitter benötigten Bissen hinuntergeschluckt hatte. »Was bedrückt dich denn so?« Sie wies auf einen Stuhl am Esstisch. »Und bitte setz dich hin.« Zögerlich nahm Else auf der Stuhlkante Platz. »Also, es ist so«, begann sie. »Meine Schwester ist seit einem halben Jahr Stubenmädchen bei der Familie von Stein.« Amelie merkte auf. »Das wusste ich ja gar nicht.«

»Na, das ist ja auch eigentlich nicht so wichtig«, sagte Else. »Also nun, gestern Abend steht die plötzlich bei mir in der Küche und heult.« Amelie schwante Übles. »Und hat sie dir erzählt, was los ist?«

»Ja, also …«, Else druckste herum. »Nun rede schon, Else.« Amelie wurde ungeduldig. »Das ist nicht so einfach«, stotterte Else. »Sie, also der alte von Stein hat …«, wieder verstummte sie und nahm verlegen einen Schluck Tee. »Sie wissen ja, wie der ist«, setzte sie erneut an. »Kein Rock ist vor ihm sicher.«

Amelie schwante Böses. »Was hat er getan, der alte Lustmolch?«, fragte sie.

»Er hat die Anna, na ja, er hat sie eines Abends vor ihrer Kammertür abgepasst und hat sie …«, Else wand sich auf ihrem Stuhl. »Er hat sie …«, sie brachte die Worte einfach nicht über die Lippen.

»Er hat sie vergewaltigt«, sprach Amelie aus, was Else nicht sagen konnte. »Stimmt das?«

»Ja«, murmelte Else. »Und das nicht nur einmal. Seit Wochen geht das so – und jetzt, jetzt ist die arme Kleine schwanger.« Amelie seufzte. Es war nicht die erste Geschichte dieser Art, die sie hörte. Viele Dienstherren betrachteten ihr Personal, zumal die jungen Dienstmädchen, als Freiwild. »Das ist schrecklich, Else.«

»Ja, sie ist am Boden zerstört.«

»Und was will deine Schwester jetzt tun?«

»Na ja, ich habe ihr einmal erzählt, dass Sie Medizin studieren. Sie war sehr beeindruckt davon«, beeilte Else sich hinzuzufügen.

»Ist das so?« fragte Amelie ironisch.

»Ja! Und na ja also, sie hat mich gefragt, ob Sie …« Else verstummte.

»Ob ich was?«

»Ob Sie ihr vielleicht helfen könnten?«

Amelie, die ihre Intuition bestätigt fand, fragte sich kurz, wieso sie nicht einfach kommentarlos in ihrem Zimmer verschwunden war, um sich auszuruhen. »Helfen?«, fragte sie. »Du meinst, ich soll mich als Engelmacherin betätigen?«

Else war knallrot im Gesicht. »Ich weiß, das ist, also, ich, wir …« Sie verstummte wieder, und Amelie sah Tränen in Elses Augen. »Wenn das herauskommt, verliert sie ihre Arbeit, und nach Hause kann sie dann auch nicht mehr, Vater würde sie totschlagen.«

Amelie seufzte. »Ich verstehe deine arme Schwester ja, aber du weißt, Abtreibungen sind bei Todesstrafe verboten.«

»Ich weiß«, Else weinte jetzt ganz offen. »Sie sind auch meine letzte Hoffnung. Anna hat gesagt, wenn sie ihr nicht helfen, geht sie in die Spree.«

»Na, so dramatisch wird es wohl nicht sein«, sagte Amelie erschrocken. »Bestimmt kann die Anna euren Eltern erklären, was passiert ist, und nach Hause zurückkehren.«

»Sie kennen unseren Vater nicht«, Else liefen unablässig die Tränen über die Wangen. Ungeduldig reichte Amelie ihr ein Taschentuch. Sie schnäuzte sich und wollte das feuchte Tüchlein zurückgeben.

»Behalte es«, sagte Amelie.

»Als ich in den Dienst gegangen bin, hat der Vater gesagt, ich solle ja nicht mit einem ledigen Bankert nach Hause kommen«, berichtete Else. »Er würde mich erschlagen.«

Amelie wusste nur zu gut, dass Else sehr wahrscheinlich nicht übertrieb. Sie kannte nicht wenige Familien, in denen die Väter ein ebenso strenges Regiment führten. Und sie hatte diverse Blutergüsse und Striemen versorgt, die den Frauen und Töchtern von diesen Männern zugefügt worden waren.

»Ist meine Mutter eigentlich zu Hause?«, fragte Amelie unvermittelt.

»Ja, sie ist vorhin von ihrer Nachmittagsrunde heimgekommen und hat sich in ihr Wohnzimmer zurückgezogen.«

»Gut«, sagte Amelie. »Dann werden wir sie jetzt aufsuchen und um Rat fragen, Mutter weiß sicher, was zu tun ist.« Amelies Vertrauen in die Fähigkeiten ihrer Mutter waren grenzenlos. Bestimmt konnte sie helfen.

Amelie, mit Else im Schlepptau, klopfte an die Wohnzimmertür. »Herein«, kam es von drinnen. Luise von Liebwitz hatte es sich auf ihrem Sofa gemütlich gemacht, eine Tasse Tee in Reichweite und ein Buch im Schoß. Eine kleine Leselampe sorgte für behagliche Stimmung im Raum.

»Guten Tag, Mutter«, sagte Amelie, eilte zu Luise und küsste sie auf die Wange.

»Guten Tag, mein Kind«, antwortete Luise. »Wie geht es dir?«

»Ich bin sehr müde, es war ein anstrengender Tag«, antwortete Amelie. »Aber ich muss trotzdem mit dir reden. Else, nun, sie hat ein Problem.«

Luise von Liebwitz setzte sich gerade hin und bat Amelie und Else, sich zu ihr zu setzen. »Tee?«, fragte sie die beiden, die unisono den Kopf schüttelten.

»Also«, setzte Luise an. »Was habt ihr denn nun so Dringendes mit mir zu besprechen?« Ihr schwante Übles. Amelie berichtete kurz, was Else ihr erzählt hatte. »Und nun weiß sie nicht, was sie machen soll. Und nach Hause traut sie sich auch nicht«, schloss sie ihren Bericht.

Else schniefte. »Sie ist doch meine Schwester, die Anna«, sagte sie dann. »Und sie hat mich auf den Knien angefleht, damit ich mit Ihnen rede.«

»In welchem Monat ist denn deine Schwester?«, fragte Luise. »Hat sie schon Kindsbewegungen gespürt?«

»Seit ein paar Tagen, sagt sie, spürt sie etwas.«

»Na, dann ist es hoch an der Zeit, sich dieser Sache anzunehmen«, stellte Luise sachlich fest.

»Was meinst du denn damit?«, fragte Amelie erstaunt.

»Mein liebes Kind«, antwortete ihre Mutter. »Anna ist nicht das erste und nicht das einzige Mädchen, das in einer solchen Situation zu mir gekommen ist, und sie wird auch nicht das letzte Mädchen sein.« Luise wandte sich zu Else. »Pass auf«, sagte sie. »Geh zu deiner Schwester und bringe ihr einen Brief, den ich noch schreiben werde.« Else nickte eifrig. »Darin wird zu lesen sein, es hätte in eurer Familie einen Notfall gegeben, der für einige Tage die Anwesenheit Annas erforderlich macht.« Wieder nickte Else. »Dann bringst du die Anna hierher, und wir machen den Eingriff. Zwei Tage wird es ungefähr dauern, bis sie das Kleine los ist.«

Else stand auf und fasste nach Luises Hand, um einen Kuss darauf zu drücken. »Lass das!«, befahl Luise brüsk und entzog ihr die Hand. »Ich werde nachher zu dir in die Küche kommen und dir den Brief bringen.«

»Danke, vielen, vielen Dank, gnädige Frau«, rief Else. »Danke!«, und verließ hastig den Raum.

Luise setzte sich wieder und trank einen Schluck Tee.

Amelie war immer noch verblüfft. »Wie lange machst du das denn schon?«, fragte sie schließlich.

»Ach, Amelie«, antwortete die Mutter. »Schon sehr lange, nicht oft, aber natürlich habe ich das schon getan. Wenn ich den Frauen nicht helfe, versuchen sie es meist mit völlig ungeeigneten Mitteln selbst und bringen sich damit in Lebensgefahr.«

»Ich weiß«, antwortete Amelie. »Ich sehe diese Fälle auf der Frauenklinik. Frauen mit unkontrollierbaren Blutungen, mit Infektionen, es ist grauenhaft.«

»Also«, Luise blickte Amelie streng in die Augen. »Ich werde den Eingriff machen, wenn Anna morgen zu uns kommt. Sie wird zwei Tage bei uns bleiben müssen, bis der Fetus ausgestoßen ist. Wir werden uns gemeinsam um die Kleine kümmern, in Ordnung?« Amelie nickte.

Luise erhob sich: »Ich habe heute Nacht sehr wahrscheinlich noch eine Entbindung vor mir und werde mich jetzt ein bisschen hinlegen. Schreib ein paar Zeilen und gib sie Else, damit sie diese zu ihrer Schwester bringen kann, und lass Anna für morgen zu uns bitten.«

Kapitel 29

Elses Schwester Anna, die von allen Anni gerufen wurde, war ein zierliches blondes Mädchen mit roten Wangen und großen braunen Augen, die sehr ängstlich dreinblickten, als sie an der Hand ihrer Schwester das Haus von Liebwitz betrat. Sie war gerade erst sechzehn Jahre alt, auf dem Lande groß geworden, die große Stadt und das vornehme Haus, in dem sie als Stubenmädchen tätig war, überforderten sie. Der alte Herr von Stein, der sich mehrfach über sie hergemacht hatte und ihr nicht nur die Unschuld, sondern auch jegliche Illusion über das Leben in der Großstadt geraubt hatte, hatte sie gebrochen.

Anna hatte auf einer Stuhlkante im Salon von Luise von Liebwitz Platz genommen. »Ich weiß nicht, wie das passieren konnte«, murmelte sie. »Aber ich kann das Kindchen schon spüren.« Anna hatte keinerlei Ahnung vom Thema Fortpflanzung und war panisch geworden, als sie die ersten Kindsbewegungen gespürt hatte.

Luise räusperte sich. Dann wandte sie sich Anni zu. »Kind, bist du dir wirklich sicher, dass es keine andere Möglichkeit gibt, als die Schwangerschaft abzubrechen?«

»Es gibt keine, gnädige Frau Baronin«, mischte Else sich wieder ein. »Nach Hause kann sie nicht und ihre Herrschaft wirft sie hinaus, wenn sie bemerken, was los ist.«

»Else, sei bitte so nett, geh in die Küche und hol uns Tee«, wies Luise Else an. Als diese sich entfernt hatte, beugte Luise sich wieder zu Anni. »So, ich möchte das jetzt von dir hören«, hob sie erneut an. »Bist du dir wirklich sicher?« Anni nickte so überzeugt, dass ihre Zöpfe flogen. »Ja, Else hat recht, Vater würde mich erschlagen, wenn ich mit einem unehelichen Kind nach Hause käme. Und die Familie ist doch auf mein Einkommen und das von Else angewiesen.«

»Also gut.« Luise von Liebwitz sprach leise, aber eindringlich. »Ich werde dir ein Telegramm ins Haus von Stein senden. In diesem wird stehen, es hätte einen Notfall in der Familie gegeben, du müsstest sofort für drei Tage nach Hause reisen, hast du das verstanden?« Anni nickte wieder. »Dann packst du ein Nachthemd ein und kommst zu uns. Den Weg kennst du ja jetzt.« Ein weiteres Nicken. »Ich werde dann den Eingriff durchführen, und Amelie wird mir assistieren. Danach wirst du die Frucht ausstoßen.«

»Die Frucht?«, fragte Anni naiv. »Welche Frucht denn?«

»Dein ungeborenes Kind, du wirst Wehen bekommen und schließlich dein Ungeborenes ausstoßen. Das ist mit Schmerzen verbunden, die aber auszuhalten sind und wieder vergehen.«

»Ist gut, gnädige Frau Baronin.« Anni stand – sichtlich beruhigt – wieder auf.

Der nächste Tag war ein Samstag. Amelie hatte ausnahmsweise dienstfrei und nutzte den Tag, um einen ausgiebigen Spaziergang im Zoo zu machen. Erst als es bereits dunkel wurde, kleidete sie sich für ihren Tanzabend mit Ernst Szabo um. Als sie gerade ihre Schuhe anzog, klopfte es an ihrer Zimmertür. Else steckte auf ihr »Herein!«, den Kopf ins Zimmer. »Verzeihung, gnädiges Fräulein«, sagte sie. »Meine Schwester ist jetzt da, und Ihre Frau Mutter ist noch nicht zurück.«

Amelie seufzte und blickte auf die zierliche barocke Uhr, die ihre Kommode zierte. Es würde knapp werden. Ernst wollte sie in weniger als einer halben Stunde abholen. »Ist gut, Else«, sagte sie dennoch und begleitete das Hausmädchen ins Foyer.

Anna stand zitternd neben der Garderobe. Sie war blass und unter ihrem Schürzenkleid zeichnete sich bereits eine kleine Rundung ab. »Beruhige dich, Anna«, sagte Else. »Das gnädige Fräulein wird sich gleich um dich kümmern.« Anna knickste vor Amelie. »Guten Abend, gnädiges Fräulein«, murmelte sie. »Leg erst einmal ab«, antwortete Amelie und lächelte das nervöse Mädchen beruhigend an, »und dann komm mit.«

Sie führte Anni ins Arbeitszimmer ihrer Mutter, in dem sich ein Schreibtisch, mehrere bequeme Sessel und eine Chaiselongue befanden. »Setz dich erst einmal hin«, wies Amelie ihren Schützling an. »Meine Mutter müsste in ein paar Minuten zu Hause sein.« Anna nahm gehorsam in einem Lehnstuhl Platz. Amelie setzte sich dem Mädchen gegenüber. »Nun«, hob sie an. »Wie alt bist du?«

»Sechzehn«, murmelte Anna. »Ich bin seit drei Wochen sechzehn.«

»Und hattest du vor deiner Schwangerschaft deine Periode regelmäßig?«

Anna wurde blutrot, nickte aber. »Pünktlich alle vier Wochen«, sagte sie.

»Ist dir morgens übel?«, setzte Amelie ihre Befragung fort. »Ja, bis vor ein paar Tagen. Jetzt ist es besser.« Anna sah in dem wuchtigen Lehnsessel sehr klein aus.

Amelie blickte das Mädchen freundlich an. »Magst du mir erzählen, was passiert ist?«

Anna brach in Tränen aus. Das hieß dann wohl »Nein«.

»Beruhige dich, Anni.« In diesem Augenblick betrat Luise das Zimmer. »Ah, unsere Patientin ist schon da«, begrüßte sie Anna freundlich und reichte ihr die Hand.

»Ich habe schon mit der Anamnese begonnen«, sagte Amelie. »Sie ist sechzehn, bis vor Kurzem war ihr morgens übel, und vor der Schwangerschaft kam ihre Periode regelmäßig.«

»Danke, Amelie«, sagte Luise, »dann werde ich unsere Patientin mal untersuchen.«

»Wann …«, stotterte Anna, »wann werden Sie es wegmachen?« Sie zitterte und vereinzelte Tränen rollten über ihre Wangen.

»Wir werden den kleinen Eingriff morgen früh machen«, erklärte Luise. »Du bekommst eine Betäubung, wirst also nichts spüren. Dann wirst du zwei Tage hierbleiben, bis der Fetus abgegangen ist.«

»Der Fetus?«, stotterte Anna wieder.

»Das Kleine, das du in dir trägst«, stellte Luise klar.

Anna atmete erleichtert auf. »Und dann ist alles in Ordnung? Ich kann wieder zurück zur Arbeit?«, fragte sie.

»Du wirst dich noch ein bisschen schonen müssen«, antwortete Luise. »Aber im Großen und Ganzen wird es dann erledigt sein.«

Amelie, die neben Anna gehockt und ihre Hand gehalten hatte, stemmte sich hoch. »Mama, ich muss euch jetzt allein lassen, ich habe eine Verabredung.«

»Ist gut«, antwortete Luise. »Anna und ich kommen für heute schon zurecht. Hat Else das Gästezimmer gerichtet?«

»Ja, Anna kann jederzeit hinein.«

Kapitel 30

Ernst Szabo war pünktlich vor der Haustür Amelies erschienen, hatte Luise, die sich kurz eingefunden hatte, artig die Hand geküsst, die Hand Michaels, der natürlich ebenfalls wissen wollte, mit wem Amelie ausging, geschüttelt, Amelie in den Mantel geholfen und war mit ihr die wenigen Schritte ins Kato gegangen, ein Tanzlokal, direkt im Scheunenviertel. Ein wenig anrüchig, galt das Etablissement in der »guten Gesellschaft« von Berlin als en vogue.

Dunkel und verraucht präsentierte sich der Innenraum, an den Decken hingen kugelförmige Lampen, der Fußboden war aus blank polierten Holzdielen und links, gleich neben dem Eingang, befand sich eine lange Bar, hinter der eine Unzahl von Flaschen blinkte. Amelie blickte sich staunend um. Es war sehr laut, direkt vor ihr begann die Tanzfläche, an deren anderem Ende eine Musikkapelle ihr Bestes gab.

Ernst hatte ihr den Mantel abgenommen und der Garderobenfrau übergeben. In einem nur ein bisschen schäbigen Anzug und blank polierten Schuhen machte er eine gute Figur. »Möchten Sie tanzen?«, fragte er. Amelie nickte. Sie begannen mit einem flotten Twostep, der nahtlos in einen Ragtime überging. Amelie war eine gute Tänzerin, und Ernst stand ihr darin in nichts nach. Lachend drehten sie sich auf der Tanzfläche, und nach dem sechsten oder siebten Tanz, wieder ein Ragtime, legte Amelie ihre Hand auf die Hand von Ernst und sagte atemlos: »Das war wundervoll, aber jetzt brauche ich eine Pause und etwas zu trinken.«

Ernst nickte, lächelte und führte Amelie an die Bar. Sie bestellten Martini. Als die Getränke kamen, stürzte Amelie ihren hinunter wie Wasser. »Nicht so schnell«, mahnte Ernst. »Vorsichtig! Diese Drinks sind stark.«

Amelie nickte, hustete und sagte: »Ich möchte noch einen.« Dabei grinste sie Ernst so unwiderstehlich an, dass dieser gleich noch einen Martini für Amelie bestellte.

Am Ende des Abends hatten sie unglaublich viel getanzt, eine ganze Reihe Martinis getrunken und sehr viel Spaß miteinander gehabt. Amelie mochte Ernst. Mehr noch, er brachte eine Seite in ihr zum Klingen, die sie zuvor nicht gekannt hatte. Als sie vor ihrer Haustür angelangt waren, wandten sie sich einander zu. Es war stockdunkel. Lediglich eine kleine Funzel beleuchtete den Hauseingang. »Amelie«, begann Ernst. »Ich …«

»Nicht«, flüsterte Amelie. »Nichts sagen.« Ernst tat wie geheißen. Statt etwas zu sagen, neigte er sich Amelie zu und küsste sie auf den Mund. Ganz sanft und zärtlich. Amelie fühlte, wie ihr heiß wurde. Sie begann, den Kuss zu erwidern, schlang die Arme um Ernst, als er vorsichtig mit seiner Zungenspitze ihre Lippen berührte. Amelie liebkoste nun ebenfalls seine Lippen mit ihrer Zunge. Die beiden verloren sich in einem endlos langen Kuss. Als sie sich voneinander lösten, schwankten beide ein wenig, was wohl weniger den Martinis als dem Kuss zu verdanken war. »Meine Liebste«, flüsterte Ernst in ihr Ohr. »Ich bin so glücklich.« Amelie glaubte, auch glücklich zu sein, war allerdings in erster Linie durcheinander. »Das ist schön«, sagte sie demzufolge wenig romantisch. »Ich muss aber jetzt hineingehen.«

Ernst blickte sie an. »Darf ich dir schreiben?«

»Aber natürlich«, jetzt lächelte auch Amelie wieder. »Ich würde mich über einen Brief von dir sehr freuen.« Mit diesen Worten schritt sie die drei Stufen zur Haustür hinauf, schloss die Tür auf, ging hinein und atmete erst einmal tief aus. Was war da nur in sie gefahren? Amelie war erstaunt. Sie lehnte sich gegen die geschlossene Haustür. Verwirrt zog sie ihren Mantel aus und stieg die Treppe zu ihrem Zimmer hoch. Der Kuss, den sie mit Ernst geteilt hatte, war wunderschön gewesen und hatte in ihren südlicheren Regionen ausgesprochen angenehme Gefühle ausgelöst. Rasch zog sie sich aus und schlüpfte in ihr Bett. Sekunden später war sie tief und fest eingeschlafen.

Kapitel 31

So mein Kind«, sagte Luise. »Leg dich hier auf die Chaiselongue und stelle die Beine auf.« Es war Sonntag, früh morgens, acht Uhr, und Luise wollte heute dafür sorgen, dass Anna ihr ungewolltes Kind los wurde. Auch Amelie befand sich, gekleidet in einen weißen Kittel und Kopftuch, in Luises Arbeitszimmer. Anna tat wie ihr geheißen, legte sich zurück und stellte die Beine auf. Sie trug ein weißes Nachthemd und war nach der Verabreichung einer kleinen Dosis Laudanum ausgesprochen ruhig und entspannt.

»Gib mir die lange Nadel«, forderte Luise Amelie auf. »Die lange Nadel« war eine umgearbeitete Stricknadel mit messerscharfer Spitze. Amelie reichte ihr das Instrument. »Jetzt bleib ganz ruhig liegen, Anna«, forderte die Hebamme ihre Patientin auf. Vorsichtig führte sie das Instrument in die Scheide Annas ein und schob sie ganz langsam durch den geschlossenen Muttermund. Anna wimmerte. »Ich weiß«, beruhigte Luise. »Das ist unangenehm. Aber es ist gleich vorbei.«

Mit der Nadel stach Luise vorsichtig in die Fruchtblase der Schwangeren. Ein Schwall Fruchtwasser ergoss sich über die mit einem Gummilaken überzogene Chaiselongue und den Fußboden. Anna blieb still liegen. »So, fürs Erste ist es vorbei«, sagte Luise, zog sehr vorsichtig die Nadel wieder aus Annas Scheide und legte sie beiseite. »Amelie, reinige Anni bitte und führe sie dann wieder ins Gästezimmer.« Amelie tat wie ihr geheißen und half Anna beim Aufstehen.

»Was geschieht jetzt?«, fragte das Mädchen ängstlich.

»Du wirst dich ins Bett legen und erst einmal ein wenig schlafen«, erklärte Luise. »Und in einigen Stunden, spätestens morgen wirst du Wehen bekommen und den Fetus austreiben.«

»Wird das wehtun?«, fragte Anna ängstlich.

»Ein wenig«, antwortete Luise. »Aber Amelie oder ich werden die ganze Zeit bei dir sein und auf dich aufpassen.«

Beruhigt wandte Anna sich der Tür zu und legte sich, begleitet von Amelie, im Gästezimmer zu Bett, wo sie augenblicklich einschlief.

Amelie und Luise trafen sich kurz darauf im Esszimmer, um das Frühstück einzunehmen. Michael befand sich bereits auf seiner ersten Patientenrunde. Amelie verleibte sich, wie immer bei gutem Appetit, ein Wurstbrot ein. »Wird es schlimm für sie werden?«, fragte sie ihre Mutter.

»Ich denke nicht«, antwortete Luise. »Der Fetus ist noch sehr klein, es wird nicht schwierig sein, ihn auf die Welt zu bringen.« Luise trank von ihrem Kaffee. »Und du?«, fragte sie dann. »Hattest du gestern einen schönen Abend?«

Amelie lächelte. »Ja, wir haben getanzt und einen lustigen Cocktail namens Martini getrunken.«

»Und?«, hakte die Mutter nach. »Das war doch wohl nicht alles?«

»Mama«, begehrte Amelie auf. »Sei nicht so neugierig!«

»Also gut«, Luise ließ von ihrer Tochter ab, trank den letzten Schluck Kaffee und sagte: »Ich werde mich jetzt zu Anna setzen. Kannst du mich am Nachmittag ablösen?«

»Aber natürlich«, antwortete Amelie. »Ich werde gegen 14 Uhr hinaufkommen.«

»Heute wird wahrscheinlich ohnehin nichts geschehen«, meinte Luise. »Aber wir sollten die Kleine nicht allein lassen.«

Dann ging doch alles viel schneller als erwartet. Am späten Nachmittag, Luise und Amelie hielten sich gerade beide in Annas Zimmer auf, begann das Mädchen leise zu stöhnen. »Mein Bauch tut weh«, sagte sie. »Und mein Rücken auch.«

»Dann geht es jetzt los«, sagte Luise aufmunternd. »Du wirst sehen, bald ist es vorbei.« Tatsächlich brauchte Anna nur wenige Wehen, um ein winziges, lebloses Wesen auf die Welt zu bringen. Auch die Plazenta löste sich zufriedenstellend. Amelie wickelte beides in ein sauberes Tuch und brachte es weg. Gegen 20 Uhr lag Anna wohlversorgt im Bett, genoss die erste Mahlzeit seit Tagen und lächelte unter Tränen. »Danke«, gnädige Frau«, sagte sie. »Danke. Ohne Sie hätte ich nicht gewusst, was ich machen soll.«

Es schellte an der Haustür. »Gnädiges Fräulein«, schallte es von unten herauf. Else rief. »Da ist ein Herr für Sie.«

Amelie blickte Luise an. »Brauchst du mich noch?«

»Nein, Kind, geh nur. Ob das wohl dein Verehrer von gestern ist?« Amelie warf Luise einen genervten Blick zu, dann schaute sie an sich herunter. Sie legte die Schürze ab, die sie zur Pflege von Anna getragen hatte, strich ihren Rock glatt und lief ins Foyer des Hauses.

Tatsächlich war es Ernst, der in der Eingangshalle stand. »Was machst du denn hier?«, fragte Amelie erstaunt. »Du wolltest mir doch schreiben?«

»Ja«, sagte Ernst. »Aber weißt du, ich habe es einfach nicht mehr ausgehalten. Ich musste dich sehen!« Der junge Mann glühte förmlich, die dunklen Locken sprangen ungebändigt um sein Gesicht und sein breiter Mund war zu einem zärtlichen Lächeln verzogen. Amelie musste lachen. »Das ist wirklich reizend von dir«, sagte sie. »Magst du hereinkommen?«

»Lieber wäre es mir, du begleitest mich zu mir«, antwortete Ernst. »Stell dir vor, ich habe mein Menuett verkauft und möchte dich deshalb gerne zu mir zum Essen einladen.«

Amelie ließ sich nicht lange bitten. Sie holte ihren Mantel aus dem Schrank, bat Else, ihrer Mutter auszurichten, wo sie hinging, und nahm den angebotenen Arm.

Ernsts winzige, dunkle Behausung wirkte wie verwandelt. Überall standen brennende Kerzen, der Tisch war mit einem sauberen weißen Leinentuch bedeckt. Und auf dem Tisch türmten sich Leckereien. In einem Eiskübel fand sich sogar eine Flasche Sekt. Amelie staunte. »So viel hat dir das Menuett eingebracht?«, fragte sie und legte ihren Mantel – mangels Garderobe – auf sein Bett.

»Ja, es reicht für die Miete diesen Monat und für dieses wundervolle Essen.« Ernst grinste Amelie fröhlich an und bat sie, Platz zu nehmen.

In der Zwischenzeit hatte sich Luise von Liebwitz erneut zu Anna ins Gästezimmer begeben, um nach dem Mädchen zu sehen. Rosig und frisch lag es zwischen den Laken. Luise zog sich einen Stuhl heran und nahm Annas Hand. »Wenn bis morgen keine Komplikationen auftreten, darfst du nach Hause, also, zu deinem Dienstherrn zurückgehen«, sagte sie leise. Anna nickte.

»Aber sag«, Luise, sonst nicht um Worte verlegen, zögerte. »Wird er denn nicht wieder mit dir ins Bett wollen?«

»Ich weiß es nicht«, Anna wirkte jetzt unglücklich. »Seit einiger Zeit haben wir ein neues Küchenmädchen, seither hat er mich in Ruhe gelassen.«

»… und sich das Küchenmädchen vorgenommen«, ergänzte Luise in Gedanken seufzend. Was konnte sie unternehmen, um die Mädchen in von Steins Haus vor weiteren Übergriffen zu bewahren? Konnte sie das überhaupt? Sie grübelte und grübelte, aber letztlich würde ihr wohl nichts anderes übrig bleiben, als das Mädchen bei seinem Dienstherrn seinem Schicksal zu überlassen. Natürlich könnte sie mit Dr. von Stein senior sprechen, aber ob der ihren Argumenten zugänglich war, stand auf einem anderen Stern. Dennoch nahm Luise sich vor, den alten von Stein schon in der kommenden Woche aufzusuchen, um ihm ins Gewissen zu reden.

Ernst und Amelie dagegen waren nicht von derart unangenehmen Gedanken beschwert. Sie hatten in der Zwischenzeit die Sektflasche geleert, das herrliche Essen verzehrt und saßen nun bei Mokka und Zigaretten und plauderten angeregt. »Spielst du etwas für mich?«, fragte Amelie schließlich. Ernst setzte sich ans Klavier und intonierte einen Walzer von Liszt. Mitreißende, schnelle und feurige Töne entlockte er dem alten Instrument. Amelie hatte sich ebenfalls erhoben und stand nun neben dem Klavier. Als Ernst mit einem Fortissimo, das sicherlich auch noch im dritten Stock des Hinterhauses zu hören gewesen war, seine Darbietung schloss, beugte Amelie sich zu ihm und küsste ihn leidenschaftlich. »Du spielst dich direkt in mein Herz!«, murmelte sie, als ihre Lippen sich wieder voneinander lösten.

Ernst blickte ihr versonnen in die Augen. »Und du hast dich, heimlich, still und leise in mein Herz geschlichen«, flüsterte er. »Ich bin dir ganz und gar verfallen.« Er erhob sich von der Klavierbank, umarmte Amelie, und sie küssten sich erneut leidenschaftlich. Nicht lange danach fanden sie sich auf Ernsts Schlafstatt wieder. Die Kleider flogen in alle Richtungen. Amelie war vollkommen durcheinander. Sie war erregt, Ernsts Berührungen elektrisierten sie förmlich. Und sie war verwirrt. Was geschah denn hier? Hatte sie nicht geglaubt, eher an Frauen als an Männern interessiert zu sein? Mehr nachdenken war nicht möglich. Denn Ernst hatte sie ausgezogen, selbst seine Kleider abgelegt und zog sie, nackt wie er war, an sich. Sie spürte seine Erektion, und das erregte sie über alle Maßen. Sie küssten und erforschten sich. Ernst lag über ihr und blickte ihr tief in die Augen. Leidenschaft las sie darin und Liebe, Hingabe und Genuss. »Ob er wohl das Gleiche in meinen Augen sieht?«, dachte sie verschwommen, während Ernst begann, ihren Körper zu streicheln, sie zu küssen und zu liebkosen, bis sie vollkommen in Flammen stand und danach verlangte, dass er zu ihr kam. Als er versuchte, in sie einzudringen, bemerkte Ernst eine Barriere, mit der er nicht gerechnet hatte. Erschrocken zog er sich zurück und blickte Amelie an: »Du hast noch nie …?«, fragte er. »Nicht mit einem Mann«, lächelte sie ein bisschen verrucht. Ernst erstarrte kurz und blickte sie sehr erstaunt an. »Aber bitte, hör jetzt bloß nicht auf!« Sie stöhnte und zog ihn wieder über sich. Als Ernst in sie eindrang, spürte sie einen kurzen stechenden Schmerz. »Aua«, machte sie, und Ernst erstarrte. Dann wanderte seine Hand zu einer ganz bestimmten Stelle zwischen ihren Schenkeln und begann, sie – im Rhythmus seiner sanften Stöße – zu liebkosen. Amelie verlor sich in ihrer Lust und stöhnte unbeherrscht. Ihre Hingabe erregte Ernst und sie überließen sich ihrem Liebesspiel, bis es in einer gemeinsamen Klimax endete. Sie waren wohl ein bisschen laut geworden, denn plötzlich hörten sie von oben heftige Stöße mit einem Besenstiel und eine heisere Frauenstimme rief: »Ruhe da unten!« Amelie blickte Ernst, der immer noch in ihr war, in die Augen und grinste frech. »Das war wohl zu viel für deine Nachbarin«, murmelte sie. »Ja, die alte Frau Fernau ist Damenbesuch bei mir nicht gewöhnt«, flüsterte Ernst zurück. Vorsichtig zog Ernst sich aus Amelie zurück und legte sich an ihre Seite. Sie bettete den Kopf auf seine Brust und entspannte sich.

»Du?«, fragte Ernst ein paar Minuten später. »Ja«, murmelte Amelie, die kurz davor war, einzuschlafen. »Du«, begann Ernst noch einmal. »Das war einfach wundervoll.«

»Mmh«, bestätigte Amelie. »Das war schön.«

»Es ist mir ernst mit dir, Amelie«, fuhr Ernst fort. »Ich glaube, ich liebe dich.« Aber den letzten Satz hörte Amelie nicht mehr, sie war eingeschlafen. Nur kurze Zeit später schlummerten beide selig, einander in den Armen liegend.

Als Amelie am nächsten Morgen ihr Elternhaus betrat, fand sie es in hellem Aufruhr wieder. Ihre Eltern, beide noch im Schlafrock, schließlich war es erst sechs Uhr morgens, kamen zur Eingangstür gelaufen, kaum dass sie den Schlüssel ins Schloss gesteckt hatte. »Aber, wo bist du denn nur gewesen, Kind?«, fragte Luise, als Amelie leise das Foyer betrat. »Ähm«, machte Amelie. »Ich war bei Ernst.«

Michael von Liebwitz räusperte sich und fragte: »Du warst bei bitte wem?«

»Bei Ernst«, antwortete Amelie. »Wir haben ihn vor ein paar Wochen am Blinddarm operiert und dabei haben wir uns angefreundet.«

»Angefreundet?«, meinte Amelies Vater. »Angefreundet? Und mit diesem »Freund«, er betonte das Wort sarkastisch, »hast du gleich die ganze Nacht verbracht?« Auch Luise war aufgebracht. »So haben wir dich aber nicht erzogen«, sagte sie. »Du kannst doch nicht, ohne ein Wort zu sagen, die ganze Nacht fortbleiben.«

Amelie zog in aller Seelenruhe ihren Mantel aus und hängte ihn in den Schrank, legte Hut und Handschuhe auf der Kommode ab und setzte sich in einen Sessel, um die Schuhe auszuziehen. »Es tut mir leid, dass ich euch nicht Bescheid gesagt habe«, meinte sie schulterzuckend. »Ich hatte das nicht geplant.« In Wirklichkeit plagte Amelie das schlechte Gewissen schon ein wenig. Noch nie war sie einfach so über Nacht weggeblieben, schon gar nicht, um diese mit einem Mann zu verbringen. »Allerdings bin ich volljährig, habe promoviert und arbeite als Ärztin – denkt ihr nicht, dass ihr mir da ein bisschen mehr Freiheit lassen solltet?«, fragte sie dennoch.

Luise von Liebwitz trat zu ihrer Tochter und sagte: »Kind, du bist vielleicht erwachsen, aber du weißt doch, wie schnell die Leute reden – du kannst doch nicht einfach mit einem Mann …«, sie kam ins Stottern. »Denk doch an die Klinik!«

»Die Klinik hat mir nicht über die Schulter gesehen, liebe Mutter«, lächelte Amelie. »Es war schließlich Nacht.«

Ihre Eltern wussten darauf nichts zu sagen. »Wer ist der Mann?«, fragte schließlich ihr Vater.

»Ernst Szabo«, antwortete Amelie. »Ein junger, sehr begabter Komponist. Er lebt im Wedding.«

»Im Wedding?« Michael war wenig erfreut. »Sehr erfolgreich ist er dann wohl nicht?«

»Noch nicht«, gab Amelie zurück. »Aber er hat soeben seine erste Komposition verkauft und wird sicherlich bald in aller Munde sein. Außerdem habe ich ihn sehr gern.«

Amelie stand auf und wandte sich ihren Eltern zu. »Ich verstehe ja, dass ihr ungehalten seid«, sagte sie. »Aber ich weiß schon, was ich tue, glaubt mir bitte.« Sie gähnte lang und laut. »Jetzt muss ich mich aber umziehen und in die Klinik gehen«, seufzte sie dann. »Mama, meinst du, ich kann noch einen Kaffee bekommen, bevor ich los muss?«

Konsterniert schüttelte Luise den Kopf. »Also, manchmal bist du sogar mir ein bisschen zu freiheitsliebend«, sagte sie dann und klingelte, um Else zu rufen.

Michael von Liebwitz wandte sich um, um in sein Schlafzimmer zurückzukehren. »Also gut«, sagte er. »Meinetwegen, vergnüge dich mit diesem Komponisten. Aber ich möchte den Mann kennenlernen – und zwar bevor du das nächste Mal die ganze Nacht wegbleibst, verstanden?«

»Ja, Papa«, lächelte Amelie. »Ich werde ihm später schreiben und ihn – was meinst du – für Samstag zum Abendessen einladen?«

»Ist gut«, sagte Michael und verschwand. In der Küchentür tauchte Else mit einem Tablett auf, auf dem sich Kaffee und ein Teller mit belegten Broten befanden. »Ach Else, dich schickt der Himmel«, rief Amelie. »Bitte bring mir das Tablett in mein Zimmer, ich muss mich noch umziehen, bevor ich zum Dienst gehe.«

Intermezzo
WIEN, 1950

Amelie, immer noch außer sich vor Zorn über die Ablehnung ihrer Berufung an die Wiener Universität, hatte sich inzwischen umgezogen und verließ, ihr Konzertbillett in der Hand, ihr Hotel, um vor dem Konzert noch einen Spaziergang zu machen. Mit ausgesprochen undamenhaften Riesenschritten lief sie den Ring entlang, im Kopf ein einziges Durcheinander. Zuerst diese infame Bevorzugung des männlichen Kollegen und nun sollte sie tatsächlich Ernst wiedersehen. Nach all diesen Jahren. Ernst Szabo, das war ihre große Liebe gewesen, damals, als sie als chirurgische Assistentin am Curiae Klinikum tätig gewesen war. Der damals noch blutjunge Komponist hatte sie geliebt, und sie hatte diese Gefühle erwidert. Bis schließlich die Beziehung ihrer Arbeit wegen in die Brüche gegangen war.

Amelie hatte auf einer der zahlreichen Bänke, die unter den Bäumen, die die Wiener Ringstraße säumten, aufgestellt waren, Platz genommen. Sie war völlig in Gedanken versunken. »Und dann natürlich diese furchtbare Sache mit Mama – was war das für eine schreckliche Zeit«, dachte Amelie vier Jahrzehnte später an diese Ereignisse zurück. »Wie hat noch dieses kleine Dienstmädchen geheißen, bei dem Mama einen Abbruch vorgenommen hatte?« Amelie zerbrach sich den Kopf. »Ach ja, richtig«, dachte sie dann bitter. »Anna hatte sie geheißen und im Hause von Stein war sie als Dienstmädchen beschäftigt.«

Kapitel 31

BERLIN, 1913

Anna, das Dienstmädchen im Hause von Stein, war inzwischen wieder zu ihrem Dienstgeber zurückgekehrt und hatte ihre Arbeit wieder aufgenommen. Gut ging es ihr noch nicht, sie war blass und schwach, versuchte allerdings, sich das nicht anmerken zu lassen. An diesem Montag war Waschtag im Hause von Stein. Schwerstarbeit, bei der die Wäsche zuerst gekocht, dann in eiskaltem Wasser gespült und schließlich aufgehängt werden musste. Anna bückte sich zum wiederholten Mal um die Kochwäsche mit dem schweren Holzknüppel im Kessel umzurühren, als sie plötzlich etwas Warmes ihren Schenkel herunterfließen spürte. Gleichzeitig wurde ihr schrecklich übel, und der Schweiß brach ihr am ganzen Leib aus. Marie, das andere Hausmädchen, das mit ihr die Wäsche machte, blickte sie an und sagte: »Anni, was hast du denn? Du bist ja totenblass!«

»Es ist alles in Ordnung«, stammelte Anna und ließ den Holzknüppel, mit dem sie die Kochwäsche umgerührt hatte, fallen. Dann sank sie selbst zu Boden. Um sie herum breitete sich rasch eine Blutlache aus. Franzi schrie auf. »Hilfe!«, rief sie. »Hilfe, die Anna stirbt«, rief sie, so laut sie konnte.

Kurze Zeit später öffnete sich die Waschküchentür und die Haushälterin, Frau Moser, erschien auf der Schwelle. »Was schreist du denn so, Kind?«, herrschte sie Franzi an. »Du machst ja das ganze Haus rebellisch.«

»Die Anna«, stotterte Franzi. »Ich glaube, die stirbt.« Frau Moser blickte zu Anna, die inzwischen besinnungslos auf dem Boden lag. »Du meine Güte«, sagte sie. »Wir müssen sie sofort ins Krankenhaus bringen!«

Es wurde knapp. Bis Anna im Krankenhaus eingetroffen war, hatte sie bereits sehr viel Blut verloren. Der alte Dr. von Stein persönlich hatte das Mädchen begleitet und sie untersucht. Dabei hatte er sofort festgestellt, dass bei Anna vor sehr kurzer Zeit ein Schwangerschaftsabbruch durchgeführt worden war. Die heftige Blutung, die das Mädchen nun ereilt hatte, war schicksalshaft – hätte der Arzt nicht eingegriffen, wäre sie daran gestorben. Als Anna versorgt war und ein Bett auf der Frauenstation erhalten hatte, machte sich Ludwig von Stein auf den Weg nach Hause, nicht ohne detaillierte Anweisungen zu hinterlassen. »Wenn das Mädchen aufwacht, geben Sie mir sofort Bescheid«, hatte er der diensthabenden Schwester befohlen. »Ich will wissen, wer diesen stümperhaften Eingriff durchgeführt hat, und werde das Mädchen ausführlich befragen.« Die Krankenschwester hatte beflissen genickt und sich neben Annas Bett gesetzt.

»Kannst du dir das vorstellen?« Ludwig von Stein hatte seinen Sohn in der Charité abgeholt und diesen in seine Junggesellenwohnung begleitet. Nun saßen die beiden Herren bei Cognac und Zigarre in Alexanders Herrenzimmer. »Irgendjemand hat eine Abtreibung bei der Anna durchgeführt – und ich muss wissen, wer das war!« Ludwig von Stein war einigermaßen echauffiert. »Na ja, Papa – dann frag die Anna eben, wer es gewesen ist«, meinte Alexander von Stein gelangweilt und zog an seiner Zigarre. »Von wem war das Mädchen denn überhaupt schwanger?« Ludwig von Stein wurde rot. Alexander blickte ihn an und meinte konsterniert: »Du? Von dir war sie schwanger – Papa, kannst du denn die Finger nicht endlich von den Dienstmädchen lassen?« Er schüttelte angewidert den Kopf.

»Ja«, murmelte der alte von Stein. »Sie war eben so hübsch, so frisch und jung – da konnte ich einfach nicht widerstehen – du weißt ja, wie das ist?« Er grinste seinen Sohn an.

Alexander von Stein schüttelte sich. »Nein, Papa, das weiß ich nicht. Ich verstehe nicht, wie du dich immer wieder an den Dienstmädchen vergreifen kannst.«

»Vergreifen kannst ...« Von Stein senior wurde ärgerlich. »Von wegen vergreifen – die tänzeln den ganzen Tag vor mir herum, mit ihren Schürzchen und den schwarz bestrumpften Beinen – da ist das Widerstehen nicht so leicht, wie du tust.«

Alexander von Stein schüttelte sich. »Also mir ist das nie schwergefallen«, meinte er gleichmütig. »Du hast sie gegen ihren Willen genommen?« Das klang fragend. Der alte Mann kicherte. »Na ja«, meinte er. »Begeistert war sie nicht.«

Alexander geriet in Rage: »Papa, das muss aufhören!«, rief er. »Wenn dir schon die Mädchen egal sind, bewahre doch das Andenken an Mama!« Alexander von Steins Mutter war im Kindbett verstorben, als er noch ein kleiner Junge gewesen war. »Sie würde dein Verhalten furchtbar finden!«

»Zieh deine arme Mutter da nicht hinein, sie hat damit gar nichts zu tun! Was erlaubst du dir eigentlich? Es war doch nur ein kleines Dienstmädchen!«

»Ja«, gab Alexander zu. »Aber das kleine Dienstmädchen wäre fast gestorben. Und das nur, weil du deine Finger nicht bei dir behalten kannst.«

»So ist das wohl nicht ganz richtig«, der Ältere von Stein war aufgesprungen. »Sie ist fast gestorben, weil eine verfluchte Engelmacherin sie beinahe umgebracht hat.«

»Das stimmt wohl«, lenkte Alexander ein. »Aber dennoch Papa – bitte lass die Dienstmädchen in Frieden. Es gibt ja wohl andere Möglichkeiten, wie du deine Bedürfnisse«, er schüttelte sich, »befriedigen kannst.«

»Ich lasse mir doch von meinem eigenen Sohn nicht vorschreiben, was ich zu tun oder zu lassen habe!« Ludwig von Stein brüllte, sein Gesicht war hochrot angelaufen. »Denke erst einmal darüber nach, wie du mit deinem Vater sprichst! Mich siehst du erst wieder, wenn du dich bei mir entschuldigst!« Damit verließ er eiligen Schritts Alexanders Wohnung. Der hörte nur noch das ferne Zuschlagen der Eingangstür.

Alexander lehnte sich in seinem Sessel zurück, zog noch einmal an seiner Zigarre und legte sie dann in den Aschenbecher, der neben ihm auf einem marmornen Rauchtischchen stand. Die Frage, wer die Abtreibung bei Anna vorgenommen haben könnte, ließ ihm keine Ruhe. Alexander von Stein war strikt gegen Abtreibungen und hieß es gut, dass diese von Gesetzes wegen verboten waren. Schließlich erhob er sich aus seinem Stuhl und schritt ins Foyer seiner Wohnung. »Karin«, rief er nach seinem Dienstmädchen. »Hut, Mantel und Stock bitte. Ich gehe noch einmal aus.«

Anna lag klein und dünn in ihrem Krankenhausbett, das Gesicht sehr blass und mit geschlossenen Augen, als Alexander von Stein ihr Krankenzimmer betrat. »Anni«, sagte Alexander leise. »Wach auf!« Sie schrak hoch. »Gnädiger Herr«, murmelte sie und strich sich über die schlafverwirrten Haare. »Was machen Sie denn hier?«

»Nun, ich wollte sehen, wie es dir geht«, spielte Alexander den Wolf im Schafspelz. Er zog sich einen Stuhl neben Annas Bett und setzte sich zu ihr. »Also: Wie geht es dir denn?«, fragte er, nachdem er Hut und Mantel abgelegt und Platz genommen hatte.

»Mir geht es gut«, murmelte Anna. »Bestimmt kann ich schon bald wieder arbeiten.«

»Das ist fein«, meinte Alexander. »Aber vorerst musst du dich erst einmal erholen. Ich habe übrigens mit meinem Vater gesprochen«, er sprach leise und beugte sich zu Anna vor. »Er wird dich und die anderen Mädchen in Zukunft hoffentlich in Ruhe lassen.«

Anna seufzte tief auf. Ob das wohl die Wahrheit war? Zu sagen traute sie sich nichts. Aber da fuhr Alexander bereits wieder fort: »Jetzt musst du mir aber wirklich sagen, wer dir das angetan hat – schließlich wärst du fast gestorben!« Mit geheuchelter Sorge blickte Alexander Anna an. Die presste die Lippen zusammen und schwieg.

»Nun, mein liebes Kind, du musst mir aber die Wahrheit sagen, sonst wirst du leider nicht mehr weiter im Hause meines Vaters arbeiten können.« Anna wurde noch blasser, ihre Gesichtsfarbe hob sich kaum noch vom weißen Kissen, auf dem sie lag, ab. »Ich kann nicht«, presste sie hervor. »Wirklich!« In ihren müden Augen standen Tränen.

»Mein liebes Kind«, setzte Alexander von Neuem an. »Du musst es mir sagen. Was du getan hast, ist gesetzeswidrig. Wenn die Polizei davon erfährt, kommst du ins Gefängnis.« Er lehnte sich zurück. »Und wenn du mir nicht sagst, wer die Abtreibung durchgeführt hat, dann muss ich dich leider bei der Polizei anzeigen.« Er blickte sie scheinbar mitfühlend an. »Und das möchte ich eigentlich wirklich nicht.«

Anna liefen die Tränen nun offen über ihr Gesicht. Sie dachte an Amelie und Luise von Liebwitz, die ihr in ihrer schlimmen Situation beigestanden hatten, an Else, ihre Schwester, an ihre Familie, zu der sie nicht zurück konnte und an das Gefängnis, vor dem sie eine Todesangst hatte. Sie schluchzte auf und sagte leise: »Es war, also die Frau von, die Mutter von, also …« Ihr Stottern verlor sich.

»Wer?«, drängte von Stein. »Jetzt sag schon!« Er fasste nach Annas Hand. »Glaub mir, das ist besser für dich!«

»Es war Luise von Liebwitz, die mir das Kind weggemacht hat«, flüsterte Anna tonlos. »Ich wusste nicht, was ich machen soll, und habe meiner Schwester Else davon erzählt. Sie hat mich zu Frau von Liebwitz gebracht.«

Alexander von Stein konnte sich ein triumphierendes: »Ich hab es doch gewusst«, gerade noch verkneifen. Stattdessen sagte er: »Gut Anni, es ist gut, dass du mir das gesagt hast. Ruh dich nun aus, und wenn es dir wieder besser geht, erwartet dich die Arbeit im Hause meines Vaters. Niemand wird je wieder ein Wort über die Angelegenheit verlieren.«

Anna sank in die Kissen zurück und schloss vollkommen erschöpft die Augen. Sie wollte von Stein nicht mehr anschauen, sie fühlte sich wie eine üble Verräterin. Was hatte sie nur getan?

Alexander von Stein verließ das Krankenzimmer und machte sich auf den Heimweg. Endlich! Endlich konnte er seiner Kommilitonin in die Parade fahren. Er würde Luise von Liebwitz wegen Engelmacherei anzeigen. »Und das ist das Ende für deine Karriere als Arzt, liebe Kollegin«, dachte er hämisch.

Kapitel 32

Es war gegen zwei Uhr morgens am 17. Dezember 1913, als es heftig an der Liebwitz'schen Haustür hämmerte. »Aufmachen!«, rief eine Männerstimme. »Sofort aufmachen, hier ist die Polizei!« Else, die wie der Kutscher Robert neben der Küche ihre Kammer hatte, erwachte von dem Lärm, sprang aus dem Bett, schlüpfte in ihren Morgenmantel und lief zur Eingangstür. »Ja, ja«, rief sie. »Ich komme ja schon. Immer mit der Ruhe!« Auch Frau Haller, die Haushälterin, war inzwischen erwacht und betrat ebenfalls das Foyer des Hauses. »Polizei!«, wurde erneut gerufen und wieder an die Tür gehämmert. »Machen Sie sofort die Tür auf!«

»Schließ auf!«, befahl Frau Haller. »Mal sehen, was da los ist.«

Kaum hatte Else die Tür geöffnet, stürmten vier uniformierte Polizisten und zwei Beamte in Zivil ins Foyer des Hauses. »Na, na, na – geht das auch ein bisschen weniger stürmisch!«, rief Frau Haller. »Es ist schließlich mitten in der Nacht.«

»Nein, liebe Frau, geht es nicht«, schnappte einer der Zivilbeamten. »Wir wollen sofort mit Luise von Liebwitz sprechen.«

»Was?«, entfuhr es Else. »Aber was soll denn das? Und warum tauchen Sie mitten in der Nacht hier auf?«

»Das geht Sie gar nichts an«, sagte der eine Zivilbeamte, während seine uniformierten Kollegen die Treppe zu den Schlafräumen der Familie hinaufstiegen.

»Was erlauben Sie sich eigentlich«, echauffierte sich Frau Haller. »Sie können doch nicht einfach hier eindringen!«

»Doch, liebe Frau«, knurrte der andere Zivilbeamte. »Das können wir. Und jetzt gehen Sie uns aus dem Weg.«

Kurze Zeit später schleiften zwei der uniformierten Polizisten Luise von Liebwitz die Treppe herunter. Die schlaftrunkene Frau war im Nachthemd und verstand überhaupt nicht, was gerade geschah. Michael von Liebwitz kam nun ebenfalls aus dem Schlafzimmer gelaufen und rief: »Was wollen Sie mitten in der Nacht von meiner Frau? Was soll das denn alles?« Im blau-weiß gestreiften Pyjama stand er auf der Galerie und blinzelte kurzsichtig ins Foyer, in das die Polizisten Luise inzwischen geschafft hatten.

»Ihre Frau ist verhaftet, Herr von Liebwitz«, sagte einer der Zivilbeamten.

»Verhaftet?« Michael war fassungslos. »Aber wieso denn verhaftet?«

»Das erfahren Sie alles im Polizeipräsidium«, gab der andere Zivilpolizist zur Antwort. »Wir nehmen Ihre Frau jetzt erst einmal mit.«

»Aber das geht doch nicht!«, rief Michael. »Lassen Sie ihr doch wenigstens die Zeit, sich anzuziehen!« Er eilte die Treppe hinunter und wollte Luise in die Arme nehmen. Zwei der uniformierten Polizisten stellten sich vor seine verängstigte Frau und schirmten sie ab. »Nix anziehen«, bellte der eine Zivilbeamte. »Sie kriegt schon Häftlingskleidung, wenn sie erst einmal in der roten Burg ist.« Sein Kollege, ein mittelgroßer schlanker Mann in einem dunklen Anzug und Mantel, beugte sich zu ihm hin und sagte leise: »Lass die Frau sich anziehen, Kollege Peters. Auf die paar Minuten kommt es auch nicht mehr an.«

»Na gut«, brummelte Peters und schubste Luise Richtung Treppe. »Na los«, knurrte er sie an. »Anziehen, aber dalli,

dalli!« Luise blieb wie erstarrt am Fuß der Treppe stehen. »Kröger, Willauer, Sie begleiten die Dame, damit sie nicht versucht, aus dem Fenster zu klettern«, befahl Kriminalkommissar Peters. Die beiden uniformierten Polizisten postierten sich links und rechts von Luise und bugsierten sie die Treppe hoch. Michael von Liebwitz folgte ihr.

Während sie die Treppe hinaufstiegen, erwachte Luise langsam aus ihrer Erstarrung. »Was wollen Sie denn von mir?«, fragte sie. »Das werden Sie schon bald erfahren«, fuhr Kröger sie an. »Jetzt beeilen Sie sich, wir haben nicht die ganze Nacht lang Zeit.«

Michael von Liebwitz stand wie erstarrt im Foyer seines Hauses und blickte seiner – von den beiden Polizisten eskortierten – Ehefrau nach. »Was …«, stotterte er. »Was soll denn das? Was ist denn los?« Else, die bei dem ganzen Aufruhr bemerkenswert ruhig geblieben war, fasste Michael am Arm. »Bitte, Herr von Liebwitz, bleiben Sie ganz ruhig.«

»Ruhig bleiben?«, fuhr er sie an. »Wie soll ich denn ruhig bleiben, wenn meine Frau mitten in der Nacht von der Polizei abgeführt wird?«

Benedikt Wolter, einer der beiden Zivilbeamten, wandte sich nun zu Michael um: »Ihre Frau ist wegen des Verdachts auf Engelmacherei verhaftet«, sagte er ruhig. »Wir bringen sie jetzt erst einmal ins Polizeipräsidium Alexanderplatz. Später wird sie dann ins königlich-preußische Weibergefängnis überstellt werden, wo sie auf ihren Prozess warten wird.«

Michael verstand die Welt nicht mehr. Seine Frau? Wegen Engelmacherei verhaftet? Das konnte doch wohl nicht wahr sein. Er fuhr sich mit der Hand durch sein ohnehin schon zu Berge stehendes Haar. »Vielleicht«, schlug Else vor, »sollten Sie telefonieren und Amelie aus der Klinik holen?« Michael nickte zerstreut. »Oder soll ich das für Sie erledigen?«, fragte das Hausmädchen. Michael nickte. Amelie hatte Nachtdienst in der chirurgischen Abteilung im Curias.

Das Polizeipräsidium Alexanderplatz, von den Berlinern gerne als »Rote Burg« bezeichnet, weil das riesige Gebäude aus roten Klinkersteinen errichtet war, war nächtlich still und dunkel. In den hallenden Gängen brannte nur alle paar Meter eine Gaslaterne, als die Polizei mit Luise im Schlepptau eintraf. Rasch wurde sie in ein Verhörzimmer geführt und dort allein gelassen. Michael von Liebwitz, der seiner Frau gefolgt war, durfte nicht zu ihr. Er protestierte lautstark. »Sie können hier warten, bis wir Ihre Frau verhört haben«, wurde er von Wolter beschieden.

Amelie, die inzwischen von Else in der Klinik verständigt worden war, kam durch das Eingangsportal gelaufen. Sie war noch im Arztkittel, lediglich den Mantel hatte sie übergeworfen. »Papa, was ist denn nur passiert?«, fragte sie, kaum dass sie Michael ansichtig wurde.

»Deine Mutter wurde wegen des Verdachts auf Engelmacherei verhaftet«, antwortete Michael.

»Was?« Amelie setzte sich neben ihren Vater. »Verdammt noch mal, wer hat Mama denn bloß verpetzt?«, dachte sie, sagte das aber nicht laut. Ihr Vater wusste nichts von dieser Tätigkeit seiner Frau, und Amelie wollte nicht diejenige sein, die ihn darüber aufklärte.

»Sie, Frau Luise von Liebwitz, haben am 25. November 1913 bei der minderjährigen Anna Kleber eine Abtreibung durchgeführt.« Benedikt Wolter, ein großer, korpulenter Mann im braunen Straßenanzug, blickte Luise streng an. Diese saß dem Kommissar mit zerzaustem Haar und sichtlich um Haltung bemüht gegenüber. »Nein«, antwortete sie. »Das habe ich nicht.«

»Es gibt eine Zeugin«, hielt Wolter dagegen. »Sie hat ausgesagt, dass Sie bei ihr eine Abtreibung durchgeführt haben.«

Luise wurde schlecht. Sollte Anna tatsächlich geplaudert haben? »Welche Zeugin?«, fragte sie. »Wer erzählt solche Geschichten über mich?«

»Das darf ich Ihnen nicht sagen«, antwortete Benedikt. »Die Zeugin ist allerdings äußerst glaubwürdig. An den Blutungen, die nach ihrer Abtreibung aufgetreten sind, wäre sie nämlich beinahe gestorben.«

Luise erschrak. Im flackernden Gaslicht des Verhörraums wirkte sie fahl. »Ach, Anna«, dachte sie. »Das habe ich nicht gewollt.« Laut sagte sie: »Behaupten kann man viel, aber ich habe keine Abtreibung vorgenommen.« Obwohl Benedikt Wolter sie noch eine Stunde lang weiter befragte, blieb Luise bei ihrer Aussage. Es war fünf Uhr morgens, als der Kommissar die Befragung beendete. Luise war zu Tode erschöpft. »Was geschieht jetzt mit mir?«, fragte sie. »Sie werden ins Weibergefängnis in der Barnimstraße überstellt, wo Sie Ihren Prozess abwarten werden«, beschied Benedikt Wolter und verließ den Raum. Luise ließ den Kopf auf den Tisch sinken und brach in Tränen aus.

»Was ist mit Luise?« und »Wo ist Mutter?«, fragten Michael und Amelie gleichzeitig, als sie Wolter das Verhörzimmer verlassen sahen. »Frau von Liebwitz bestreitet die ihr gegenüber gemachten Vorwürfe«, antwortete Wolter, ebenfalls erschöpft. »Sie wird nun ins Weibergefängnis in der Barnimstraße gebracht.«

Michael sank wie geschlagen auf seinen Sitzplatz zurück. Amelie allerdings wollte sich so schnell nicht geschlagen geben. »Was soll das heißen, sie muss ins Gefängnis?«, fragte sie Wolter. »Liebes Fräulein«, begann dieser. »Ihre Frau Mutter wird beschuldigt, sich als Engelmacherin betätigt zu haben. Darauf steht die Todesstrafe.« Amelie wurde blass. »Aber«, begann sie. »Wer beschuldigt sie denn?«

»Das darf ich Ihnen nicht sagen«, antwortete Wolter.

»Aber die Anschuldigung wiegt schwer. Immerhin hat Alexander von Steins Wort einiges Gewicht.« Wolter erschrak. Das hatte er nicht sagen wollen. Da hatte ihm wohl seine Müdigkeit die Worte eingegeben.

»Alexander von Stein?«, fragte Amelie. »Er klagt Mama an?«

»Ich werde dazu jetzt nichts mehr sagen«, wiegelte Wolter ab. »Gehen Sie nach Hause. Sie können hier nichts weiter für Ihre Mutter tun.«

Am späten Nachmittag des folgenden Tages hämmerte es an der Wohnungstür Alexander von Steins. Dieser, soeben aus der Charité heimgekehrt, nahm gerade Tee mit seiner Verlobten in seinem behaglich eingerichteten Wohnzimmer. Man saß gemütlich vor dem offenen Kamin, Alexander im Hausmantel über Hemd und Hose. Carla trug ein beigefarbenes Kostüm, das mit schwarzem Samt abgesetzt war, und ein kleines, charmantes Hütchen, das ihr verwegen auf dem blonden Schopf saß. »Aua«, machte sie plötzlich und stellte ihre Teetasse ab.

»Was hast du denn, mein Herz?« Alexander beugte sich zu seiner Verlobten. »Ach nichts«, antwortete diese. »Nur ein bisschen Bauchschmerzen.« Sie richtete sich wieder gerade auf. In diesem Moment wurde die Tür zum Wohnzimmer aufgerissen und eine wutentbrannte Amelie von Liebwitz betrat den Raum. »Was wollen Sie denn hier?«, fuhr Alexander von Stein sie an. Amelie starrte Alexander zuerst nur wortlos an. »Was ich hier will?«, sagte sie dann. »Was ich hier will?« Sie trat auf den Mann zu. »Ich will, dass Sie Ihre haltlosen Anschuldigungen gegen meine Mutter zurücknehmen – das will ich!« Sie war rot im Gesicht und schwitzte.

»Moment mal«, Alexander von Stein war aufgestanden. »Von wegen haltlose Anschuldigungen! Ihre Mutter ist eine gewissenlose Engelmacherin, der dringend das Handwerk gelegt werden musste.« Die beiden standen sich wie Kampfhähne gegenüber. »Meine Mutter ist keine gewissenlose Engelmacherin!«, rief Amelie. »Sie hat nichts getan! Und jetzt sitzt sie im Gefängnis – wegen Ihrer Anschuldigungen.«

»Gut so«, meinte Alexander gleichmütig. »Dort gehört sie auch hin.« Amelie hob die Hand, als wollte sie Alexander schlagen. »Sie«, knurrte sie. »Sie mieser Denunziant!« Carla, die bislang ruhig auf dem Sofa gesessen und die Auseinandersetzung sprachlos verfolgt hatte, stöhnte plötzlich laut auf. »O!«, machte sie und krümmte sich zusammen. Alexander wandte sich von Amelie ab und war mit drei Schritten bei seiner Verlobten. »Was hast du denn?«

»Mein Bauch«, Carla brach in Tränen aus. »Er tut auf einmal so weh!« Carla beugte sich plötzlich vor und übergab sich auf dem Fußboden. Auch Amelies und Alexanders Schuhe wurden dabei in Mitleidenschaft gezogen. Clara sank zur Seite und jammerte leise vor sich hin. »Was ist denn nur mit dir?«, fragte Alexander und beugte sich zu seiner Verlobten. Er fühlte ihre Stirn. »Du lieber Himmel«, sagte er dann. »Du glühst ja. Sag mir, wo es dir wehtut!« Carla deutete auf ihren rechten Unterbauch. »Da – da tut es weh!«

»Drücken Sie auf den McBurney-Punkt«, befahl Amelie. »Was?«, fragte Alexander. Amelie schob den Mann resolut zur Seite, bettete Clara, die mittlerweile auf dem Fußboden saß, auf den Rücken und drückte zwischen Bauchnabel und Hüftknochen auf ihren Bauch. Clara schrie auf. »Ich denke, Ihre Verlobte hat eine Blinddarmentzündung und muss schnellstens ins Krankenhaus und operiert werden«, stellte Amelie fest.

Alexander sprang auf die Füße, um einen Krankenwagen anzurufen. Amelie blieb neben Carla sitzen, hielt ihre Hand und redete ihr gut zu. »Alles wird gut«, sagte sie leise. »Wir bringen Sie ins Krankenhaus und dann holen wir den lästigen Wurmfortsatz heraus.« Carla blickte mit tränennassen Augen zu ihr auf. »Haben Sie keine Angst«, murmelte Amelie. »Im Curias haben wir diesen Eingriff schon ganz oft durchgeführt.«

Ein Läuten an der Wohnungstür kündigte die Krankenträger an. Kurze Zeit später war Carla im Sanitätswagen verstaut, Amelie und Alexander fuhren mit. Alexander rang die Hände. »Aber, es ist doch Medizinerkongress«, lamentierte er. »Kein erfahrener Chirurg ist heute in der Charité!« Amelie blickte Alexander an. »Ich kann Carla operieren«, sagte sie dann. »Im Curias.« – »Sie?«, fragte Alexander spöttisch. »Sie werden meine Verlobte ganz sicher nicht anrühren.«

»Na gut«, sagte Amelie. »Dann wird sie sterben. Ich bin nämlich heute die diensthabende Assistenzärztin im Curias-Hospital, sonst ist niemand da.«

Alexander knirschte mit den Zähnen. Carla stöhnte leise vor sich hin. »Oder wollen Sie es etwa versuchen?«, fragte Amelie, genau wissend, dass er das nicht durfte und sich auch nicht zutraute. »Machen Sie schon«, knurrte Alexander, als der Krankenwagen vor dem Hospital angekommen war.

Keine halbe Stunde später lag Carla auf dem Operationstisch. Amelie, im weißen Kittel, mit Kopftuch und geschrubbten und behandschuhten Händen, machte sich ans Werk. Jetzt lohnte es sich, dass sie den Eingriff oftmals geübt und inzwischen bereits mehrmals selbst durchgeführt hatte. In wenigen Minuten war der sichtlich entzündete und kurz vor dem Durchbruch stehende Wurmfortsatz entfernt.

Als Carla einige Zeit später erwachte, standen Amelie und Alexander an ihrem Krankenbett. »Mein Liebstes«, flüsterte

Alexander und nahm vorsichtig die Hand seiner Verlobten. »Alles ist gut gegangen. Du wirst wieder ganz gesund.«

»Ja«, ergänzte Amelie. »Aber es war knapp, der Blinddarm war stark entzündet und stand kurz vor dem Durchbruch. Haben Sie denn vorher nichts gespürt?«

»Doch«, flüsterte Clara. »Mir war schon den ganzen Tag übel, und der Bauch tat mir weh, aber ich wollte keinen Wirbel machen.«

»Ach, meine Liebste«, flüsterte Alexander, »hättest du doch früher etwas gesagt.« Er zog sich einen Stuhl heran und setzte sich ans Bett seiner Verlobten. »Wer hat mich denn operiert?«, fragte Carla. »Das war meine Kollegin Amelie von Liebwitz«, presste Alexander zwischen zusammengebissenen Zähnen hervor. »Ich habe den Wurmfortsatz entfernt – schon bald wird es Ihnen wieder gut gehen«, erläuterte Amelie. »Ich sehe morgen wieder nach Ihnen«, verabschiedete sich Amelie von Carla. »Auf ein Wort, Collega«, zischte sie dann und zog Alexander vor die Tür des Krankenzimmers. »Da … danke«, stotterte Alexander, als sie vor der geschlossenen Tür im Krankenhausgang standen. »Ich habe das ganz sicher nicht für Sie getan«, sagte Amelie. »Aber ich habe einen Eid geschworen – und der gilt auch für Menschen, die mit Ihnen in Verbindung stehen, Sie verabscheuungswürdige Kreatur.«

Alexander fuhr zurück. »Was erlauben Sie sich?«, fragte er auf seine typische, hochfahrende Art. »Ich erlaube mir«, Amelie wurde lauter, »Sie weiterhin als üblen Denunzianten zu bezeichnen, der dafür verantwortlich ist, dass meine Mutter im Gefängnis sitzt.«

Alexander, der nach der dramatischen Rettung seiner Verlobten immer noch ziemlich durcheinander war, räusperte sich. Dann sprach er: »Sie haben recht. Ich hätte das nicht tun sollen. Es tut mir leid, dass Ihre Frau Mutter im Gefängnis sitzt.« Er blickte Amelie offen an. »Ich werde versuchen, das irgendwie wiedergutzumachen.«

»Na, da wünsche ich Ihnen viel Glück«, sagte Amelie bitter. »Ist mir ein Rätsel, wie Sie das anstellen wollen.« Sprach's, machte auf dem Absatz kehrt und ließ Alexander von Stein im Gang stehen.

Kapitel 33

Im Weibergefängnis in der Barnimstraße war Luise von Liebwitz eine Einzelzelle zugewiesen worden, in der sich lediglich eine unbequeme Pritsche befand. Luise trug Anstaltskleidung, ein blaues Kleid, ein blau-weiß gestreiftes Halstuch und blaue Wollstrümpfe. Es war eiskalt in der Zelle. Sie saß nun schon seit vier Wochen im Gefängnis, ihre Verhandlung vor dem Strafgericht war noch nicht angesetzt. Man hatte ihr zähneknirschend Papier und Stift bewilligt. Nun saß sie auf der unbequemen Pritsche, das Papier auf den Knien und versuchte, einen Brief an ihre Tochter zu schreiben.

»*Liebe Amelie*«, stand auf dem Blatt zu lesen. »*Ich hoffe, es geht Dir gut. Mir geht es leidlich. Ich habe mir hier im Gefängnis einen schlimmen Husten zugezogen.*« Wie zum Beweis hustete Luise bellend. »*Ich bin allein in einer Zelle untergebracht. Die Wärterinnen sind ganz in Ordnung. Einmal am Tag darf ich auf den Hof, da sehe ich auch andere Gefangene. Eine ist dabei, die ist hochschwanger. Ich habe die Wärterin gebeten, der armen Frau bei der Geburt zur Hand gehen zu dürfen. Das wurde allerdings harsch abgelehnt. Hier im Gefängnis bin ich als Engelmacherin verschrien, die keine Kinder mehr zur Welt holen darf. Mir bleibt hier nicht viel mehr, als auf mein Gerichtsverfahren zu warten. Dreimal war bislang Dr. Vogel bei mir im Gefängnis. Er ist mein Anwalt und hat mir geraten, die Hoffnung nicht aufzugeben. Vogel ist ein guter Mann, dennoch glaube ich nicht wirklich an einen Freispruch. Aber, mein liebes Kind, versuche Dir trotzdem nicht allzu viele Sorgen zu machen. Was ich getan habe, würde ich wieder tun. Deshalb muss ich jetzt auch dafür einstehen. Wer weiß, vielleicht kommt einmal eine Zeit, in der die Engelmacherei nicht mehr notwendig sein wird, wer weiß. Ich versuche, den Mut nicht zu verlieren und denke viel an Dich und Deinen Vater. Sobald Dr. Vogel eine Besuchserlaubnis erwirkt hat, schreibe ich Dir. Bleib stark, ich versuche das auch, mein geliebtes Kind. Grüß mir Deinen Vater, sei gegrüßt und geküsst von Deiner Mutter.«*

Drei Tage später war Luise von Liebwitz tot. Sie war in ihrer Zelle aufgrund einer zu spät erkannten Diphtherie-Erkrankung erstickt. Der Brief war das letzte Lebenszeichen gewesen, das Amelie von ihrer Mutter erhielt.

Kapitel 34

Michael von Liebwitz saß in seinem Sprechzimmer und starrte dumpf vor sich hin. Hin und wieder setzte er eine Flasche Obstbrand an die Lippen und nahm einen tiefen Schluck. Es war dämmrig im Zimmer, kein Licht brannte, die Vorhänge vor den Fenstern waren geschlossen. Die Luft im Raum war dick von Zigarettenrauch. Eben steckte er sich wieder einen Glimmstängel an, als sich die Tür zum Sprechzimmer leise öffnete. Amelie trat vorsichtig in den Raum. Ihre Augen waren verquollen, ihr Haar ein einziges Durcheinander, sie trug noch ihren Kittel, mit dem sie das Krankenhaus fluchtartig verlassen hatte, als sie die Nachricht vom Tod ihrer Mutter erhalten hatte. Tränen liefen über ihr Gesicht. Michael von Liebwitz fuhr auf seinem Sessel zu ihr herum. »Hast du das gewusst?«, herrschte er sie an. Amelie blickte ihren Vater erstaunt an.

»Was gewusst?«, fragte sie dann leise.

»Hast du gewusst, dass Luise Abtreibungen vorgenommen hat?« Er schaute sie böse an. »Ja, Vater«, sagte sie dann. »Ich habe es gewusst. Du weißt doch, wie sie war, sie wollte immer helfen.«

Michael von Liebwitz schluchzte auf. »Ja – helfen«, sagte er mutlos. »Das wollte sie – und was hat sie davon gehabt?«

Amelie trat auf ihren Vater zu.

»Bleib mir vom Leib«, fuhr dieser sie an. »Du hättest es mir sagen müssen!«

»Mutter wollte aber nicht, dass du es weißt«, hielt Amelie

dagegen. »Sie wollte nicht, dass du dir Sorgen machst.« Im gleichen Moment wurde ihr die Sinnlosigkeit dieser Aussage klar. »Papa, es tut mir leid«, murmelte sie und wollte ihren Vater in die Arme schließen. Dieser jedoch stieß sie von sich. »Geh, verlass dieses Haus!«, schrie Michael voller Zorn. »Ich will dich hier nicht mehr sehen.«

»Das ist nicht dein Ernst«, nun wurde auch Amelie erregt. »Papa, wir müssen doch jetzt zusammenhalten.«

»Nein!« Michael von Liebwitz war vollkommen außer sich. »Geh! Verschwinde! Hättest du mir gesagt, was Luise tut, hätte ich sie vielleicht beschützen können. Du trägst eine Mitschuld an ihrem Tod!«

Amelie wurde kreidebleich und fuhr zurück. Ohne ein weiteres Wort verließ sie das Arbeitszimmer ihres Vaters und schlug laut die Tür hinter sich zu. Sie schnappte sich Hut und Mantel und verließ türenschlagend das Haus. Es war dunkel, kalt und es regnete, was nur vom Himmel wollte. Als Amelie endlich vor Ernsts Haustür stand, war sie bis auf die Haut durchnässt. Sie fror und klapperte mit den Zähnen. »Amelie?«, fragte Ernst erstaunt, als er auf das nachdrückliche Pochen an seiner Wohnungstür öffnete. »Was machst du denn hier?« Amelie fegte ins Zimmer, sank auf einen der beiden vorhandenen Stühle, barg das Gesicht in den Händen und weinte bitterlich. Ernst stand hilflos vor ihr. »Liebste, was hast du denn nur?«, fragte er. Amelie weinte und weinte. »Zieh doch wenigstens den nassen Mantel aus«, sagte Ernst, »du holst dir noch den Tod!«

Endlich hob Amelie den Kopf. »Meine Mutter ist tot, und mein Vater gibt mir die Schuld daran«, sagte sie heiser. Ernst war wie vor den Kopf geschlagen. »Deine Mutter ist gestorben?«, fragte er dann. »Wieso? War sie denn krank?« Ernst wusste noch nichts von den dramatischen Vorgängen in Amelies Elternhaus. Bevor sie jedoch ansetzen konnte, um ihm alles zu erzählen, nahm Ernst die Sache in die Hand. »So, mein Liebes«, sagte er. »Du ziehst dir jetzt die nassen Sachen aus, und ich koche erst einmal einen Tee.« Gehorsam pellte Amelie sich aus Mantel, Bluse und Rock, zog die nassen Schuhe und Strümpfe aus und hüllte sich in die Decke, die Ernst ihr hilfsbereit reichte. Auf dem kleinen Ofen in der Ecke machte er Wasser heiß und bereitete Kamillentee für Amelie zu, die die Tasse widerspruchslos annahm, obwohl sie Kamillentee auf den Tod nicht ausstehen konnte. Ernst nahm ebenfalls am Tisch Platz. »Und jetzt erzähl mir alles«, forderte er sie auf.

Amelie tat, wie ihr geheißen, und berichtete Ernst von den Ereignissen der vergangenen Tage und von der Zurückweisung durch ihren Vater. »Er hasst mich – er gibt mir eine Mitschuld an Mutters Tod«, flüsterte sie. »Er hat mich hinausgeworfen.« Die letzten Worte kamen wieder schluchzend. Ernst nahm einen tiefen Schluck Tee aus seinem Becher und stand dann auf. »Diese Situation erfordert mehr als Tee«, murmelte er, holte eine Flasche Obstbrand aus dem Regal und würzte damit die beiden Becher mit Kamillentee. Als Amelie von dem Gebräu getrunken hatte, wurde sie ein wenig ruhiger. »Ich weiß wirklich nicht, was ich jetzt tun soll«, sagte sie mutlos. »Nach Hause kann ich nicht mehr.«

»Dann bleibst du eben hier bei mir«, sagte Ernst bestimmt. »Es wird ein bisschen eng werden, aber wir schaffen das schon.«

»Meinst du?« Amelie blickte Ernst mit großen Augen an. »Aber geht das überhaupt?«

»Warum sollte es nicht gehen?«, meinte Ernst leichthin.

»Na ja«, murmelte Amelie. »Wir sind schließlich nicht verheiratet. Und einfach so zusammenleben …«

»Gut, dann heiraten wir eben«, stellte Ernst fest.

»Was?«, fragte Amelie.

»Möchtest du mich heiraten, Amelie?«

»Das kann unmöglich dein Ernst sein«, entfuhr es Amelie. »Wir können doch nicht so holterdiepolter heiraten.«

»Wir müssen ja auch nicht sofort ins Rathaus gehen«, meinte Ernst beruhigend. »Bleib erst einmal ein paar Tage hier und ruhe dich aus. Dann sehen wir weiter.«

Und so kam es. Amelie blieb in der kleinen Wohnung. Besonders glücklich war sie dort nicht, zu eng, klein und feucht war die Behausung. Meistens aber merkte sie gar nichts von den Unannehmlichkeiten. Dann nämlich, wenn sie darüber nachgrübelte, warum ihr Vater einen so schrecklichen Vorwurf gegen sie erhoben hatte. Wenn sie nicht grübelte, dann trauerte sie um Luise. Sie vermisste ihre Mutter furchtbar. Ihre ruhige, humorvolle Art hatte sie auf eine Art getragen, wie sie es erst jetzt bemerkte. Auch wenn sie verärgert aus der Klinik gekommen war, weil Professor Hauptmann sie mal wieder nur Patienten neu verbinden ließ, Luise hatte diesen Ärger mit einem Lächeln und ein paar Worten verschwinden lassen können. Als die Wochen vergingen, legte sich ihre schlimmste Trauer ein wenig. Ernst tat alles, um sie glücklich zu machen. Er schenkte ihr Blumen, hörte sie ab, wenn sie für ihre chirurgische Abschlussprüfung lernte, und spielte abends für sie, um ihre Nerven zu beruhigen. Im Krankenhaus versah sie diszipliniert ihren Dienst. War Professor Hauptmann im Haus, musste sie sich auf Pflegearbeit beschränken. Da der uneinsichtige Professor jedoch häufig auf Kongressen und Tagungen Vorträge hielt, verschaffte ihr Friedrich Görtz die Möglichkeiten, zu operieren. So lernte sie langsam aber doch alles, was sie können musste, um eine gute Chirurgin zu werden. Ernst und Amelie lebten nun schon mehr als zwei Monate zusammen. Von ihrem Vater hörte sie nichts.

Weil Luise im Weibergefängnis gestorben war, war an eine Beerdigung lange Zeit nicht zu denken. Die Polizei mauerte und gab auf heftiges Nachfragen sowohl durch Michael als auch durch Amelie nur nebulös an, »der Fall müsse noch genauer untersucht werden«.

An einem sonnigen Tag im Frühling 1914 erhob Amelie sich von der niedrigen Schlafstatt in Ernsts Wohnung. Ernst griff nach ihr und wollte sie wieder an sich ziehen, doch Amelie machte sich sanft los, lächelte ihn an und sagte: »Guten Morgen, mein Liebster. Ich muss aufstehen – der Dienst im Krankenhaus wartet.« Ernst knurrte verschlafen vor sich hin und drehte sich zur Wand. Amelie stand auf, wusch sich und kleidete sich an. Dann kochte sie sich eine Tasse Kaffee. Schließlich machte sie sich frühmorgens auf den Weg ins Krankenhaus. Ernst, der Langschläfer, kroch meist erst gegen zehn Uhr vormittags aus dem Bett, frühstückte ebenfalls und setzte sich dann zum Komponieren ans Klavier.

Amelie wechselte einem Patienten, der sich einen komplizierten Armbruch zugezogen hatte, gerade den Verband, als Schwester Eva ins Zimmer stürzte. »Fräulein Doktor«, rief sie, »hier ist eine Nachricht von Ihrem Vater.« Amelie knüpfte noch rasch die Enden des Verbandes zusammen und wandte sich dann kurz an Schwester Eva: »Bitte, Schwester – nicht so laut! Was haben Sie denn da für mich?« Sie lächelte den Patienten, einen Flussschiffer, freundlich an und wandte sich der Krankenschwester zu, in der sie eine Freundin gefunden hatte. »Kommen Sie, gehen wir raus«, sanft nahm Amelie Schwester Eva am Arm und dirigierte sie aus dem Patientenzimmer. Eva reichte ihr ein Kuvert, auf der in der schwungvollen Schrift ihres Vaters ihr Name und die Krankenhausadresse zu lesen waren. »Danke Eva«, sagte sie, »ich werde das im Arztzimmer lesen, da ist jetzt niemand.« Eva nickte und eilte davon.

Amelie betrat nach wenigen Schritten das verlassene Arztzimmer, setzte sich hinter den Schreibtisch, öffnete rasch das Kuvert und zog den Brief ihres Vaters heraus.

»Liebe Amelie«, stand dort zu lesen. *»Die Polizei hat Luise endlich zur Beerdigung freigegeben.«* Amelie seufzte leise und spürte die Trauer um ihre Mutter wieder ganz stark. Sie las weiter. *»Elisabeth hat, wie es ihre Art ist, die Organisation der Beerdigung übernommen«*, schrieb ihr Vater weiter. *»Bitte wende Dich an sie, um Einzelheiten zu erfahren.«* Unterschrieben war der Brief ohne Gruß mit *»Dein Vater.«*

Nur wenige Stunden später, Amelie hatte ihre Patientenrunde beendet und saß mit einer Tasse Kaffee wieder im Arztzimmer, um Patientenakten zu bearbeiten, klopfte es an der Tür. Dr. Friedrich Görtz stand draußen und hielt mit besorgter Miene ein Briefkuvert in der Hand. »Guten Tag, Amelie«, sagte er. »Das hier hat gerade ein Diener für dich abgegeben.« Amelie erhob sich und nahm den Brief entgegen. »Schon wieder?«, fragte sie ihren Kollegen. »Seltsam, erst höre ich wochenlang gar nichts von meiner Familie und jetzt erhalte ich gleich zwei Briefe an einem Tag.« Sie setzte sich hinter ihren Schreibtisch, drehte das Kuvert um und sagte: »Er ist von meiner Tante Elisabeth. Womöglich schreibt sie etwas über die Beerdigung von Mutter.« Eilig riss sie den Umschlag auf.

Liebe Amelie,
ich kann es noch immer nicht fassen, dass Luise gestorben ist. Meine kleine Schwester soll tot sein? Das ist doch unmöglich! Auch wenn inzwischen viele Wochen vergangen sind, weine

ich jeden Tag um sie und um die Umstände ihres Todes. Gestern nun suchte ich Deinen Vater auf. Ich fand ihn betrunken in seinem Praxiszimmer. Eure Haushälterin berichtete mir, dass Michael seit Luises Tod in diesem Zustand ist. Mein Versuch, mit ihm zu sprechen, stieß auf taube Ohren. Auf seinem Schreibtisch fand ich eine Verständigung. Luises Leichnam wurde ins Bestattungsinstitut Hübner gebracht. Der Bestatter fordert Michael in diesem Schreiben auf, sich um die Formalitäten für die Beerdigung zu kümmern. Aus naheliegenden Gründen denke ich nicht, dass er dazu imstande ist. Deswegen habe ich die Angelegenheit in die Hand genommen. Luise wird übermorgen auf dem Luisenfriedhof im Mausoleum derer von Radestock beerdigt. Luise hat ein Testament hinterlassen. Sie wünscht ausdrücklich eine weltliche Bestattung ohne Priester. Ich möchte diesem Wunsch gerne Rechnung tragen. Die Trauergemeinde versammelt sich übermorgen um 14 Uhr am Mausoleum. Ich haben Luises Todesanzeige im »Börsen-Courier«, dem »Berliner Lokal-Anzeiger«, der »Morgenpost« und dem »Tageblatt« veröffentlichen lassen. Meine liebste Nichte, ich bin unendlich traurig über den Verlust von Luise und fühle mit Dir. Bitte suche mich morgen auf, damit wir den Ablauf der Beerdigung besprechen können.

Mit all meiner Liebe,
Elisabeth

Amelie setzte sich, nachdem sie den Brief zu Ende gelesen hatte. »Es tut mir so unendlich leid wegen deiner Mutter«, sagte Friedrich Görtz, der wie alle anderen am Curias-Krankenhaus von dem Skandal um Luise von Liebwitz und ihrem Tod gehört hatte. »Was?«, fragte Amelie zerstreut. Sie weinte wieder.

»Deine Mutter«, wiederholte Görtz. »Es tut mir unendlich leid um deinen Verlust. Diese ganze Geschichte ist furchtbar.« Amelie straffte die Schultern, wischte sich die Tränen aus dem Gesicht und sagte: »Und Alexander von Stein ist schuld daran. Hätte er Mutter nicht denunziert, wäre sie noch zu Hause und am Leben.«

»Am liebsten würde ich den Schweinehund fordern«, knurrte der sonst so sanftmütige Friedrich. Amelie lachte erbittert auf. »Das würde meine Mutter auch nicht wieder lebendig machen, nicht wahr?«

»Eigentlich wollte ich dich aufsuchen, weil ich morgen früh eine Gallenblase entferne und dich um deine Assistenz bitten wollte, aber das hat sich jetzt wohl erledigt«, sagte Görtz und wandte sich zum Gehen.

»Nein, Friedrich, bitte bleib hier. Ich werde dir gerne assistieren, aber wird Hauptmann das nicht wieder zu verhindern wissen?«

»Bist du dir sicher?«, fragte Görtz.

»Ja, alles was mich von dieser schrecklichen Sache ablenkt, tut mir gut. Aber, was ist nun mit Hauptmann?«

»Ich operiere um vier Uhr morgens, da schläft Hauptmann noch den Schlaf der Ungerechten«, grinste Görtz. »Wenn du wirklich assistieren willst, sei bitte um halb vier im Vorbereitungsraum.«

»Ist gut, Friedrich – und vielen Dank!« Amelie setzte sich wieder an ihren Tisch und verfasste rasch eine Note an ihre Tante, in der sie ihr für den nächsten Nachmittag ihren Besuch ankündigte. Sie schickte einen der Spitalsdiener zu Elisabeth. Als das erledigt war, machte sie sich wieder an ihre Patientenakten.

Abends, als Ernst und sie gegessen hatten, wobei Amelie nur mehr oder weniger in ihrem Essen herumgestochert hatte, berichtete sie ihrem Verlobten von den Ereignissen des Tages. »Ich werde morgen Elisabeth aufsuchen, damit wir alles besprechen können. Wirst du mich zu der Beerdigung begleiten?«

»Selbstverständlich, mein Liebes«, sagte Ernst. »Ich weiche nicht von deiner Seite.«

»Danke«, murmelte Amelie, dann fiel ihr noch etwas ein. »Ich muss morgen ganz früh im Curias sein«, erzählte sie dann. »Görtz erlaubt mir, bei einer Gallenblasenentfernung zu assistieren.«

»Und wann ist ganz früh?«, fragte Ernst.

»Ich muss um drei Uhr hier weg.« Ernst schüttelte sich. »Also ich möchte kein Arzt sein, wenn das heißt, um drei Uhr morgens aufzustehen.« Amelie lächelte traurig. »Er hat die Operation so früh angesetzt, damit Hauptmann nicht wieder verhindern kann, dass ich assistiere«, meinte sie dann. »Ich werde mich jetzt hinlegen, wenn du nichts dagegen hast, damit ich wenigstens ein paar Stunden Schlaf bekomme.«

Kapitel 35

»So, verehrte Frau Kollegin«, Friedrich Görtz blickte Amelie an, die noch leicht verschlafen hinter der Gesichtsmaske hervorblinzelte. »Heute drehen wir die Chose einmal um – du wirst operieren, und ich assistiere.« Amelies Augen waren plötzlich hellwach. »Was?«, fragte sie. »Ich soll operieren?«

»Du hast jetzt wirklich oft genug bei diesem Eingriff assistiert, sogar beim großen Professor Morgan in New York. Ich glaube, du schaffst es, diese entzündete Gallenblase zu entfernen«, meinte Görtz. Draußen war es noch stockdunkel, aber Vorbereitungsraum und Operationssaal waren taghell erleuchtet. Amelie und Görtz hatten sich soeben die Hände gewaschen, waren von den Schwestern eingekleidet worden und warteten auf den Spitalsdiener, der die Patientin hereinbringen sollte. Von draußen war das Geräusch von Rädern zu hören, dann öffnete sich die Tür des Operationssaals und die Patientin wurde hereingerollt.

Amelie dachte kurz nach, dann nickte sie. »In Ordnung, ich werde es versuchen. Aber nur, wenn du mir assistierst«, fuhr sie fort.

»Aber natürlich – ich bin während der ganzen Operation an deiner Seite«, sagte Görtz.

Die Patientin, eine dunkelhaarige Frau mit fröhlichen blauen Augen, blickte die beiden an. »Ich werde doch nichts mitkriegen, oder?«, fragte sie ängstlich. »Sie werden gar nichts spüren, Frau Ederle«, versicherte Amelie der Patientin. »Sie werden nämlich tief und fest schlafen. Und wenn Sie wieder aufwachen, sind Sie Ihre lästige Gallenblase und die Schmerzen los, die Sie in den vergangenen Wochen so gequält haben.« Mit gut gespielter Nonchalance griff Amelie nach dem Skalpell.

Frau Ederle wurde rasch in Narkose versetzt, und tatsächlich verlief der Eingriff ohne Probleme. Als Amelie die letzte Naht schloss, war sie schweißgebadet – und stolz. Immerhin hatte sie erfolgreich ihre erste eigenständige Operation durchgeführt. Auch Friedrich Görtz freute sich. Er folgte Amelie nach dem Eingriff ins Arztzimmer, beauftragte Schwester Berta damit, Kaffee zu bringen, und schloss Amelie in die Arme, als die Krankenschwester den Raum verlassen hatte. »Das hast du hervorragend gemacht«, sagte er. »Ich werde das auch an den Rektor weiterleiten lassen. Irgendwann musst du ja deine chirurgische Prüfung ablegen.«

Amelie befreite sich aus Görtz' Armen, lächelte ihn traurig an und sagte: »Ach weißt du, ja es war großartig, heute den Eingriff machen zu dürfen, aber ich frage mich, ob das alles wirklich mein Ziel sein soll?« Sie blickte Görtz traurig an.

»Meine liebe Amelie«, begann dieser ernst. »Ich weiß, dass dein Leben zurzeit sehr schwierig ist. Der Tod deiner Mutter ist eine Tragödie. Aber denkst du wirklich, sie würde wollen, dass du aufgibst?«

Amelie setzte sich an den kleinen Tisch im Arztzimmer. »Ich denke nicht«, gab sie dann zur Antwort. »Aber langsam bin ich der Kämpfe und der Verluste müde, die mit meinem Berufswunsch einhergehen.«

»Nun«, auch Friedrich Görtz hatte sich gesetzt. »Selbst auf die Gefahr hin, dass du mich für einen Stoffel hältst, aber der Tod deiner Mutter hat nun nicht ursächlich etwas mit deinem Berufswunsch zu tun. Und dass es nicht einfach werden wird, das hast du gewusst – und zwar von deinem ersten Tag an der Universität an.«

»Du bist ganz schön hart«, Amelie schaute auf. »Du musst dich ja mit solchen Sachen auch nicht herumquälen.«

»Das stimmt wohl«, Görtz fasste nach Amelies Hand. »Aber deswegen kann ich dir doch trotzdem die Wahrheit sagen, oder?«

»Ja«, gab Amelie widerstrebend zur Antwort. »Ist ja gut.« Sie stand auf und streckte sich, als Berta mit einem Tablett, auf dem sich zwei gefüllte Kaffeetassen befanden, den Raum betrat. »Danke, Schwester Berta«, sagte Görtz, nahm der freundlichen Blondine das Tablett ab und komplimentierte sie rasch wieder aus dem Raum.

»Wie geht es denn jetzt weiter?«, fragte Görtz, sich auf das Ableben von Amelies Mutter beziehend, was diese auch ganz richtig verstand. »Morgen ist die Beerdigung auf dem Luisenfriedhof«, sagte sie. »Mir graut es davor, hinzugehen. Mein Vater gibt mir eine Mitschuld an Mutters Tod.«

Der Luisenfriedhof war schwarz von Menschen. Sie erstreckten sich vom Eingangstor bis zum Radestock'schen Mausoleum. Tausende waren erschienen, um Luise von Liebwitz das letzte Geleit zu geben. Da waren ganz einfach, sogar schäbig gekleidete Menschen, die vielen Armen aus dem Scheunenviertel, denen Luise im Laufe ihres Lebens geholfen hatte. Sie stellten den größten Teil der Beerdigungsgesellschaft dar. Die Berliner Honoratioren dagegen, sonst immer gerne bei Anlässen dabei, auf denen man gesehen werden konnte, zeichneten sich durch Abwesenheit aus.

Am Mausoleum standen Michael von Liebwitz, mit schwarzem Mantel, schwarzem Zylinder und finsterem Gesichtsausdruck. Etwas abseits hatten sich Elisabeth von Radestock und Amelie postiert. Hinter ihnen ragte ein steinerner Engel mit weit ausgebreiteten Flügeln über dem Tor zum Mausoleum auf. Fast schien es, als wolle er Elisabeth und Amelie schützen. Mit starrem Gesicht schaute Michael von Liebwitz in die Menge, die sich am Mausoleum drängte.

Ein Frauenchor hatte neben dem Tor des Mausoleums Aufstellung genommen. Die Leiterin, Martha Stockwitz, hob nun den Taktstock und die lieblichen Stimmen intonierten Chopins »In mir klingt ein Lied«. Traurig wehten die Klänge von Luises Lieblingsstück über den Friedhof. Es rührte alle zu Tränen. Auch Michael von Liebwitz starrer Gesichtsausdruck löste sich auf, Tränen traten in seine Augen. Er blickte kurz zu seiner Tochter, die sich weinend ein Taschentuch an die Augen drückte. Dann trat er einen Schritt vor. Als das Lied verklungen war, sagte er: »Meine Frau Luise hat alles, was sie getan hat, aus einem Gefühl der Liebe und Fürsorge für die ihr anvertrauten Menschen getan. Als Hebamme hat sie dabei geholfen, viele Kinder auf die Welt zu holen.« Er holte tief Luft, Tränen rannen ihm über die Wange. »Als meine Frau war sie die beste Gefährtin, die ein Mann sich nur vorstellen kann. Es ist unvorstellbar, dass sie nicht mehr unter uns ist.« Er weinte jetzt ganz offen, seine Stimme klang heiser. »Auch ihre letzte Handlung tat sie aus Liebe und Fürsorge für ein kleines Dienstmädchen, das unverschuldet in Not geraten war.« Er holte erneut tief Luft. »Liebste Luise, wo immer du nun auch sein magst, vergiss uns nicht. Du warst das Beste, das mir in meinem Leben passiert ist.« Er trat zurück und schwieg. Sein Blick fiel erneut auf Amelie. Diese, in Tränen aufgelöst, trat einen Schritt auf ihn zu und fiel ihm förmlich in die Arme. Er umarmte sie, barg sein Gesicht in ihren Haaren und murmelte: »Bitte entschuldige, Kind, die Trauer hat mich ungerecht werden lassen.« Amelie weinte so sehr, dass es sie schüttelte. Als sie versuchte zu sprechen, legte er ihr einen Finger auf die Lippen. »Schon gut«, sagte er. »Es ist alles gut.«

Aber auch als Luise begraben worden war und Michael von Liebwitz sich mit seiner Tochter versöhnt hatte – die Praxis öffnete er nicht wieder. Und Amelie kam nicht wieder zu ihm zurück. Sie blieb bei Ernst wohnen. Michael von Liebwitz dagegen vergrub sich in seinem Haus, ertränkte seinen Kummer in Cognac und trauerte seiner geliebten Gefährtin nach.

Sowohl Else als auch Frau Haller versuchten, Michael aus seiner Trauerstarre zu reißen, allein, sie scheiterten. Amelie, die Michael täglich kurz besuchte, erreichte ebenfalls nichts bei ihrem Vater. Der Verlust seiner Frau hatte ihn vollständig verstört. Amelie, die ebenfalls in der Trauer um ihre Mutter gefangen war, tat das, was auch diese getan hatte, in Krisenzeiten: Sie stürzte sich in ihre Arbeit. Ernst Szabo, ihr Verlobter, bemühte sich, Amelie in der wenigen Zeit, die sie in der gemeinsamen Wohnung verbrachte, aufzuheitern. Er servierte ihr Leckereien, die sie nicht verspeiste, spielte ihr heitere Lieder vor, denen sie nur vorgab, zu lauschen und hielt sie nachts in den Armen, wenn sie um ihre Mutter weinte.

Intermezzo
WIEN, 1950

»Geht es Ihnen gut?« Eine männliche Stimme riss Amelie aus ihren Erinnerungen. Der hochgewachsene Mann, der vor ihr stand, kam ihr vage bekannt vor. »Doch ja, es geht mir gut. Ich war nur gerade in Gedanken versunken«, antwortete Amelie abwesend. Sie blickte dem Fremden ins

Gesicht und erschrak. Das konnte doch nicht ... Das war doch ... Nein, unmöglich! Dennoch sagte sie leise: »Ernst, bist du das?«

»Amelie?« Der Fremde wurde ganz blass. »Amelie von Liebwitz?«

»Ja«, antwortete diese und erhob sich von der Bank, auf der sie ihren Erinnerungen nachgehangen war. »Ich bin es.«

»Du hast dich überhaupt nicht verändert«, sagte Ernst Szabo, denn tatsächlich war Amelie soeben ihrer alten Liebe begegnet, mitten auf der Wiener Ringstraße. »Mach dich nicht lächerlich«, konterte Amelie und strich sich über das graue Haar. »Nein«, beharrte Ernst. »Du siehst noch genauso aus wie das junge Mädchen von damals.« Amelie lächelte traurig. »Das junge Mädchen habe ich schon vor sehr langer Zeit hinter mir gelassen«, sagte sie dann.

Ernst Szabo, im langen grauen Mantel und mit schickem Hut, reichte ihr die Hand. »Guten Tag, Amelie«, sagte er. »Es ist sehr schön, dich wiederzusehen.« Sie schüttelte die Hand, die er ihr entgegenstreckte. »Ja«, sagte sie dann. »Es ist schön.«

»Was machst du hier in Wien?«, fragte Ernst.

»Das ist eine lange und ausgesprochen unerfreuliche Geschichte«, antwortete Amelie. »Eigentlich war ich gerade auf dem Weg in den Musikverein, um deinem Konzert zu lauschen.«

»Das freut mich aber«, Ernst lächelte. »Wollen wir nachher gemeinsam soupieren?« Amelie überlegte. Dann nickte sie. »Gern, dann kannst du mir erzählen, wie es dir in all den langen Jahren ergangen ist.« Gemeinsam schritten sie auf das Gebäude des Musikvereins zu. Unwirklich fühlte Amelie sich. Da schritt sie nun tatsächlich neben jenem Ernst Szabo her, der in ihrer Zeit als Assistenzärztin der Chirurgie am Berliner Curias-Krankenhaus eine so wichtige Rolle für sie gespielt – und dessen Liebe sie dann schweren Herzens aufgegeben hatte, weil sie – im Gegensatz dazu – ihren Traum, Chirurgin zu werden, auf keinen Fall an den Nagel hatte hängen wollen. Tief in Gedanken versunken schritt sie neben Ernst her. Dieser blickte sie immer wieder ungläubig von der Seite an. Fünfunddreißig Jahre war es her, seit er sie zum letzten Mal gesehen hatte. Damals hatte er verletzt in einem Lazarett in Bosnien gelegen, und sie hatte ihm das Leben – und die Hände – gerettet. Versonnen sagte er: »Weißt du, ich hätte nie gedacht, dass wir uns einmal wiedersehen.« Amelie blickte zu ihm auf. »Ja, das Leben geht seltsame Wege. Bis vor wenigen Wochen war ich noch in Amerika, in Boston, als Chirurgin tätig. Und jetzt komme ich aus Berlin.«

»Was hat dich nach Berlin zurückgebracht?«, fragte Ernst.

»Ach, eigentlich wollte ich nur einige Wochen Urlaub machen«, antwortete Amelie. »Mich vergewissern, wie es um mein Elternhaus bestellt ist. Aber zu Hause erwartete mich ein Brief der Wiener Universität. Es ging um einen Lehrstuhl – deshalb bin ich heute hier.«

»Ein Lehrstuhl, hm?«, fragte Ernst beeindruckt.

»Lass mal«, gab Amelie zurück. »Ich werde ihn nicht bekommen.«

Ernst blickt sie an. »Und wieso nicht?«

»Ein Kollege wurde mir vorgezogen, er kann zwar nichts, ist aber im Kartellverband und bestens vernetzt mit den Herren, die auf der Uni und im Ministerium etwas zu sagen haben.«

»Das tut mir leid«, sagte Ernst. »Das meine ich ehrlich. Auch wenn ich dich damals an die Medizin verloren habe.«

»Ach, damals«, wehrte Amelie ab, »das ist so lange her und schon gar nicht mehr wahr.« Über die gemeinsame Vergangenheit mit Ernst wollte sie nun wirklich nicht sprechen.

Sie wusste, sie hatte ihn damals im Stich gelassen. Aber die Liebe zur Medizin war eben stärker gewesen als die Liebe zu Ernst. Und ihr Wiedersehen, später, in den Wirren des großen Krieges? Nein, davon wollte sie jetzt wirklich nicht anfangen.

Die beiden waren inzwischen vor dem Gebäude des Musikvereins am Wiener Musikvereinsplatz im ersten Bezirk angekommen. Ernst beugte sich über Amelies Hand: »Meine Liebe, ich hoffe, du genießt das Konzert. Bitte komm nachher in meine Garderobe, dann gehen wir gemeinsam essen.«

»Ist gut«, sagte Amelie, betrat das Gebäude und wandte sich der Treppe zum Goldenen Saal zu. Dieser hatte in den letzten Tagen des Zweiten Weltkriegs einen Bombentreffer abbekommen, war aber aufgrund der Bemühungen des rührigen Musikvereins bereits wiederhergestellt worden. Und wie beeindruckend dieser Saal war. Fast fünfzig Meter lang und zwanzig Meter breit, mit einer Höhe von rund achtzehn Metern und in einem Goldton gehalten, galt dieser Konzertsaal als akustisches Wunder. Von jedem Platz aus hörte man gleich gut, und die Gestaltung des Saales bot dem Auge eine Vielzahl von Möglichkeiten, sich auszuruhen, vom Deckengemälde Anton Eisenmengers bis hin zu den Karyatiden im Parterre. Amelie saß in der dritten Reihe, auf einem bequemen, vergoldeten Stuhl, der mit weichen roten Samtpolstern einen entspannten Konzertgenuss versprach. Kurz darauf ertönte die Glocke zum dritten Mal, das Licht im Saal wurde gedimmt, und der Dirigent, Ernst Szabo, betrat im schwarzen Frack das Podium. Mucksmäuschenstill war es im Saal, als er den Taktstock hob, und die Klänge seiner Äskulap-Symphonie begannen, den Raum zu erfüllen.

Als Amelie diese Töne hörte, versank sie augenblicklich tief in Gedanken. Denn dieses Musikstück war es, das letztlich zum Ende ihrer Beziehung mit Ernst geführt hatte. Dabei war es eigentlich als Hommage an sie gedacht gewesen. An sie und ihre Liebe zur Medizin. Amelie erinnerte sich, als ob es gestern gewesen wäre. An diesen Tag, an ihre Arbeit in der Ordination ihres Vaters und an den schicksalhaften Eingriff, den sie an diesem Tag vorgenommen hatte. Und natürlich an die erschütternde Einsicht, die sie am Ende dieses Arbeitstages gewonnen hatte, bevor sie zu Ernst in die winzige Wohnung im Wedding zurückgekehrt war.

Kapitel 36

BERLIN, 1914

Guten Tag, Junge«, Amelie, die gerade den Finger einer Frau verband, die sich böse geschnitten hatte, hielt inne. »Was möchtest du denn?«

»Icke ...« begann er. »Icke ...« Der Junge war vollkommen atemlos. Ein typischer Berliner Bengel, strubbelige Haare, schmuddelige Kleidung und hellwache Augen.

»Nun«, sagte Amelie, »jetzt komm doch erst einmal zu Atem – hier, trink das.« Sie stand von ihrem Platz im Ordinationszimmer ihres Vaters auf und ging zum Wasserhahn. Sie füllte ein Glas und reichte es dem Bengel. Der Knabe setzte das Glas an und trank in einem Zug alles aus. »Kein Wunder«, dachte Amelie, »draußen hat es bestimmt schon wieder über dreißig Grad.«

Amelie schnitt rasch die Enden des Verbandes ab, den sie der verletzten Frau um den Finger gewickelt hatte, und band eine Schleife. »Kommen Sie morgen wieder, dann wechseln wir den Verband, Frau Kahlberg«, sagte sie und begleitete die Patientin zur Praxistür.

Sie nahm hinter dem eichenen Schreibtisch ihres Vaters Platz, notierte rasch die Behandlung auf der Karte der Patientin und wandte sich dann wieder dem Jungen zu, der zappelnd vor dem Schreibtisch stand. »Wie heißt du denn, und was führt dich zu mir?«, fragte sie den kleinen Kerl, der inzwischen wieder zu Atem gekommen war.

»Icke bin der Tim Grieske«, antwortete er, »und der Herr Doktor muss sofort zu meene Mudda kommen.«

»Der Herr Doktor ist heute nicht da, Tim, worum handelt es sich denn, vielleicht kann ich ja helfen?«

»Sie? Aber Sie sin doch keen Doktor, wie wollen Se mir denn helfen?«

»Nun, Tim, ich bin schon ein Doktor, also, worum geht es denn?« Die Augen des Knaben wurden groß. »Aber Se sin doch eene Frau!«, setzte er erneut an.

»Ja, das bin ich«, Amelie musste lächeln. »Aber seit einiger Zeit können auch Frauen Ärzte werden, weißt du?«

Der Junge schwieg einen Moment, als müsste er die Information erst einmal verdauen. »Also«, setzte er schließlich an, »wenn Se 'nen richtjer Doktor sin, wird dit schon in Ordnung sein – die Frau Hebamme schickt mich«, er sprach immer schneller und verfiel sogar ins Hochdeutsche. »Sie sagt, meiner Mutter geht es sehr schlecht, sie braucht einen Arzt, das Kind liegt falsch.«

Amelie, die fast am Ende ihrer Ausbildung zur Chirurgin am Berliner Curias-Hospital stand und an diesem Tag ihren Vater in seiner Arztpraxis vertrat, überlegte kurz und packte dann ihre Arzttasche. »Gut, mein Junge, dann werde ich dich begleiten.« Sie kannte die Hebamme, die ihre Mutter ersetzt hatte, gut und vertraute auf ihr Urteil.

Die beiden traten durch die niedrige Praxistür in die gleißende Helligkeit eines Berliner Sommertages. Es war erst Mitte Juni, aber die ganze Stadt litt unter einer Hitzewelle. Im Scheunenviertel, einem der ärmsten Viertel Berlins, staute sich die Hitze zwischen den eng zusammenstehenden Gebäuden. Haus an Haus stand hier windschief zusammengebaut, die meisten Gebäude aus Holz und wenigstens vier Stockwerke hoch. Die letzten Stockwerke neigten sich in der Mitte oft ein wenig zusammen, so dass die unzähligen Gässchen des verrufenen Viertels kaum Sonnenlicht abbekamen. Es stank nach Abwässern, nach gekochtem Kohl und Armut.

Das Scheunenviertel war von allen Armenvierteln, die Berlin reichlich aufwies, das ärmste. Wer hier landete, hatte weder Geld noch irgendwelchen Besitz. Die Wohnungen waren winzig. Meist war nur ein Zimmer beheizbar, und in dem fand dann das ganze Leben statt, essen, schlafen und nicht selten auch arbeiten, wenn die armen Bewohnerinnen in Heimarbeit tage- und nächtelang die auf Raten gekaufte Nähmaschine bedienten. Das Einkommen der Männer, meist ungelernte Arbeiter, reichte hinten und vorne nicht und Kinder gab es zuhauf.

Auch Familie Gierske zählte bereits sieben Köpfe, Helga Gierske, die Mutter, versorgte fünf Kinder. Das jüngste war gerade mal ein Jahr alt, der Älteste, Tim, zählte sieben Lenze. Daneben fertigte sie in Heimarbeit Arbeitsjacken aus schwerem schwarzem Stoff an, für die sie stückweise mit ein paar Pfennigen bezahlt wurde.

Es war ein strammer zehnminütiger Marsch zu jenem Haus, in dem Familie Gierske eine winzige Wohnung mit drei kleinen Kämmerchen bewohnte. Der Abtritt, es war nur einer für die vierzig Hausparteien vorhanden, befand sich im Hof. Wasser wurde vom öffentlichen Brunnen geholt.

Im dritten Stock lag die ärmliche Behausung, das Treppenhaus war eng und schraubte sich gewendelt bis zum Dachgeschoss. Die Wohnungstür war unverschlossen, zum Stehlen gab es hier nichts. Ein winziger Vorraum führte in eine Kammer, in der das einzige Möbelstück ein Doppelbett war. Es war dämmrig, stickig und unbeschreiblich heiß in dem Zimmerchen. Das kleine Fensterchen zum Hinterhof stand zwar weit offen, ließ aber kaum einen Lufthauch herein.

Im Doppelbett lag eine kleine, schmale Gestalt mit einem enormen Bauch. Helga Gierske war erst sechsundzwanzig Jahre alt, aber das Leben in der Armut des Scheunenviertels, die vielen Geburten und die anstrengende Heimarbeit hatten sie vor der Zeit altern lassen. Ihr Gesicht wies Falten auf, ihr fehlten die oberen Schneidezähne und ihr Haar war von grauen Strähnen durchzogen. An der Seite von Helga Gierske stand Elfriede Lehmann, seit einem Jahr die Hebamme im Scheunenviertel, und wischte ihr vorsichtig mit einem feuchten Lappen die Stirn.

Elfriede, die ihr Haar unter einem weißen Kopftuch verborgen hatte und in eine weiße Schürze gehüllt war, seufzte erleichtert, als sie Amelie hereinkommen sah. »Ich bin froh, dass du da bist«, seufzte sie. »Das Kind liegt quer und lässt sich nicht drehen. Ich habe es bereits einige Male versucht, es rührt sich nicht.«

»Lebt es denn noch?«, fragte Amelie skeptisch, die rasch ihre Tasche öffnete, sich ebenfalls ein Kopftuch umband und eine Schürzte anlegte. Zu Tim sagte sie: »Geh in die Küche und kümmere dich bitte um deine Geschwister, wir können dich hier nicht brauchen.«

Der kleine Bengel war blass geworden, als er seine Mutter sah, die eben wieder unter einer heftigen Wehe aufstöhnte. »Is jut«, murmelte er und war auch schon zur Tür draußen. »Vielleicht solltest du auch deinem Vater auf der Arbeit Bescheid sagen«, rief Amelie ihm noch hinterher. Helgas Mann arbeitete als Tagelöhner für einen Bauunternehmer.

»Mach ick«, rief Tim und verschwand.

Amelie trat ans Bett. Die Frau auf dem Strohsack sah ergeben zu ihr auf. »Guten Tag, Frau Gierske, ich bin Dr. Amelie von Liebwitz und werde Sie nun untersuchen, in Ordnung?«

Frau Gierskes Augen weiteten sich. »Een Frollein Doktor?«, fragte sie leise. »Ja«, antwortete Elfriede Lehmann. »Amelie ist ausgebildete Ärztin und wird wissen, was zu tun ist. Sei vorsichtig«, wandte Elfriede sich nun wieder an Amelie. »Helga ist schon arg mitgenommen, die Wehen haben schon frühmorgens eingesetzt.« Inzwischen war es später Nachmittag.

Amelie nahm das Hörrohr aus ihrer Tasche, setzte es auf den Bauch der Kreißenden und horchte auf die kindlichen Herztöne. Ein rasches und regelmäßiges Klopfen tönte an ihr Ohr. »Dem Kind geht es noch gut«, sagte sie, legte das Hörrohr ab und begann vorsichtig, Helga Gierskes Bauch abzutasten. Das Kind lag tatsächlich in Querlage, der Rücken zur Wirbelsäule der Mutter. Amelie richtete sich wieder auf. »Frau Gierske«, begann sie. Helga Gierske schlug die Augen auf. »Lebt es?«, fragte sie leise. »Ihrem Kind geht es noch gut«, versuchte Amelie sie zu beruhigen, »aber in dieser Lage werden Sie es nicht auf die Welt bringen können. Sie müssen ins Krankenhaus zu einem Kaiserschnitt.«

»Wat«, Frau Gierske fuhr im Bett auf. »Aufschneiden wollen Se mich? Auf jar keenen Fall!« Die Gebärende machte Anstalten, aus dem Bett aufzustehen.

»Bleiben Sie liegen«, Elfriede Lehmann legte ihrer Patientin die Hand auf die Schulter und blickte ihr fest in die Augen. »Am Curias ist dieser Eingriff schon viele Male erfolgreich durchgeführt worden – mit gesunden Kindern und Müttern.«

Eine weitere Wehe kündigte sich an, rollte über Helga Gierske hinweg und ließ sie verstummen. Sie presste die Lippen aufeinander und atmete schwer. Kurze Zeit später war die Wehe vorüber. Kraftlos sank sie wieder in die Kissen. »Also jut«, wisperte sie, »dann gehe ick eben in dit Krankenhaus.« Sie machte erneut Anstalten, sich aus dem Bett zu erheben. »Nein, nein«, hinderte Amelie sie. »So schnell schießen die Preußen nicht – wir schicken Tim, um einen Ambulanzwagen zu holen.«

Amelie verließ den Raum, in dem Frau Gierske vergeblich versucht hatte, ihr sechstes Kind auf die Welt zu bringen, und betrat die enge Küche. Die Kinder saßen, wie Orgelpfeifen aufgereiht, auf der schmalen Bank neben dem Ofen. Tim hüpfte vor den kleineren Kindern herum und machte Mätzchen, um sie aufzuheitern. Auf dem schwarzen gusseisernen Herd stand lediglich ein Topf mit Wasser. Das kleinste Kind, ein einjähriges Mädchen, kaute an einer Brotrinde herum.

Amelie trat zu Tim und erklärte ihm, wo er hingehen und dass er sich beeilen musste, was sich Tim nicht zweimal sagen ließ. Blitzschnell flitzte er los, und kaum eine halbe Stunde danach war die Sirene der Ambulanz zu hören. Kurze Zeit später klopfte es an die Tür der Gierske'schen Wohnung und zwei kräftige Ambulanzfahrer traten ein. Trotz ihrer Größe legten sie Helga Gierske sehr behutsam auf eine Trage, luden diese in die Kutsche und fuhren los. »Ins Curias«, sagte Amelie, als sie neben dem Kutscher Platz nahm. »Elfriede, nimm dir bitte eine Kutsche und komm nach, im Curias fehlt es heute an allen Ecken und Enden an Personal.« – »Ist gut Amelie, ich sorge nur noch rasch dafür, dass Tim und seine Schwestern für die nächsten Tage versorgt sind.«

Wenig später wurde Frau Gierske, die gerade wieder unter einer Wehe litt, vorsichtig aus der Kutsche gehoben und in den Operationssaal gebracht. Amelie war voller Skrupel. Natürlich hatte sie mittlerweile schon mehrfach bei einem Kaiserschnitt assistiert, selbst durchgeführt hatte sie aber noch keinen. »Warum muss ausgerechnet heute diese medizinische Tagung in Hamburg sein?«, ärgerte sie sich. Praktisch das gesamte ärztliche Personal und alle Hebammen besuchten die Konferenz, auf der der berühmte Forscher Emil Behring über die Behandlung der Diphtherie sprechen sollte.

Amelie traf eine Krankenschwester im Operationssaal an. »Gut, dass Sie hier sind, Schwester Eva – ich muss gleich einen Kaiserschnitt durchführen und Sie müssen die Narkose überwachen.«

»Einen Kaiserschnitt?« Eva, die gerade frisch sterilisierte Instrumente in die dafür vorgesehenen Behältnisse verstaute, war erstaunt. »Sie? Aber trauen Sie sich das denn schon zu?«

»Ja«, antwortete Amelie mit fester Stimme. In ihrem Innern dagegen sagte eine kleinlaute Stimme immerzu: »Bist du sicher?«, »Was, wenn es schiefgeht?« – »Ja«, wiederholte sie laut. »Ich kann das!«

Schwester Eva gehörte zum kleinen, eingeschworenen Kreis jener Krankenschwestern und Ärzte, die Amelie auf ihrem schwierigen Weg, Chirurgin zu werden, unterstützten. Kommentarlos ging sie daran, alles für den Kaiserschnitt vorzubereiten. »Aber nur mit mir allein werden Sie den Eingriff nicht durchführen können«, Fräulein Doktor«, sagte die Schwester, während sie das Instrumententablett bestückte.

»Ich weiß«, Amelie schrubbte sich gerade die Hände. »Die Hebamme Elfriede Lehmann wird jeden Augenblick hier sein und mir assistieren.«

Die Hebamme war im Curias wohlbekannt. Jeder, vom Chefarzt bis zum Portier, wusste von ihren hervorragenden Fähigkeiten. Erleichtert legte Schwester Eva den letzten Wundhaken auf das Tablett, vergewisserte sich mit einem Blick, dass die Vorbereitungen erfolgreich abgeschlossen waren, als sich auch schon die Türen zum Operationssaal öffneten und Helga Gierske hereingebracht wurde. Sie war bereits leicht sediert. Amelie hatte ihr noch im Sanitätswagen ein Beruhigungsmittel verabreicht.

Inzwischen war auch Elfriede Lehmann eingetroffen, die bei dem Eingriff assistieren sollte. »Du weißt doch, was zu tun ist, oder?«, fragte Amelie. »Aber natürlich, ist ja schließlich nicht mein erster Kaiserschnitt«, antwortete die Hebamme. »Es ist allerdings der erste, den sowohl Mutter als auch Kind hoffentlich überleben werden«, meinte sie trocken und ging, sich die Hände zu desinfizieren und einen frischen Kittel anzulegen, den Schwester Eva ihr reichte.

Als Helga Gierske auf dem Tisch lag, beugte sich Amelie, die sich inzwischen die Hände desinfiziert und Kittel und Kopftuch angelegt hatte, zu der jungen Frau und lächelte sie an: »Gleich werden Sie einschlafen, Frau Gierske – und wenn Sie aufwachen, wird Ihr Kind schon in Ihren Armen liegen.«

»Wenn Se meinen, Frollein Doktor«, murmelte Frau Gierske undeutlich, und Amelie nickte Schwester Eva zu. »Bitte chloroformieren«, gab sie die Anweisung, und wenige Sekunden später war Helga Gierske in tiefer Narkose. Schwester Eva würde während des gesamten Eingriffs dafür sorgen, dass Helga Gierske narkotisiert blieb, indem sie immer wieder einige Tropfen Chloroform auf die Maske, die über der Nase von Frau Gierske lag, träufelte. Erst kurz bevor die letzte Naht gesetzt werden würde, würde sie damit aufhören, so dass die Patientin nur wenige Augenblicke später wieder erwachen würde.

Amelie wappnete sich ein letztes Mal, nahm das Skalpell, das Elfriede Lehmann ihr reichte, und setzte, ohne zu zögern, den ersten Schnitt quer über den Bauch der Schwangeren. Dies war eine noch relativ neue Methode, die die alte Art des Kaiserschnitts, bei der längs über den Bauch geschnitten und neben dem Kind auch immer Gebärmutter, Eierstöcke und Eileiter entnommen werden mussten, vor einiger Zeit abgelöst hatte. Sie arbeitete zügig, während Elfriede Lehmann Instrumente zureichte und kleinere Blutungen kauterisierte. Schon nach wenigen Minuten hob sie das Kind aus dem Bauch der Mutter und reichte es der Hebamme. Anschließend schnitt sie die Nabelschnur durch. »Ein kleines Mädchen«, sagte sie glücklich. Besagtes Mädchen brüllte ansatzlos los, als die Nabelschnur durchschnitten war. Elfriede nahm das Kind auf den Arm und ging, um es zu waschen, zu wiegen und in ein Tuch zu hüllen.

Amelie vernähte zuerst den Uterus und dann den quer verlaufenden Hautschnitt. »So«, sagte sie, als sie den letzten Faden abgeschnitten hatte, erleichtert. »Sie können die Narkose jetzt beenden, Schwester Eva.« Nur wenig später erwachte Helga Gierske noch auf dem Operationstisch. Amelie beendete gerade den Verband um die OP-Wunde. Helga würgte. Eva, die bereits mit einer Schale neben der frischgebackenen Mutter Stellung bezogen hatte, hob geschickt den Kopf der nunmehr sechsfachen Mutter an, als diese auch schon erbrach. Die Übelkeit nach Chloroform-Narkosen trat häufig auf, war aber meist schnell wieder vorbei. »Wat is mit meenem Kind?«, flüsterte sie heiser. »Ist alles in Ordnung?«

Amelie trat, das Kind im Arm, an den Operationstisch und reichte es Helga. »Alles ist wunderbar«, lächelte sie befreit. »Sie haben ein entzückendes kleines Mädchen.« Helga nahm ihr Kind an die Brust und lächelte es an. »Sehen Sie doch, Frau Doktor, sie hat den janzen Kopf voller schwarzer Haare, wie meen Hans.«

»Ja, es ist wirklich ein sehr hübsches Kind«, freute sich auch Schwester Eva. »Und der Kaiserschnitt ist ohne Probleme verlaufen«, setzte Amelie hinzu. »In einigen Tagen werden Sie schon wieder aufstehen können.«

Schwester Eva brachte Mutter und Kind auf die Wöchnerinnenstation. Amelie und Elfriede Lehmann traten an das weit geöffnete Fenster des Operationssaal und atmeten einige Minuten lang einfach nur aus und ein. Schließlich wandte sich die Hebamme der jungen Ärztin zu. »Das hast du großartig gemacht«, sagte sie zu ihr. »Ich bin davon überzeugt, dass du eine ausgezeichnete Chirurgin wirst.« Sie lächelte Amelie an. Erleichtert umarmten sich die beiden.

Amelie wandte sich Schwester Eva zu. »Vielen, vielen Dank für Ihre Unterstützung, Schwester Eva, ohne Sie hätten wir das niemals geschafft.« – »Ach was«, Schwester Eva winkte ab. Lob machte sie verlegen. »Das war doch selbstverständlich«, murmelte sie und begann, die Instrumente einzusammeln und sie für die erneute Sterilisation vorzubereiten.

Später an diesem Tag saß Amelie im Bereitschaftszimmer der chirurgischen Station, das sich ganz am Ende des Ganges befand, von denen links und rechts Zimmer für die Patientinnen und Patienten abgingen. Sie hatte sich über den mit grünem Filz bespannten Tisch gebeugt und verfasste, im Licht der ebenfalls grün beschirmten Lampe, den Bericht über den von ihr durchgeführten Kaiserschnitt. Vor ihr, im Messingaschenbecher, glomm eine Zigarette vor sich hin, aus einer Tasse, die danebenstand, dampfte der frische Kafee.

Plötzlich ging die Tür auf, und Alexander von Stein trat mit energischen Schritten in den Raum. Von Stein absolvierte an der berühmten Berliner Charité die Ausbildung zum Frauenarzt und trat damit in die Fußstapfen seines Vaters.

Der große schlanke Korpsstudent mit dem unübersehbaren Schmiss im Gesicht war einer der erbittertsten Gegner Amelies und ihrer Ausbildung zur Chirurgin. Sein Vater war ein angesehener Frauenarzt, der weit über die Grenzen Berlins hinaus bekannt war und von seinem Sohn nichts weniger als hervorragende Leistungen forderte. Und von Stein bemühte sich, das konnte ihm niemand absprechen. Allein, sein Talent zum ärztlichen Tun ließ zu wünschen übrig – eine Tatsache, die für ihn eine immerwährende Quelle des Ärgers darstellte.

»Ach, das Fräulein Doktor«, ätzte er, als er Amelie am

Schreibtisch sitzen sah. »Immer fleißig am Studieren, wie ich sehe.« Er ließ sich auf das kleine, zweisitzige Sofa fallen, das seitlich zum Schreibtisch stand, und zündete sich eine Zigarette an.

»Wenn Sie nichts dagegen haben«, antwortete Amelie ruhig, »ich habe hier noch einen Bericht fertigzustellen und möchte dabei nicht gestört werden.«

»Einen Bericht, so, so!«, von Stein zog die Augenbrauen hoch und trat hinter Amelie. »Was für einen Bericht denn? Soweit ich weiß, dürfen Sie in der Chirurgie gerade mal Patientinnen untersuchen und gelegentlich einen Faden ziehen?« Blitzschnell griff er nach den Papieren, die vor Amelie auf dem Schreibtisch lagen.

»Lassen Sie das!« Amelie versuchte nach den Papieren zu greifen, allein Alexander von Stein, der Amelie um ein gutes Stück überragte, hielt die Papiere mühelos außer Reichweite, trat vom Schreibtisch zurück und ging mit großen Schritten zum Fenster, durch das die Abendsonne in das Zimmerchen fiel.

»Geben Sie mir meinen Bericht zurück!«, forderte Amelie und trat ebenfalls ans Fenster.

»Ich denke nicht daran«, grinste von Stein und begann, die wenigen Seiten zu lesen. Amelie wollte sich nicht weiter erniedrigen, indem sie versuchte, dem viel größeren von Stein die Papiere wieder abzunehmen, und trat einen Schritt zurück. »Ach, dann soll er den blöden Bericht eben lesen«, dachte sie rebellisch. »Ich schäme mich schließlich nicht für das, was ich getan habe.«

Und von Stein las, und er las mit sekündlich wachsendem Erstaunen. Mit jeder Zeile wanderten seine Augenbrauen höher. »Ja, sind Sie denn komplett wahnsinnig geworden?«, fragte er schließlich, als er den Bericht fertig gelesen hatte. »Wissen Sie, was Hauptmann mit Ihnen macht, wenn er das herausfindet? Und er wird es herausfinden, verlassen Sie sich darauf.«

»Natürlich«, spottete Amelie. »Weil Sie es ihm wahrscheinlich, sobald er wieder im Hause ist, brühwarm mitteilen werden. Als Denunziant haben Sie ja inzwischen viel Erfahrung.« Innerlich allerdings war ihr kalt geworden. Sie wollte sich gar nicht ausmalen, was Hauptmann mit ihr tun würde, wenn er den Bericht über den von ihr eigenmächtig durchgeführten Kaiserschnitt las.

Alexander von Stein zuckte zusammen. Er war es gewesen, der Amelies Mutter wegen Engelmacherei bei der Polizei angezeigt hatte. Ihren Tod hatte er allerdings nicht gewollt, so weit hatte er damals gar nicht gedacht. Das Einzige, was ihn in jenen Tagen beschäftigt hatte, war die Rache an der ungeliebten Kommilitonin gewesen. Dieselbe ungeliebte Kommilitonin, die einige Zeit später seiner Verlobten das Leben gerettet hatte. Und dieselbe ungeliebte Kommilitonin, deren Mutter im Gefängnis elend verreckt war. Alexander von Stein wurde blass. »Den Denunzianten lasse ich mir von Ihnen nicht gefallen«, sagte er leise. Aber die Stimme Amelies hatte ihn zur Vernunft gebracht. Schweigend reichte er ihr den OP-Bericht.

»Was machen Sie denn überhaupt hier?«, fragte Amelie, als sie die Seiten glücklich wieder in ihren Besitz gebracht hatte. »Soweit ich weiß, dilettieren Sie doch an der Charité?« Mit spöttisch hochgezogenen Augenbrauen sah sie ihn an. Alexander von Stein wurde rot.

»Das geht Sie überhaupt nichts an«, sagte von Stein schließlich. »Ich muss jetzt gehen«, damit drehte er sich auf dem Absatz um und verließ den Raum. Amelie setzte sich wieder hin, zündete sich eine neue Zigarette an, nahm einen tiefen Schluck aus der Kaffeetasse und den Füller in die Hand, um den Bericht fertigzustellen. Natürlich würde

Hauptmann von dem Kaiserschnitt, den sie durchgeführt hatte, erfahren. Er war schließlich der Chef der chirurgischen Abteilung im Curias.

Auch der folgende Tag dämmerte wolkenlos herauf und versprach erneut einen sehr heißen Junitag in Berlin. Amelie machte sich schon in aller Frühe auf, um ihren Dienst an der chirurgischen Klinik der Curias anzutreten. In ihrer üblichen Uniform aus weißer Bluse und dunklem Rock sowie festen Schuhen, das Haar zu einem Knoten aufgesteckt, betrat sie die Klinik um sechs Uhr morgens. Besonders ausgeruht fühlte sich die angehende Chirurgin nicht. Viel zu lange hatte sie am vorangegangenen Abend noch mit Ernst am Esstisch gesessen und besprochen, was sie wohl am heutigen Tag erwarten würde. Nun, sie wurde nicht allzu lange auf die Folter gespannt.

»Wo ist diese impertinente Person«, hörte sie Hauptmann plötzlich auf den Gang brüllen, als sie soeben die Garderobe verlassen wollte. »Was glaubt diese Gans eigentlich, wer sie ist?« Amelie zuckte zusammen und erwog kurz, sich hinter dem Garderobenschrank zu verstecken, um ihrem Menetekel zu entgehen. »Du bist kein Feigling«, ermahnte sie sich schließlich, »du wirst das mit Anstand hinter dich bringen!« Sich auf diese Weise Mut zusprechend, öffnete sie die Tür zur Garderobe und sah sich unmittelbar Professor Hauptmann gegenüber. Dieser war in seinem Zorn eine beeindruckende Erscheinung, scheinbar berghoch türmte sich der groß gewachsene und mit einem erstaunlich dicken Bauch ausgestattete Chef der Chirurgie vor ihr auf. »Ah«, er zwang sich zu einer leiseren Tonart. »Da haben wir Sie ja, die junge Frau, die meint, sie könne einfach mal so einen Kaiserschnitt durchführen – ja, sind Sie denn von allen guten Geistern verlassen?« Mit jedem Wort war seine Stimme lauter geworden, die letzten brüllte er ihr direkt ins Gesicht, wozu er sich ziemlich weit hinunterbeugen musste.

»Ich …«, fing Amelie mit leiser, aber fester Stimme an, nur um augenblicklich unterbrochen zu werden.

»Sie? Was, Sie? Nun? Jetzt reden Sie schon, was Sie zu dieser unglaublichen Entgleisung bewogen hat?« Hauptmann war inzwischen hochrot im Gesicht, auf seiner Stirn perlte der Schweiß, und er spuckte beim Reden, wie Amelie unangenehm gewahr wurde. Sie versuchte es noch einmal. »Ich musste es tun, weil Mutter und Kind sonst gestorben wären«, brachte sie heraus. »Ach so«, Hauptmann war jetzt leiser. »Und das haben Sie mit Ihrer umfassenden Erfahrung als Ärztin und Chirurgin einfach mal so festgestellt?« An die Stelle des Brüllens war jetzt beißender Sarkasmus getreten. »Nein, Herr Professor. Aber das Kind befand sich in Querlage und ließ sich auch nach mehreren Versuchen nicht drehen. Ich sah keine andere Möglichkeit, Elfriede Lehmann, die Frau Gierske als Hebamme betreute, auch nicht.« Das alles kam in einem hastig hervorgestoßenen Wortschwall hervor.

»Und wieso, mein liebes Fräulein, holen Sie, wenn Sie sich Ihrer Diagnose so sicher sind, dann nicht einen erfahrenen Chirurgen, der den Eingriff ohne Gefahr für Mutter und Kind durchführt, sondern stümpern selbst an der armen Frau herum?« Nun brüllte er wieder.

»Ich habe nicht gestümpert!« Auch Amelie war nun lauter geworden. »Frau Gierske und ihrem Kind geht es gut.«

»Jetzt werde ich Ihnen einmal etwas sagen, Fräulein Doktor«, das »Fräulein Doktor« betonte Hauptmann besonders hämisch. »Sie können von Glück reden, dass Mutter und Kind leben und wohlauf sind, Sie Nichtskönnerin. Sie werden an dieser Klinik niemals – ich betone es – niemals als Chirurgin arbeiten, solange ich noch lebe und atme.« Hauptmann hatte sich derart in Rage geredet, dass er kaum noch wusste, was er sagte. »Herr Professor«, kam plötzlich eine Stimme vom Ende des Ganges. »Herr Professor Hauptmann, rasch, kommen Sie – wir haben wieder einen Patienten mit Blinddarmentzündung, der sofort operiert werden muss.«

Hauptmann wandte sich rasch um, was ihm, für einen Mann seiner Statur, erstaunlich leichtfüßig gelang. »Ist gut, Dr. Görtz, ich komme«, rief er dem Kollegen entgegen, der Amelie als einer der wenigen der chirurgischen Klinik am Curias wohlgesonnen war. »Und Sie, wertes Fräulein Doktor«, er drehte sich noch mal zu Amelie um und deutete mit dem Zeigefinger auf sie. »Sie gehen jetzt in den Patientensaal für Männer und helfen den Schwestern dort, die Patienten zu waschen. Ich will Sie heute nicht mehr sehen.« Damit entschwand er mit wehenden Kittelschößen den Gang zum Operationssaal hinunter.

Amelie zog ein Taschentuch aus dem Ärmel, um sich die Spucketröpfchen, die Hauptmann in ihrem Gesicht hinterlassen hatte, wegzuwischen. Sie zitterte vor Zorn, war sie doch nicht weniger temperamentvoll als ihr »Lieblingsgegner« an der Klinik. Am liebsten hätte sie irgendjemanden geohrfeigt oder etwas kaputt geschmissen, so außer sich war sie.

Stattdessen drehte auch sie sich um, öffnete die schwere Eingangstür zur Klinik und trat auf den Vorplatz hinaus. Mit zitternden Händen fummelte sie ihr Zigarettenetui aus der Tasche, steckte sich eine Zigarette zwischen die Lippen und zündete sie an. Nach einem tiefen Zug begann sie, mit zornigen großen Schritten auf dem Vorplatz hin und her zu laufen. »Was hätte ich denn tun sollen?«, murmelte sie aufgebracht vor sich hin. »Etwa die Frau und das Kind sterben lassen?« Erneut zog sie an ihrer Zigarette. »Schließlich war sonst niemand da, der den Eingriff hätte durchführen können.« Sie hatte Mutter und Kind an diesem Morgen besucht. Beiden ging es sehr gut. Amelie hatte Helga Gierske untersucht und das winzige Mädchen begutachtet, das auf der Kinderstation in seinem Bettchen lag. Beiden – Mutter und Kind – ging es hervorragend.

Allerdings – und das wusste Amelie – hatte Klinikchef Hauptmann praktisch unbeschränkte Macht an »seiner« chirurgischen Abteilung. »Als ob ich es nicht schon schwer genug hätte«, tat sie sich ein bisschen leid. »Jetzt wird er mich wohl noch mehr auf dem Kieker haben als ohnehin schon.«

Für den Rest dieses Tages verrichtete Amelie ihre Arbeit mechanisch, versorgte Patienten, wechselte Verbände und rechnete jeden Augenblick damit, wieder von Professor Hauptmann aufs Korn genommen zu werden. Allein, es geschah den ganzen Tag weiter nichts Besonderes. Allerdings spürte Amelie den ganzen Tag lang eine leichte, aber lästige Übelkeit und als sie, am späten Nachmittag, sich zu einer Tasse Kaffee und einer Zigarette in den Bereitschaftsraum zurückzog, verursachte ihr allein schon der Geruch des schwarzen Getränks derartige Übelkeit, dass sie gerade noch nach dem Papierkorb greifen konnte, um sich heftig in diesen zu übergeben.

»Nanu?«, hörte sie plötzlich eine Stimme vom Eingang des Bereitschaftszimmers her. »Geht es dir nicht gut, Amelie?« Es war die Stimme von Friedrich Görtz, der zur Tür hereinkam, eine junge blonde Frau im Schlepptau.

»Hat man denn hier heute überhaupt keine Ruhe«, knurrte Amelie ärgerlich, griff nach einem Taschentuch und wischte sich den Mund ab. »Entschuldige bitte, aber ich glaube, du hast vergessen, dass wir heute Abend gemeinsam essen gehen wollten«, kam es ein wenig verschnupft von Friedrich Görtz. »Ich wollte dir meine Verlobte vorstellen.« Die junge blonde Frau war verlegen hinter Görtz stehen geblieben. Amelie atmete einmal tief durch. Die Übelkeit schien verflogen zu sein. »Entschuldige bitte«, sagte sie zu Friedrich. »Mein Tag heute war nicht der einfachste und jetzt scheine ich auch noch irgendetwas Schlechtes gegessen zu haben.« Sie erhob sich von ihrem Platz hinter dem Schreibtisch, trat auf Friedrich zu und reichte ihm die Hand. »Grüß dich«, sagte sie und wandte ihren Blick der jungen Dame zu, die immer noch hinter Friedrich Görtz stand. »Das ist«, setzte dieser an und legte einen Arm um die junge Frau, »Editha Sommerfeld, meine Verlobte.«

»Editha Sommerfeld?«, fragte Amelie. »Das ist aber schön, Sie kennenzulernen. Ich habe schon so viel von Ihnen gehört.«

Editha Sommerfeld war eine Frauenrechtlerin, die sich intensiv und seit Jahren für das Frauenwahlrecht einsetzte. Bislang allerdings leider vergeblich. Doch aufgeben war die Sache der jungen Frau beileibe nicht. Eben kam sie von einem Frauenkongress in Dresden zurück, bei dem neue Strategien zur Erlangung des Frauenwahlrechts ersonnen worden waren.

»Und ich von ihnen«, gab Editha Sommerfeld lächelnd zurück. »Sie sollen ja eine große Begabung für die Medizin haben, wie mir mein Verlobter nicht müde wird, zu erzählen.«

»Friedrich übertreibt, wie immer«, wiegelte Amelie ab. »Aber er hilft mir sehr dabei, meine Ausbildung zur Chirurgin hier am Curias zu absolvieren. Ohne ihn würde ich wohl auf verlorenem Posten kämpfen.«

»Papperlapapp«, sagte Friedrich. »Jetzt ist es aber genug mit den Lobhudeleien. Bist du fertig, Amelie? Können wir essen gehen?«

Amelie schüttelte den Kopf. »Es tut mir so leid, Friedrich.

Ich habe unsere Verabredung wirklich völlig vergessen und Ernst versprochen, heute Abend mit ihm zu speisen. Er hat irgendwelche grandiosen Neuigkeiten für mich.« Sie grinste. »Vielleicht hat er ja wieder eine Komposition verkauft, und wir können endlich aus diesem grässlichen Loch im Wedding ausziehen.«

Friedrich war verstimmt. »Ach Mensch, Amelie. Dieses Abendessen haben wir vor Wochen vereinbart. Kannst du dein wichtiges Gespräch mit Ernst nicht verschieben?«

»Nein, mein lieber Friedrich«, sagte Amelie sanft. »Ich sehe ihn ohnehin so selten, weil ich praktisch hier im Curias lebe, er wäre zu Recht ungehalten, wenn ich ihm heute absagen würde. Bitte versteh das doch.«

Editha Sommerfeld mischte sich ein: »Friedrich«, sagte sie leise. »Sei ihr nicht böse. Liebesdinge gehen eben vor.« Sie lächelte leise. »Und so können wir beide gemeinsam soupieren und uns über unsere Hochzeitsvorbereitungen unterhalten.« Friedrich, der nie lange böse sein konnte, lächelte Amelie versöhnlich an. »Also gut«, sagte er dann. »Verbringe den Abend mit deinem Komponisten. Aber«, setzte er streng hinzu. »Nächste Woche kommst du uns nicht aus. Da essen wir gemeinsam zu Abend. Ernst kann sich dabei gerne zu uns gesellen.«

Amelie seufzte, erleichtert, dass ihr guter Freund nicht länger böse war. »Du bist wirklich ein wahrer Freund«, sagte sie und hauchte ihm einen Kuss auf die Wange. »Verbringt einen schönen Abend – und wir beide sehen uns morgen früh.« Friedrich und Editha wandten sich zum Gehen. An der Tür drehte er sich noch einmal zu Amelie um. »Vergiss nicht, morgen früh um fünf Uhr machen wir die Amputation bei dem Zuckerkranken.«

»Natürlich vergesse ich das nicht«, antwortete Amelie. »Wie immer um halb vier Uhr im Vorbereitungsraum?«

»Wie immer, da schläft Hauptmann noch den Schlaf der Ungerechten«, lachte Friedrich, bot seiner Verlobten den Arm und verließ den Bereitschaftsraum.

Als die beiden den Raum verlassen hatten, nahm Amelie mit spitzen Fingern den Papierkorb mit ihrem Mageninhalt in die Finger und lief damit auf die nächstgelegene Toilette, um ihn zu entleeren und auszuwaschen. Eine Schwester wollte sie damit nicht behelligen. Als der Papierkorb wieder sauber und unschuldig an seinem Platz im Bereitschaftsraum stand, zog sie ihren Mantel an, setzte den Hut auf und machte sich auf den Weg in den Wedding zum gemeinsamen Abendessen mit Ernst. Die Übelkeit, die sie den ganzen Tag über gequält hatte, war bereits völlig aus ihrem Gedächtnis verschwunden.

Ob sie noch bei ihrem Vater vorbeisehen sollte, bevor sie sich zu Ernst aufmachte?, fragte sich Amelie. Michael von Liebwitz hatte sich noch immer nicht vom Tod seiner geliebten Luise erholt und trank mehr, als gut für ihn war. Häufig musste Amelie, die doch im Krankenhaus schon sehr eingespannt war, ihn in der Ordination vertreten, weil er betrunken im Bett lag.

Michael von Liebwitz war ganz und gar nicht damit einverstanden, dass Amelie nach wie vor bei Ernst wohnte, obwohl sich Vater und Tochter nach dem Tod von Luise wieder versöhnt hatten. »Was sollen die Leute sagen«, hatte er getönt. »Ist mir egal«, hatte Amelie trotzig geantwortet. »Die Leute zerreißen sich ja ohnehin schon das Maul über mich, weil ich Chirurgin werden will.«

»Trotzdem«, hatte Michael, der auch an diesem Tag tief ins Glas geschaut hatte, gelallt. »Ich finde, du solltest hier wohnen, bei mir.«

»Vater«, hatte Amelie mit sanfter Stimme geantwortet.

»Ich liebe Ernst, und ich werde mit ihm zusammenbleiben, in seiner Wohnung, im Wedding.«

»Ach, mach doch, was du willst«, hatte Michael geknurrt. »Mach dich unglücklich, ist mir doch egal.« Und wieder hatte er nach der Brandy-Flasche gegriffen und sich einen großzügigen Schluck eingeschenkt.

»Meinst du nicht, du solltest vielleicht ein bisschen weniger trinken?«, hatte Amelie in scharfem Ton gefragt. »Darüber zerreißen sich die Leute nämlich auch schon das Maul.«

Aber Michael hatte ihr gar nicht mehr zugehört, mit der Flasche in der Hand war er in seinem Sprechzimmer verschwunden. Amelie aber hatte das Haus verlassen, fest entschlossen, ihr Leben weiterhin mit Ernst zu verbringen. Das war vor sechs Monaten gewesen, und seither hatte sich nichts geändert. Michael trank nach wie vor, Amelie vertrat ihn immer häufiger in der Ordination und wohnte bei Ernst unter einigermaßen beengten Umständen im Berliner Wedding. »Nein«, dachte sie nun. »Ich will heute keine unerfreuliche Begegnung mit meinem Vater riskieren – der Tag war anstrengend genug.« Außerdem war sie neugierig und wollte unbedingt wissen, welche Neuigkeiten Ernst für sie hatte.

Kapitel 37

Als sie die Tür zur winzigen Souterrainwohnung öffnete, in der sie mit Ernst seit einigen Monaten lebte, staunte sie. Im ganzen Raum waren Kerzen verteilt, die ein wunderschönes weiches Licht gaben. Der kleine, wackelige Tisch in der Mitte des Raums war mit einem weißen Tuch bedeckt. Eine Flasche Champagner wartete in einem Eiskübel, und auf der Kommode, in der hinteren Ecke des Raums waren Leckerbissen wie Hummer, Austern und andere exquisite Gerichte aufgebaut. Sogar in neue Champagnergläser und feines weißes Porzellan mit Silberrand hatte Ernst investiert. Nur das Besteck war das gleiche geblieben, billiges Blech, das sich unschön vom weißen Leinentischtuch und dem schönen Geschirr abhob. Ernst, der Urheber all dieser lukullischen Genüsse, saß am Klavier und spielte leise ein Menuett. »Guten Abend«, sagte Amelie, als sie eintrat. »Ist bei uns plötzlich der Reichtum ausgebrochen?« Sie legte Hut und Mantel ab und trat ans Klavier. Ernst strahlte sie an. »Ja, so könnte man sagen, mein Liebstes.« Er erhob sich, nahm Amelie in die Arme und küsste sie zärtlich. Dann zog er sie zum fein gedeckten Tisch. »Champagner?«, fragte er und ließ schon den Korken knallen.

Amelie hatte sich inzwischen an den Tisch gesetzt und betrachtete Ernst, der mit großer Vorsicht die Champagnerkelche vollgoss. »Auf deinen Verlobten«, sagte er dann, sein Glas erhebend. »Der heute nicht nur seine neueste Komposition verkauft, sondern auch einen einflussreichen Gönner gewonnen hat.« Amelie staunte, nahm ihr Glas und stieß mit Ernst an. »Aha«, meinte sie. »Ich wusste gar nicht, dass du eine neue Komposition in Arbeit hast.«

»Das solltest du auch nicht, Fräulein Naseweis«, sagte Ernst übermütig. »Sie ist nämlich eine Überraschung für mein gelehrtes Fräulein Doktor.«

Amelie staunte. »Und was für eine Überraschung soll das sein?« Ernst schritt zum Klavier, öffnete eine schäbige Ledermappe und zog ein schön gebundenes Notenheft heraus. »Das hier«, sagte er und reichte Amelie den Band. »Äskulap-Symphonie« war in schönen Lettern auf das Vorsatzblatt gedruckt. »Symphonie in drei Sätzen. Von Ernst Szabo«. Amelie war gebührend beeindruckt. »Du hast eine »Äskulap-Symphonie« geschrieben?«, fragte sie. »Das ist ja wundervoll. Spiel sie mir bitte vor.«

»Gleich«, antwortete Ernst. »Aber zuerst musst du noch etwas erfahren. Der bekannte Musikverleger Simrock hat vor Kurzem eines meiner Stücke gehört und mich heute unter Vertrag genommen.« Ernst strahlte sie an. »Weißt du, was das bedeutet?«

»Ich kann es mir näherungsweise vorstellen«, meinte Amelie vorsichtig. »Wir können aus diesem Loch ausziehen?«

»Das, meine Liebste, können wir. Simrock hat mir eine Villenetage im Grunewald gezeigt, die einfach unglaublich schön ist. Sechs Zimmer, ein Baderaum mit Badewanne und ein Musikzimmer, in dem der schönste Flügel steht, den du dir nur vorstellen kannst.«

»Das klingt ja so, als seist du in den Flügel verliebter als in mich«, Amelie lachte.

»Es ist ein Blüthner«, sagte Ernst. »Ein Klang, sag ich dir, so etwas Wunderbares habe ich überhaupt noch nie gehört. Und keine Nachbarn, die sich über mein Spiel beschweren.«

»Das klingt großartig, mein Lieber«, Amelie freute sich mit ihrem Verlobten. »Ich könnte Autofahren lernen und jeden Morgen aus dem Grunewald ins Krankenhaus fahren.«

»Nicht nur das, meine geliebte Amelie.« Ernst führte sein Champagnerglas zum Mund und nahm einen tiefen Schluck. »Wir könnten auch endlich heiraten.«

Amelie schluckte schwer. »Aber wollten wir damit nicht warten, bis ich meine Ausbildung zur Chirurgin abgeschlossen habe?«

»Mein liebes Kind«, fuhr Ernst auf. »Das brauchst du doch jetzt nicht mehr. Ich verdiene genug für uns beide. Du brauchst dich nicht länger mit Professor Hauptmann zu quälen und kannst das Curias hinter dir lassen.«

Amelie traute ihren Ohren kaum. »Das Curias hinter mir lassen? Mit der Ausbildung aufhören? Hörst du dich eigentlich selber reden?«, fragte sie.

Ernst blickte sie erstaunt an. »Aber Amelie«, sagte er dann. »Du wirst die Frau eines erfolgreichen Komponisten. Du hast es dann nicht mehr nötig, in Blut und Eingeweiden herumzuwühlen.«

»Ich will aber in Blut und Eingeweiden herumwühlen, wie du das so feinfühlig ausdrückst«, Amelie wurde laut. »Du weißt doch, Chirurgin zu werden, ist der Traum meines Lebens.«

Ernst zuckte aufgrund ihrer Lautstärke zurück. Er verstand Amelie nicht. »Aber Amelie«, setzte er erneut an.

»Wie wäre es denn, wenn ich dir sagte, du könntest das Herumjonglieren mit Noten sein lassen, weil ich als Chirurgin genug Geld für uns beide verdiente?«, fragte sie sarkastisch.

»Aber das ist doch wohl etwas völlig anderes«, jetzt regte sich auch Ernst auf. »Das kannst du doch wohl nicht vergleichen.«

»Ach nicht?« Amelies Stimme wurde scharf. »Wieso – weil dein Beruf wichtiger ist als meiner? Oder weil du ein Mann bist und ich nur eine Frau?«

Ernst schwieg einen Augenblick, getroffen von der Erkenntnis, dass Amelie recht haben könnte. Konnte das sein? Lag er wirklich so falsch? »Nein«, dachte er dann. »Sie versteht einfach nicht, welch wunderbares Leben ich ihr bieten kann.« Er setzte erneut an: »Schau, Amelie, wenn du willst, kannst du ja eine Praxis auf dem Kurfürstendamm eröffnen und ein oder zwei Tage pro Woche als Ärztin praktizieren. Deine Zulassung hast du doch schon. Was hältst du davon?«

Amelie konnte es nicht fassen. Sie begriff einfach nicht, dass der Mann, den sie innig liebte, der ihr eine ganz neue Welt eröffnet hatte, den sie heiraten wollte, sie so ganz und gar nicht zu verstehen schien. »Ich will aber keine reichen Damen behandeln«, fuhr sie Ernst an. »Ich will nicht an einem oder zwei Tagen in der Woche eine Modepraxis am Ku'damm führen«, vor Zorn traten ihr Tränen in die Augen. »Ich möchte unbedingt Chirurgin werden, das weißt du doch, verdammt noch mal. Das kann doch unmöglich etwas Neues für dich sein.« Sie war fassungslos über sein Unverständnis. Auch Ernst wurde jetzt sauer. »Ach, komm Amelie, bis jetzt habe ich das alles ja noch verstanden«, sagte er laut. »Deinen Spleen mit der Chirurgie und das alles. Aber jetzt«, er holte tief Luft, »jetzt ist doch alles anders. Ich werde viel Geld verdienen, du wirst ein sagenhaft schönes Leben führen und unsere Kinder auf die Welt bringen.«

Siedend heiß fiel Amelie ihre Übelkeit von heute Nachmittag wieder ein. Sie schob den Gedanken rigoros beiseite. »Deine Kinder zur Welt bringen?«, fragte sie sarkastisch. »Und dann die Kinderlein zu Hause aufziehen, während du in der Weltgeschichte herumreist und deine Musik dirigierst? Das kannst du vergessen!« Sie war jetzt außer sich.

»Ich will keine Kinder zur Welt bringen. Jedenfalls jetzt noch nicht. Ich will erst meine Ausbildung abschließen und dann als Chirurgin arbeiten. Das ist mir genauso wichtig wie dir deine Noten, verstehst du das denn nicht?« Sie weinte jetzt, vor Zorn und Frustration. Ernst war still geworden. Er setzte sich wieder und starrte vor sich hin. Nein, das verstand er nicht. Amelie war schließlich eine Frau, seine Frau sollte sie werden, was war da schon die Ausbildung zur Chirurgin? Amelie betrachtete Ernst stumm, sah ihm sein inneres Ringen an, begriff plötzlich, dass er wirklich nicht verstehen konnte, was sie umtrieb. Ihre Liebe zu ihm fiel in Scherben. Denn eines war klar: Ihre Arbeit liebte Amelie ebenso sehr, wenn nicht mehr als Ernst, den verrückten Komponisten, der ihr eine eigene Symphonie gewidmet hatte. Sie erhob sich von ihrem Stuhl. »Gut«, sagte sie tonlos. »Dann soll es eben nicht sein.« Sie ging zum Bett, wo sie Mantel und Hut abgelegt hatte. »Dann werde ich jetzt gehen.«

Ernst wurde blass. »Aber, das kannst du doch nicht machen«, rief er. »Willst du wirklich unsere Liebe deinem Beruf opfern?«

»Ja«, antwortete Amelie leise. »Genauso wie du das tun würdest.« Mit diesen Worten öffnete sie die Wohnungstür und schritt hinaus.

Es war bereits dunkel draußen und wieder einmal fiel endloser grauer Regen vom Himmel. Amelie stürmte in ihrer Wut die Straße entlang, bis sie schließlich zu sich kam und sich fragte, wo sie jetzt wohl hin sollte. »Paps«, dachte sie. »Ich werde Paps aufsuchen. Der wird mich sicherlich verstehen.« Sie schritt zur nächsten U-Bahn-Station und machte sich auf den Weg zu ihrem Elternhaus.

Fast unbeleuchtet stand die kleine Villa am Alexanderplatz. Nur aus dem Salon, in dem Amelies Mutter Luise so gerne ihre Abende verbracht hatte, drang schwaches Licht. Amelie schloss die Tür auf und wurde sogleich von Else in Empfang genommen. »Gnädiges Fräulein«, sagte sie erfreut. »Das ist aber schön, Sie wieder einmal zu sehen.«

»Guten Abend, Else«, antwortete Amelie. »Ist mein Vater zu Hause?«

»Ja«, antwortete das Hausmädchen. »Ich habe ihm gerade ein Tablett mit seinem Abendessen in den Salon gebracht.« Amelie nickte dankend und schritt zur Salontür.

Michael von Liebwitz war an diesem Abend nicht betrunken. Er lehnte auf Luises Lieblingssofa und las das »Berliner Tageblatt«. »Guten Abend, Vater«, sagte Amelie, als sie eintrat. »Wie geht es dir?« Sie erschrak. Ihr Vater war nur noch ein Schatten seiner selbst. Abgemagert, das dünne Haar grau und das Gesicht faltig, saß er, die Brille auf der Nase vor ihr. »War er schon immer so klein gewesen?«, fragte Amelie sich.

»Kind«, antwortete Michael und sprang auf. »Wie schön, dich wieder einmal zu sehen.« Die beiden umarmten sich. »Magst du ein Glas Wein?«, fragte Michael, die Karaffe bereits in der Hand.

»Sehr gerne«, Amelie setzte sich in einen Lehnsessel. Auf einem kleinen Tischchen neben dem Sofa stand ein Tablett, auf dem sich liebevoll arrangiert – ein Teller, Besteck und Serviette befanden – alles unangerührt. »Papa, du solltest wirklich etwas essen«, sagte sie.

»Ich habe keinen Hunger«, wehrte Michael ab. »Erzähl doch mal, wie geht es dir?«

Amelie ließ das Thema vorerst auf sich beruhen. Sie berichtete von ihrem Abend mit Ernst, Michael lauschte aufmerksam. »Und dann hat er gesagt, ich könne doch eine Modepraxis auf dem Kürfürstendamm eröffnen und die eingebildeten Beschwerden reicher Dämchen behandeln«, ereiferte sie sich. Michael lächelte müde. »Das hat er doch sicherlich nicht so gesagt, oder?«

»Nein, aber er versteht einfach nicht, dass die Chirurgie mein Traum ist.«

Michael von Liebwitz fasste seine Tochter fest ins Auge. »Also«, hub er an. »Ich kann ihn schon verstehen, deinen Ernst.«

»Was!« Amelie schrie fast. »Aber du weißt doch, wie gerne ich Chirurgin werden möchte. Du weißt, wie sehr ich mich dafür abgerackert habe, wie viel ich gekämpft habe.«

»Eben«, stellte Michael fest. »Willst du wirklich die ganze Zeit weiterkämpfen? Mit Ernst hättest du ein schönes Leben, könntest, wenn du möchtest, als Ärztin tätig sein und könntest diesen ewigen Kampf endlich sein lassen.«

Amelie traute ihren Ohren nicht. »Aber Papa, ich habe gedacht, gerade du würdest mich verstehen.«

»Kind, ich verstehe ja deinen Wunsch, Ärztin zu sein, das habe ich immer. Aber diese Idee, als Chirurgin zu arbeiten, habe ich nie so ganz nachvollziehen können. Das ist ja doch ein Männerberuf, und ich habe in den vergangenen Monaten mitbekommen, wie sehr Professor Hauptmann dich quält und wie er dir ständig Steine in den Weg wirft. Weißt du, im Stillen habe ich gehofft, du würdest eines Tages meine Praxis hier übernehmen. Aber natürlich, wenn Ernst sich jetzt als Komponist etabliert, sollte seine Frau – wenn sie denn schon berufstätig sein muss – eine repräsentative Praxis führen.«

Amelie war wie vor den Kopf geschlagen. Das konnte doch alles nicht wahr sein. Hatte sich denn die ganze Welt gegen sie verschworen? Sie sprang auf die Füße. »Papa«, rief sie. »Von dir hätte ich wirklich nicht gedacht, dass du so denkst. Ich habe immer geglaubt, du würdest mich unterstützen.« Tränen standen ihr in den Augen. »Hast du dich mit Ernst abgesprochen, oder was?«

»Nein«, jetzt wurde auch Michael sauer. »Das habe ich nicht. Ich habe einzig und allein dein Wohlergehen im Sinn. Auch deine Mutter war übrigens nicht sehr begeistert von deinem Wunsch, Chirurgin zu werden.«

»Was?« Amelie wurde wieder zornig. »Du ziehst Mama da hinein? Mama, die tot ist und sich nicht mehr wehren kann? Papa, ich glaube, du ...« Sie bremste sich gerade noch. »Aber wenn du so denkst, dann kann ich natürlich nicht hierbleiben«, sagte sie dann, ihren Zorn mühsam im Zaume haltend.

»Was soll das heißen?«, begehrte Michael auf. »Wo willst du denn hin? Wohl nicht zurück zu Ernst, oder?«

»Nein, Papa«, ätzend war Amelies Stimme. »Nicht zu Ernst. Das wäre ja so, als würde ich vom Regen direkt in die Traufe springen. Ich werde zu Tante Elisabeth gehen. Ich glaube, sie ist die Einzige, die mich wirklich versteht.« Amelie riss am Klingelzug, der neben ihr an der Wand hing. Kurze Zeit später klopfte Else und betrat den Salon, in dem Amelie und Michael sich kampfbereit gegenüberstanden. »Huch«, machte sie. »Ist alles in Ordnung?«

»Ja«, knurrte Amelie. »Kannst du Robert bitte sagen, er möge anspannen. Ich muss hier weg.«

»Aber Sie sind doch gerade erst angekommen«, wagte Else zu sagen. »Ihr Koffer steht noch im Flur.«

»Umso besser«, sagte Amelie. »Dann bin ich schneller fort von hier.« Sprach's und verließ den Raum, um im Foyer auf den Kutscher zu warten.

Kapitel 38

*E*lisabeth von Radestocks Stadthaus war von außen nichts Besonderes. Ein kleines barockes Häuschen in Zehlendorf, inmitten eines weitläufigen Parks. Amelie sprang aus der Kutsche, kaum, dass der Kutscher die Pferde angehalten hatte. Robert reichte ihr ihren Koffer. »Du kannst jetzt wieder nach Hause fahren«, wies Amelie ihn an. »Sind Sie sicher, gnädiges Fräulein?« Das Haus lag im Dunkeln.

»Ja, ich bin sicher«, knirschte Amelie. »Wenn schon meine Tante nicht im Hause ist, wird ja sicherlich ein Bediensteter zugegen sein.« Robert schüttelte ergeben den Kopf, wendete die Kutsche und fuhr davon.

Tatsächlich öffnete Elisabeths Butler auf ihr Läuten die Tür, ein ungeheuer distinguierter Mensch, der Amelie schon in Kindertagen Respekt abgenötigt hatte. »Guten Abend, gnädiges Fräulein«, sagte Fritz, der Butler, so, als wäre es vollkommen selbstverständlich, die Nichte seiner Herrin an einem Donnerstagabend um zehn Uhr abends willkommen zu heißen. »Die gnädige Frau Tante ist im Theater und wird danach noch im Adlon soupieren. Aber kommen Sie doch herein.« Er nahm Amelie ihren Koffer ab und bat sie in das mit schwarz-weißen Marmorfliesen ausgelegte Entree des Hauses. An der Decke schimmerte ein Jugendstil-Leuchter. In den ersten Stock führten links und rechts hölzerne Treppen mit geschnitztem Geländer. Fritz schritt Amelie voran und öffnete eine Zimmertür im ersten Stock. »Ihr Zimmer ist wie immer fertig«, sagte er, drehte das Licht an und bat

Amelie herein. »Es ist schön, dass meine Tante immer ein Plätzchen für mich hat«, murmelte Amelie, bedankte sich bei Fritz und schloss die Tür. Sie war todmüde, schaffte es gerade noch, den Wecker auf drei Uhr morgens zu stellen, zog sich aus, fiel mit dem Gesicht voran in das prachtvolle Himmelbett und schlief auf der Stelle ein. Als der Wecker Amelie aus dem Schlaf riss, herrschte tiefste Dunkelheit. Im ersten Augenblick wusste sie nicht, wo sie war. Es roch gut. Das war das Erste, was ihr auffiel. In Ernsts Wohnung hatte immer ein leichter Modergeruch gelegen. Hier roch es nach Flieder. Amelie streckte sich, gähnte ausgiebig und lächelte. Dann fiel ihr alles wieder ein. Ihr Streit mit Ernst und die Trennung, die Auseinandersetzung mit ihrem Vater und dass sie spät abends bei Tante Elisabeth eingetroffen war. Sie erhob sich, warf einen Blick auf die Uhr und zog sich rasch an. Die Kleider waren die vom Vortag, aber das machte nichts, schließlich ging sie nicht zu einer Modenschau, sondern in den Operationssaal des Curias. Als sie die Tür zu ihrem Zimmer öffnete, stand Fritz davor, wie immer tadellos gekleidet, und grüßte höflich. »Guten Morgen, gnädiges Fräulein, ich dachte, Sie möchten vielleicht eine Tasse Kaffee, bevor Sie gehen müssen.«

Amelie war geradezu himmelschreiend dankbar für das schwarze, belebende Getränk. »Fritz, Sie sind der Beste«, sagte sie leise. »Vielen Dank!« Sie stürzte den Kaffee, den Fritz auf einem Tablett heraufgetragen hatte, hinunter und ließ sich vom Butler in den Mantel helfen. »Ich habe mir erlaubt, einen Wagen für sie zu bestellen«, sagte Fritz.

»Sie sind wirklich ein Geschenk des Himmels«, Amelie war erstaunt.

»Wo hat Elisabeth sie bloß herbekommen?«

»Um ehrlich zu sein, hat sie mir als ich bei einem englischen Lord in Stellung war, ein unwiderstehliches Angebot gemacht«, lächelte Fritz fein. »Das konnte ich nicht ausschlagen.« Amelie lächelte den Butler an und verließ das Haus. Kaum vor die Tür getreten, überfiel sie schlagartig wieder Übelkeit. Amelie musste den Kaffee, den sie eben noch mit so großem Behagen getrunken hatte, wieder von sich geben. Ein Buchsbäumchen, das rechts neben der Eingangstür von Elisabeths Haus stand, bekam den größten Teil davon ab. Amelie schüttelte sich. »Morgenübelkeit«, schoss es ihr durch den Kopf. Sie wischte sich mit einem Taschentuch den Mund, straffte sich – wie immer ging es ihr nach der Übelkeitsattacke wieder gut – und lief zur Droschke, die vor dem Tor zu Elisabeths Anwesen stand. »Zum Glück hat mich der Kutscher nicht gesehen«, dachte Amelie und stieg, den mürrischen Morgengruß des Droschkenfahrers erwidernd, in die Kutsche ein.

Kapitel 39

Im Operationstrakt des Curias-Krankenhauses waren bereits alle Lichter an, obwohl es erst halb vier Uhr morgens war. Zu dieser frühen Stunde sollte Herrn Kulicke, einem vierundsechzigjährigen ehemaligen Matrosen, der rechte Fuß abgenommen werden. Kulicke litt schwer unter der Zuckerkrankheit, hatte sich einen Nagel in den Fuß getreten, ohne etwas davon bemerkt zu haben, nun drohte der Wundbrand, wenn der Fuß nicht abgenommen werden würde. Kulicke lag bereits im Vorbereitungsraum auf einer Bahre, als Amelie und Friedrich Görtz eintraten. »Guten Morgen, Herr Kulicke«, grüßte Friedrich freundlich. »Na? Wie fühlen Sie sich?«

»Jeht schon, Herr Doktor, jeht schon«, murmelte Kulicke freundlich. Er hatte eine Beruhigungstablette erhalten und sah dem Eingriff gelassen entgegen. »Sie wissen, wir müssen Ihnen den rechten Fuß abnehmen?«, erkundigte sich Friedrich. »Ja, ja«, sagte Kulicke. »Ick weeß.« Er schloss die Augen. »Ick bin so müde«, sagte der Mann. »Das ist gut«, antwortete Friedrich. »Verlassen Sie sich nur ganz auf uns, dann wird schon alles in Ordnung gehen.« Ein leises Schnarchen war die Antwort.

Amelie und Friedrich hatten sich im Foyer getroffen und stellten sich nun an die Waschbecken, um sich vor der Operation die Hände zu schrubben. »Ich bin immer noch erstaunt, dass Herr Kulicke den Nagel in seinem Fuß nicht bemerkt haben will«, sagte Amelie.

»Das ist bei Diabetikern leider oft so«, antwortete Friedrich. »Durch die Krankheit haben sie kaum noch Gefühle in Füßen und Händen und verspüren deshalb auch keine Schmerzen.« Er wandte sich Schwester Eva zu, die mit dem Operationsmantel auf ihn wartete. »Zudem hat er wohl nicht sehr oft Schuhe und Strümpfe ausgezogen«, merkte die Krankenschwester leicht sarkastisch an. »Die Vorbereitung für die OP war kein Vergnügen für mich.« Amelie lächelte und sagte: »Das kann ich mir vorstellen. Sie haben es aber sicherlich sehr gut gemacht, Schwester Eva.« Die Krankenschwester lächelte dankbar und half auch Amelie in den Operationsmantel, band ihr das Kopftuch und drehte sich dann um, um etwas aus einem Schränkchen zu nehmen. Mit einigem Geschick zog sie Friedrich Görtz Gummihandschuhe über die sauberen Hände. Amelie war erstaunt. »Seit wann benutzen wir denn Gummihandschuhe?«

»Seit sie endlich aus Amerika eingetroffen sind«, gab Friedrich zur Antwort. »Ich wollte dich damit überraschen.«

»Na, das ist dir gelungen«, antwortete Amelie. Sie hatte von ihrer Reise die neuartigen chirurgischen Handschuhe mitgebracht, jedoch bei Hauptmann auf Granit gebissen.

Der Operationsdiener schob Werner Kulicke, der immer noch selig schnarchte, in den Operationsraum, wo Schwester Lisa bereits mit der Narkosemaske bereitstand. Wenige Minuten später lag der Patient in tiefer Bewusstlosigkeit. Das rechte Bein war zur Desinfektion mit Karbol besprüht und Friedrich reichte Amelie mit großer Geste das Skalpell. »Ich soll operieren?«, fragte sie.

»Ja, eine Amputation hast du noch nicht gemacht, oder?«

»Nein, bislang habe ich nur zugesehen, wann immer ich die Gelegenheit hatte.« Das hieß, wann immer sie sich hinter einer Säule des Saales verstecken und heimlich zusehen hatte können.

Der Fuß des armen Mannes war blaurot, vereinzelt waren auch schwarz angelaufene Stellen zu sehen. Insbesondere die Zehen waren schwarz angelaufen und verströmten einen grauenhaften Gestank. Amelie nahm das Skalpell, beugte sich über den Fuß und atmete den Fußgeruch von Herrn Kulicke ein. Übergangslos wurde ihr unsagbar übel. Sie ließ das Skalpell fallen, Friedrich schaute sie erstaunt an, sie wandte sich um, verließ den OP und schaffte es gerade noch bis zu einem der Waschbecken an der Wand, wo sie sich erneut übergab. Es kam nicht viel. Ihr Magen war ja bereits leer. Nur ein bisschen Gallenflüssigkeit würgte sie herauf. Als ihr Magen völlig leer war, spülte sie das Becken aus und wandte sich, auf der Suche nach einer Sitzgelegenheit, um. An der Wand des Vorbereitungsraums befand sich ein kleiner Schreibtisch mit einem Sessel auf Rollen. Darauf ließ Amelie sich fallen. Friedrich, der die Operation unterbrochen hatte, kam herein. »Was ist denn los mit dir?«, fragte er einigermaßen erstaunt. »Du bist doch sonst nicht so empfindlich.« Hinter der Gesichtsmaske klang seine Stimme ein wenig undeutlich.

»Ich weiß«, sagte Amelie unglücklich. »Ich glaube, ich bin schwanger.«

Friedrich riss die Augen auf. »Schwanger? Um Himmels willen – seit wann weißt du es denn?«

»Ich bin nicht ganz sicher, aber meine Menses ist seit zwei Monaten ausgeblieben und seit ein paar Tagen ist mir morgens immer schrecklich übel.«

Friedrich schüttelte den Kopf. »Ich nehme an, wir sind darüber alles andere als erfreut, oder?«

»Ob du erfreut bist, kann ich nicht sagen, ich bin es mit Sicherheit nicht«, stellte Amelie fest. »Ich habe gestern mit Ernst Schluss gemacht und dann einen Riesenkrach mit Papa gehabt. Du kannst dir also vorstellen, wie erfreut ich bin.«

»Du hast mit Ernst Schluss gemacht?« Friedrich staunte. »Davon weiß ich ja gar nichts. Aber weißt du was, im Augenblick können wir ohnehin nichts weiter tun. Wir sollten den armen Kulicke jetzt erst einmal von seinem Fuß befreien. Später gehen wir dann gemeinsam frühstücken und sprechen alles durch, in Ordnung?«

Amelie sah zu Friedrich auf und lächelte ihn dankbar an. »Ist gut, lass mich den Fuß amputieren.«

»Geht es dir gut genug dafür?«, zeigte sich Friedrich jetzt doch besorgt.

»Ja, mach dir keine Sorgen, wenn ich mich übergeben habe, geht es mir immer wieder sehr gut.« Amelie erhob sich und schritt wieder in den Operationssaal. Eine knappe halbe Stunde später lag der kranke Fuß im Eimer für Klinikabfall, der Stumpf war fachgerecht verbunden und Herr Kulicke, der immer noch tief in Narkose lag, wurde vom Operationsdiener in den Aufwachraum gebracht. Friedrich schrieb das Operationsprotokoll in zweifacher Ausfertigung. Die erste ließ kein Wort von Amelies Anteil an der Operation verlauten und würde auf dem Schreibtisch von Professor Hauptmann landen. Die zweite vermerkte sehr wohl, dass Amelie den Fuß abgenommen hatte, und wanderte in einen geheimen Ordner Friedrichs, in dem alle Operationen, die Amelie bislang vorgenommen hatte, vermerkt waren.

»Herr Ober, bringen Sie uns einen Kaffee und einen Cognac«, orderte Friedrich, als er mit Amelie im altehrwürdigen Café Bauer saß. »Cognac?«, fragte Amelie. »Es ist noch nicht einmal acht Uhr morgens?« Sie lächelte Friedrich an. »Also, erstens haben wir bereits hart gearbeitet, obwohl der Tag noch so jung ist«, sagte Friedrich. »Und zweitens brauche ich auf den Schock deiner Enthüllungen etwas Starkes.«

Amelie nickte. »Da hast du auch wieder recht.«

Wenig später gesellte sich Editha zu Friedrich und Amelie. »Guten Morgen, ihr Lieben«, grüßte sie.

»Was machst du denn hier?«, Amelie war erstaunt.

»Ich habe sie angerufen, als du nach dem Patienten gesehen hast«, antwortete Friedrich an Edithas Stelle. »Ich dachte mir, die Anwesenheit einer Frau wäre in dieser Sache sinnvoll.« Editha strahlte Friedrich an und nahm Platz.

»Du hast ja so recht«, meinte sie und sagte zu Amelie: »Ich hoffe, du bist nicht böse, aber Friedrich hat mir von deinem Problem erzählt. Ich möchte dir gerne helfen.«

Amelie blickte ein bisschen ratlos zwischen Friedrich und Editha hin und her. Dann lächelte sie traurig. »Nein, ich bin nicht böse. Vielleicht fällt dir ja ein, was ich jetzt tun soll.«

Das Triumvirat beratschlagte eine Stunde lang. Schließlich sagte Editha: »So wie ich das sehe, führt zu Ernst kein Weg zurück. Und Chirurgin willst du auch noch immer werden, sehe ich das richtig?«

»Vollkommen richtig«, antwortete Amelie.

»Und du willst jetzt auch kein Kind bekommen?«

»Nein, wirklich nicht«, wehrte Amelie ab. »Das wäre das Letzte, was ich jetzt brauchen könnte.«

»Du könntest das Kind bekommen und zur Adoption freigeben«, schaltete sich Friedrich in die Diskussion ein.

»Und was soll ich bis zur Geburt tun?«, fragte Amelie aufgebracht. »Mich einschnüren, damit niemand etwas von der Schwangerschaft bemerkt? Oder mich irgendwo verkriechen? Nein, Friedrich, das ist keine Option für mich.« Sie schlug mit der Faust auf den Tisch, dass die Tassen klirrten. »Ich will dieses Kind nicht.«

Editha blickte Friedrich an. »Dann weißt du ja, was du zu tun hast, oder?«

»Was meinst du denn?« Friedrich wollte nicht begreifen.

»Na, du musst es tun! Du musst die Schwangerschaft abbrechen.«

»Das ist ja wohl nicht dein Ernst«, Friedrich wurde rot im Gesicht. »Ich kann doch keine …, also …, außerdem ist das verboten.« Er lehnte sich zurück und verschränkte die Hände vor der Brust.

»Jetzt sei mal nicht so kiebig«, sagte Editha. »Natürlich ist es verboten, das bedeutet aber nicht, dass nicht genügend Ärzte in Berlin diesen Eingriff regelmäßig vornehmen.«

»Das mag sein, meine Liebe, aber ich bin keiner von diesen Ärzten«, wehrte Friedrich ab. Amelie saß zwischen den beiden und wandte den Kopf hin und her, als verfolge sie ein Tennismatch. »Du kannst doch wohl nicht so vernagelt sein«, schimpfte Editha. »Ich dachte, du und Amelie, ihr seid Freunde.«

»Natürlich sind wir das«, schnauzte Friedrich zurück. »Was hat das denn damit zu tun?«

»Na alles!«, sagte Editha. »Du bist der einzige Mensch, der Amelie in dieser Situation diskret helfen kann, das muss dir doch klar sein.«

Friedrich sah Editha böse an. »Nein, das kann ich nicht – und das ist mein letztes Wort.« Er sprang von seinem Stuhl auf und verließ das Café.

Amelie und Editha blickten ihm nach. »Mach dir keine Sorgen, der kommt schon zur Vernunft«, sagte Editha und nahm Amelies Hand in ihre. »Ich werde ihm heute Nachmittag noch einmal ins Gewissen reden, dann wird er dir bestimmt helfen.«

Amelie nickte. Sie fühlte sich von der Situation überfordert. »Soll ich das wirklich tun?«, fragte sie.

»Das musst du entscheiden«, gab Editha zur Antwort. »Aber wenn du dich für einen Abbruch entscheidest, werde ich dir zur Seite stehen.«

Amelie blickte Editha dankbar an. »Du bist eine gute Freundin«, sagte sie. »Ich will dieses Kind nicht. Aber ob du Friedrich wirklich überreden kannst? Vielleicht kann ich es ja auch selbst tun?«

»Wie?«, fragte Editha. »Willst du dich von der Treppe fallen lassen, dir Seifenlauge einspritzen oder mit einer Stricknadel zu Werke gehen? Meine Liebe, ich sehe das fast täglich in den Elendsquartieren, die ich besuche, das ist wirklich keine gute Idee.«

Amelie nickte wieder. »Ich weiß ja. Obwohl, Mama hat Abbrüche mit einer sterilisierten Stricknadel vorgenommen. Das hat eigentlich immer gut funktioniert.«

Editha schüttelte den Kopf. »Nein, Amelie, das kannst du nicht wirklich in Erwägung ziehen. Lass uns heute Abend noch einmal zusammenkommen. In der Zwischenzeit spreche ich mit Friedrich, und du hast ausreichend Zeit, um nachzudenken.«

Intermezzo

WIEN, 1950

Donnernder Applaus riss Amelie aus ihren Gedanken über die Vergangenheit. Die Äskulap-Symphonie war verklungen. Ernst Szabo stand am Dirigentenpult und verbeugte sich. Auch Amelie klatschte nun Beifall. Das Musikstück war wirklich wunderschön, und nur sie wusste, dass es eigentlich ihr und ihrer Liebe zur Medizin gewidmet war. »Du lieber Himmel, die Schwangerschaft«, dachte sie, als das Orchester das nächste Stück anstimmte. »Ernst weiß bis heute nichts davon.«

Kapitel 40

Guten Abend, Herr Kulicke«, grüßte Amelie freundlich, als sie den Krankensaal betrat. »Wie geht es Ihnen heute?«

»Och, Doktorsche, jeht so. Aba meen Fuß tut mir weh, obwohl er jar nicht mehr da ist«, antwortete der gemütliche ältere Mann.

»Ja, das kenne ich. Es wird als Phantomschmerz bezeichnet. Bestimmt wird es aber mit der Zeit besser«, erklärte Amelie ihrem Patienten. Ehe sie den Verband ihres Patienten begutachten konnte, flog die Tür zum Krankensaal auf und Professor Hauptmann nebst Gefolge, zu dem auch Friedrich Görtz gehörte, betrat den Saal. »Ah, Herr Kulicke«, dröhnte Hauptmann. »Sie schauen ja schon wieder viel besser aus. Was macht das Bein?« Er trat an Kulickes Bett, ignorierte Amelie und beugte sich über den Verband, der den Stumpf bedeckte. Friedrich Görtz zwinkerte Amelie über Hauptmanns Kopf hinweg zu. Diese verbiss sich ein Lächeln.

»Sehr schön haben Sie das gemacht, Herr Kollege«, wandte Hauptmann sich an Görtz, als die Krankenschwester den Verband vom Stumpf entfernt hatte. »Sehr schöne Ligatur, heilt sehr gut, keine Infektionszeichen, bestimmt wird Herr Kulicke uns bald wieder verlassen können.« Hauptmann erhob sich wieder zu voller Größe. »Wenn du wüsstest!«, dachte Amelie, sagte aber nichts. Sie wartete still in der Ecke des Krankensaals auf den Abgang von Professor Hauptmann. Kulicke wusste schließlich nicht, wer ihn operiert hatte. Mit ebensolchem Getöse, wie sie erschienen waren, verschwanden Hauptmann und Konsorten wieder. Amelie wollte ans Bett von Herrn Kulicke treten, als plötzlich ein stechender Schmerz ihren Unterleib durchfuhr. »Aber Doktorsche«, sagte Herr Kulicke besorgt. »Sie sind ja auf einmal leichenblass, setzen Sie sich doch hin.«

Auch die anderen Patienten im Saal nahmen Anteil, musterten Amelie und äußerten Besorgnis. Amelie zog sich rasch einen Sessel heran und setzte sich hin. Der Schmerz war wieder verklungen. »Es geht schon wieder, Herr Kulicke«, sagte sie. »Eigentlich sollten ja nicht Sie sich um mich, sondern ich mich um Sie sorgen, nicht?« Sie lächelte verkrampft. Kurz warf sie noch einen Blick auf das Krankenblatt ihres Patienten, versicherte sich, dass für ihn die Haferdiät aufgeschrieben war, mit der er seine Zuckerkrankheit in Schach halten konnte, und verließ dann nach einem kurzen Gruß den Saal. Auf dem Weg zum Bereitschaftszimmer spürte sie plötzlich etwas Feuchtes ihren Schenkel herunterlaufen. Rasch drehte sie sich um und suchte die Damentoilette auf. Sie blutete stark. »Ich verliere das Kind«, dachte sie und wusste einen Augenblick lang nicht, ob sie erleichtert oder verzweifelt sein sollte. In einem kleinen Schränkchen in der Toilette fand sie reichlich Gaze, die sie zu einer festen Binde zusammendrehte, um das Blut aufzufangen, das aus ihrem Schoß floss.

Nur wenig später verließ Amelie das Krankenhaus und winkte eine Droschke heran, die sie in Elisabeths Haus bringen sollte. Die Hausgemeinschaft mit der Tante hatte sich in den vergangenen Tagen als ausgesprochen friedlich erwiesen. Die beiden hatten sich allerdings auch kaum gesehen, denn wenn Amelie sich abends früh zu Bett begab, um für den nächsten anstrengenden Kliniktag gewappnet zu sein, ging Elisabeth meist aus. An diesem Nachmittag allerdings war die Tante zu Hause, saß im Salon und las ein Buch. Hastig wollte Amelie an der Tür vorbei in ihr Zimmer gehen. »Amelie«, tönte es da aber schon aus dem ebenerdig gelegenen Salon. »Wie schön, dich endlich mal wieder bei Tageslicht zu sehen.« Elisabeth war aufgestanden und in die Tür getreten. »Aber, was ist denn mit dir los?«, fragte sie entsetzt. »Du bist ja ganz blass. Und – ist das etwa Blut auf deinem Rock?« Sie trat einen Schritt auf ihre Nichte zu.

»Verflixt!«, dachte Amelie, »da habe ich wohl nicht genau genug aufgepasst.« – »Guten Tag, Elisabeth. Bitte mach dir keine Sorgen, es ist alles in Ordnung, mir ist nur ein wenig übel. Ich werde mich in meinem Zimmer ein bisschen hinlegen.«

»Dann lass mich dir wenigstens ein bisschen Tee und Gebäck hinaufbringen«, bat Elisabeth. »Du siehst wirklich zum Fürchten aus.«

»Lass, Elisabeth, es ist alles in Ordnung. Ich muss mich nur ein bisschen ausruhen.« Amelie begann, um eine weitere Unterhaltung im Keim zu ersticken, die Treppe hinaufzusteigen.

Ein paar Stunden später klopfte Elisabeth an Amelies Tür. »Amelie«, sagte sie leise. »Darf ich hereinkommen?«

»Ja«, kam es flüsternd aus dem Zimmer. Elisabeth öffnete die Tür und schrak zurück. Die Luft im Zimmer Amelies war zum Schneiden. Die junge Frau lag im Hemd auf dem Bett und schien in Blut förmlich zu schwimmen. »Aber liebes Kind«, sagte Elisabeth erschrocken und trat ein. »Wir müssen sofort einen Arzt holen!«

»Nein«, wehrte Amelie ab. »Nicht irgendeinen Arzt«, sie atmete tief durch. »Ruf bei Friedrich Görtz durch. Er soll mit seinem Arztkoffer kommen. Ich habe ein Kind verloren, aber es will einfach nicht aufhören zu bluten.« Sie war schneeweiß im Gesicht, auf der Stirn glänzten Schweißperlen.

Elisabeth, Pragmatikerin durch und durch, wandte sich

augenblicklich um, schloss die Zimmertür und eilte zum Telefon im Flur.

Eine halbe Stunde später war Friedrich Görtz eingetroffen. Seine Verlobte, Editha Sommerfeld, hatte er ebenfalls mitgebracht. »Wo ist sie?«, rief er bereits in der Eingangstür. »Und was ist eigentlich passiert?«

Elisabeth trat ihm entgegen und sagte: »Sie hat mir erzählt, sie hätte ein Kind verloren, nun blutet sie, und die Blutung will nicht aufhören. Gehen Sie gleich hinauf. Es ist die dritte Tür links neben der Treppe.«

Friedrich eilte die Treppe hoch, Editha folgte ihm. Als er Amelies Zimmer betrat, erschrak er ein wenig. Amelie hatte die Augen im blassen Gesicht halb geschlossen, die Lippen waren fest zusammengepresst. »Amelie, meine liebe Freundin, was ist denn los mit dir?«, fragte Görtz und eilte an Amelies Bett.

»Ich glaube, ich habe das Kind verloren«, flüsterte Amelie. »Es begann heute Nachmittag im Krankenhaus.« Rasch berichtete sie Görtz vom Hergang ihrer Fehlgeburt. »Aber jetzt will es nicht mehr aufhören zu bluten«, Amelie biss wieder die Zähne zusammen. »Und ich habe starke Krämpfe.«

»Darf ich nachsehen?«, fragte Görtz.

»Ja, bitte.« Amelie schob die Decke weg und ihr Hemd hoch. Nach wenigen Sekunden richtete Friedrich Görtz sich wieder auf und sagte: »Die Plazenta scheint mir nicht vollständig abgegangen zu sein. Ich muss eine Ausschabung machen, du musst ins Krankenhaus.«

»Auf gar keinen Fall«, wehrte Amelie ab. »Niemand im Krankenhaus darf davon erfahren. Wir machen es hier.«

»Amelie, meine Liebe«, sagte Friedrich ärgerlich. »Bist du noch ganz bei Trost? Wie soll ich denn hier eine Curettage durchführen – in einem Privathaus!«

»Den Abbruch hättest du schließlich auch bei dir zu Hause durchgeführt«, mischte sich Editha ins Gespräch ein. »Dann lässt sich eine einfache Curettage wahrscheinlich auch hier machen, oder?«

Friedrich Görtz schüttelte den Kopf. »Was meinst du, Amelie?«, fragte er dann. »Kannst du aufstehen?«

»Ich weiß es nicht«, murmelte Amelie. »Aber ich kann es versuchen, wenn ihr mir helft.«

Friedrich Görtz eilte zur Tür, wo Elisabeth stand und nun doch einigermaßen ängstlich dem Gesprächsverlauf und der Untersuchung gefolgt war. »Haben Sie hier irgendwo einen großen Tisch?« fragte Görtz.

»Natürlich«, antwortete Elisabeth. »Unten im Speisesaal.«

»Gut«, sagte Friedrich. »Dann veranlassen Sie bitte, dass dieser Tisch mit einem sauberen Leinentuch bedeckt wird. Wir bringen Amelie hinunter.«

»Das wird jetzt ein bisschen wehtun«, sagte Friedrich zu Amelie. »Ich muss den Muttermund weiten, damit ich die Ausschabung durchführen kann.« Amelie lag auf dem Tisch, der mit einem sauberen weißen Leintuch bedeckt war, und hatte die nackten Beine angewinkelt. Editha stand neben ihr und hielt ihre Hand.

Editha war in einen weißen Kittel gehüllt, das Haar von einem ebenfalls weißen Kopftuch bedeckt.

Nun biss Amelie die Zähne zusammen und krampfte ihre Finger um Edithas Hand. Der Eingriff selbst war schnell vorbei. Friedrich stellte sich geschickt an und verursachte Amelie nur ein Minimum an Schmerzen. »So«, sagte Friedrich dann. »Geschafft. Es ist alles erledigt.« Editha säuberte sie und legte eine Stoffbinde zwischen ihre Beine, um das wenige Blut aufzufangen, das jetzt noch abfließen würde. »Du solltest dich ein paar Tage lang schonen«, mahnte Friedrich. »Ich werde im Curias sagen, du lägest mit einer Grippe im

Bett, in Ordnung?« Editha half Amelie, sich aufzurichten. »Bleib am besten im Bett, bis in zwei, drei Tagen die Blutung aufgehört hat«, sagte Friedrich. Die beiden verabschiedeten sich.

Kapitel 41

BERLIN, SOMMER 1914

Amelie«, Friedrich rief es bereits vom Gang aus. »Amelie, wo bist du?«

Amelie, die gerade – wie von Professor Hauptmann angeordnet – wieder einmal Verbände auf der chirurgischen Männerstation wechselte, hob den Kopf vom Arm eines Frischamputierten. Zwei Wochen waren vergangen, seitdem sie ihr Kind verloren hatte, und inzwischen war sie wieder vollständig hergestellt und tat bereits seit zwei Tagen wieder Dienst im Curias.

»Ich bin hier, Friedrich, warum schreist du denn so«, gab sie wesentlich leiser zurück. Friedrich betrat mit wehenden Mantelschößen den Saal.

»Du musst sofort mitkommen«, sagte er nun auch leiser. »Wir haben einen Patienten mit Panzerherz, stell dir das vor!«

Amelie legte letzte Hand an den Verband des Patienten und trat zu Friedrich. »Ein Panzerherz?«, fragte sie dann. »Tatsächlich?«

»Ja, Professor Schulze hat es beim Röntgen festgestellt.« Friedrich fasste Amelies Arm. »Ein ganz junger Patient, noch keine achtzehn Jahre alt.«

Das brandneue Röntgengerät im Curias wurde viel benutzt. Zu verlockend war die Möglichkeit, erstmals ins Innere eines Menschen blicken zu können, ohne den Leib chirurgisch zu öffnen. 1895 hatte Wilhelm Conrad Röntgen im Physikalischen Institut der Universität Würzburg die nach ihm benannten Röntgenstrahlen entdeckt – und mittlerweile besaß jedes Krankenhaus, das auf sich hielt, einen Röntgenapparat.

Heute nun war ein junger Mensch mit Atemnot, Stauungsvenen und blauen Lippen an die Abteilung gekommen und sofort mittels Röntgenstrahlen durchleuchtet worden.

»Ein Panzerherz operieren«, sagte Amelie träumerisch. »Das wäre großartig.«

»Ja«, antwortete Görtz. »Und gemeinsam werden wir es möglich machen.«

»Aber wie denn – so einen Eingriff lässt sich Hauptmann doch nie im Leben entgehen«, meinte Amelie traurig.

»Tja, das ist zwar richtig, aber Hauptmann ist ab morgen in London, bei einem Chirurgenkongress«, antwortete Friedrich. »Und ich habe sämtliche Kollegen auf der Chirurgischen auf Stillschweigen eingeschworen.«

Amelies Augen wurden groß. »Und du meinst, das klappt?« fragte sie.

»Ich hoffe es«, antwortete Friedrich. »Bisher ist noch nichts durchgesickert.«

An diesem Abend saß Amelie in Elisabeths Salon. Die Tante war ausnahmsweise einmal nicht ausgegangen, und Amelie berichtete ihr aufgeregt von der möglichen Operation. »Keine allzu blutigen Details«, wehrte Elisabeth ab, die eine zierliche Champagnerflöte in der einen und eine überdimensionierte Zigarettenspitze in der anderen Hand hielt. »Schon gut, Elisabeth«, lachte Amelie. »Aber stell dir vor – ein Panzerherz zu operieren! Damit könnte ich meine Ausbildung zur Chirurgin abschließen.«

»Was ist denn das überhaupt, so ein Panzerherz?«, fragte Elisabeth. Amelie setzte zu einer Erklärung an. »Hans Kessler, das ist unser Patient«, begann sie. »Er hatte Tuberkulose. Und eine Folge einer Tuberkulose kann ein Panzerherz sein.«

»Großartig, dann kenne ich mich ja jetzt aus«, meinte Elisabeth sarkastisch und trank einen Schluck Champagner. »Also«, fuhr Amelie fort. »Durch die Tuberkulose kann sich der Herzbeutel, der das Herz wie ein Sack umschließt, verhärten. Wir sagen dazu verkalken.« Amelie war aufgestanden und spazierte dozierend in Elisabeths Salon herum. »Das bedeutet, der Herzbeutel wird ganz starr, das Herz kann nicht mehr richtig schlagen, weil sich der Herzbeutel eben nicht mehr ausdehnen kann.« Elisabeth nickte. »Und du wirst morgen dieses Panzerherz heilen?«, fragte sie interessiert.

»Ja«, antwortete Amelie, »ich werde den verkalkten Herzbeutel größtenteils entfernen, damit das Herz wieder Platz hat, um ungestört zu schlagen.«

»Wie soll das denn überhaupt vor sich gehen?«, fragte Elisabeth.

»Also«, berichtete Amelie weiter. »Zuerst wird der Patient vom Hals bis zum Bauchnabel in die Unterdruckkammer gelegt. Du weißt schon, die Erfindung von Sauerbruch.«

»Richtig, davon habe ich schon gehört, soll ja damals eine Sensation gewesen sein«, wusste Elisabeth und zog an ihrer Zigarettenspitze.

»Das war es auch!«, sagte Amelie aufgeregt. »Immerhin konnte damit erstmals der Brustkorb geöffnet werden, ohne dass die Lunge zusammenfiel und der Patient erstickte.«

Amelie nahm einen Schluck Champagner und lehnte sich in ihrem zierlichen Empire-Stühlchen nach vorn. »Und ich soll nun ein sogenanntes Panzerherz operieren.«

»Aber Hauptmann wird das wohl kaum zulassen«, gab Elisabeth zur Antwort.

»Das stimmt, das würde er nicht, wenn er denn in Berlin

wäre«, antwortete Amelie triumphierend. »Aber das ist er nicht. Er ist heute Abend nach London abgereist, auf einen Chirurgenkongress, auf dem er sich wichtigmachen kann«, setzte sie gehässig hinzu.

»Aber bestimmt hat er doch von dem Patienten erfahren«, meinte Elisabeth.

»Nein, Friedrich hat es irgendwie geschafft, dass alle den Mund gehalten haben, und den Patienten in der Abteilung für Inneres versteckt«, lachte Amelie. »Morgen ist es so weit«, setzte sie träumerisch hinzu. »Morgen werde ich ein Herz operieren.«

»Dann solltest du jetzt allerdings keinen Champagner mehr trinken, sondern lieber ins Bett gehen, mein Kind«, mahnte Elisabeth. »Schließlich musst du für einen so schwierigen Eingriff ausgeschlafen sein.«

»Recht hast du«, antwortete Amelie, die sich ausnahmsweise nicht einmal an der Anrede »liebes Kind« störte. »Ich gehe ins Bett.«

Kapitel 41

Es war fünf Uhr morgens, als Amelie, Friedrich, zwei weitere Assistenzärzte und drei Krankenschwestern sich um die Operationsliege versammelten, auf dem der junge Patient mit dem Panzerherzen gelagert worden war. Die Unterdruckkammer war an Ort und Stelle, der Patient ein wenig schläfrig, er war mithilfe eines Medikaments beruhigt worden. »Wird es sehr wehtun, Fräulein Doktor?«, fragte Hans Kessler undeutlich.

»Nein, mein Lieber, Sie werden gar nichts spüren«, antwortete Amelie. »Und wenn Sie aufwachen, werden Sie wieder richtig gut atmen können.«

Es war mucksmäuschenstill im Operationssaal, als Amelie den ersten Schnitt setzte. Mit einer Säge öffnete Friedrich das Brustbein, dann lag es unruhig und schwerfällig schlagend vor ihnen – das von einem völlig verkalkten Herzbeutel umschlossene Herz von Hans Kessler. Ehrfurchtsvolles Schweigen breitete sich im OP aus. »Nun mach schon, Amelie«, flüsterte Görtz schließlich. »Vom Betrachten wird der Herzbeutel nicht wieder gesund.« Amelie, die völlig in den Anblick des schlagenden Herzens versunken gewesen war, straffte sich. Mit vorsichtigen Schnitten entfernte sie den verkalkten Herzbeutel rund um das Herz des Patienten. Diese Prozedur war nur mit allergrößter Vorsicht zu bewältigen und dauerte mehrere Stunden, da das schlagende Herz auf keinen Fall verletzt werden durfte. Endlich war der verkalkte Herzbeutel vollständig entfernt. Kaum befreit, schlug das Herz wieder in einem normalen Rhythmus. »Er wird rosig«, meldete die Narkoseschwester. »Die Lippen auch!«

»Es hat geklappt«, frohlockte Amelie. »Sein Herz kann sich wieder frei bewegen.«

»Ich mache zu«, sagte Görtz. »Geh und ruh dich ein bisschen aus. Ich gebe dir Bescheid, wenn der Patient aufwacht.«

Amelie zog ihre Gummihandschuhe aus und warf sie in den bereitgestellten Abfalleimer, sie zog die Gesichtsmaske ab und löste das Kopftuch, als sie den Waschraum für die Chirurgen betrat. Mit einem tiefen Aufseufzen nahm sie die Schürze ab und wusch sich die Hände. Beim Blick in den Spiegel konnte sie ein triumphierendes Aufblitzen in ihren Augen sehen. »Jetzt müssen sie mir die Zulassung zur Chirurgin erteilen«, sagte sie sich. »Mit dieser Operation habe ich bewiesen, dass ich eine fähige Chirurgin bin.«

Und tatsächlich. Der Eingriff, den Amelie durchgeführt hatte, sprach sich mit rasender Geschwindigkeit im Curias herum und drang schließlich auch an die Ohren des Krankenhausdirektors Eberhard von Clausenberg.

An diesem Abend war Amelie allein in Elisabeths Haus. Sie hatte zu Abend gegessen und sich dann in den rosa Salon zurückgezogen, um noch einige Patientenakten durchzuarbeiten. Es klopfte an der Tür. »Herein«, rief Amelie. Fritz stand vor der Tür. »Gnädiges Fräulein«, meldete er. »Ein Besucher ist da.«

»Ach«, machte Amelie. »So spät? Wer ist es denn?«

»Der Herr Direktor von Clausenberg«, antwortete Fritz. »Darf ich ihn hereinbitten?«

»Aber natürlich«, Amelie freute sich. »Natürlich, bitten Sie ihn herein.« Sie stand auf und ging zur Tür. Clausenberg reichte Zylinder und Stock an Fritz. Amelie bat um Cognac und zog ihren Wahlonkel in den Salon. Sie umarmte ihn. »Was führt dich denn hierher?«, fragte sie dann. »Wieso weißt du denn, dass ich jetzt hier wohne?«

Eberhard von Clausenberg löste sich aus Amelies Armen und schritt zu einem Lehnsessel. »Ich war bei deinem Vater, liebes Kind, und der hat mir einige Einzelheiten eures unerquicklichen Streits berichtet – und dass du jetzt hier bei deiner Tante wohnst.« Er setzte sich und strich die Falten aus den gestreiften Beinkleidern.

»Es wäre mir recht, lieber Onkel Clausenberg, wenn du aufhören könntest, mich ›mein liebes Kind‹ zu nennen«, gab Amelie scharf zurück. »Ich bin dreiundzwanzig Jahre alt und schon lange kein Kind mehr.« Sie nahm ebenfalls Platz und griff nach dem Zigarettenetui, das neben ihrem Lehnstuhl auf einem kleinen Tischchen lag. Sie zündete sich eine Zigarette an, inhalierte tief und stieß den Rauch aus. Eberhard von Clausenberg zog eine Pfeife aus der Tasche und setzte diese in aller Ruhe in Brand. In der Zwischenzeit klopfte es erneut, Fritz stand mit dem Cognac vor der Tür.

Als die Pfeife brannte, der Cognac eingeschenkt war und Fritz sich wieder entfernt hatte, sagte Clausenberg. »Entschuldige bitte, Amelie. Ich werde versuchen, das ›liebe Kind‹ aus meinem Wortschatz zu streichen. Aber deswegen bin ich heute nicht hier.«

»Nein«, Amelie hielt ihr Cognacglas zwischen beiden Händen, um den Inhalt anzuwärmen. »Weshalb bist du denn dann hier? Ich meine, ich freue mich natürlich immer, dich zu sehen, aber …«

»Richtig«, unterbrach Clausenberg sie. »Ich habe einen Grund, der mich dazu veranlasst hat, dich hier aufzusuchen. Wo ist übrigens deine reizende Frau Tante?« Er blickte sich um, als vermutete er, sie hätte sich hinter den bodenlangen altrosafarbenen Vorhängen versteckt, die die breite Fensterfront bedeckten.

»Die reizende Frau Tante soupiert heute mit dem Grafen Leibeseder im Adlon«, antwortete Amelie. »Sie wird wohl erst spät nach Hause kommen – oder gar nicht?« Sie kicherte frech. Eberhard von Clausenberg blickte sie indigniert an, sagte aber nichts dazu, sondern schmauchte ein paar Züge lang seine Pfeife.

»Also«, begann er schließlich. »Ich habe gehört, du hättest einen sehr schwierigen chirurgischen Eingriff durchgeführt.«

Abstreiten würde nichts nutzen, das wusste Amelie, außerdem wollte sie das auch gar nicht. »Ja, antwortete sie daher. »Ich habe vorgestern einen jungen Patienten von seinem Panzerherz befreit.«

»Aha«, machte Clausenberg und blickte in das lodernde Kaminfeuer, vor dem die beiden saßen. »Und wie geht es dem Patienten?«

»Das fragst du mich jetzt nicht im Ernst«, antwortete Amelie. »Du weißt doch alles, was in deinem Krankenhaus vor sich geht.«

»Ja«, gab Clausenberg belustigt zurück. »Das stimmt wohl, aber ich möchte es trotzdem gerne von dir hören.«

»Dem Patienten geht es fabelhaft«, berichtete Amelie. »Er hat natürlich noch Schmerzen, aber sein Herz tut seine Arbeit ganz so, wie es sein soll.«

»Du weißt aber schon, dass du Professor Hauptmann fragen hättest müssen, bevor du einen solchen Eingriff machst?«, fragte Clausenberg. »Schließlich bist du immer noch Assistenzärztin der Chirurgie.«

»Wenn ich Hauptmann gefragt hätte, hätte der mich ausgelacht und den Eingriff selbst durchgeführt«, antwortete Amelie. »Und das weißt du ganz genau!«

»Ja, und das wäre auch sein gutes Recht gewesen, schließlich ist er der Leiter der Abteilung«, gab Clausenberg zurück.

»Du weißt ganz genau, dass ich auch nach zwei Jahren noch kein Skalpell in der Hand gehabt hätte, wenn Görtz und seine Freunde mir nicht dabei geholfen hätten, meine Ausbildungseingriffe durchzuführen.«

»Ja«, sagte Clausenberg besänftigend, »das weiß ich. Ich bin dir auch durchaus nicht böse.«

Amelie, die sich bereits auf eine wortreiche Verteidigung gefasst gemacht hatte, sank in ihrem Lehnstuhl zusammen. »Du bist nicht böse?«, fragte sie kleinlaut.

»Nein«, antwortete Clausenberg, der nun wieder gemütlich sein Pfeifchen schmauchte. »Mir ist schließlich wohlbekannt, welche Schwierigkeiten dir Hauptmann bei deiner Ausbildung gemacht hat.«

»Aber, wenn du nicht vorbeigekommen bist, um mir die Leviten zu lesen, warum bist du dann hier?«, fragte Amelie.

»Um dir deinen Prüfungstermin bekannt zu geben.«

»Meinen Prüfungstermin?« Amelie war erstaunt.

»Deinen Prüfungstermin«, bekräftigte Clausenberg. »Am 28. Juni 1914 wirst du vor einem nationalen Chirurgengremium deine Prüfung zur Fachärztin für Chirurgie ablegen.«

Amelie war baff. Damit hatte sie nun wirklich nicht gerechnet. »28. Juni«, sagte sie dann. »Aber das ist ja schon in zwei Wochen!« Sie wurde blass.

»Ja, das ist schon recht bald«, gab Clausenberg ihr recht. »Aber du bist inzwischen so gut vorbereitet, da kann gar nichts schiefgehen.«

»Und warum vor einem nationalen Gremium?«, fragte Amelie. »Normalerweise nimmt doch der Chef der Chirurgie, an dem man seine Ausbildung absolviert hat, die Prüfung ab.«

»Kannst du dir vorstellen, dass Professor Hauptmann dir diese Prüfung abnimmt?«, fragte Clausenberg zurück.

»Nein, wohl nicht«, sagte Amelie. »Aber wie hast du das angestellt?«

»Nun, sagen wir mal so. Ich habe ausgezeichnete Kontakte zum Hof«, meinte Clausenberg kryptisch. »Man ist dort durchaus daran interessiert, kluge junge Frauen als Ärztinnen ausbilden zu lassen, und hat auf meinen diesbezüglichen Vorschlag ausgesprochen positiv reagiert.« Clausenberg legte die Pfeife in den Aschenbecher und blickte Amelie an. »Du wirst dich allerdings zuvor noch auf einen Auftritt Hauptmanns vorbereiten müssen. Er kommt morgen von seinem Kongress zurück, und ich bin sicher, er wird über deinen Eingriff wenig erfreut sein.«

Tatsächlich sah Amelie sich am nächsten Nachmittag einer Gewitterwolke in Form von Professor Hauptmann gegenüber. Eben war sie noch am Bett von Hans Kessler gesessen und hatte erfreut bemerkt, wie viel besser es ihrem Patienten bereits ging, als sie schwere Schritte vom Gang her vernahm und eine laute, eine sehr laute Stimme hörte, die ihren Namen rief. »Fräulein von Liebwitz«, dröhnte es da. »Kommen Sie augenblicklich in mein Zimmer.«

»Hauptmann!«, fuhr es Amelie durch den Kopf. »Jetzt bin ich dran.«

»Was erlauben Sie sich eigentlich, Sie impertinente Person?« Professor Hauptmann, frisch zurückgekehrt aus London, ragte wie ein Baum hinter seinem Schreibtisch auf, vor dem Amelie Aufstellung genommen hatte.«

»Ich …«

»Sie! Gar nichts Sie!«, brüllte Hauptmann, dass die Spucketröpfchen nur so flogen. »Einen Patienten am Panzerherz operieren, wenn ich nicht da bin? Häh? Eine Assistenzärztin, die eigenmächtig einen solchen Eingriff durchführt? Sie sind wohl von allen guten Geistern verlassen!«

Hauptmann war hochrot im Gesicht, an Stirn und Hals traten dicke Adern hervor. »Das war der letzte Eingriff, den Sie hier im Curias durchgeführt haben, das sage ich Ihnen«, tobte Hauptmann weiter. »Ich entlasse Sie mit …« Plötzlich wurde der Mann abwechselnd rot und blass, schwankte, fasste sich an den Kopf und ging dann wie ein gefällter Baum zu Boden, wo er regungslos liegen blieb. Amelie lief zu ihm, fühlte seinen Puls und ertastete nichts. Sie rief laut nach Hilfe und schon nach wenigen Sekunden füllten Kollegen den Raum, die Hauptmann vorsichtig untersuchten. Aber schon nach wenigen Minuten war klar: Der alte Chirurg war tot. »Wohl ein Schlaganfall«, sagte Görtz, der ebenfalls auf Amelies Hilferufe in das Zimmer von Hauptmann gerufen worden war.

Intermezzo
WIEN, 1950

Als die letzten Töne im Goldenen Saal des Musikvereins verklungen waren, hob Amelie den Kopf zum Orchester. Sie fühlte sich wie aus tiefem Schlaf erwacht. Eben war sie noch in Berlin gewesen, damals, als Hauptmann gestorben war, als er sie hatte entlassen wollen. Und jetzt hörte sie Menschen begeistert applaudieren und sah, wie Ernst Szabo sich vor seinem ihm mehr als geneigten Publikum verbeugte.

Eine Stunde später hatten Ernst und sie in einem hübschen Sacher-Separee Platz genommen. Ernst hatte Wein bestellt, und sie hatten sich für das dreigängige Menü entschieden. Angeregt unterhielten sie sich, berichteten einander aus ihrem Leben, das sie für so lange Zeit in verschiedene Richtungen geführt hatte. »Und dann wurde, nur ein paar Tage, nachdem Hauptmann plötzlich gestorben war, mein Freund Friedrich Görtz zum Chef der Chirurgie ernannt«, erzählte Amelie. »Bei ihm habe ich auch meine Prüfung zur Fachärztin für Chirurgie abgelegt – und die war durchaus kein Kinderspiel, obwohl wir doch befreundet waren.«

Kapitel 42

BERLIN, 28. JULI 1914

*I*ch setze am oberen rechten Rippenbogenrand einen ungefähr zehn Zentimeter langen Schnitt und schaffe damit einen Zugang zur Gallenblase.« Amelie stand vor dem Prüfungskollegium, um den theoretischen Teil ihrer Prüfung zur Chirurgin abzulegen. Man hatte sie bereits zu Asepsis und Amputation befragt, nun sollte sie erläutern, wie sie die Entfernung einer Gallenblase bewerkstelligen würde.

»Anschließend präpariere ich den Ductus cysticus sowie die Arteria cystica an der Basis der Gallenblase, verschließe diese mit Fadenligatur und durchtrenne sie«, fuhr Amelie, mit jedem Wort selbstsicherer werdend, fort. »Danach kann ich die Gallenblase aus dem Leberbett entfernen und die Wunde wieder verschließen.«

»Würden Sie eine Drainage legen, um Wundsekret abfließen zu lassen?«, fragte der ehrwürdige Professor Gerhilf von Sonnenthal. Er war Emeritus für Chirurgie an der Universität zu Dresden und ein Teil des Kollegiums, das sich zu Amelies Prüfung in Berlin eingefunden hatte.

»Nicht immer«, lautete Amelies Antwort. »Nur wenn ich etwa eine Eiteransammlung zu befürchten hätte, was aber, bei lege artis durchgeführter Asepsis kaum noch vorkommt.«

»Richtig, Fräulein Doktor, völlig richtig. Nun, Kollegen, ich denke, damit können wir Fräulein von Liebwitz zur bestandenen theoretischen Prüfung gratulieren, was meinen Sie?« Von Sonnenthal warf einen Blick in die Runde und sah ausschließlich nickende Köpfe. »Dann wollen wir also zum praktischen Teil der Prüfung schreiten«, sagte Friedrich Görtz, der als neuer Leiter der chirurgischen Abteilung am Curias-Krankenhaus der Prüfung vorsaß.

Man schritt gemeinsam in den Operationssaal, der auch Lehrzwecken diente. Die aufsteigenden Stuhlreihen waren dicht besetzt. Keiner wollte sich entgehen lassen, wie die erste Ärztin, die in Berlin ihre Approbation erhalten hatte, ihre Prüfung zur Chirurgin ablegte.

Die Operationsliege war noch leer, als Amelie im Gefolge des Prüfungskollegiums den Saal betrat. Sie fühlte sich hin- und hergerissen. Einerseits war sie glücklich, die theoretische Prüfung bestanden zu haben. »Die Hälfte habe ich geschafft«, sagte sie sich, als sie im Waschraum stand und sich die Hände wusch. »Die andere Hälfte krieg ich jetzt auch noch hin. Schließlich hab ich schon ein Panzerherz operiert!« Sie hob stolz den Kopf, richtete sich gerade auf und machte sich auf den Weg in den Operationssaal. Als sie eingetreten war, ließ sie den Blick über die aufsteigenden Sesselreihen schweifen. Als Erstes trafen ihre Augen sich mit jenen von Alexander von Stein. Aber, was war das? Gar nicht böse blickten diese Augen sie an. Vielmehr schien er ihr – nein, das konnte doch wohl nicht sein – aber ja, er schien ihr tatsächlich zuzuzwinkern. Amelie traute ihren Augen kaum. Verwirrt wandte sie sich ab und dem Operationstisch zu.

»Meine Damen und Herren«, hob Friedrich Görtz an, denn nun, nach sechs Jahren, fanden sich doch einige Frauen im Publikum, die ebenfalls Medizin studierten. »Meine Damen und Herren, wir sind heute hier zusammengekommen, um eine praktische Prüfung zum Facharzt für Chirurgie abzunehmen. Fräulein Dr. von Liebwitz ist die Kandidatin, und sie wird einen Kaiserschnitt durchführen.«

Kaum hatte Görtz diese Worte ausgesprochen, öffnete sich die Tür zum Hörsaal und ein Spitalsdiener schob eine junge Frau im Rollstuhl herein und brachte sie zur Operationsliege. »Guten Tag Frau …« Görtz konsultierte das Krankenblatt, das ihm der Diener gereicht hatte. »Frau Meinecke. Wir werden Sie heute von Ihrem Kind entbinden, und Sie werden davon überhaupt nichts spüren.«

»Dit gloob ick nicht«, gab die vierschrötige, resolut wirkende Frau zur Antwort. »Dit is mein sechstes, und bisher hats immer wehjetan.« Gelächter brandete von den Sitzreihen auf.

»Nun«, antwortete Görtz freundlich. »Diesmal wird es nicht wehtun, weil wir Ihr Kind mittels Kaiserschnitt holen und Sie vorher in Narkose legen werden.«

»Na jut«, sagte Frau Meinecke. »Nu machen Se schon.« Eigenhändig stieg sie auf die Operationsliege und legte sich auf den Rücken. Sie strich ihr Operationshemd glatt und legte den Kopf zurück. »Schwester Lisa, die Narkosemaske bitte!«, forderte Görtz. Amelie, die mit desinfizierten Händen neben ihm gewartet hatte, wurden von Operationsschwester Ingeborg die Gummihandschuhe übergezogen. Kittel, Mund- und Kopfschutz trug sie bereits.

Nur wenige Sekunden später lag Frau Meinecke in tiefem Schlaf. »Warum führen wir hier einen Kaiserschnitt durch?«, fragte Görtz die Examenskandidatin. »Weil das Kind in Querlage liegt, was eine natürliche Entbindung schwierig machen würde, zumal Frau Meinecke stark übergewichtig ist«, antwortete Amelie und erntete ein »Richtig« von Görtz.

»Bitte Fräulein Kollegin, dann machen Sie sich ans Werk.«

Amelie ließ sich ein Skalpell reichen und setzte einen langen Schnitt oberhalb der Schambeinäste. Zwei Haken hielten die Wundränder offen. »Schwester Ingeborg, halten Sie die Haken bitte«, forderte sie. »Schere bitte.« Görtz reichte ihr das gewünschte Instrument. Damit durchtrennte sie das reichlich vorhandene Fettgewebe und die Muskelhüllen im Bauchraum, drängte die Bauchmuskeln zur Seite und öffnete das darunter liegende Bauchfell. »Ich werde jetzt die Gebärmutter eröffnen«, sagte sie dann und holte wenige Sekunden später einen Jungen aus dem eröffneten Uterus ans Tageslicht, der augenblicklich heftig zu schreien begann. Ein kollektives Aufatmen ging durch den Saal. »Wir haben hier einen gesunden Knaben«, sagte Amelie, die bereits begonnen hatte, die Gebärmutter zu vernähen, nachdem sie auch die Plazenta geborgen hatte. »Professor Görtz, wenn Sie so freundlich wären und die Nabelschnur durchtrennen würden?«

Schwester Lisa hatte inzwischen die Narkosemaske entfernt und klopfte der frischgebackenen sechsfachen Mutter sanft auf die Wangen, um sie aufzuwecken. Amelie setzte inzwischen die letzten Nähte. Als Frau Meinecke die Augen aufschlug, war die Bauchdecke bereits wieder verschlossen. Amelie legte sorgfältig einen Verband an, und Schwester Ingeborg legte Frau Meinecke ihr Neugeborenes in den Arm. »Isset schon vorbei?«, fragte diese verwundert und blickte ihren neugeborenen Sohn verwirrt an. »Ja, Frau Meinecke, alles vorbei, Sie haben einen gesunden Sohn«, gab Friedrich Görtz zur Antwort.

Nachdem die Liege mit Mutter und Kind hinausgefahren worden war, blickte Friedrich Görtz das Prüfungskollegium und Amelie an, dann richtete er seine Worte an das Publikum im Auditorium. »Meine Damen und Herren, wir dürfen mit Fug und Recht sagen, dass Fräulein Doktor Amelie von Liebwitz ihre Prüfung zum Facharzt für Chirurgie mit großem Erfolg abgelegt hat«, sagte er dann laut. Das Publikum begann, laut auf die Pulte zu klopfen, das Prüfungskollegium applaudierte, und Amelie lächelte glücklich. Sie hatte es geschafft, sie war am Ziel ihrer Reise angelangt. Nun durfte sie sich endlich Chirurgin nennen.

Alles scharrte sich um sie, wollte gratulieren und der frischgebackenen Chirurgin die Hand schütteln. Amelie freute sich über die Gratulationen, mehr noch allerdings über die Anwesenheit ihres Vaters, der sich – unter erheblichen Schwierigkeiten – plötzlich durch die Gratulanten schob. »Mein liebes Kind«, sagte er und grinste: »Ich verspreche dir, das ist das letzte Mal, dass ich dich so nenne. Ich gratuliere dir von ganzem Herzen zu deiner Leistung.« Er umarmte Amelie, die das nur zu gerne geschehen ließ. »Danke, Papa«, sagte sie. »Du bist mir nicht mehr böse?«

»Böse?«, fragte Michael von Liebwitz zurück. »Böse war ich nie. Vernagelt war ich und halb verrückt vor Trauer um deine Mutter. Kannst du deinem alten Vater noch einmal verzeihen?«

»Ach, Papa«, Amelie schluchzte auf. »Natürlich verzeihe ich dir.«

Er reichte ihr ein sauberes, weißes Taschentuch. »Hier«, sagte er. »Wisch die Tränen weg und freu dich, du hast wirklich ganz Erstaunliches geleistet.«

Auch der nächste Gratulant überraschte Amelie. Alexander von Stein trat zu ihr und hielt ihr seine Rechte hin. »Liebes Fräulein Collega«, hub er an. »Meine herzlichen Glückwünsche.« Amelie blickte von Stein erstaunt an. »Wollen Sie mich veräppeln?«, schien ihr Blick zu fragen. »Ich meine es ernst«, sagte Alexander von Stein. »Sie haben sich mit einer Verbissenheit durch die letzten Jahre gekämpft, die wirklich Bewunderung verdient. Ich bin zwar immer noch nicht so recht begeistert von der Frau in der Medizin, aber Sie haben es wirklich verdient.« Er schüttelte begeistert Amelies Hand. Diese jedoch blickte ihm in die Augen und sagte: »Ich nehme Ihre Gratulation an, Herr Collega. Verzeihen werde ich Ihnen dennoch niemals, was Sie meiner Mutter angetan haben.« Kühl entzog sie ihm ihre Hand und ließ ihn stehen.

Als endlich alle Gratulanten ihre Hand geschüttelt hatten, Blumen überreicht und Einladungen zu Abendessen ausgesprochen worden waren, verließ Amelie Hörsaal und Gebäude und setzte sich im Garten der Universität auf eine Bank, um in Ruhe eine Zigarette zu rauchen. Sie dachte an die ersten Tage in der Universität Unter den Linden, an Felicitas, die nun schon seit drei langen Jahren tot war, und an all die Schwierigkeiten, die Steine, die man ihr in den Weg gelegt hatte. Oft war es sehr schwer gewesen. »Aber ich habe es geschafft«, murmelte sie lächelnd vor sich hin. »Ich habe es allen gezeigt. Ich bin eine Chirurgin!« Sie zog an ihrer Zigarette und lehnte sich zurück. Die Sonne schien warm auf sie herab, sie blickte in den postkartenblauen Berliner Himmel und dachte an die nächsten Schritte, die nun vor ihr lagen. Friedrich Görtz wollte sie unbedingt als Chirurgin in seiner Abteilung einstellen. Aber auch die Charité hatte sich mit einem Stellenangebot gemeldet. Man wollte dort eine Abteilung für gynäkologische Chirurgie aufbauen, Amelie neigte diesem Angebot, trotz ihrer Freundschaft zu Friedrich Görtz, zu. »Da kann ich genau das tun, was ich tun will«, sie schloss kurz die Augen und sah sich an einem Operationstisch stehen. »Wenn ich an die Charité gehe, kann ich Frauen helfen, Frauen, für die sich bis jetzt kein Arzt so richtig zuständig fühlt.« Auch an Ernst dachte sie und das Kind, das sie verloren hatte. Kurz stieg Trauer in ihr auf, die sie aber sogleich zurückdrängte. »Es war richtig, was ich getan habe«, flüsterte sie und schickte Ernst trotz allem einen kleinen Kuss in den Wedding. Sie blieb noch eine Weile in der Sonne sitzen und genoss die Wärme. »Aber heute«, dachte sie dann, »heute werde ich feiern und tanzen und Champagner trinken!« In diesem Augenblick setzten sich Amelies

Vater und ihre Tante zu ihr. »Heute Abend feiern wir«, sagte Michael von Liebwitz. »Ich habe einen Tisch im Adlon bestellt.«

»Hervorragende Idee«, freute sich Elisabeth. »Und heute Nachmittag gehen wir einkaufen und suchen ein hübsches Kleid für diesen Anlass aus.«

Draußen sank die Dämmerung nieder. Im mit unzähligen Kerzen beleuchteten Gartensaal des Adlon herrschte ausgelassene Stimmung. Ein Streichquartett spielte auf, und Amelie hatte alle ihre Mitstreiter und Freundinnen – und natürlich ihren Vater und ihre Tante Elisabeth um sich versammelt und feierte ihren neuen Beruf, ihre glänzende Zukunft und das so schwierig zu erreichende Ziel, das sie mit viel Sturheit, Disziplin und Willen erreicht hatte.

Über die Mauer, die den Garten des Hotels umgab, drang die Stimme eines Zeitungsjungen zu den Feiernden herüber: »Extrablatt! Extrablatt! Österreich erklärt Serbien den Krieg! Extrablatt!«

EPILOG

WIEN, 1950

Ernst blickte Amelie an. »Dann hast du also an einem schicksalhaften Tag deine Prüfung zur Chirurgin abgelegt, nicht wahr?«

»Ja, gut, dass wir damals noch nicht wussten, was wirklich auf uns zukam.« Amelie hob ihr Weinglas und prostete Ernst zu. »Auf unser Wiedersehen«, sagte sie, und die Gläser klangen silberhell aneinander.

Später, als Amelie allein in ihrem Hotelbett lag, dachte sie mit einem Lächeln an den mit Ernst verbrachten Abend zurück. Wie wenig er sich doch verändert hatte. Bis auf die grauen Haare war er noch der gleiche, leicht zu begeisternde Mann, den sie vor so vielen Jahren in Berlin kennengelernt hatte. Und den sie wiedergesehen hatte, 1916, in Bosnien, als er mit einem Bauchschuss in ihr Lazarett eingeliefert worden war.

In den darauf folgenden Tagen sahen Amelie und Ernst einander häufig. Sie gingen stundenlang spazieren, speisten zusammen und besuchten das Burg- und das Volkstheater. Und sie redeten und redeten. Alles berichteten sie einander, was sie erlebt hatten, von ihren Erfolgen, den Fehlern und Rückschlägen. Sie lernten sich noch einmal ganz neu kennen. An diesem Nachmittag spazierten sie gerade durch den Burggarten, als Ernst auf eine Bank wies, die idyllisch zwischen Rosenbüschen aufgestellt worden war. »Wollen wir uns setzen?«, fragte er.

»Gern«, antwortete Amelie. Das Wetter war prächtig, die

Sonne schien von einem wolkenlosen Himmel, es war angenehm warm, Bienen summten, und Hunde spielten auf dem Platz vor der Hofburg. Als sie Platz genommen hatten, wandte Ernst sich Amelie zu und nahm ihre Hand, die in einem hellgrauen Glacéhandschuh steckte.

»Amelie, ich muss dich etwas fragen«, begann er. Sie blickte ihn wortlos an. »Die vergangenen Tage gehören zu den schönsten meines Lebens«, sagte er warm. »Ich hatte vollkommen vergessen, was für eine wunderbare Frau du bist, und wie gut ich mich mit dir unterhalten kann.« Amelie lächelte verhalten. Aber es stimmte, auch sie hatte die vergangenen Tage sehr genossen. »Wie wäre es«, setzte Ernst fort. »Wollen wir es nach all dieser langen Zeit noch einmal miteinander versuchen? Willst du denn Mann nehmen, der ich heute bin, um des dummen Jungen willens, in den du dich damals verliebt hast und den du verlassen hast?« Ernst blickte Amelie fragend an.

Amelie wusste nicht so recht, was sie sagen sollte. Damit hatte sie nicht gerechnet. »Ich bin überrascht«, setzte sie an. »Auch ich habe die vergangenen Tage mit dir sehr genossen, aber an eine gemeinsame Zukunft habe ich nicht gedacht.«

Ernst war nicht enttäuscht. »Ich weiß, es geht dir viel im Kopf herum«, antwortete er. »Deine berufliche Zukunft, wo du leben willst und wie es jetzt weitergehen soll. Aber ich möchte schrecklich gern ein Teil dieser Zukunft sein, weißt du? Du musst dich ja nicht gleich entscheiden. Denk in Ruhe darüber nach.« Er hob ihre behandschuhte Hand an die Lippen und drückte einen Kuss auf ihren Handrücken.

Amelie blickte Ernst in die Augen. »Du bist ein wunderbarer Mann«, sagte sie dann leise. »Aber du weißt nicht alles von mir, und du hast völlig recht, wenn du sagst, dass mir viel im Kopf herumgeht. Lass uns …« Sie stockte und setzte dann neu an. »Ich möchte in den nächsten Tagen nach Berlin zurückkehren. Der neue Leiter des Curias-Krankenhauses hat mich zu einem Gespräch eingeladen, das möchte ich gerne wahrnehmen.«

»Ist gut, meine Liebe«, Ernst nahm seine Niederlage mit Würde an. »Im August bin ich in Berlin. Wie wäre es, wenn wir uns dann treffen und noch einmal über alles sprechen?«

»Das ist eine ausgezeichnete Idee«, antwortete Amelie. »Ich freue mich darauf.«

Als Amelie am nächsten Morgen den Frühstückssalon des Hotels Sacher betrat, um Kaffee zu trinken, kam ein Page auf sie zu. »Gnädige Frau, da ist ein Telegramm für Sie«, sagte er und überreichte ihr ein zusammengefaltetes Schriftstück. »Vom Ministerium«, murmelte sie vor sich hin und öffnete das Schreiben. »Bitte um dringendes Gespräch im Ministerium. Stopp. Heute um 10 Uhr vormittags. Stopp. Der Minister erwartet Sie. Stopp.«

»Merkwürdig«, dachte Amelie. »Was wollen die denn wohl so Dringendes von mir?« Sie trank in Ruhe ihren Kaffee aus und spazierte dann durch den schönen Frühlingsmorgen hinüber zum Minoritenplatz. Derselbe Pförtner, den sie bereits bei ihrem ersten Besuch angetroffen hatte, saß in seiner Loge, als sie eintrat. Als er Amelies ansichtig wurde, katapultierte er sich förmlich aus seinem Sessel und legte die Hand an die Mütze. »Grüß Gott, gnädiges Fräulein Doktor«, sagte er mit einem breiten, unechten Lächeln. »Wenn gnädiges Fräulein Doktor bitte gleich hinaufgehen wollen, der Minister wartet schon.«

Amelie blickte den Pförtner ein wenig konsterniert an, grüßte aber freundlich zurück. Als sie das Vorzimmer des Ministers betrat, kam ihr bereits dessen Sekretär entgegen. »Fräulein Doktor, grüß Gott«, sagte er, ebenfalls fast schon übertrieben freundlich. »Bitte, kommen Sie herein. Darf ich

Ihnen Hut und Mantel abnehmen?« Amelie reichte ihm beides. »Möchten Sie gerne einen Kaffee oder etwas anderes?«

»Danke, nein«, antwortete Amelie und schritt durch die hohe Flügeltür, die der Sekretär ihr aufhielt.

»Fräulein Doktor von Liebwitz, herzlich willkommen.« Der Minister eilte ihr entgegen und küsste ihr die Hand. »Vielen Dank, dass Sie so schnell erschienen sind, bitte nehmen Sie Platz.«

Amelie setzte sich, erstaunt über den Überschwang des Ministers. »Ihr Telegramm klang dringlich«, sagte sie dann.

»Ja, das ist es auch«, antwortete der Minister. »Sehen Sie, es ist so …«, begann er und berichtete ihr vom neuesten Skandal der Wiener Universität. Jener Kandidat, der ihr für den Lehrstuhl gynäkologische Chirurgie vorgezogen worden war, hatte einen unverzeihlichen Fehler begangen. Betrunken hatte er eine Frau operiert und diese dabei getötet. Amelie wurde übel bei dem Gedanken.

»Deshalb kann der Kollege natürlich jetzt den Lehrstuhl nicht übernehmen«, schloss der Minister seine Ausführungen. »Das versteht sich von selbst. Und deswegen wollten wir Sie bitten, den vakanten Lehrstuhl zu besetzen.«

Amelie staunte – und ärgerte sich. »Da hat es der Kollege also versaut«, sagte sie offen. »Und nun soll ich quasi das Feuer löschen?«

»Liebes Fräulein Doktor«, kalmierte der Minister. »Sie wissen, ich wollte immer Sie für den Lehrstuhl, allein der Senat hat mich überstimmt.«

Das stimmte. Amelie wusste, sie war tatsächlich die erste Wahl des Ministers gewesen. »Also«, der Minister strahlte Amelie an: »Was sagen Sie?«

Erst einmal sagte Amelie gar nichts. Schließlich blickte sie dem Minister offen ins Gesicht und sagte: »So schnell schießen die Preußen nicht, wie wir in Berlin sagen. Ich kann so holterdiepolter keine Entscheidung treffen, die meine Zukunft so maßgeblich beeinflusst.«

»Das kann ich ja verstehen, Fräulein Doktor von Liebwitz«, antwortete der Minister. »Aber es wäre schon wichtig, dass Sie mir so rasch wie möglich eine Antwort geben. Der Lehrstuhl ist vakant. Im Oktober beginnen die Lehrveranstaltungen wieder. Und es wäre mir sehr recht, eine so, wie soll ich es formulieren, unbelastete Kollegin auf diesem Lehrstuhl zu sehen.«

»Ich verstehe«, sagte Amelie. »Dass ich die Nazizeit in den USA verbracht habe, schadet meiner Bestellung wohl nicht gerade?« Das klang ein wenig zynisch, aber der Minister ging über ihren Zynismus einfach hinweg.

»Machen wir es so, gnädiges Fräulein Doktor«, fuhr er ungerührt fort. »Bleiben Sie noch ein paar Tage in Wien, auf Kosten des Ministeriums natürlich. Genießen Sie unsere schöne Stadt und am …«, er blickte in den vor ihm liegenden Kalender, »nächsten Montag treffen wir uns wieder, und Sie teilen mir Ihre Entscheidung mit, einverstanden?« Er erhob sich. Amelie stand ebenfalls auf. »Gut«, meinte sie. »Ich werde darüber nachdenken.«

Ein paar Stunden später hatte Amelie sich auf den kleinen Balkon ihres Hotelzimmers zurückgezogen, blickte nach unten und betrachtete die Passanten, die vorbeieilten. So viele Entscheidungen sollte sie treffen. Da war Ernst, der sein Leben mit ihr verbringen wollte und der weder wusste, dass sie in Amerika eine Lebenspartnerin zurückgelassen hatte, noch dass die gemeinsame Tochter, die sie in den Wirren des Ersten Weltkriegs geboren hatte, inzwischen in London am Kings College als Frauenärztin und Geburtshelferin tätig war. Da war die Stelle in Wien, der Lehrstuhl für Frauenheilkunde. Sie wäre die erste Frau, die diesen Lehrstuhl einnehmen würde. Das reizte sie sehr. Da war aber auch Berlin, das immer noch so zerstörte Berlin, in dem in »ihrem« Curias eine Stelle auf sie wartete. »Na«, dachte sie, »ich muss mich ja nicht jetzt gleich entscheiden.« Sie wandte ihr Gesicht der untergehenden Sonne zu und schloss die Augen.

Danksagung

Eine Danksagung ist eine schöne Sache, bedeutet sie doch: Das Buch ist fertig! Bei mir ist es immerhin der erste Roman, den ich verfasst habe. Und dass er entstanden ist, verdanke ich einer Reihe von Menschen, denen ich hier namentlich danken will:

Walter, meinem Ehemann, der mich immer, auch wenn eine Idee noch so dämlich ist, unterstützt, und ohne den dieses Buch nie fertig geschrieben worden wäre. Ich danke dir von Herzen. Du bist die Liebe meines Lebens.

Marie Lampert, die mich mit der Idee der »Heldenreise« bekannt gemacht hat, was in meinem Kopf augenblicklich Amelie von Liebwitz entstehen ließ.

Bernhard Steinhauser, der mich mit einer simplen Frage auf die Idee brachte, einen medizinhistorischen Roman zu schreiben – Danke, Bernhard.

Die üblichen Verdächtigen:

Mareen Bretschneider, Freundin, Kodderschnauze, Sparringpartnerin – Danke – von der Fischin.

Elke Koch, bester Mensch auf Welt, Freundin, Buchbesessene, wie ich – tausend Dank.

Livia Rohrmoser: Danke fürs Lesen und dein Feedback – es hat das Buch auf jeden Fall besser gemacht.

Und besonders herzlichen Dank an Tina Goebel – einen fröhlichen Nachmittag lang hat sie mir geholfen, aus einem Schreibloch herauszufinden. Dafür besonders lieben Dank, Tina.

Last but not least: Danke an Sie, liebe Leserinnen und Leser. Was wäre schon ein Buch ohne Sie – einfach nur eine Geschichte, die zwischen Buchdeckeln verstaubt.

Historische Anmerkungen

Amelie von Liebwitz hat es nicht gegeben. Ich habe sie stellvertretend für all jene Frauen erfunden, die mutig im Jahr 1908 in Preußen die Friedrich-Wilhelms-Universität betreten haben.
Hier können Sie mehr zur Geschichte der heutigen Humboldt Universität Berlin nachlesen: https://warburg.sas.ac.uk/pdf/nbe180b2402708v2.2.pdf

Nachfolgend und für all jene, die es genauer wissen wollen, finden Sie hier eine Liste von Büchern, die mir – neben einer ganzen Reihe anderer, die hier allerdings den Rahmen sprengen würden – als Recherche- und Inspirationsquelle dienten:

Wie unangenehm das Studium im Hörsaal für die jungen Frauen war, beschreibe ich in Kapitel 3. Mehr dazu finden Interessierte in dem Buch: »Das medizinische Berlin« von Eva Brinkschulte und Thomas Knuth, be.bra Verlag, Berlin, 2010.

Wer sich für die Berliner Medizingeschichte interessiert, kommt natürlich an der Charité nicht vorbei. Hierzu möchte ich Ihnen besonders das folgende Buch ans Herz legen, das mir als wichtige Recherche-Quelle diente: »Die Charité« von Gerhard Jaeckel, Ullstein-Verlag, Berlin, 2015, ein großartiges Sachbuch, das sich wie ein Krimi liest.

Bilder der Charité aus früheren Zeiten zeigt das Buch »Die Charité in Berlin – Fotografien um 1910« von Volker Hess (Hrsg.), be.bra Verlag, Berlin, 1910.

Die Biografie der ersten Frau, die in Berlin 1880 ein medizinisches Staatsexamen ablegte, Dr. Hope Bridges Adams Lehmann, hat mich bei der Schaffung der Figur der Amelie inspiriert. »Hope – Dr. Hope Bridges Adams Lehmann – Ärztin und Visionärin, die Biographie« von Marita Krauss, Volk Verlag, München, 2017.

Eine der ersten Ärztinnen in Deutschland hat mich besonders beeindruckt. Dr. Franziska Tiburtius studierte in der Schweiz und durfte in Berlin praktizieren – allerdings offiziell nur als Heilpraktikerin und dem Titel »Dr. med. Zürich«. Ihre 1925 erstmals erschienene Biografie »Erinnerungen einer Achtzigjährigen« bietet tiefe Einblicke in Leben und Zeit der Ärztin. C. A. Schwetschke und Sohn, Verlagsbuchhandlung, Berlin, 1925.

In Kapitel 7 erwähnt Dr. Alexander von Stein senior eine Armenärztin namens Dr. Martha Wygodzinski. Diese Ärztin lebte zwischen 1869 und 1943 (ermordet im KZ Theresienstadt) und war tatsächlich als Armenärztin in Berlin tätig. Hier finden Sie mehr zu ihr: https://geschichte.charite.de/aeik/biografie.php?ID=AEIK00166

Mir war es wichtig, insbesondere die zu dieser Zeit möglichen operativen Eingriffe so exakt wie möglich zu beschreiben. Neben anderen Quellen half mir dabei sehr das Buch: »Schnitt! Die ganze Geschichte der Chirurgie erzählt in 28 Operationen« von Arnold Van de Laar. Spannend, witzig und historisch korrekt berichtet der Autor von den wichtigsten Operationen im Lauf der Zeit. Droemer Taschenbuch, München, 2016.

Amelie und ihre Tante Elisabeth von Radestock reisen im Buch mit dem Passagierschiff »Der Imperator« nach New York. Dieses Schiff gehörte zu den Lieblingsschiffen Kaiser Wilhelm II. und trug – obwohl Schiffe sonst immer weibliche Namen erhielten – auf Wunsch des Kaisers einen männlichen Namen. Bis 1914 galt »Der Imperator« als größtes Passagierschiff der Welt. Informationen dazu finden Sie hier: https://www.ndr.de/geschichte/chronologie/Als-der-Imperator-Atlantik-eroberte,imperator105.html

Luise, Amelies Mutter, wird unter dem Verdacht der »Engelmacherei« ins Gefängnis gesteckt. Sie wird ins »königlich-preußische Weibergefängnis« in der Berliner Barnimstraße gebracht, das damals das einzige Frauengefängnis Berlins war. Informationen dazu: https://www.marinawesner.de/barnim/html/geschichte.html

Last but not least sei hier eine Ausgabe von »Geo Epoche« erwähnt, die mir einen tiefen Einblick in die Lage Berlins und seiner EinwohnerInnen um 1900 gewährt hat. Das Heft zeichnet die Geschichte von Bismarck bis Wilhelm II. nach, informativ, spannend und gut recherchiert. (Unter www.geo-webshop.de kann das Heft bestellt werden.)

Und hier noch einige interessante Websites:

Die Geschichte des Frauenstudiums in Deutschland kurz und knapp zusammengefasst, nebst reizenden frauenfeindlichen Zitaten damaliger medizinischer Kapazitäten finden Sie hier: http://www.archiv.rwth-aachen.de/web/online-pionierinnen/objektevitrine1.htm

Auf dieser Seite zeichnet Peggy Danckwortt hundert Jahre Frauenstudium nach: https://www.gew-berlin.de/1298_1758.php

Hier können Sie einiges über die Geschichte des Medizinstudiums für Frauen nachlesen (online kostenlos nachlesbar): https://www.jstor.org/stable/23983736?seq=1#page_scan_tab_contents

Eine schöne Geschichte findet sich auch im »Deutsches Ärzteblatt«: https://www.aerzteblatt.de/archiv/46050/Medizingeschichte(n)-Aerztinnen-Frauenstudium

Eventuelle Fehler oder Unklarheiten im Buch gehen ganz allein auf meine Kappe!